平気で生きている

Read it. You'll get it.

六郎谷おさむ
Osamu Rokuroudani

幻冬舎
MC

1

2

3

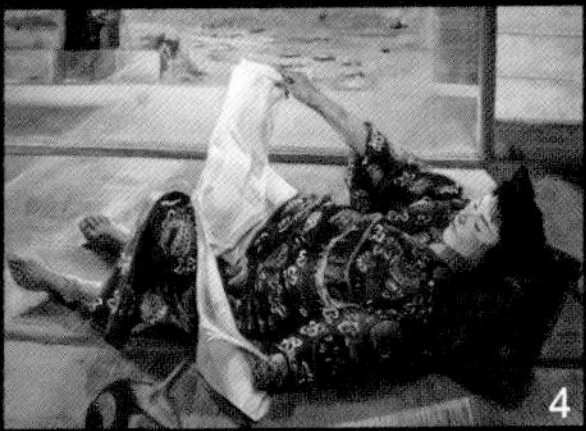
4

5

6

7

8

9

10

11

12

平気で生きている

1988 1989 1990 1991 1992 1993 1994 1995 1996 1997 1998 1999 2000 2001

2002 2003 2004 2005 2006 2007 2008 2009 2010 2011 2012 2013 2014 2015

2016 2017 2018 2019 2020 2021 2022 2023 2024 2025 2026 2027 2028 2029

はじめに

この随想集は自らのためのＢＩＢＬＥとして書き始めたが、書くときの自分と読むときの自分とは同じ人であっても別の人である。載せた絵（巻頭参照）も描いている自分と鑑賞している自分は同じ人であっても別の人である。ピアノも、バイオリンもゴルフも仕事も皆そうだ。反対側から見る景色は意外と違うものが見えてくる。経験してきたことは事実だが、他からの視点もあって良いと思い、認《したた》めて行くと、そこに現れたのは二面性や多様性を伴う自省による自立を促す幾つもの命題だった。

カウンターの裏表。客とホステスでは観る世界は違うだろう。絵画はその典型であって、観て気に入ったでいいのだが、描く側からは別の世界がある。歴史の背景があったり、対象が人物であれば表情に物語を載せてみたり、若い女性が描かれていても、描いた男性は自画像だというかもしれない。芸術に限らず仕事もそうだろう。見ていただけのこととやってみた上でのことには違いがある。そして、人もそうだが全体は部分の総和ではないがそれに近づく一面は持っているとはいえ、会って、話して、付き合ってみて初めて見えてくる気づきがある。見た目の第一印象があっても、長年の付き合いがあっても、思いもよらないことに後に驚くことはある。多様な面を知ることの大切さに気づくことの起因がそこにある。

今まで物事の見方に多様性のあることに気づくのに随分時間を掛けてきたが更にまた、そこに変化して行く選択肢が沢山ぶら下がっていることに気づいてからは、物事を見る目の深さが随分増してきた。一瞬を100の課題に活かすのか1000の選択肢から大事な一つを選ぶのか、身の回りの変則事象はたった一人の人の生き方にも意識によっては無限に繋がる思考を広げて見せてくれている。私はどこで花を咲かせば良いのか。私はその場所を見つけることに時空を駆けようと、今日も一人物思いに耽る。そして、その思いの数々をここに書き込んだ。

あらゆる視点から変則にものを見ることで他の判断が生まれ、ものへの見方は真逆に変わり、行動もその逆の方向にも動き始めることになる。『平気で生きている』の全ての章と項目をこのことを辿って綴ってゆく。黒は白であり、右は左であり、鋭は鈍であり、悪は善であり、美は醜なのだ。全ての色は変えられる。気で変えられる。

ウイルスの感染症一つを取っても、多くの人たちに恐怖や絶望や諍《いさか》いなどをもたらせた過去の歴史にある夥しい経験を今日に活かせていない。おそらく今、自然や社会の変容に不安や失望そして恐れを感じている人たちが聞き、読み、知る必要があると思うことをここに載せている。

私はこれまで希望が希望を生み出せるかもしれないという希望だらけの時の使い方にチャレンジしてきたが、そこに通常ついて回る平衡する事象に絶望があった。

死の危機は三度経験しているが、その危機よりも辛い死ぬことの選べない変則に起きた絶望に二度出くわしている。身の回りにはそんな絶望に身動きのとれなくなる人たちが溢れる世相が覆う悍《おぞ》ましい時代に私たちは生かされている。

どんなに苦しいときであっても、いつでも引き出せる希望の抽斗を用意しておきたいものだ。しかし、希望も絶望と一対であって、あらゆる事象には裏には表があって、必ずそれが捲《めく》られるときが生きている内には用意されている。

そんな時にも朝、食事を前にしたとき、エネルギーが湧いてきているかどうか。一生はこの毎日の繰り返しにある。

朝、目が覚める。いつも通りの朝食のあと、書斎に入り、コンビニのお気に入りのドリップコーヒーに頂いたコーヒー豆の前に炒ってあったのをブレンドし、30年以上も傷もなく使っている受け皿とセットのコーヒーカップに豆を燻《いぶ》らせたときのようにいつものように間を置きながら熱い湯を注ぎ入れ、またいつものようにカップから舌全体を滑らせて喉を潤し一日の営みを始める準備が整うことになる。

すると、「さぁーっ、やるぞーっ」と、感じる始まりがそこに生まれている。

朝の気持ちがその日一日の時間の経つ早さと広さと深さと重さ、そして、責任を分ける。コーヒーの一口を口の中全体に旅をさせ、喉の奥まで送り込み終える所までの滑らかなひとときの時の流れが、充実した楽しい気持ちの一日を約束してくれ、その充実したひとときとその先にある時間はすばらしい一日を身体中に巡らせてくれる。満たされた気持ちがそこに生まれている。そして、希望もそこから始まっていく。味の分かる舌までが生老病死の上3文字であって、飲み込む「ゴックン」とする音を感じる喉から先が死であろう。それから再び、胃、腸へと先の時間が再びまた始まり、排泄は新たな生の始まりとなる。

私たちは常に試されて生きている。この因果を悟れば、希望は身の回りに降り注いでいることに気づくし、絶望など一日の食にありつけさえするなら、必ず翌日にはそれに対峙するエネルギーが少しずつ身体に宿ってきているのを生きてさえいれば後には気づくことになる。「さあーっ、自ら炒れる朝の一杯のコーヒーから残りの生涯の一番若い最初の一日を始めよう」

朝起きてからの始まりを人生の始まりとして捉え、長い眠りにつくある日のことを死と捉えこの作品は「そしてどうなる」と行く末に覚悟の達観を求めそれまでの自らの生き方を問うていく。飲み込むコーヒーの一口は一人の一生のアルゴリズム（問題を解決するための具体的な基準）のメタファー（あるものを別のものに譬えること）であって、宇宙時間に生きる一瞬の生涯の更にその一瞬を指している。喉を通過した先にある世界までもそこに描きたいと願い、そんな物語の制作に必要な一コマ一コマを著述したのがこの『平気で生きている』の上梓にある。

構成には一人の人生で出会う出来事とそれに付随する背景にある宇宙とその歴史を平衡させ「人生は一冊の物語」と捉え、一つの随想集に納めることで、やってくる残りの終末の時間を更に充実したものにしたいと願い、アウトラインの要所を埋めるためのプレミス（前提）に宿命や感動や希望、そして、喜怒哀楽のプロットと一生の生き方を宗教や哲学をテーマに書き込むことを旨とした。そして、日本語を慈しむ思いで、四文字熟語や反面文字、多様なそこに相応しい形容詞もである。私の周りの亡くなられた人たちは時間を惜しんで皆逝かれている。私はその時間の使い方をこの随想集の上梓を中核に思案し探索してゆく。最後は究極の学問となる人間関係学そして、宗教と哲学に及び、自省を重ねた自立は自我と対局にある他我との共生に及び、それは自立の意義を自他共に得ることに至る。

何もかも知り尽くせずとも、分相応に身の回りに起きていることを弁《わきま》え尽くして、自立、自生を謳歌した納得の生涯を送り、そして、閉じたいものだ。

第一章

人間とは何か それは死ぬことを自ら選べる者

（賢者のDNAを宿した愚者の生き残り、優しい心根を抽斗に閉じ込めたまま忘れてしまった獰猛《どうもう》な野獣）

「FATE」

—生きる宿命—

第二章

なぜ生きる（人生の目的とは）それは感動

「GALLERY」
—生きる館—

第三章

どう生きる（生きる手段・方法）

それは生きる場所探し

「BALANCE」

―多様な生―

第四章

そしてどうなる（生きる色）
それは心の色合わせ

「BIBLE」
—生きる道標—

プロローグ

楽をするのは望ましいかもしれない。しかし、難局を無益に見過ごすのは悍《おぞ》ましいと思う。まして、その際に得る貴重な経験やその際に気づくものの見方を修得する機会は万人に与えられた奇貨（珍しい財貨）である。それを経験する大切さと、そのときに選ぶ行動に必要な選択枝が多様にあることになるべく早く気づき、読む人に行動を促すことを思い、これを書き綴《つづ》る責務を感じておこがましくもこの随想を上梓する。

この本をめくれば、作った抽斗《ひきだし》に溜め置いてきた知り得た記憶と経験の詰まった情報をいつでも直面する課題と対峙するとき、そこから取り出すことができ、全体を俯瞰した多面なものの見方に触れることができる。際限のない無限の物語の世界を縦横無尽に飛び回り、見聞を広める行動に至る意識とその使途を必要なときにそこから引き出すことができる。そして、次の難局に挑戦する意欲が再びそこから沸いてくる。

宇宙を生み出した高温の名残りである低温のマイクロ波が観測されたことから宇宙の今の年齢は１３８億年であるとしている。地球の歴史は47億年だそうだ。生命が誕生したのはそれから7億年後の約40億年前、人類といえるものは4億年前に登場し、人の祖先とするものが出現してから凡そ７００万年が経過した。そして、文明の発祥は５０００年前だという。宇宙カレンダー（宇宙の年齢の１３８億年を地球の1年に圧縮したもの）では人間の80歳の寿命を測るとたった10分の１秒と少しにしかならない。生命は1年の11月中旬に出現し、動物が陸地に住むようになったのは12月の21日となる。輝かしいルネサンスの時代や農業革命、産業革命、宇宙時代、コンピュータ技術の興隆は全てこの地球の一年の12月31日のたった一秒の間に起こっている。

しかし、その10分の1秒と少しの人間の一生の80年は考えようによっては29，200日となり、25億秒ともなる。私は２０２９年２月９日まで健康年齢を以て生きてゆき、その日が迎えられるならその日を人生の当面のリセットの日にしたいと思っているが、もうとっくに残り2，160日を割り込んでしまった。（巻頭カレンダー参照）一方、国連が２０１１年５月３日に公表した世界人口の推計（２０１０年版）によると、世界の総人口が２０１２年10月末に70億人を突破したとある。２０２５年には80億人に達すると推測されていたが、２０２２年の11月にも達すると２０２２年の7月に修正され発表された。以前、１００億人突破は２０８３年になるとあったが、このままではもっと早くなりそうだ。因みに２０２０年時点の世界人口は77億人だった。私は２０２９年時点に生存している世界人口の80数億人分の一人に当たる。

この随想集は私が２０２９年までは健康で地球に生存していたいとの思いから、これからの年月をどう生きるかを四章に亘って考案し書き留《と》めたものである。

「人間とは何か」「なぜ生きる」「どう生きる」「そしてどうなる」のか。

第一章の「人間とは何か」１「人はどうして生まれたのか」の疑問から始まり、12「人は死んだらどうなるのか」第二章の「なぜ生きる」第三章の「どう生きる」そして、第四章の「そしてどうなる」までを今まで生きてきた年月を遡《さかのぼ》り、これから先を生きる私なりの行く末を見つけ出そうと書き留めたものである。この『平気で生きている』の文中にある、作った沢山の抽斗のある館はその四つの疑問を究明し、それを克服することを目的に造られた創造と感動を育み明日への希望を生むリアルな建物であり、そしてそこにいることで癒され、潤いをもたらせてくれる粋な芸術の佇む美の館であり、私の隠れ家の「ありえない家」なのである。

２０２９年が私の78歳となる年であり、一年前からその日迄の載ったカレンダーを毎日眺めながらこの造り終えた「ありえない家」で拙《つたな》いこれまでの一生を総括し、新たにリセットする78回目のリボーンの日を迎えられないものかと祈願する。

人生が１００年となるなら、それを４つに分け、第一章は教育を育み、第二章は身体を鍛え、第三章は身体を使い、第四章は頭を使い生きることを旨とした。

各章にいつの間にか描き溜めた私の油彩画を載せている。モデルは一生の流れを辿《たど》る色の触媒として使うモチーフであり、描く風情に人生の移りゆく心象を自画像に託したものなのだ。どうして人の老化は起こるのか、なぜ人は死なねばならないのか等々、沢山の先人が鬼籍に入ってゆかれたが、どの死に様も私には納得が行かないでいる。それはなぜなのか。

この各章に自画像として私の考える、生きるためのメタファーである12色の色を重ね載せ、その中核に据えるテーマを描き記すことは、これから生きていくその時々に相応しい立ち位置に導いてくれ、今までに得た情報や経験の数々がその節目節目を色濃くしてくれる筈《はず》なのだ。

本書は第一章から第四章に至るまで、ものの見方には少なくとも二面性、そして、多面性があることに執拗に言及し、少なくともあらゆる事象の判断にはそれに相応しい他との比較の考察が要ることを示唆している。

そして、タイトルは30年以上に及ぶ執筆期間の経緯と共に私に「書くのだっ」と、未来からやってきて、四章からなる『平気で生きている』がこうして生まれた。

私はなんとなく過ぎていった過去を振り返り、その時々に描いた12枚の自画像にピュアーな罪深い自我を赴くままに留め込み描き込むことで、打《ぶ》つけないと気が済まない独白のような呟《つぶや》きを絵に託し、文脈を網羅し、芸術やスポーツや仕事に打つけ、自我と共にある他我も裏読みする人間関係学を通じて「人間とは何か」「なぜ生きる」「どう生きる」「そしてどうなる」の四つのテーマからなる起承転結の四章からなる48項目の命題を宗教と哲学を宇宙と平衡させここに随想として認めた。趣味と実業の上で自らを表現し、楽しむことを専らとし、この48項目を通してこれから生きる残りの時間に自らの喜怒哀楽を打つけ、生きる意義を追うことにする。

四つのテーマを演じる題目は宿命であり、感動であり、希望であり、そして、そこに生まれる中庸の覚悟と諦めなのである。

舞台作りを四つのパートに分け宇宙の存在を人間の歴史、そして、そこに生まれる人間の生きる動機と挑戦とその行き先を「FATE」「GALLERY」「BALANCE」「BIBLE」に纏《まと》め、様々なスポットを侍《はべ》らし、セクション毎に課題に訴求している。今の地球に生きている人たちが一人ひとり生まれてきて良かったと思える生き方のできるように、一冊に編纂するのに用意されたこれはそんな夥しい人たちへの箴言集であって、一生を納得して生きるための命題を演じる舞台の脚本なのであり、そこに思いを託して生を足掻く者の発するBIBLEなのだ。

第一章

人間とは何か

（賢者のDNAを宿した愚者の生き残り、
優しい心根を抽斗に閉じ込めたまま
忘れてしまった獰猛《どうもう》な野獣）

それは死ぬことを
自ら選べる者

「FATE」
―生きる宿命―

私たちには見えない色がある。聞こえない音がある。嗅げない匂いがある。味わえない味覚があり、感じられない触感がある。同じように分からないことや覚えられないこと、そして、意識できないことがある。

これらのことは見えないモノは音に、聞こえないコトは色にすることができる。そして、五線譜や数字や文字にもできる。しかし、他にできないことがこの世界には無限にある。私たちの五感など、実は人間の感知できる優秀な機能の幾つかではあるが、一方の宇宙単位から見れば、たかが知れた機能でしかない。祭り事から文学、そして、自然から科学に至り、「人間とは何か」という問いを繰り返してきた人類の歴史がここにある。そして、宗教にはそれへの見解が凝縮されている時代があった。人間中心主義が幅を利かせているまでは。

しかし、宇宙の存在に関心が及ぶにつけ、傲慢も剝げ落ち、「人間とは何か」はこれからも問い続ける人間の避けて通ることのできない問いに再びなった。そして、そんな局面に於いて人口の増大が加速化を始めた。

「人間とは何か」。人間はいつか必ず死ぬ。そして、死ぬ選択肢に自決を持つ生物は他にない。ホモ・サピエンスの誕生から30万年たった現在、世界人口は80億人に至るが。一方、アメーバ、ゾウリムシ、ミドリムシ等の「原生動物」と大腸菌を初めとする「細菌（バクテリア）」は死なない生物である。その大腸菌の増殖力は凄まじく大腸菌Ｏ１５７は１個体から２個体に増殖するのに30分掛かり、倍々で増殖し続けると16時間半後には85億８９９３万４５９２個体になり、人間の数を易々と超えてしまう。30万年と比較しての16時間とわずかでその増えた数が等しくなるような、そんな生きる方程式等が自然界には無限に存在する。

そもそも肉食動物は草食動物より短命なのも肉食動物の方が長生きすると、自然界のプログラムが崩れ、やがて、両方のための餌がなくなってしまうからだ。そのため、あまり長く生きないようにバランスよく寿命が決められた方程式があるのだろう。

そして、今、私たちに最も必要なのはそんな生命のバランスを推し測る豊潤な知識と人間には選ぶことのできないＦＡＴＥ（宿命）を知ることなのである。

データは新しい時代の石油といわれ、そのデータ至上主義の到来に伴い全能のアルゴリズムを誰もが手に入れられる時代がやってきた。

人間の知的遺産による知識とは即《すなわ》ちシンクタンクがもたらしたものであり人間の歴史そのものである。そして、知識を経て大志に挑戦し経験を積み最後に納得の行く一生の達観を得るには科学や哲学かそれに付随するものが必要になってくる。それがデータ至上主義によるアルゴリズムをもたらし、もう一方は多分それが意外に身近にあって気づかなかったプリミティブ（原始的で素朴な）を継承する芸術の元来持っているものであり、旧人のあとの約30万年前に現れたホモ・サピエンス、日本名は新人（ホモ・サピエンス）が連綿と継承してきた感性にある。

アルタミラやラスコーの洞窟壁画から受ける今も変わらない感動がそのことを暗示している。それのメタファーは「色」に行き着く。私は今、色の旅のどの辺りにいるのか。

私の人生を12色の色に例えるなら、丁度洞窟壁画に描かれた動物の線描画の色の「Ｂｒｏｗｎ」辺りを行き過ぎつつあり、Ｉｎｄｉｇｏ色圏に入っているかもしれない。

数年前までは視界の先がぼやけていた。一番、生活機能の重要な部分を占める目を傷めていて、ぼやけて見えなかった。普通だと、困ることだと思うのだが不思議に淡々と毎日を過ごしていた。

目の障害は父親譲りの遺伝である。

人は「気」で気持ちの入れ替えを自由にできる。そう、父親がもっと酷かったのだからと済ませてしまえる。だから、「気」は「色」にできる。色は明度や彩度を持ち、明るくも、暗くもできるし、白や黒や他の色が混ざる度合いにより鮮やかさを映す彩度も変わる。人と同じで希望や絶望で気の色は変容し、混ざらないほど気の純度はピュアーになるし、それはまた気で変えられる。元気も景気も空気さえもそうである。空《から》元気ともいうではないか。

悪い遺伝もこの本に書かれたあらゆるモノやコトには二面性のある因果からはそれもＬｅｇａｃｙ（遺産）となり、ＦＡＴＥと同じく一対のコインの裏表でいい表せる。

そして、その後のある日、目にメスを入れた。20歳の目が戻ってきた。片眼から順にメスを入れたので、一方の目との見える色の違いが分かる。「Ｂｌｕｅ」である。メスを入れてない方は「Ｂｒｏｗｎ」である。写真でいうなら撮ったばかりの明るいブルーの画像と年月が経ってひからびた「Ｂｒｏｗｎ」である。正に私は「色」で歳を重ねて今ここにいる。5歳の目にもできるといわれたがそれは結構眩しいらしい。尤も5歳の目など記憶にないから20歳で充分に思えて選んだものだ。この20歳の明度が今では眩し過ぎる。

このように、人は過去のある日を取り戻すことができるようになってしまった。そして、夢なのか本当にあったことなのか区別のつかないことを思う時がある。

情報が体験した経験と思えると、勘違いであっても人はその違いに気づく機能を持ち合わせていないから年月の経過と共に情報を経験として脳に取り込んでしまう。

情報が経験になると私は動物にも他人にもなる変則事象が生じる。しかし、年齢と共に見える色が変わることを知ったが「Ｂｌｕｅ」は経験した正に現実のことである。「色」は「気」であり、変容する「時」であり、「情報」であり、経験のレイヤーを積み重ねた「歴史」とも取れる。そして、気の色は色褪《あ》せない。全ての色はそれぞれ持ち味を貫いてあらゆる処に存在し、グラデーションを併用し、発色し続けている。年齢と共に平気で変容する人間のように。

私の色の経過は今は「Ｂｒｏｗｎ」である。まだまだ変容するようだ。どこからこのことは始まったのか、どこまで行くのか。

「色」が語りかけてくる。「人間とは何か」と。淡く、静かに、たゆらに。それはアルファベットとカタカナでやってきた。そして、順番に数字も一緒にやってきた。色はアルファベットとカタカナと数字。

どんなヒントなのだろう。何を暗示するのか。やってきた２●２９は西暦２９２９年迄も生きる妄想を現している。

そう、絵の中の人の表現は一枚の色のレイヤーであって、そのレイヤーをバックに配慮しながら、一色で描くなら如何《どう》その絵を表現するのか、色のレイヤーを如何《いか》に重ねるとその人の表情がより映え、全体に収まるのか。そして、絵を囲むのが額縁ならそれを掛ける壁の色とマチエールを如何《どう》するのか。そして、絵のある部屋の高さや広さ、それに部屋がリビングか和室かで如何《どう》合わせるのか、また、家の作りはどうするのが相応しいのか、どんなところにその家を建てるのが似合うのか。更に、その先はどこなのか。

色はレイヤーから銀河にも及ぶ構想の嚆矢《こうし》（戦いを始める最初の一矢を鏑矢《かぶらや》といい、物事の始まりをいう）となる。レイヤーに描くのは人、そのバックの背景は人の勤める組織であって社会、壁は国、家は世界、そして、その場所に続く先にあるのは宇宙でありその先はレイヤーの中の色に再び戻る。

「色」は多彩なものや事象の表現の一つとなり、今それは体裁を変え、異空間を創り、爆発と膨張を始め「とき」を加え「情報」を携え次元を超えて、今と違う見たことのない色の世界に誘ってくれている。鳥の見る目のように。正に輪廻する宇宙がそこにある。

1. White　ホワイト　2029
2. Yellow　イエロー　2129
3. Pink　ピンク　2229
4. Orange　オレンジ　2329
5. Red　レッド　2429
6. Purple　パープル　2529
7. Blue　ブルー　2629
8. Green　グリーン　2729
9. Brown　ブラウン　2829
10. Indigo　インディゴ　2929
11. Gray　グレイ　3029
12. Black　ブラック　●●29

人間ほど訳の解らぬものはない。やる気がないとへこみ、嫌なことがあると突然怒鳴り始める。

嬉しいと感じても、あるひと言で悲しくもなってしまう。

「自分の心さえ自分で自由にできない」。そんな人間が大量の人間を殺戮《さつりく》してしまう。そんな人間が平凡に家庭を持ち愛を囁《ささや》いてもいる。

チンパンジーは、人間にとって進化の隣人といわれ、DNAの解析によると、人間の遺伝子と99％同じらしい。

地球には知られているだけでも、約870万種の生物が住んでいる。大腸菌は30分に一回の割合で分裂するが、青森県下北半島沖の海底下2キロメートルの地中から採取された微生物は、エネルギーの供給が乏しい環境下に対応して、組織分裂を数十～数百年に一回にまで減らして生きてきた種である。約2000万年前に森林や土の中にいた微生物が、土地の沈降などで海底下へ移動し日光が届かずエネルギー源も乏しい環境に適応した結果と考えられる。

一方、人はアフリカで人類の祖先であるチンパンジーの祖先から分かれて誕生したのは約700万年前のことになる。比較的猿に近い猿人というタイプが、400万年以上に亘って栄えた。250万年前に、脳が大きくなった原人が現れ、アフリカを出て欧州やアジアへ広がった。100万～60万年前にはアフリカに旧人が現れ、脳の容量は現代人と同等まで大きくなった。

現在の欧州に40万～4万年前にいたネアンデルタール人は今の人類とは異なる系統の旧人の一種で身長は165～180センチで、体重は80キロ以上と筋肉質の体つきだった。筋肉質の屈強な身体を持ち、脳の容積も平均で1，500～1，600ミリリットルと新人（ホモ・サピエンス）より一割以上も大きかった。しかし、脳に占める小脳の割合は新人よりも逆に小さく、記憶や言語能力が「新人」に比べ劣っていたらしい。大きくて強いことは生存に有利に見えるが、巧みな戦略を持つ生き方が生存には優位となった。そして、新人であるホモ・サピエンスの一種だけが今に生き残り、他は子孫を残すことができず、旧人は4万年前を最後に死に絶え、他の人類の種は全て絶滅した。

振り返ると人類の誕生後、猿人・原人・旧人と経て、ようやく新人と呼ばれるホモ・サピエンスに辿り着くのに670万年要したことになる。新人が獰猛な偽善だらけの獣のようなサル目ヒト科の現存種であるホモ・サピエンスになってから現在までに30万年の歳月が経っている。その間に脳も進化し、あるモノも当然進化したと考えられる。

誰もが何度も思い通りにならない事態を経験し、大人になっていくが思い通りにならない理由とは何なのだろう。

歴史上人は「人間とは何か」と問う課題を繰り返し持ち越してきている。それは根気がないからか、知恵がないからか、人により千差万別に思えるがそこには基本原理が一貫して存在する。それはシンクタンクの繋ぎにより生を受け継いできた人の持つあるモノにより、その思いは変容するからだ。

それは脳の働きによる心である。30万年の歳月は心を歴史的な産物として進化させてきた。自然科学の発展は著しく、分子生物学の中身も自然風化する速度が甚だしい。その進化を哲学的に考えることは今でもホットな話題であり、生物学の中でも主観の入る分野である。

この両耳の間にある1・4キログラム位の塊がその分野の中核にある「人間とは何か」と、如何に私たちを人間たらしめてきたかへのFATE思考へと誘ってくれる。

第一章から第四章までの全ての基本に人類の歴史を進化させてきた脳による心と平衡して共にある宇宙の歴史を並べている。人間とは心を動機として意識し行動する種なのであり、人生が

ＦＡＴＥであり有限であるなら、宇宙にあるこの地球上での時間を賢く使う動機が要る。そして、人生に終わりがなければ、果たして感動などあるだろうか。喜怒哀楽や生老病死など考えることもなく、終わりがないなら目標もなく達成感もないだろう。この心を通じて人間の本質を知る欲求に駆られる。

形あるものは壊れ、命あるものは必ず死ぬと学んできた。人間は死ぬ運命にあると。だが、果たしてなぜ死なねばならないのかは学んでいない。

過去の歴史を受け継いだ人間が現在を生き抜き、この先の人類の未来に夢を託し、種の中の優れた多様性から発見される要因を次世代に連綿と継承させ、次世代を席巻《せっけん》する種を創り出すためにも、これまで人は進化するために種を何度も入れ替え繰り返し死なねばならなかったのである。長い時を費やし、選ばれた優秀な種になる「新種」を世に送り出す必要があったのだろう。

人には死に向き合う必要の時がやってきている。それを見ようとするなら、そして、「人間とは何か」を考えるなら、それは「人間を知ること」にある。「人間の歴史を知ること」「世界を知ること」「宇宙を知ること」にある。そして、「自らを知ること」により心の変則事象に理解が及ぶことに至る。そしてそのことは「人間とは何か」を探求することに繋がっていく。

それは素朴な問いかけであると同時に、生物学上の問題でもあり、人間が文化を作り始めて以来問いかけてきた芸術への問いであり、哲学への問いでもある。あらゆる学問、そして、あらゆる人間への探求の行き着く先に「人間とは何か」という問いが待ち受けている。これが人間のＦＡＴＥなのだ。これを12のアイテムを通じて探り、そして、ひと言では片付けられない人間の持つ意識の多様性とＦＡＴＥの分析に迫っていく。

新人の凄《すご》いのは解らないこと、答えの出せない宇宙の謎を悉《ことごと》く疑問としてそれを言葉にし、文章にすることで関連するデータを無限に蓄積することができることにある。このBIG DATAとその分析により、今までとは桁の違うスピードであらゆる疑問を解消することに繋がってゆく。

新人のやってきた解消方法は職務分担として、その対象課題ごとの、起きた場所、そこに必要な能力毎に人を歯車として適材適所に配置し、それらを綿密に繋ぎ合わせ30万年に亘るデータの蓄積と継承を重ね、妄想から創造を具現化した脳による働きが他の種との違いを今に分けている。

そのデータはなくてはならないものになり、データを活用したレコメンデーションであったり、多様なビジネスにも転用でき、思いもよらなかった創造の発明をそれは次から次へと生んでゆく。答えはときに長い年月を要しようが、疑問がある以上、それも無限にあっても、これらの手法は一つひとつが答えに繋がって解消されていく。

宇宙に於ける人間が知り得ていない無限の事象の一つひとつに及ぶ疑問は膨大なデータ蓄積のアルゴリズムにより加速度的に解消され、更にそこには新たな課題に挑戦する無限の嚆矢が見て取れる。

一方、一度も生まれてこないのが最善だったのかもしれない。そんなことを考える人間は楽観論者なのか悲観論者なのか。そこにも変則な一つの思考の選択が生まれている。そんな事象に聡明に答えることができるなら、その人をここでは「神」という。

私たちは選択肢のなかったところに偶然生を受けている。私たちはこれからの生をどのように継承して行くのかを託されてこの世に送り込まれてきているFATEをここに想う。私はどうして生まれたのか、今の私が存在しているのは私なのかアバター（メタバース『メタ（超越）とユニバース（宇宙）を合わせたネットワーク上の仮想空間を表す言葉』内の自らの分身）なのか、思い出すことが本当だったのか、それとも、只の思い違いの情報なのか、現実のことだったのか、次元の違う神ゆえの何か得たいの知れない啓示だったのか、それとも、何かに操作された脳の誤作動でしかないのか、今生かされている事象とはいったい何なのか。

そんな経緯に於いて、先人が私たちに残していったものは私たちそのものであり、私たちが選ばれし後継者そのものなのが現実である。果たしてこの大役を次世代への継承に向けて担えるのかどうか。誰もが自らの一生の範囲で「人間とは何か」の問いに有限の時を生き抜く意識を置いて、やるべきことを全うすることに意義がある。たった一人の短くも長くもある一生を「行雲流水《こううんりゅうすい》」（自然のままに生きる心境）に過ごすことを願い、一方で人はＦＡＴＥに答えて苦闘を歩む生きる宿命にある。

White

1

人はどうして生まれたのか

第一章　1　人はどうして生まれたのか

確率論で計算できるとすることの論外に於いて、従来のテクノロジーを超えたところで起きたのが福島原発の事故とある。

今回は千年に一度の地震、千年に一度の津波。それも文明国を襲ったことのないような激しい地震とある。しかもそこに原子炉があったのである。地震と津波と原子炉というこの三つの組み合わせの存在しうる場所というのは世界中で日本とカリフォルニアしかない。大津波の来るプーケットやスマトラには原子炉がない。

ドイツやフランスには原子炉があるが地震がないし、それは内陸部か、あるのは河岸なので津波も考えにくい。アメリカの東海岸にもインディアナポリスなどに原子炉はあるが、やはり地震がない。津波もない。アメリカで唯一海岸に原子炉があるのは、ロサンゼルス南方に位置するサンオノフレ原発位だろう。サンアンドレアスのフォールトライン（断層線）があって地震の巣窟であり海岸だから津波の可能性もある。日本でいえば浜岡原発（静岡県）に似た立地といえる。つまり、世界でたった2ヶ所しかない場所の一つで、千年に一度の地震、千年に一度の津波が襲って生じたのがこの惨事である。様々な「ありえない偶然」がここにある。

因みに、約6，600万年前に小惑星が地球に衝突し恐竜が絶滅したときに起きた津波の高さは1，000メートルといわれている。

しかし福島の原発の更にとてつもなく大きな「ありえない偶然」の出来事など宇宙には常に無限に起きている。

そんな地球の由来は、数千億以上もあるという銀河の一つである天の川銀河に位置し、その中に

2，000億はあるという星の一つが太陽を恒星（自ら光を発する星）とする地球なのである。そこで生まれた微生物のたった一つの細胞からの誕生に始まり、地球上には870万種の生物が生まれ、その種の一つである人が「ホモ・サピエンス」と呼ばれるようになってから30万年が経つが人はこうして生まれたのだ。

人が創られたこと、今それが、生きていること、これから死ぬことも一瞬だろうが生命40億年、宇宙が数千億もあり暗黒エネルギーが膨張し続けていることなど、福島原発の偶然の比ではない。人が生きていること自体が宇宙に於いては一瞬の内の一瞬なのであり、人が生まれてきたことはたまたまの偶然としか思えない偶然が偶然を生み、その又偶然が700万年前に人の祖先を出現させる「ありえない話」を本当に生んだのだ。

どんなに流暢に話す宇宙科学者が御託を並べようが宇宙がそんなにもあり、成長し続けているとなると人が分かっていることなど人が人として考えている以上、殆《ほとん》ど分からないのと同じだろう。

そんな疑問に向けて、2014年12月3日、種子島宇宙センターから太陽が誕生した約47億年前の痕跡を残すとされるりゅうぐうに向けて「はやぶさ2」は飛び立った。かつて地球の生命の元となった有機物などを小惑星がもたらしたとする仮説の解明を背負っての出発だった。2019年2月と7月に2度着陸したあと1年半を掛けてりゅうぐうの砂を回収し、2020年12月6日未明に砂を載せたカプセルがオーストラリアの砂漠に落下し、それは8日に日本に到着した。カプセルを地球に向けて放ったあと、「はやぶさ2」本体は新たな延長ミッションに入った。第二の人生の旅立ちにである。約6，600万年前直径10キロメートル位の小さくない小惑星が地球に衝突して恐竜が絶滅したが、同じことが今の地球で起きれば人類はなす術なく絶滅する。

そんな地球を襲う危険な小惑星をあらかじめ見つけようとする取り組みが世界中の彼方此方《あちこち》で行われている。

地球に衝突する可能性のある小天体は2万個以上という報告もあって、その多くは火星と木星の間にある小惑星ベルトに起源があるという。木星などの引力の影響で軌道が乱れ、その小天体が地球に接近するのである。地球はそんな天体衝突の危険にいつも晒《さら》されている。新たな延長ミッションに入った「はやぶさ2」の次の目的地は地球軌道を通過する小惑星と彗星《すいせい》１８，００２個の内から、残存燃料の片道切符で行けるところにあるものの中から将来地球に衝突する可能性のある「１９９８ＫＹ２６」が選ばれて旅立った。直径がたった30メートルの球状の星である。りゅうぐうと同様の炭素質の可能性がある。約10年の旅の末に到達するミッションとなっている。このサイズの天体は１００年から数百年毎に地球に衝突しており、探査に期待が持たれている。

到着は２０３１年7月。あと１００億キロの旅路である。りゅうぐう到着のあとの人でいう定年後の旅立ちの方が長いとは、私にこれから10年から20年の長寿がやってくるというその行く末の過ごし方と比べると、「はやぶさ2」の片道切符の旅立ちには奇妙な感慨を抱かせられる。

動物界に於いて人間だけが現状を悲観し、落ち込み、自決を選ぶこともある。一方、人間だけが未来に夢を託し、時に自らを犠牲にして創造に関わる者でもある。

宇宙と地球上の歴史に於ける人間史の期間はあまりにも短い。そのため人間が作り出した「時間」と呼ぶ空間、若しくはその隣にある訳の解らない幾つもある次元の中から、宇宙の一瞬が生命の起源を創造し、そのときから連綿と続く時を経て夥しい数の先人を介して父であり母から私たちは生まれ、進化を遂げてきたのである。

敢えて言葉にするなら、生まれてきたことは福島原発事故や小惑星の地球衝突事故などの偶然を遙かに超える、やはりありえない度重なる究極の偶然の果ての賜《たまもの》であろう。そんなＦＡＴＥを人間は背負って生きている。科学者も宗教家も誰もちゃんと説明できないのだから。他に誰か、分かり易くこのことを理解させてくれる人がいるだろうか。いるならそれは人間ではないことは確かだろう。

Yellow

2

人はどうして今を生きるのか

第一章　2　人はどうして今を生きるのか

私の身の回りで今までに「宇宙の話題」を提供してくれる人に会ったことがない。私の身の回りで「私はこの人は天才だと思う」と聞くことはあるが、「私はこの人を尊敬する」ということを口にする人には今までに会ったことがない。それほどこの二つは希有《けう》で貴重な話題に思える。なるほど「そんな会話ができる環境に貴方はいないだけだ」と窘《たしな》められそうだが、私のような思いの人は少なからずいると思う。大方の人は今を生きるのに精一杯で、今ある自分を深く見つめることの意義に気づいていない。精々思い悩んだとき、自暴自棄になり、自分を無用に虐《しいた》げ、傷つけることでしか自分を見つめる術を持ち合わせていない。背景にある宇宙と人の持つ時空や多様な人間味のある仕草や行為を解析する思考が持てていない。

宇宙へも人へも過去の歴史と現況を見比べることを忘れているから、自らの立ち位置が分からなくなっている。

人は生を受けたこの危険で厄介な世界を日々切り抜けて生きていく際に大なり小なりジレンマに苛《さいな》まれるのは私たちの持つＦＡＴＥであって、人は複雑な感情を抱き、そして、あれやこれやと行動が時に移ろう。破滅的な誤りを犯す恐れがないほど賢くて偉大なヒトなど実はおらず、ものぐさとは無縁な高貴な社会など実はありえないのかもしれない。

そんなバランスに欠けた興味深い生命社会を、背景にある宇宙と見比べ考察する機会を人は忘れている。若しくは気づいていない。宇宙への興味は人間への興味と共に平衡して歴然と存在している。

そして、尊敬できるし、天才だと思える一面を人に垣間見る機会はあっても、尊敬ができ、天才であると思える凜とした、そのものを宿した人には私はまだ会ったことがない。これからも果たして会えるのかは極めて疑問である。このことはないものねだりで、会ってみたい人への期待から、人を厳しく見ることに起因しているのだと思う。

　一方、自らはといえば当然そんな人に該当する要因の持ち合わせは欠けていようし、ずぼらのままである。「人はどうして今を生きるのか」は「人間とは何か」の疑問から生まれた課題がなければ考えなかったことである。会いたくても会えない人が80億人もの今の瞬間を生きている人の中に、一人はどこかにいると思うのだが。

　しかし、面白いもので人間長く生きていると自分の中に人に求めるのと同様な面を育もうとする意識が膨らんで来るものなのである。そして、色々な局面でそれを喜怒哀楽の表現行為を通して試してみることで、受けた反響からの経験が小さな自信となっていくのは、人により程度の差はあるがそこに自らを成長させる要因のあることを暗喩している。換骨奪胎《かんこつだったい》（敬愛する古人の趣意に沿い、そこに自らを真似て表現すること）という時間の掛かる自力の自助育成力をである。

　そんな事を想い、ものを見る観点の数々が転機となり、そこから生まれる経験を自らのためだけに使うのではなく、他の人にも伝えてゆくところに一助を感じ、そのことがまたお互いの新たな経験に繋がっていくと思え、その基になっているのは、目の前にいる一瞬の人の尊敬行為を快く思う心であり、そして、見た今の一瞬に説明の要らない快感に気づくその心に「人はどうして今を生きるのか」の疑問に答える嚆矢を想いここに認めた。

　人は今ある位置を生きる模索の起点とし、住む宇宙への興味と会うべき因縁のある人との特別な出会いへの興味を念じて、その出会う機会に見合う、自らの立ち位置を育み求めて成長し、漂流する永遠の旅人なのである。

ところで、精神面とは別に、物理的に人が今を生きていることを考えると、人の身体全体を占める細胞の中身は常にどんどん壊され、新しい分子に置き換えられている。一見永続的に見える骨や歯も常に新陳代謝が進行し、壊れながら作り替えられている。

一人ひとりの身体は200兆個の細胞からできている。細胞内に300〜400個ある小さな発電所の一つひとつをミトコンドリアと呼び、私たちの生を驚くべき方法でコントロールしている。そのミトコンドリアは更に、それぞれに沢山の回転モーターを持っていて、これらの回転モーターは濃縮エネルギーの高エネルギー分子を産出して、来る日も来る日も私たちの体重と同じ量の濃縮な高エネルギー分子を燃やし続けている。そして同じ量を新たに生産し続けている。私の体重は66キロだが、毎日66キロの分子を燃やし、同時に新たに燃やす分子を66キログラム作っていることになる。単細胞生物も同じことをしているが、その規模は私たちの形態の100兆分の一でしかない。

生きていることとは生命現象が絶え間ない分子の交換の上に成り立っているからであり、全身の細胞が一つの例外もなく、日々、壊され、更新され新しい分子に置き換えられている。

身近な卒寿（90歳のこと）になった人が口にした「顔が崩れてきている」の言葉を思い出す。

私たちの身体は一定の状態を分子の絶え間のない流れが働き続けることで、かろうじて一定の状態である顔かたちを保っているのだ。その細胞内の分子の流れのあることが生きている証なのである。生命現象とは構造はもとより、分子による細胞の絶え間ない更新そのものなのである。それは私たちの個々の細胞の中身を壊し、新しい分子に置き換え、今の一瞬の私たちの風体を維持し存続させてくれている。生物学的には生きるというのはそういうことであり、その流れがどこかで止まり澱《よど》みが全体を占めれば、人は老化を始めその後生きる機能を停止する。

だから私たちにできることは限られている。「身体髪膚《しんたいはつぷ》、これを父母に受く、敢えて毀傷《きしょう》せざるは孝の始め也」の意味はそんな事象を会得して詠んだ深い意味がある。顔に刻まれた皺を伸ばしたいとか、抜けた髪を新しく植え込みたいと願うことなどは結局先に秩序の保てないときが必ずやってくる。時間のズレにいたずらに抗《あらが》うことなく、それを受け入れ、とる歳と共に生きることだといっている。せめて今を生きる間は十分なエネルギーとなる栄養をとり、身体を休め、そして、ストレスが生じないように気配りを怠らないことを謳《うた》っている。温厚篤実《おんこうとくじつ》（人物が穏やかで、人情に厚く誠実なこと）を願っている。そして、私たちにできることは限られていて、辛いＦＡＴＥは避けられないのかと。ただそんなことへの願望は尽きない。

生きることへの感謝を以てしてもそれを突然に絶たれる事象は繰り返し絶え間なく私たちに挑んでいる歴史がある。14世紀のペストは欧州の人口の6割が感染し、１９１８年にアメリカから大流行したスペイン風邪は当時の世界総人口の四分の一ほどに当たる5億人が感染し、４，０００万人を死に至らしめた。

２０２０年の4月になって私は夢から覚醒した。コロナである。その名は見た目がギリシャ語の「ＣＯＲＯＮＡ（王冠）」を意味し、形が王冠に似ていることに由来する。コロナはよくできたウイルスである。ウイルスそのものは単独では生きられない。寄生する生き物なのである。ミトコンドリアのような人間にはなくてはならないモノとは真逆の今は有害な邪魔者なのである。それは共生することをせず、寄生先にパラサイトする期間を経て媒体を老化させるか、死滅させ、寄生先を乗り換えながら拡散し続けていく。それは11科約60属１８０種の霊長類にあって、しかもその中の唯

一、一つの種でしかないヒトを絶滅させる力を持つことになる。これが新種にも変様しようものなら正にウイルス災禍の勃発である。新種のウイルスとの戦いが今始まったのだ。このウイルスに挑《いど》めるのはやはりウイルスでしかなくその抗体だろう。

戦争や自然災害、人口の激増と長寿、ＡＩのＦａｋｅや恣意作動による地球規模の存亡の危機に新たなウイルス災禍は果たしてそれを撲滅できるかが問われている。正に極小のウイルスによる「ありえない災禍」に人類は今直面した。

コロナの蔓延は世界中を死の恐怖に至らしめた。感染率８％、その内、１％が死ぬことになれば、感染率１％で８％の人が亡くなることであり、このまま進めば第二次世界大戦の６，０００万人に及ぶ惨状が憂慮される。

米ジョンズ・ホプキンス大の集計によると、世界の累計感染者数は感染率の高いとされる変異型「オミクロン型」の広がりで、２０２２年2月8日に4億人を超えた。世界人口の５％が感染した計算になる。死者数は累計で約５７６万人に達し、感染者累計1億人までは1年を要し、２億人には約半年掛かった。その後約５ヶ月で3億人に達し、わずか1ヶ月ほどで4億人に増えている。感染者数の増加が加速している。オーバーシュートによりこのまま数が増えれば、最悪の場合どこまでになるのか。ここに、次に襲来する変異型が更に強力になり、インフルエンザなどと同時感染するツインデミックスや大雨、地震、台風などの自然現象、そして、バッタの繁殖の襲来などと同時の勃発まで考えると最悪局面にきりがなくなる。

私たちは公衆衛生上の伏魔殿の真っただ中に晒されている。社会的にも、経済的にも今までに経験したことのない事態にどれ位これから先を耐えられるのか。果たして事態の終息はあるのかどうか。

ウイルスの生き方も第二章の「なぜ生きる」の答えと同じで、それは子孫を残すためである。ウイルスは寄生先を乗り換え、死滅させながら拡散し続けていくのに、その寄生先として人は絶好の対象体だからである。数は80億体もあり、船に飛行機に宇宙船と、地球の隅々から宇宙にまで拡散し続けさせてくれる彼方此方《あちこち》に移り宿れる格好の乗り物だからである。

一方、落ち込み、生きることから逃避し、死ぬことを選択する人たちも増えている。

ここに忘れてはならないことはウイルスが地球の歴史を破滅にまでに及んだことのないことだ。それを招いたのは人間であり、蝙蝠《こうもり》の研究がもたらしたとの説が根強いが、危機はウイルスだけではなく人間の内に創られる無知と恐怖とにある。一方この危機のおかげで人間の儚《はかな》さや脆弱さが露呈し、現在の科学の及ばない領域に宗教と哲学の存在のあることを再認識する自問が芽生え、宗教や哲学への回想をもたらしている。宗教と哲学は人間の生み出した二つの世界感を物語る。宗教は色々な物語（教義）による世界感を唱え、哲学は人間の存在の意義について世界感を唱えてきた経緯がある。

このことに加えリーマンショック時の日本の失業率は5・5％を超え、自殺者は35，000人だった。2020年4月は失業率は2％で自殺者は20，000人以下だが、失業率が1％上昇すれば10，000人の自殺者が増えると見込まれる。2020年10月には3％に至っている。経済の疲弊により、感染による死者か経済による死者かのどちらを先に回避すべきかと声高に問われている。

自由主義やグローバリズムが推奨される一方、食料自給率が66％、エネルギー自給率に至っては

12％を切る日本にあって、モノの不足とエネルギーの物流に於ける停滞は極めて危険な局面を迎えている。デジタルテクノロジーやインフラに於けるＡＩ、ＶＲ（仮想現実）、ＢＩＧ ＤＡＴＡの人間に与えるメリットと共にあるリスク、そして、自由主義とグローバリズムの隠れた悍《おぞ》ましい意図とそのもたらす弊害に目を向ける一面を怠ってきたことに今の事象は起因している。現代はテクノロジーだけの論点では成り立たないことに気が及ばないでいる。

自由主義も国民の命を守るためには、政権に一定の強権の付与が必要なことも警鐘を鳴らしている。

グローバリズムは、平常時には上手く機能しているように見えたが、中国の強力な指導力を認《したた》めた「一帯一路」政策などの裏の一面が露呈し、食料問題、領土問題、ＢＩＧ ＤＡＴＡ争奪問題、そして世界の生産拠点の強奪問題と軍拡競争問題など次々と覇権争いが勃発し、更には、ロシアのウクライナ侵攻による悍しい歴史を繰り返す人の持つ獰猛な虐殺行為を見るにつけ、世界経済の破局は個々の国々の経済安全保障という概念が急速に緊張する局面を迎える最中にあって、社会生活が根本から瓦解する前触れの予兆を今、迎えるに至った以上、これからは自立を促す国内生産とその自活の維持に繋がるあらゆる対策の見直しを日本は迫られる。世界はサル化し、自暴自棄の破滅に向う愚挙に埋没しつつあることに誰が気づいているのか。

人は生を受けたＦＡＴＥに委ねられた今を生きる以上、まず、自らと共に現実世界を生きることを宇宙と共に、そして、共存する近親者とそこに集まる人たちと共に食べ、寝起きし、生活を平穏に維持するために生きているのであり、そこにそれぞれの楽しみがあり学問やスポーツや芸術などの間《ま》が幸いにも偶然にもたらされて生かされてきたのである。そして、それ等の恩恵を受けて試されながら有限の時を生かされているのであって今は平穏な明日を迎えるための試練のときなのである。

Pink

3

人はどうして欲を持つのか

第一章　3　人はどうして欲を持つのか

人は様々な欲を持つ。それを得るために何にどれだけ堪え忍ぶのか。どれほどの労力と時間を費やして快感や満足を求めて端から冷静に見れば奇異と思えるような意味の理解できないエネルギーを費やしてきたことか。

欲には良い面と悪い面がある。悪い面はいうに及ばず利己的にすぎることをいう。戦争もそうだろう、そして、恋愛にも人はどれほどの労力と時間を費やしてきたことか、しかも生死を賭けてまでものこともある。一方の良い面はスポーツや芸術や宗教や科学の分野を世に創り出してきたことにある。双方とも一概に良いとも悪いともいえないこともあり、時と場合によりバランスが肝要とされることはある。哲学でいう中庸である。

欲の質とはその嚆矢が何なのか、途中の経緯《いきさつ》とその先どうなるのかの結果次第ともいえる。だから、欲にはその目的が問われるし、問われる目的も多様なら、それの受け側の欲の効用と弊害も多様となる。悪いイメージがある一方で必要なもの、良いも悪いも受ける立ち位置によって見方は逆転するのだ。

例えば五感の一つである目の施術実態を観ると見えてくるものがある。

トカゲの尻尾が取れても生えてくるように、目は今の科学で蘇《よみがえ》ることになってしまった。目が蘇るとはどんなことかというと、要は若返るということである。白内障の施術がそれを物語っている。施術後の実情をみれば、未来はこうして人の生態系をも変えていくだろうとその変容を想像できる。

人は老人になって耳が聞こえにくくなり、噛むことが弱り、足腰が衰えて萎えていく。世間で聞こえよくいってきたのは「枯れていく」というメタファーである。

目が悪くなることは五感の中では一番困ることであり、人に頼ることになることは肩身を狭くすることである。だから人は老人になる前に人に頼る将来を見据えて金の亡者となる。手を借りるのに、その対価として支払うお金が不幸にして作れなかった人は、トボトボと一人、余生を歩むことで老人の生き様を受け入れ、本物の老人として死を身近に引き寄せることが似合うようになってしまうのが今までの老人の哀れな実態の経緯である。

しかし、時代は正《まさ》しく変わってしまった。老人になることに拒絶反応を持つ人で金を作る能力を併せ持つなら、人は老いを拒絶できるようになってしまった。その際だった事実を発見してしまったのが活躍する意欲のある現代の老人である。欲が老人を若返らせるのだ。

五感を取り戻し体力を取り戻したこと。まして、五感の中でも一番大事な視力を取り戻した老人はもう今までの老人では決してない。しかも金と権力を持っている老人とは、あらゆる難局を乗り越え生き残った強運の持ち主であり、豊富な経験を積み重ねて生きてきた猛者《もさ》である。その老人が再び相当の破壊力を持つ幾つかの武器を手にしている以上、諦めていた未来の居場所を再び手に入れた化け物になったのである。

これからの世界は必ずやこうした欲に関する大きな実態の変化の元で新たなヒエラルキーが創られていくことだろう。深読みして未来を想像すると、まず、想像力と芸術性のある老人が健康と経験と金を備え、時間と財力と権力による人脈を広く繋《つな》げることでヒエラルキーの頂点を占めることになるだろう。一方、このことを目指す老人が増えるのは大いに疑問の余地を産む難題ともなる。

老人が生き返ったからである。死ななくなったからである。人は死ななくなると子供も要らなくなる一面が生じる。そうなると人口が増えることはなく、老人ばかりが増え若者がいなくなり、人口は急激に減ることになる。そんなＦＡＴＥが人類の絶滅に繋がる風潮は今は隠れているが予測される。

目を良くする為の欲は老人を喜ばせることはできたが、一方、そうした欲により、生態系を崩す懸念を生んでしまったのだ。しかし、この欲による実態は懸念を通り越し、今の世界経済に静かに根深く浸透し、この先今より遙かに悪くなりうると想われる。

３万年前の石器時代は腕輪や装飾具はあったものの、財産はなかった。農業革命以降財産が生まれ、それが増えるに伴って資産格差が生じ不平等も増大した。その後のグローバル化は一部の集団がその成果を独占していく一方で、地球上の総人口80億人の内、何十億もの人々がその成果に乗り遅れてしまうことになった。欲による貧富の肥大化が生まれたのだ。

グローバル化で恩恵を受けている企業と猛者の長寿者は同類の兆候を見せている。

そして、世界の富裕層の上位たった１００人の資産総額は貧困層の下位40億人の総資産を上回っているという嘘のような実態がある。人間ではあっても大方は超富裕層にまとわりつく家畜の実態が生まれている。その１００人の超富裕層や、同類の猛者である長寿者には、もう、死は病気でしかなくなっているのが今の世界観である。

人類の大半にとっての最大のリスクの一つ、それは欲が産んだ長寿となったのである。

とはいうものの、心理学的には「承認欲求」という言葉がある。金とか地位とか権力と相反する欲であり、誰かに認めて貰いたいという欲である。欲に学ぶことは数知れずに存在する。

理性や感性が欲を求めているとはいえ、欲には人の生存をかけて本能に組み込まれて今日に及んだＦＡＴＥによる歴史を持ち、欲も使いようによっては幸せを産む肥やしにもなり、癒やしと救済にもなる。一方、劇薬にもなり、ときには武器にもなる。そんな欲も使いようということであり、それは、「一利一害、虻蜂《あぶばち》取らず」なのだ。

Orange

4

人はどうして人を愛するのか

第一章　4　人はどうして人を愛するのか

ラスコーの洞窟やアルタミラの洞窟の絵文字のように、アフリカのタンザニアのラエトリという所に人類最古の家族3人の二足歩行の足跡がある。人類が捕食者の多いサバンナに出たとき、多産となった。子の誕生で動けなくなった母親と幼児に食べ物を運ぶのに仲間が必要となる。母と子を安全な場所に隠し、男が高栄養の食べ物を集める。直立二足歩行は長距離をゆっくりと歩くのに適していて、尚且つ、自由になった手を利用して、食べ物を運び、人類の多産と進化に貢献した。これが人類に家族という社会単位を創造させるきっかけとなった。人口や集団の規模が大きくなるに従って、社会構造や関係性が変わっていく中で、家族という単位はあまり大きな変化を被《こうむ》らなかった。人間は経済に於ける不平等は受け入れても、繁殖に於ける不平等は受け入れなかった。互酬《ごしゅう》（物品や役務などを互いに提供し合うこと）により維持するコミュニティーは崩壊しても、見返りを求めない感情によって支えられている家族は生き残った。

そして、人間は家族を発展させつつ群れを作り、「分業」という生活形態を作り上げてきた。人間が他の動物と比較して飛躍的に発展してきたのはこの分業という類い希な生存戦略から生まれた秘術があったからである。過酷な環境を繋《つな》いで生き続けてきた人間の今に至った偶然には、共同生活に効率を活かす分担があったからであり、今日の長寿の進展こそ分業のもたらした発明だったのだ。分業は協力し合い、愛し合う他者との関係を上手く結ぶ歴史にあったからなのだが、今、この家族が歴史上崩壊する危機を迎えている。世界全体に見られる人口の激増と地域によっては真逆の激減によること以上に、会話によるコミュニケーションの急激な変容をもたらしたインターネットや携帯電話などのＩＴ機器の普及に起因してのことである。そして、多産の特徴の元に発達してきた家族構成が少子高齢化の時代に私たちがそれぞれの一生を生き抜くことを極めて難しくした。家族はこれまで人間が作り上げてきた最高の社会組織であり、それが壊れるとき、私たちはもはや今までの人間ではなくなってしまう。

人は一人では生きられない。霊長類の種であるから夫婦から始まり家族を作り集団を創る。他の種と違うのはその集団が別の集団と相互に関係を創ることにある。地球の彼方此方に広まった集団が様々な境遇を克服し、次に文化を創り、他の集団や文化とときには戦いながらお互いの文明に飛躍をもたらせてきたのが現代人である。

人は人生について考えるときに、どうすれば幸せで充実した人生を送れるのかを考える。覆水盆に返らずで、人生はやり直しがきかない。過ぎ去った時間を取り戻すことはできないとするなら、一番大事なことに時間・労力・金などの資源を上手く配分しているだろうか。人生に戦略を持っているだろうか。目的はどうだろう。どうやって過ごす人生を充実すべきなのだろうか。私は家族にその目的を見つける。人生を評価する方法がそこにあると思うからだ。身近な他人への愛がもたらすものが如何に大きいかを。愛の片隅を埋めている無償の愛にである。代償を求めることなしに純粋に与えることのできるのが私たち人間である。

人類が農耕を始めた凡そ1万年前、世界人口は数百万~1000万程度だったと推測されている。それから数千年をかけて数億人に増えた人類は、最近のわずか200年あまりで20億、30億、40億と爆発的に増加して2012年に70億人を突破して地球の覇者として君臨することになった。現在は80億人に及ぶがスペイン風邪の1918年の20億人からたった105年で60億人が増加したことになる。2083年頃には100億人を突破すると予想されている。この急激な凄まじい増加のスピードに大方の新人は進化から振り落とされ、ストレスに苛《さいな》まれ、脳が現代社会に適応できなくなる人が増えてきた。そんな中で問われるのが愛の今後にある。

歴史を遡《さかのぼ》ることで他の類人猿との違いを見ると家族、そして愛の本質が見えてくる。愛は物質的には無償の施しを幸せに思って行う行為であり、見返りとして望むものは物質的にはない。供給があるだけである。ＧＩＶＥ＆ＴＡＫＥのＧＩＶＥを捧げるだけの行為をいう。一方、精神的には異性への欲求の独占であり、それは子孫を作るＤＮＡのなせる必然である。

そして、別の解釈もある。紀元前３～４００年以前には地球上に国家など存在しなかった。また、最近まで伝統的で単純な政治体制の下で暮らしていた伝統的社会ではこのように見返りを望まない愛があることと平衡して、異性を独占する欲求を持ち、次の世代への生き残り手段とはいえ、食糧不足時には親を殺し、子供を間引くことも厭《いと》わないのが愛を翳《かざ》す人間の性《さが》であり、必要な時々に何の苦もなくそれらを切り替えて生きてきたのが人間の本性であり、それも愛と同居しているＦＡＴＥの実態がある。

愛することとは一人でいることに飽きることへの嚆矢だともいえる。そして、人口の激増と延びる寿命と時の進むスピードによりこれからの愛の変容が気がかりな難題に思えてくる。

一人で生きることのできない人間は孤独に耐えられなくなると逃げ場所がいる。人は愛に逃げようとする。愛は隠れ家であり、怯懦《きようだ》（臆病で意志の弱いこと）であり、偽善である。身を守るために装う古《いにしえ》からの因習の一面なのであり、自分自身に対する裏切りなのである。しかし、そこにあるのは紛れもないナルシシズムであり、そこに人は幸せと名づけるメタファーを翳す。そしてそこに人は快感や安心、そして、満足を得る。

そんな様々な含みを持つ言葉に人は詭弁を感じつつも着飾って使ってきた歴史がある。愛とはそれほど奥深い意味を持つ言葉であって、人間も三者三様あるのと同じく、愛《いと》しいとも愛《うるわ》しいとも愛《かな》しいとも呼び、そして、愛《め》でるとも呼んできた。

愛とは「月と鼈《すっぽん》」であり、「入り船あれば出船あり」なのだ。

Red

5

人はどうして成長するのか

第一章　5　人はどうして成長するのか

私たちの平均寿命は10年に約2年、1日に約5時間の割合で延びている。いい換えれば、毎日生きる毎に5時間という余分な時間が増えている。今日という時間が終わっても明日また新たな時間が増えている。石器時代には人々の多くは生後一、二歳までに死亡した。新生児の平均寿命は20年は超えていなかった。そして、20世紀が終わるまでには、人は約76年生きられるようになった。21世紀を迎えた今、平均寿命の延びはあまりに早く更に変わったため、人々は自分の存命中に見違えるほど寿命が延びるという現象をたった今の一代で現在、人類史上はじめて経験している。私たちは20世紀中盤から現在に至る迄に30年ほど寿命を延ばした訳だが、これは新人がそれまでの生存を賭けた30万年にも及ぶ長い年月の存続の戦いで種として得た延びた寿命と、ほぼ同じ延長分をわずか100年で得たことになる。即ち、現代は単純に長寿を望むのなら、人という死すべきFATEを持って生まれて来るには悪くない時期にある。

このことは今生きている人にとって、一日生きる毎に新たな生きる生存時間が延びていることになる。

それは建設工事中の高速道路を猛スピードで走っているフェラーリの眼前を高速道路が瞬時に何千メートルも完成されていくようなことであり、私たちの身体に変化があった訳ではない。進化した訳でもない。30年という寿命の延長を進化によって成し遂げるには、数世代という時間ではそもそも短かすぎる。それはただ私たちを取り巻く環境がより快適になったからだけのことなのだ。

野生のマウスは約1年生きる。同じマウスでも安全な籠《かご》で暮らせば約3年生きられる。私たちは祖先が自然環境の中でのみ全うした寿命を食料・家・冷蔵庫・コンビニ・エアコン・スポーツジム・医療施設によって倍に延長させたのだ。その結果により、この延びた時間の過ごし方が様々な問題を引き起こし、問われるようになった。どうしたらいいのだろうと。人のもたらしたＦＡＴＥにである。

このような長い歴史を背景に宇宙環境に包摂されながら人は自然環境によっても淘汰を受け続けて現在までのホモ・サピエンスとして存続し成長を果たしてきた。

この成長の歴史の必然とその過程を見るなら、それは私たちの祖先であるクロマニヨン人と旧人のネアンデルタール人の違いによっている。２００万年前は石器時代であり、後期石器時代の始まる前に新人であるホモ・サピエンス（ホモ・ピクトル＝絵を描く人ともいう）であるクロマニヨン人の誕生があり、今から30万年前に、旧人のネアンデルタール人と袂《たもと》を分かつことになった。

私たちの祖先であるクロマニヨン人とネアンデルタール人の違いは、両者が同じような脳の大きさを持ち、数と複雑さに於いても同等の神経回路を持っていたにも拘わらず、ネアンデルタール人が美術や科学や宗教など比喩能力を基礎とする領域にまで及ばなかったのは、それぞれの神経回路を結びつける「補足的回路」が足りなかったからであり、それに対してクロマニヨン人はこの補足的回路を備え、「知的流動性」と呼ぶものを獲得したが故に比喩や象徴の産物といえる芸術を誕生させるに至って成長してきたからなのだ。

そんな比喩的能力の先に新しい欲求を汲み取る回路が蘇生されれば未来の種は再び様々な成長を始めることだろう。

そして、現代に生きるものにとっては、色々な人に成り代わりたいと思う欲求が成長の始まる起因となる。絵でいうなら妄想であっても、ゴッホを超えられると思うところから成長は始まるのである。

「海底二万里」や「月世界旅行」などの作者であるフランスのジュール・ヴェルヌ（1828・2・8～1905・3・24）は「人間が想像できることは、人間が必ず実現できる」という言葉を残している。ロケットや人工衛星などのアイデアはSFから来たとされる。技術革新の道標は人間の想像力と、それを実現しようとする意志の力なのである。「牛も千里、馬も千里」なのだ。そして、人は身を守る自己愛とプライドからも成長を始め、いつしかそれが周囲の評価も伴う自信となり果ては矜持を生み、そして、達感を得ることに向けて成長していく。

一方、人の成長の秤に器がある。人間の器とは絶望を経験し、本気の覚悟を持って自分を捨てなければならなかった経験を持つ者が立ち入ることのできる境地であって、いい人と思われたい自己保身に塗《まみ》れた、虚栄心の強い者には踏み越えられない難所である。人間の器の成長する時々の境地には自らを捨てる覚悟が要り、それが成長の嚆矢となる。

Purple

6

人はどうして考えるのか

第一章　6　人はどうして考えるのか

人は未来の自分が抱え込むことになるこれから起こる受難や破滅を「対岸の火事」と観て見過ごして生きている。「朝三暮四」の猿のようにである。その一方、自らを諌《いさ》め、人としての生き方を探ろうとする人がいる。人は本来考える動物なのである。その想いは良い選択をして、良い結果を望むからである。しかし、ものの見方考え方は一通りではない。他人がなんといおうが、どちらでも良いし、決めるのが本人ならそれでいいのだ。しかし途中で「はて！　不味いな」と気づくことになれば、その時点で見方、考え方を変えればいいのである。拘《こだわ》りも時と場合による。ただそれだけのことなのだ。

他人の意見は聞いても全て自らの行動にはその関与の過程に自らの決断が介在していなくてはならない。その過程さえ経ていれば、当事者としての柔軟で、適宜《てきぎ》な行動が浮かぶはずだし、思いがけない悪い結果が生じるようなら、間を置かずに次の行動を選択し修正することで、方向転換を始めれば良いだけのことである。そんなノリで「読む立場」から「書く立場」に乗り換えて生き方を模索した詩《うた》の数々をここに書き留めた。

次の文章は今から35年前の1988年に綴《つづ》ったもので、当時37歳の青春の詩である。

人生哲学

「今日も生涯の一日なり」

人間の社会生活にとって必要なものは、普通の努力があるなら、現在の経済環境にあっては殆ど、誰でも平等に手に入れることができる。

まして、人間の生存に不可欠なものは皆、既に手に入れている。太陽、空気、水そして時間。どれも一人ひとりが生きていく分には、自由に使うことができるし、時間に於いては、勝手気ままな使い分けができる。これは全ての人に与えられた嚆矢の持つ資産である。

なければ絶対に生きながらえていけない尊いものが、いつもそばにあるとは何とすばらしいことか。そのことを身近に常に感じることで、人は生かされている中で生きていることを知ることが大切である。

そして、そこで得たことは過ごす一生を終えるとき、元の世界に返していかねばならない。人生が天からの授《さず》かりものであるなら、必ずそれを返す恩に報いる時があっていい。だからこそ、授けられたものは大切に己の天命を賭して生かしたあと、授けられた時より価値を深めて綺麗に使い切って返していかねばならない。それには心に邪念があってはならない。そして感謝を忘れてはならない。

人は自分勝手に生きているようでも、本当は、生かされる中で生きているのであり、宇宙の中の霞の一粒のような人生も授《さず》かりものとして使命感のある人生を送り、物欲のみを考えない、充実の果ての一生を送るべきである。

一口に人生80年などというが、その歳月の流れは緩《ゆる》やかで、時の過ぎる音に気づくこともなく、いつの間にか過ぎていくもののようである。誰もが自らの人生に終止符を打つ時が来ることを知りながら、日常の生活はその日、その日に迎える事象の明け暮れに追われるだけで精一杯。これでは何のための一生なのか

今日の一日、それは生涯の大切な唯一の一日なのだ。

一日一日を大切に過ごすことで、私たちの一生は、より豊かなものへ、充実したものへと変わっ

ていくことになる。

人の人生だけではなく、企業や国の一生にも浮き沈みがあり、興亡がある。生気に満ちた溌剌とした時期もあれば、思いがけぬ苦難や病に苦しみ、ひたすら耐え抜いていかねばならない時期もある。輝ける興隆の時期こそ大歓迎だが、真に実りある成果は、苦境の時期に於いてこそ生まれるものであり、興隆はその一つの成果でしかない。人類の歴史の神髄は、それが危機の連続であったことにこそ散見されると知れば、本当の意欲も不撓不屈の精神も苦境期にこそ生まれてくるものだと分かる。

経済が順調に働き続けており、おかげで、お互いの職業も安定し、企業の業績も良いのに越したことはない。だが、どんな興隆の時期にあっても、それが長く続けば続くほど、経済も社会も政治もそしてもちろん人も硬直化していくのは必然であり、人は保身に固執し、エゴが拡大するといった澱みばかりが溜まってゆき、ダイナミックな活動力は失われ、安逸《あんいつ》や退廃の風潮が世に蔓延していく。

これに反して、大災害、恐慌、大病、戦争などの予期せぬ事象によるパニックや激動や不安定化は当然好むものであろうはずはないが、飛躍的な発展はむしろこれを触媒としてこそ生まれる。たとえ突如として世界を折檻《せっかん》する感染症や大恐慌が襲来しようが、また、自然による大災害が発生しようが、そして、個人であっても突然に深刻な苦境や病魔に見舞われようが、これを明日の輝ける成功と幸福のために用意された奇貨と受け止め、公然と戦っていくべきである。そして、不自由を常と思えば不足などあろうはずがない。

今日のこの難局こそ、明日の飛躍のためにもたらされた絶好の学習の鍛錬に必須な転機と歓迎しよう。勇気を持とう。因循姑息な生活態度では、軟弱な退廃や敗北、そして滅亡だけしかやってこない。「ものをなくせば小さくなくす。信用をなくせば大きくなくす。勇気をなくせば全てをなくす」ことになる。

強靱《きょうじん》な意志力。八方に気を配り、おさおさ怠りない注意力。状況を総合的に俯瞰して掌握できる判断力による対処手法。それを基盤とした決断による行動。これらを明るく楽しく自然に素速く実践していくことが不可欠だが、これらも苦闘を経てこそ、初めて身につくものだ。

そして、人、企業、国の評価は混沌の極みにあって、そのとき如何なる新たなスタートが切れるかにより計られる。

さあ、皆で暗中模索の大海の地平線に向け夢ある忍耐航路を突き進もう。先には苦闘の数だけの報われる満足があるはずだ。

今読み直しても何も古さは感じない。当時と考えは変わっていないことが分かる。こんなことを考えながら今は作ったときから倍の35年も過ぎたことになる。「人はどうして考えるのか」は、悩み多き人生を歩んできたからなのだ。常に挑戦し続けてきたからなのである。しかも内面での問題としてである。人と語り合って生まれる世界ではない。自問自答する内面の深いところにあった悩みの葛藤がそこに映る。

しかし、時が少なからず静かに過ぎゆき、「今日も生涯の一日なり」のタイトルはそれを変える必要に強いられる年齢になってしまった。「残された人生、今日が一番若い最初の一日」とすることになる。

更に一日を濃厚に凝縮して生きざるを得ない時期に差し掛かったからである。「邯鄲《かんたん》の夢」（この枕を使えば夢が叶うといわれ、使ってみると大金持ちになるが目が覚めると夢でしかなかったという人の世の栄枯盛衰ははかないものであるとの譬え話）をここに想うからだ。

何れにしても、「人はどうして考えるのか」を想う恰好《かっこう》の機会はいつでもどこにでもある。その答えが時期や局面によって、どう変わろうが考える機会を受け、考え続けて日を送り、終の日までの一日一日を充実させることにこそ意義がある。今まではそうやって生きてきた。弁証法的にである。そこにＦＡＴＥを感じるからだ。

「いつかそんなこともあったな」と思えることに、次のようなことがある。

貴方は今生きているかそうでないか。生きているなら、今までの全ての禍《わざわい》は過去の事象のこととして乗り超えてきた証である。生きているのは死に至る難局を糧としてきた証なのである。皆、人間力の育成のために難局に立ち向かうことを試練として見過ごすことなく、そして、逃げることなく、挑む局面と捉えてこれからも挑戦すべきなのである。やがてそれが血となり、肉となって自らを鍛え、そして、それが自らの次の難局に備える知恵となり、武器となるからだ。後に経験する二つの絶望への対峙とこの人生哲学が道標となって終局に活かされている。

そして、考える一日がまた始まり「今あること」を思うとき、「邯鄲の夢」から早く覚められた有難さが分かる。底の知れない溢れる至福をここに想う。「残された人生、今日が一番若い最初の一日」は新しい難題に立ち向かう嚆矢の日なのである。

「知者は惑わず　勇者は懼《おそ》れず」でありたいものだ。

Blue

7

人はどうして意識を持つのか

第一章　7　人はどうして意識を持つのか

私は芸術というものに触れる前まではただのホモ・サピエンスの一人でしかなかった。生活のためだけにあくせくしている間は人はまだ人とはいえない。生活のためだけにでも人は生きられるが、絵画や音楽、そして一見不要不急に思えるものや、途方もないものを求める意識を持つ時に人は初めて本来の目指す人となる。他の異次元の世界にも生命の類があるのかないのか解らないが、人以外に生まれなくて良かったのか、そうでもないのかを知りたい多様な意識が今生まれている。

人の身体は、わずか一個の受精卵が分裂を繰り返し、生まれた細胞に同じものは二つとしてない。こうした細胞の一つは部品を何千と持ち、その部品は夥《おびただ》しい数の分子から構成され、昼夜分かたず働いている。

この分子が生き物のエンジンを動かす燃料なのである。これがなければ私たちが大気中で息をしたり、何かを飲んだり食べたりしても益はない。体内の最も瑣末《さまつ》な機能さえ緩慢になり、何れ止まってしまう。人はこの身体と精神からなっている。

一方、宇宙は何千億もの銀河からなっている。人を構築する200兆の細胞と何千億もの銀河からなる宇宙は輪廻していると思うとその空間のうねりと時の経過の大きさに畏怖を感じるのと同様に、その輪廻の広大さを考えることで、精神的には楽になり、更には、浮揚感さえ生まれてくる。

約500年前のフランスの哲学者ブレーズ・パスカルは「人は考える葦である」といった。人の精神は驚くほどに「尊い」ものである一方、その身体は「葦」のようにか弱く、頼りないものであるという考えで人は今の社会を創造してきた。そして身体は確かに葦のようかもしれないが、生きている細胞の数とその数千倍もの寄生体であるミトコンドリアに支えられて生きているのが私たち人なのだと思えば葦とは正反対の壮大な存在であることに気づかされる。人は一つひとつの細胞が使命を全うし、老化したその機能を次なる細胞に託す新陳代謝を繰り返し続けることで人として維持できている。そこには膨大な「細胞社会」が営まれていることの証《あかし》を人は理解する。その理解も意識を働かせて生まれることの一つなのである。

そもそも意識とは何なのか、人はどうして意識を持つのか、意識とは人間だけのものなのか。

そして、意識は人が各々個別に自立して判断を下していると思っていること自体、実は人間の欺《ぎ》瞞《まん》であって、脳の機能である一部の機械部分のＯＮ、ＯＦＦはいったい誰の意図で動いているのか。それを制御するのは自分でしかなく、他の別のものではないと誰が是認してくれるのか。別の何かが勝手に操作していると誰が否定できるのか。自決もその辺りとは違うとはいえども、それに近い気配を感じる。

他人に自分の身体を操られるのは、気持ちのいいものではない。

「他人の手症候群」という厄介な症状に苦しむ人たちがいる。左手でコップを置こうとすると右手がそれを持ち上げる。左手がシャツのボタンを嵌《は》めようとすると、右手がそれを外してしまう。極端な例になると、いうことを利《き》かない手が本人の首を絞めようとし、もう一方の手がそれと戦って助かるという場合もある。患者の脳の病変が原因である。

私たちはそんな症状を生み出しかねない脳によって動かされるデバイスなのか。私たちが自由意思だと思っているものは、実は私たちの無知と欺瞞でしかないのかもしれないのだ。人間は宇宙の中で無力な存在だとみられないよう自分を擁護し、殆どの人間は自律性、自己決定能力、自由意志を自分に当然備わったものと信じて疑わない。しかし、誰もが賢明にしがみつく自由意志の概念など実は妄想にすぎない。

人は、凍てつく朝に火の気のない部屋でベッドから出るのがどんなに辛いことか知っている。自分の内にある生気の源がそんな試練に激しく抵抗することも知っている。ではいったいそんな中でどうやって起き上がるというのか。「さあ、起きろっ」と自分に命ずる。けれども起き上がれない。ところが気づいてみるといつの間にか起き上がっているではないか。再び、もう一度命令を発した記憶はない。しかし、次の瞬間、眼鏡を掛け腕時計をして洗面台にしょぼついた目をして立っている自らがいる。こうして日々の暮らしを意識の支配抜きでこなしている。これは、行動を意識的に支配できないことの驚くほど明らかな、それでいて殆ど誰も顧みることのない症例である。

人は小さな生き物の一つでしかない。しかし、自由意志の扱いを神や魂の存在と同等の地位に置き、他の霊長類との明確な上位異種として意識あるものの欺瞞《ぎまん》を謳歌してきたが実は、それも自由意志ではないのだとすれば、あまりにも惨《むご》いことになる。ホモ・サピエンスとしての選ばれしものとしての誇りに大きな乱れが起きてくる。心理学は「私たちが理性的な決断を下していると考えるのは多くの場合自己欺瞞だ」と繰り返し示してきた。「人は宇宙の中で無力な存在だと思われないよう自分を擁護してきた」と。

自然科学や経済学、そして心理学の発展は宇宙に於ける人の存在をそれ自体特別のものとして崇《あが》める自由意志を持つものとしてきたが、その自由意志そのものも実際には自由にならないものであるなら、人とはいったい何者でしかないのかと振り出しに戻らされてしまう不自然がある。しかもその一律でない意識は現在80億の人の数の分だけあるというがどこかで束ねられている気配を感じる。ＦＡＴＥをだ。解らないことの全てを仮に神という存在に委ねるとするなら、やはり人の歴史の嚆矢に生まれた神の領域に考えが吸い込まれていかざるを得ない。

私たち人間は自分の行為に責任を持つべきだという考えの元に文明や宗教や社会を構築してきた。しかし、「人は脳に操られるデバイスでしかない」と認めて、個人の責任という概念を放棄してしまうのは、現実世界に対処していかなくてはならない者とすれば酷《むご》すぎる。自由意志即ち意識はそれが虚構であっても現実世界ではなくてはならないものだからである。

ひょっとすると私たち人間は宇宙単位での有事への遭遇の際に、次の進化への変異行為として、何かの先導の元に種であるものの定めとして、一瞬にして全ての人間が何かの求めに応じて動き出すように回路設計されているのかもしれない。新人であるホモ・サピエンス以外の24にも及ぶ人の種が跡形もなくなぜか全て絶滅し消え失せたようにである。

尤も、有事でなくとも、本も何百冊も読めば、脳の伝達シナプスが瞬時に勝手に働き出し、遭遇したことのない状況であってもそれを探るために想像力を働かせ予測し始める。これが意識なのである。

人は絶望に縛られ先の見えないときに死を意識し、先に希望が見えればエネルギッシュになり、先が解ったとき再び死を意識する。そんな中で私は今までに三度死ぬ思いを経験した（P130）。その時得たことは死の怖さは近くに誰が何人いようが当事者一人にしか分からず、どんなに近くにいても他の人には一切認識できないという無常観とその後に気づく生きていることをまた一人深く味わえる喜びだった。そして、これからの生きる時間に再び向き合えるという崇高な感動だった。この無常観と喜びと感動は隣人には「夏炉冬扇《かろとうせん》」に思われる様相を強いるが、一方、自らには真逆の冷厳なリアリティーを想起させ、今必要なのは時代を一人毅然《きぜん》と生きる新たな挑戦への意識を持つリアリストとしての有り様だと気づかされる。

Green

8

人はどうして人を殺すのか

第一章　8　人はどうして人を殺すのか

知の無知によるものと衝動によるものと、そして、生存のナルシシズムによるものの何れかが殺意をもたらす。

攻撃性や残虐性とは異質な、極めて軽い知性のない無知がもたらす殺人に、判断力に欠けた現代の特殊性がある。そして、知性が育まれているはずの環境であっても、残虐な殺戮《さつりく》は世界にも及べば日常暇《いとま》なく起きている。日本の非行少年の数が三割という驚くべき数字もある。身の周りは危険だらけである。

獣類には色々な本能や欲情がある。ところが獣類の世界が人間のように滅茶苦茶になることはない。それは獣類には本能や欲情に対する自動調節装置がついているからであり、そのために放っておいても同志に於いては酷《ひど》いことには及ばない。しかし人間の頭には本能や欲情に対する自動制御装置はなく、その代わりに意識して自主的にそういうものを抑える力が大脳前頭葉に多様な経験をする毎に付与されていく。人のその働きは経年により会得でき、行使する機会を教訓にして、人として滅茶苦茶にならなく済ませている。

しかし、こんな例もある。密室の中で赤ん坊と二人きりで3時間いたら、母親は子供に対して凶器になるというのだ。

愛も人の隠し持つ残虐性の偽装の振り替えであって、この世で許される唯一の偽装を人は愛と呼んでいる。これは家族にもいえ、人の持つ壊滅的偽装を隠し持ち、この世で許される唯一の偽装を人は知ってか知らずか愛と敬い惚《とぼ》け呼ぶ。

一方、歴史上、日本は火器の進歩を放棄したことのある世界でも類例のない唯一の国であった時期がある。

1543年頃に種子島に鉄砲が伝来して間もなく、日本中で大量の銃が作られ始め、100年後には戦場の主役となり、日本は世界一の鉄砲保有国となった。しかし、徳川幕府になって、元の刀と槍の世界に再び武勇を誇った。銃を持った歩兵にいとも簡単に殺されることにより、銃には倫理がないと一時、自制が働いたのだ。

火器を一旦手に入れればそれを手放すどころかより強力に創り上げるのが人間世界の趨勢であって、徳川幕府はいとも簡単に命を落とす武士の悲哀と武士の矜持を思ったからであろう。同じ武器であっても銃には礼節がないと知ったからだ。所謂《いわゆる》、「惻隠《そくいん》の情」である。

戦渦が日常であった時代にあって、日本の銃への歴史には驚かされるし、知的意識の豊穣には頭が下がる。一時的なことではあったのだが、このことは、時代の変わる極面に大きな権益を全て放棄した大政奉還にみる世界にこれも類例のない武士道がもたらした快挙な行為へと続いたのだ。後の憲法九条もこの類いにある。

昔は喧嘩するにも間があって、些細なことから傷つけ合うまでに自重する間があった。大脳前頭葉が機能していたと思える。しかし、最近は傷つけられる方も相手が誰だか分からないで負傷させられるケースが度々起きている。例えば、電車内で「身体に触れられて頭に来てやった」という行為。また、「人を殺してみたかった」と大量殺戮《さつりく》に及ぶ秋葉原の車の暴走事件もあった。ウクライナへの侵攻もそうである。そして、GAFA・Mのような巨大テック企業の創業者にもそんな危惧はついて回る。これが種が同様に持つ獰猛で残虐非道な性《さが》のもたらす本質であって、このような惨いことは歴史上どこでも、いつでも、誰にでも起こりうる。それにはその時々に対処するしか方策はなく、歴史はその繰り返しであって変わることは望めない。深い諦念をここに想う。

多分、地球の破滅は二酸化炭素による地球温暖化によることなどの自然現象と人口の激増と長寿による破綻を除けば、近い将来一瞬にして起こる確率からはウイルスによるパンデミックと人間の愚かさに起因する戦争による核の使用やその破綻からだろう。

霊長類の筆頭に立つとはいえ、人間〝種〟の持つ油断による単純な罠がここにある。自分で自分の尻尾を噛む『ウロボロスの蛇』（自らの尾を噛んで飲み込み円を形作る蛇で、円形は始めと終わりが一致すること。そして、始めもなく終わりもないことから、完全、永遠、不滅の象徴とされ、頭に近いほど大きなモノ、地球＝星＝宇宙。尻尾に近いほど小さなモノ、細胞＝原子＝素粒子を意味する）がこの確率の高いＦＡＴＥによる混沌を描き切っている。戦争は同種同士の新人を大量虐殺することを厭わず、自らを貪《むさぼ》り喰う「ウロボロスの蛇」と同じなのだ。それは他の何か偶発的な事象により滅ぶのか、どちらにしても新人は何れ想うより早く滅びることになるだろう。自然現象と長寿やウイルスと異なる戦争は一瞬にして世の中を消滅させられる。科学知識を生み出した「脳」の発達と共にあるその歪《ひず》みによってである。

しかし、原因が何であれ、生物の中の隆盛を極めたある〝種〟が滅亡することは、長い地球の生物史上、一向に珍しいことではなかった。

30万年前の私たち新人類の誕生のあと、他に24種もいた人類はなぜか全て絶滅してしまっている。私たちもそんな変則事象で絶滅することになるのは歴史上当たり前にありうる。

歴史を学べば様々な虚実を実際に起きたこととして歪《ゆが》めてしまう傾向や、事実を不正利用しようとするものたちにより都合良く曲げられてしまう結末作りの枚挙に暇《いとま》がない。それとて本当のことかどうかの裏読みがいる。たぶん間違いだらけだと認識しなくてはならないことの方が多いと思える。

　ダーウィンの進化論からすれば私たち人類はホモ・サピエンスとして霊長類の高等動物として君臨するに至ったと語る。これこそ問題を提起している。この人類史の中で、医学や科学が未発達であった、たった百数十年ほど前までは、現生人類に及ぶか超えた異なる知能や風貌を持った新生児はどの文化圏でも間引かれる定めにあったことだろう。知能が飛び抜けて優れていようものなら、ましてや風貌も異なった子の誕生であったなら、人知れず存在を葬《ほうむ》ってきたことは否めない。個々の集団生活を壊す恐れや集団内の既得権益を壊すかもしれないと思う妄想はそんな時代を生きる彼女彼等にとって、何より驚異に思えたことだろう。自分たちとは異質なものを排除しようとする習性は人間が他の進化の芽を摘み取ってきた事実を思えば、それがなければ歴史はきっと今とはまるで違ったものになっていただろうことは容易に推察できる。そうであるなら、今ある私たちの存在はなかったことにもなるのだが。

　南北アメリカ大陸に上陸したヨーロッパ人は先住民の九割を殺して今に至り、先住民族は絶滅した。また、アフリカ大陸では1000万人の奴隷狩りをするためにその何倍もの原住民が殺された。たった百数十年前のことである。紀元前に一大文明が栄えたこのアフリカが20世紀に至るまでの間、発展から取り残されたのは奴隷貿易と過酷な植民地支配により、同種である人間であるにも拘わらず下等な別種のモノとして扱われ、悲惨な大量虐殺によりその持つ天然資源を同じ種である。外来人種に奪われ続けたからである。

　また、ユダヤ人であるというだけで600万人もがナチス・ドイツによって殺された人類史に残る惨禍《さんか》からまだ3四半世紀しか経っていない。ましてウクライナの今の惨状は……。

このように全ての生物種の中で、人間だけが同種間の大量虐殺を行う唯一の種であるのだ。これが人間の本質であり、人間とは本来このように残虐極まりない種なのである。この残虐性の持ち合わせがなかった種は私たちの祖先によって殺され続けた歴史がある。今の食用家畜のようにである。私たちだけが生き残ったのは知性などはかけらもなく、残虐性が他の種より度を超えて惨《むご》かった種を先祖に持つからであり、そして、知性はその残虐性の本性を隠匿《いんとく》することを習性とする卑屈な偽装でしかない。人間の性《さが》には限りがなく、その本性は獰猛《どうもう》極まりないとまずは悟ると良い。

領土を巡って人間が殺し合うのと、縄張りを侵されたチンパンジーが怒り狂って暴力を振るうのは同じ類《たぐい》と思うが、チンパンジーの方がこの獰猛な殺戮の数と惨《むご》さを比較するなら、余ほど可愛く思えてしまう。

一方、善行が人間にない訳ではない。しかし、その行為は人としての本性を欺《あざむ》く真逆の行為だからこそ美徳とされるのであって、善行も偽善の類の側にしかないのが実態である。

10万、１００万と人を殺すことをやりのけ、それを命ずる人間が家庭を持ち妻や子や聴衆の面前で人の命を大切にしなければならないと平然と語る。80億の生を受けて生きている家族や聴衆が、それを良しとして敬虔《けいけん》な風情で聞き入っている不自然がある。ここに人間の性の持つＦＡＴＥを刮目する。

そう、人は他の種を抹殺し、餌食にし、ときに同種である人を異質な存在として殺戮《さつりく》し、抹殺することも厭《いと》わず、様々な屁理屈を並べ、ときに人を食べる。戦《いくさ》で戦った相手の肉を食べた時代があったし、礼や仁を重んじる儒教である『論語』の孔子の好物は人肉だったという説もある。これは悪い冗談だと思うが。

そして、今生きている私たちがこの獰猛《どうもう》な種としてこの地球という星に80億人の生を引き継ぎ、種の本質から目を逸らし、何を思うか死を怖れながら生きている不条理な変則現象がある。

人はただの種の生き物ではない。何でもしてしまう獰猛な殺戮をときに大義として成し遂げ、ときには大脳前頭葉に付与された惻隠の情を弄《もてあそ》ぶことのできる種なのである。人の裏面《うらづら》、表面《おもてづら》の二面性のＦｒｏｎｔ＆Ｂａｃｋを見過ごしてはならない。

種の新人であるホモ・サピエンスの隠された残虐な存在を嘲《あざ》笑うかのように感染症の汚染がパンデミックを引き起こし世界を恐怖に陥れ、恐慌も想定され、脆弱《ぜいじゃく》な種の存続の力量が試されることに直面している。人間が獰猛な偽善だらけの獣のようなサル目ヒト科の現存種であるホモ・サピエンスと呼ばれるようになったのは凡そ30万年前だが、ことによってはこれ等のウイルスが地球の歴史を変えるかもしれない。いくらカバーストーリーを並べてみても自然の脅威や新種の殺人ウイルスは実態として私たち人間に忖度《そんたく》はしてくれない。

人間は自然やウイルス、そして、種の持つ残虐性と共に平気で生きていくしかないのだ。人から見る今起きている事象は地球に於ける次に始まる色々な有事の襲来に包摂されたありえない事態に今、まざまざと攻め込まれている。私たちは当たり前に見ている事象を疑って構える危機意識を、歴史からの持てる知恵を通じて、この先これをどう解決していくのかを問われるとき、この人間の二面性の表裏をウイルス対策に当て込み、ウイルスの抗体をパンデミックな殺傷力の解毒剤とするのか、また、別の発見に委ね解消を図るのかを求められている。そう、人の獰猛性にはピュアーな善行を、ウイルスの絶滅にはウイルスの抗体を以て抗う対策が求められている。ウイルスに於いての今の有事は人類の敵となった同種のウイルスを以て細菌科学で立ち向かわせるときを迎えている。

「人はどうして人を殺すのか」はＦＡＴＥが一定のバランスある数を人に定義し、その数の増減を人に委ねたのだとの諦念を想う。

Brown

9

人はどうして老いるのか

第一章　9　人はどうして老いるのか

老化は医療問題だと生物学者が唱《とな》える時代がやってきた。今は私たちは皆この病気にかかっており、この病気は現在までは100％の確率で死に至った。この問題に全力で取り組むべきだ。というのが彼等の考えである。

呼吸を例に取ってみよう。肺に酸素が入ると、人体にある細胞にもれなく、赤血球が酸素を運ぶ。そして各細胞は、受け取った酸素を細胞内にあるミトコンドリアの独立した微少な工場に運び込む。ミトコンドリア（p37）は赤血球から受け取った酸素を使って回転モーターにより濃縮エネルギーであるアデノシン三リン酸（ＡＴＰ）と呼ばれる高エネルギー分子を生産する。

このように私たちは酸素を吸い込むことでエネルギーを得る一方、息をひと息する度、そして、一日また、一年過ごす度に、その同じ酸素の酸化のせいで生きるのに必要な分だけエネルギーを失っていく。これが老化の皮肉なのである。酸素は私たちにエネルギーを与え、そのエネルギーを爆発させることで私たちを活動させる。私たちが生きていけるのは酸素のおかげであり、一方、私たちの老化はこの酸素のせいなのだ。酸素は諸刃の剣なのである。

老年学者はこの考え方を「フリーラジカル老化説」と呼び、それは人類だけでなく、あらゆる動物の身体を衰退させるという意味に於いて普遍性を持っている。フリーラジカルは、老いた身体が活力を失って故障する主な理由の一つである。

このフリーラジカルが最も厳《きび》しいダメージを与えるのが一つの細胞内に数百から数千あるミトコンドリアのそのまた中にある沢山の工場内のモーターなのだ。即ちこの沢山のモーターを持つ工場の所有者であるミトコンドリア自身なのだ。こうしてミトコンドリアは疲弊していく。ミトコンドリアの寿命は私たちの身体の他の部分よりかなり短い。細胞内のミトコンドリアの大半は1ヶ月も経たないうちに死んで新しいものと入れ替わる。脳以外の一生生き続けなければならない心臓の細胞や脳細胞内のミトコンドリアですら全てそうなのだ。

ダメージを受けたミトコンドリアは、遺棄された製鉄所のようにただそこで朽ちていくことは許されない。細胞内を日夜移動して取り除くべきものを呑み込むオートファゴソーム（自食胞）と呼ばれる小器官によって食べられる。この小器官は食べたものをゴミの山に捨てる。つまり、死んだミトコンドリアを細胞内の巨大なリソソーム（細胞内の巨大なゴミ処理場）に運び分解する。遺棄されたミトコンドリアを解体して、スペア部品にリサイクルするのだ。やがて私たちのミトコンドリアはどんどん疲弊していき、身体に供給されるエネルギーが減っていく。回転モーターはきちんと回らなくなり、細胞内のあらゆるパーツが不調を来たし、エラーをもたらす。それもこれもミトコンドリアが放出するフリーラジカルのせいなのだ。

来る日も来る日も、私たちは自分の体重と同じ量のＡＴＰを燃やす。そして来る日も来る日も、自らの体重と同じ量のＡＴＰを新たに生産する。仮に体重が66キログラムだとすると、毎日66キログラムのＡＴＰを燃やし、次の日に燃やすＡＴＰ66キログラムをその日の内に作る計算になる。

細胞の崩壊は主に、死んだり壊れ始めたりしているミトコンドリアを片付け損なったために起きる。巡回するオートファゴソームは外膜が破損したミトコンドリアのみを破壊対象に選別するので、もしミトコンドリアが変異を起こして、もうＡＴＰを生産できなくなっても外膜が破損していなければ、オートファゴソームはこれを食べて片付けることをしない。

細胞内のミトコンドリアの死は、蟻塚に於ける蟻の死に似ている。蟻が死ぬと、トンネル巡回を専門にする蟻が死骸を拾って片付ける。蟻は死骸を匂いで嗅ぎ分ける。研究では死骸の匂いをなくすと死んでいるのを無視して通り過ぎ片付けることをしなくなる。人の生細胞内では、オートファゴソームがこれらの死体を運ぶ蟻の役目を果たしている。あるミトコンドリアが製造過程を停止して老化の目印をつけるべき状態になっても、外膜に破損の目印がなければ食べて分解されずに捨て置かれる。これが溜まり、欠陥ミトコンドリアが細胞内で増殖する。その子孫もまた欠陥を持つにも拘わらず老化の目印はついていない。これらの子孫が更に子孫を産む。死んで腐敗しつつある蟻でいっぱいになった蟻塚のように、細胞は次第にこうした欠陥ミトコンドリアで汚染される。そして細胞は病んで毒を出し更に汚染が進み私たちの老化が進むことになることが解っている。

このようにして生物学的には老化は進んでいく。老化の進化論では、繁殖期を過ぎてから始まる衰退に私たちの身体は無力であり、それは進化がそうした衰退に目を向けないからであるとしてきたが、このオートファジー（自食）研究とカロリー制限の研究とメトセラ（長寿生物――同一種の生き物の中で他の個体に比べて遥かに長く生きられる個体のこと）への究明が老化への見方を変えさせつつある。

オートファジーとは細胞がリソソーム内で死んで集められたモノを貪食することで知られ、「自分を食べる」ことなのである。そして、現在、老化を最小限に食い留める工学的戦略が始まっている。それは、カロリー制限をした場合に動物が老化速度を落とすことが解っているからだ。野生条件下ではそれは適応となる。旱魃《かんばつ》のときに子孫を作りたくないし、ひもじい想いをさせたくないからであり、それで成長を遅らせるか一時停止することで、一種の冬眠状態に入るからだ。燃料とエネルギーを節約しながら苦しい時をやり過ごし、繁殖に適した季節を待つ。カロリー制限は、自然界に於ける旱魃《かんばつ》、飢饉《ききん》、欠乏に耐えるために長大な時間を掛けて進化してきた適応する行動を促すのである。

そして、メトセラの研究は長寿遺伝子サーチュイン（Ｓｉｒ２）などの発見に繋《つな》がり、哺乳類の老化を遅らせる別の有望な化合物である医薬品を作り出した。ラパマイシン標的タンパク質（ＴＯＲ）という。サーチュインと同じくＴＯＲは長寿とカロリー制限を結びつける。そして、細胞がオートファジーを必要としているときにはそれを強化し、ハウスキーピングが終わればオートファジーを停止する。細胞の床が埃《ほこり》っぽくなったら、戸棚から箒《ほうき》を取り出して掃く。埃がなくなったら箒を戸棚に仕舞う。つまり、ＴＯＲは代謝の両面、即《すなわ》ち、創造する同化作用と、破壊する異化作用において活躍する。

オートファジーやリソソームといった細胞内に備えつけの箒の働きを強化するラパマイシンなどの医薬品で早期に治療ができるようになれば、老齢に伴う最悪の病気の一部については発症を遅らせることができる。神経細胞は一生持ちこたえなければならないため、他の細胞に比してゴミの蓄積に弱い。骨髄や腸内、皮膚の細胞とは異なり、分裂によってゴミを薄めることができないからだ。細胞にゴミが蓄積するというこの問題は多数の疾病《しっぺい》の原因となっている可能性があり、早期の治療は健康を保つ秘訣となる。

進化は私たちに既に箒という手段を与えてくれていた。進化は家を綺麗に保つための道具を与え、家そのものも与えてくれた。ところが、進化は私たちが望むほど長く家を綺麗に保つ手段を与えてはくれなかった。私たちがどんどん長生きするようになったため、この箒は使い古されてしまったのだ。

実際の日常生活に於いて、抽斗にいつかしまった色々なストレスを実際に行う掃除により解消することで得られる快感は、この体内で続けられている筈の働きによることと仕組みは酷似している。またラパマイシンを長く服用すると副作用がある。ハウスキーピング機械をフル稼働させると、それ自体別の問題を起こす恐れもある。そして、オートファジーが活発になって脳細胞が内部の要らなくなったミトコンドリアの大半を外に捨てたとしても、細胞は十分な量のアデノシン三リン酸（ATP）を合成できるなら、少ない工場とエネルギーで、脳細胞を清潔に保ったまま稼働させられ、細胞の汚染は減り、老いを先延ばしすることができることになるのだ。

更に多くの罹患者《りかんしゃ》のデータを今日のテクノロジーにより集めれば、どのような属性の人がどんな病気に罹患し易いかといったことも統計的に解ってくる。そこまで進めば罹患する前に予防診療をすることもでき、ヘルスケア領域もデータサイエンスにより更に進化していく。私の育毛や緑内障もその対象の一つであり、継続的なニーズのある処方箋剤への医薬業界の関心には凄まじい意欲があり、期待が持てる。

それは良いことに思えるが歴史を俯瞰してこの先を観るなら、老化研究の課題には現在、進行過程の真っただ中にあって、この長寿により生まれるリスクはそれにより経済社会に「朝三暮四」の猿と同じく混乱をもたらし、延《ひ》いてはパンドラの箱（ゼウスがパンドラに、あらゆる災いを封じ込めて人間界に持たせてよこした小箱または壺をいう。これを開けたために不幸が飛び出したが、急いで蓋《ふた》を閉めたため、希望だけが残ったという）を開けるＦＡＴＥを生みそこに残された唯一の希望は再び新しい希望を標榜してゆく。

Indigo

10

人はどうして感情を持つのか

第一章　10　人はどうして感情を持つのか

情報を得て、経験を重ね、そこから生まれるエネルギーを蓄え色々な行動に向かわせるきっかけの必然にそれが要るからだ。目標とする興味やＦＡＴＥを宿す場所を探し求める必然にそれが必要だからである。

最初に泣いたのは小学校の1～2年生の頃だったと思うが、今はもう人手に渡ってしまった実家で、夏の暑い日、襖《ふすま》を取り払って四つの部屋の畳の間を簾《すだれ》で一つの大広間にして、いつも母親が寝ていた部屋で誰もいない昼間に、死ぬのが怖いと泣きじゃくっている自分を思い出す。多感な年齢だったのか人に話すこともなく今までずっとそのことは記憶に留まり、今でも良く思い出す。同じ時期に、唾液が止まらず泣いていたのもこの頃だ。心理学者に相談すれば何かその時の私と今の私が透けて見られそうな気がするし、どうせろくな話は聞けないだろうから、そのことを聞くのは止しにしている。それが、記憶にある最初に嗚咽《おえつ》した経験だった。その時はなぜにそう思ったのか、随分時を経て今は悟ったが、兎に角、死ぬのが恐ろしいと体中で感じてのたうち回る思いだった。7～8歳の頃である。

二つ目は母親を亡くした時だ。その時は母親が火葬場で焼かれる音を聞きながら通路を挟んだ隣の待合室で会食中の時だった。歳の離れた従兄弟《いとこ》が私を労《いたわ》り、お酒を勧めてくれている時に、あの「ゴーッ」と母の焼かれる音を聞かされておもわず込み上げてきて、以前、病院に救急車で母が入院したときに口に酸素吸入器を付けられているのを見た時以上に辛くて号泣した。

三つ目は娘の結婚式での親に贈る言葉で泣かされた。

「お父さん」

27年間大切に育ててくれて有難う。お父さん。お父さんは毎日家族みんなのために一生懸命働いてくれましたね。仕事でどんなに辛いことや大変なことがあっても一度も愚痴や弱音を聞いたことがありませんでした。おかげで私たち家族は安心して生活することができました。また休みの日には今しか過ごすことのできない貴重な時間を家族で楽しもうと色々な処へ旅行に連れていってくれて有難う。お父さんは厳しくて怒られることもあったけれど、大人になるにつれ、それは愛情の深さなのだと思えるようになりました。今まで向き合って色々と話してくれたことは私の宝物です。好奇心旺盛で、エネルギッシュなお父さんは私の一番尊敬する人です。お父さんから見ると私はまだもやしのように弱く、頼りない存在かもしれませんがこれからは彼と力を合わせ、二人で支え合って、生きていきます。

そして四つ目は絶望で泣かされた。隠れていた人間の悍《おぞ》ましい金への欲と権力の継承への惨《むご》さを見た。前経営者である長男の会社を任されていた私の運営する会社に取締役全員辞任の内容証明が届き、父親保証の会社借入金を長男個人に返金させられもした。

父の身体が弱っていくのを見るにつけ心置きなく一日一日を過ごして欲しいとの思いから、父に長男の奇異で横暴な挙動を相談するのは憚《はばか》られ、存在を消される無理難題な扱いを強いられる最中にあって、家族の行く末を思い、不渡り倒産を乗り越えるのに必死だった。その後、父は亡くなり、今度は弁護士の立ち会いの元に「父の借財が大きくて皆に迷惑を掛けたくない」という虚言から、私と二人の姉妹に対して相続放棄を強いられた。父が生きていれば勘当ものの悍《おぞ》ましい暴挙だった。東京へ帰る姉を新幹線駅へ送る車中で長男の使い込みの実態の一部を話し、姉に判断を委ねたときに姉のいった言葉は、今思っても背筋に凛と緊張が走る。「裁判になるでしょ」と。平家の一家系を継ぐ一人女家長として生まれ育った種違いの姉の畏敬を五感に感じるひと言だった。間があって、今までに経験のない厳《おごそ》かで煌《きら》びやかな「透明色の瑞々しい心の平穏」に一瞬、私は包まれていた。

世間に家の恥を晒したくない思いが互いにあって四面楚歌に苛《さいな》まれ、周囲にそんな恥を晒すことができない情況だったことから、その後、皆、黙って相続放棄をしている。その後、調子に乗って遺留分放棄までもさせられている。こんなことが家系内で起こることの不気味さは今以て不思議に思える。後に気づく雑学哲学にである。それ以来私には兄弟はいない。父に代わり勘当した。これにより、長男に親の財産の全てが委ねられた。踏んだり蹴ったりだったのを今は苦笑いで思い出す。

家を想い、父母を想い、世間を想い、そして、姉を想い過ぎた日々となった今、小さな歴史が消えていく。

その後、四面楚歌の絶望の内にあって、覚悟による自立から資金繰り問題や不渡りによる倒産も免れ、覚悟に縁も運も重なって今日まで分相応に生きて来られた不思議を今想う。「人間万事塞翁が馬」を絵に描いたようなこれまでである。

しかし、その暫くの間は身体が金縛りに硬直していたと思われ、そのときはこれからの生活への不安、そして、自らの無力に情けなく一人隠れて涙に咽《むせ》んだ。そして、難局を乗り超えようと凄《すさ》まじい時を過ごしている。それが最初の絶望との遭遇だった。

この泣いたことの四つ。一つは畏れ、一つは悲しさ、もう一つは愛《いと》おしさ、そして最後の絶望は人の誕生からの経緯を通して、死を迎えるまでの連綿と続いていく生命の営みに多様な人生ドラマを味わわせてくれている。畏れと悲しさと愛おしさは希望に繋がり一つに括れるが、絶望は真逆の存在である。これは凄まじいエネルギーを一時削《そ》ぐが、奇貨なものも持ち合わせてくれることを後々気づかせてくれる。

畏れの感情で「泣く」ということはもうないだろう。「絶望」も耐え忍び日が経てば自らも成長し収まると思っていたが、そのようにやはり日が経つにつれ緩んでしまった。

当時の絶望に対する身の処し方は今思っても何もできなかった自らの対応が幸いにも最善だったと思えるし、過去のこととして、もう、それで良かったと今では思えている。絶望も時の経過と共に最初は怒りとなり、暫くしてその怒りは多様な試練を生きる選択肢を授けてくれ、それも過ぎれば「そんなこともあったな」の心境に変わっていく。

自分が納得のできない生き方をすることや、遠回りしようが、後々、毅然《きぜん》として生きられなくなるようなことでは、この世に生まれてきた奇貨な時を過ごす意味がない。

怒りへの当時の対応とその後の忍耐については何もできなかったことこそが「それで良かった」と偶然にも生き延びてこられた今、自らを癒《い》やしてくれている。そんなことがあってか、最近は何か一生懸命にやり遂げることがあると、父親の顔が目に浮かび、にっこりした表情を思い出すことがよくある。そして、今、書斎に遠慮深げで、照れ屋な父の遺影を改めて翳している。

その後も金融機関の風評に困らせられることは変わらなかったが、その取引先も替え、相手にしないでいられる私がここに生きている不思議がある。そして、新たに怒りで戦《おのの》くようなことはその後ない。あのときとその後も続いている雑音に次々と堪《こら》えて平静でいられている。そして、今はそんな様子が滑稽に思える境地に至っているし、絶望からの不条理を超えられた自省の伴う自立の故の平穏を感じている。こんな処からも奇貨なＦＡＴＥに包まれていることに驚きがある。

「恐れ」と「絶望」は色々な経験に基づく成長により解消される類《たぐい》のことである。

そして、「悲しさ」と「愛おしさ」ばかりは多分これからもやってくるだろうし、これぱかりはどんなに経験を積んでも抑えることのできない感情であろう。

涙に咽《むせ》んだ四つの理由の最初の一つの「死ぬこと」への「畏れ」については、最初の怖くて泣いた時の感情のように、今は泣くことは流石《さすが》になくなったがその後もずっと私につきまとっている。喜怒哀楽を超えた感情にである。今はそんなこともあったかと訳も分からず仕舞い込んだ小学生の時の記憶を思い出すのだが、どこかで死を怖がっている自分がまだいる。死ぬことへの恐怖は7～8歳の頃から今も私には平常のこととして毎日考えない日がない。そして、死ぬことの準備をずっとし続けてきたことにふと気がつく。

シェークスピアの「リア王」に「人は泣きながら生まれてくる」という台詞がある。なるほど、それは私であって、その後も、のたうち回って生きてきた私がそこにいたのだ。先人も私と似たようなことを考えて生きていたのだと思うと、それが人間の証《あかし》なのだと安堵する。

涙は人生の一時の局面をズームアップして象徴する。実はこのときが「気」を生むか、そうでないかの臨界を分ける。死を畏れる涙、悲しい、愛《いと》しい涙、屈辱に塗《まみ》れる絶望の涙、そして、感動の涙がある。涙の説明に理性は要らず、感性から溢れ出るものである。そこには感情を内在して佇《たたず》む心と平衡した芸術の爆発と創造を連想させられる。

結婚し、子供も生まれ、これからどのように生きていけば良いのかを考えさせられる年に差し掛かった36歳のとき、これから消えてなくなるときまでの道標としてカレンダーを作った（巻頭参照）。

この年齢は大半の壮年に差し掛かる人たちが「青春の詩」を口ずさみ、詠む頃らしく、私も人生哲学「今日も生涯の一日なり」の青春の詩「第一章 6」（P61）も同時に作っている。今も書斎に額に入れて毎日目にしているが、今でも全く古臭さを感じない。いつまでもこうありたいとの想いから綴ったのだが、そう生きられているかは別である。ただそれを元に平気で生きてきたのは紛れもない事実だ。

そんな生き方をしながら気がつくと古稀を迎えた自らが今ここにいる。実にあれから干支を三回り弱の35年目を迎えて、パスカルの『パンセ』にこの解を得た。

「私は人間が光りなくうち捨てられて、いわば宇宙の一角に迷い込んで、誰によってそこに置かれたのか、何をしに、ここへ来たのか、死ねばどうなるのかを知ることなく、何を認識するにもその能力も持たずにいることを見つめるとき、恐怖に襲われる」と。私は何をしにここにいるのか。これから死ぬまでどうすればよいのか、死んだらどうなるのか。あの暑い夏の日の少年の嗚咽《おえつ》と慟哭《どうこく》はこのことだったと気づいた。

これを理解するのに干支を5廻りの60年以上を要している。私の地に足のついた生への意識などこれほど理解するのに時間を要することだったのだ。しかし、「死ぬこと」とは「生きること」だと今は分かる。偶然あれからもう60年以上経つが様々な喜怒哀楽を経て運良く生きてこられた私が今ここにいるからだ。

あらゆる情報から知識を際限なく増やし、それを理性と感性を携《たずさ》えて考えることは新たな世界観を得ることになり、そこに教養が生まれ、それを育んでいくことがこれから過ごす限られた時間の中身を濃くしてくれるはずである。

相続による当時の絶望も暫くの時間の経過のあとにはナルシシズムの怒りに変わり、その後の踊り場で知性を育んだあとに平穏な一つの経験としての物語に変わってゆく。相手が間違っていたとしても相手にも事情があるはずだし自らの考えが正しいとは限らない。そこから学べることは様々に必ずあるし、悟る知恵もそんな経験と共に育まれ、その時々の機会を通じて自らが成長を遂げていく大きな奇貨となる。

そして、人間の愚かさの治療薬となるものの一つが謙虚さである。国家や、宗教や、文化間の緊張は誇大な感情により悪化する。私の国、私の宗教、私の文化は世界の協調を引き裂くし、その権益は「私の」が優先される。

他の国家や、宗教や、文化に許容と敬愛と感性の多様性の理解を包摂するには如何にすればいいのか。それは異見に耳を向け、立場の相反する他の感情を理解し物事を見知る経験を積むことにある。そこから始めれば良い。

それが今生きている人間に授けられた貴重なＦＡＴＥなのだからだ。

貴方の貴方のための貴方による生き方への共感とそれを許容する余裕が「私の」の一方に平衡し、包摂されてあって欲しいものである。そして、これから逝くまでの時間をどう使い切るかは分相応にしかできなくとも、誰にも邪魔されることのない納得の行く方法で過ごすことが肝要となる。そんな地に足のついた出発の場所が、今ここにある。そんな多様な感情の存在することに気づけばいい。

ただ、これからの未来は1年が今までの10年にも１００年にも増して超スピードで過ぎていく。今までの経験からは予測が大層難しくなる。時間の尺度がＡＩによるデータとテクノロジーの開発と発明の進化により更に激変するからだ。Ｗｅｂ３・０（プラットホームのない非中央集権的経済インフラ）はWeb1・0やWeb2・0とは比較にならない激変を社会に及ぼすだろう。これからはそれに平衡する心に内在する感情の度量をも新しく開発し育む鍛錬が要る。あらゆる奇禍に耐えられる余裕が、そして、胆力が要る。

そこに、今日の一日へ喜怒哀楽の全てを担った感情を持つことになり、意義深い時を過ごすことになる。

そうなのだ、「残りの人生、今日がその一番若い最初の一日」なのだからだ。

Gray

11

人はどうして死ぬのか

第一章　11　人はどうして死ぬのか

　死が生に意味を与えるものであり、必要だからだ。そして私たち一人ひとりが自らの生死の遂行者であって、自らの人生の戯曲作家でもあり、幕を降ろすには死を必要とするからだ。さもなければ戯曲は長くなりすぎ、物語は脈絡を失い、物語でなくなる。

　なぜ、私たちは死ぬ定めなのだろう。なぜ死ぬのか。なぜ歳を重ねる毎に弱り、どんどん死に近づいていくのか。衰えはいつ始まるのか。精子が卵子に出会った瞬間か。30歳か40歳か。それはどこで始まるのだろう。私たちの身体を構成する細胞の中か。体内の器官が相互に情報を伝え合う経路か。あるいはそうした情報を伝え損《そこ》ねるのが問題なのか。老《お》いるとは何か、とは生物学の視点から第一章の9に詳しく載せた。

　そして、加齢は整然さに欠ける。老いた生物を子細に眺めると、如何にも気が滅入る。予測不能な無数の多様性が目に入る。それは生命誕生の細やかで調和した変化とは全く趣を異にする。濁流が岩肌をえぐり突然風景を変えてしまうのに似ている。絵を描くのに買い求めた薔薇の蕾や花が花瓶の中で萎《しお》れていくさまは、咲き始めるときの規則性や細密さに負けず劣らず反対に不規則で無秩序だ。ＦＡＴＥによる成長には生命の梯子《はしご》が、緩慢な老いる破壊には混沌が映る。

　科学が得意とするのは整然としたパターンであるなら、科学で疑問に辿《たど》り着けるとは限らない。復路はまだ無理だ。そして、私たちが気づかないだけで新しいプログラムや方程式がどの位まだ他にあるのだろう。弛《たゆ》まぬ疑問の山に眼前は塞《ふさ》がれる。

　この奇妙な出来事の多い生涯の往路と復路を締め括るのが、死である。または完璧な忘却である。見ていたものも音も匂いも味も触感も、何もかも失われる。そして、最後に消えてなくなる。

死ぬことを意識して36歳になったときに作った37歳の生涯カレンダー（巻頭参照）は、もう残り、2，160日を切る時期になり、老眼は進み、体力にも焦りを感じることを始め、未知の老境の世界に迷い込んだ想いで先の薄さ、狭さ、細さ、軽さ、暗さ、小ささ、弱さ、はかなさを感じざるを得ない黄昏《たそがれ》気分に浸《ひた》らされることも増えて、FATEを感じる今日この頃である。

母が亡くなり、父が亡くなり。12年前に義父の葬儀で喪主の経験をしたことと、義父の三回忌を跨《また》いで9年前に亡くなった義母の喪主も体験したことで「死ぬことの恐れ」に大きな変化が起きた。一時的なことだと思うが、死への恐怖が度重なる2度の葬儀を経験したことで私の死への雑念が整理され、浮揚感のような、そして、思い描いてきた達観に似た思いが今芽生えているのを感じる。それはなぜなのか。そのことを突き詰めてみたいと思い立った。

第一章 10にあるパンセ（P92）の如く私はあらゆる知識を会得したい。死への達観を得るにはそれに相応しいあらゆる豊富な情報による知識が必須であると思うからだ。あらゆる事態に備えていないということは全く備えがないのと同じだと思うからだ。

「生老病死」と聞くと人は生まれて老いて病んで死ぬことをいうのだろう。人の一生を四文字で語っている。人はこの四苦に枯れた思いを持つと思うが、私には宇宙の霞としてのまるでささやかではあるが万物に優る煌《きら》めく知識の入口を想う。そして、老いを気にするより、それを百倍楽しみたい。どんな病や難局もそれを創造の泉と捉え、敬意を表すべきであり、まして、生と死は全ての人にやってくる定めだが、その中身は濃くまだまだ宗教の意義は重く必須であるにも拘わらず、科学の及ばないところに更に宗教を遠ざけたことにより、死ぬことの畏怖や尊厳を身近に置かない怠慢が今の時代に災いをなしている。死ほど畏れ多く、限りなく深くその近くに身を置く老人ほど、愛《いと》おしいものは人間にとっては他にはないのだが。

「死ぬこと」とは第一章「人間とは何か」の分からないことだらけのこれまでに於いて、これこそ誰にも委ねさせないで自ら操れる唯一の自決決裁行為でもある。奇異なメソッド（手法）ではあるが。

そして、惚《ぼ》けは人であることを止《や》めてしまう最も自然な無私の慈しみ深い死への入口であって、あらゆる悩みを消す神聖なものであり、死の恐怖から人を救う。

1609年にイングランド南西部のドーセット州にあるオスミントン教会に刻まれた碑文は、カップの形をしている。そこには次のように書かれている。

人はグラス、
命は形をもたぬ水。

罪が死を招き寄せて、
死がグラスを壊す。

水がこぼれて、
終わる。

私たちはグラスであって、壊れるようにできている。私たちは水であって、零《こぼ》れるようにできている。私たちは罪と共に死ぬべき運命にある。形あるものが壊れて、生あるものが死ぬ一瞬に心地よい雑踏の音と共に聞こえてくる囁きがある。「もういいかい」と。

私たちは死ぬように運命づけられている。私たちは物事に限界があることを知りながら、同時に多くの人はそのことから目を逸《そ》らせて生きてきた。

一方、アメーバやゾウリムシが死なないのは死ねないからだとする説がある。30億年前、生物体は全て微少な単細胞生物だった。単細胞生物にとって自然死は不可能だった。ところが地球上に多細胞生物が進化し出すと老化が可能となり、生物は老いて死ぬことができるようになった。私たちは子孫を残したら死なねばならない。疲弊した個体は種にとって益にならないばかりか有害だからだ。リソソーム（P82）がゴミで満杯になってしまうのと同じだ。健康な個体の居場所を奪うからだ。そこで不死身かもしれない個体の寿命は自然淘汰によって、その種にとって不要である分だけ短縮された。

生命体による死の発明は極めて効果的で、なくてはならないものとなっている。老化と死は私たちのような複雑な生き物が誇りに思うべき業績なのだ。

なぜ人は死ぬのかと訊ねられれば、次世代に居場所を譲るために死ぬのだと答えることになる。つい昔にその一例が身近に起きていた逸話がある。深沢七郎の短編小説『楢山節考《ならやまぶしこう》』の中の「姥《うば》捨《す》て山」は因習に従い70歳になる年老いた母を息子が口減らしのために背中に乗せて真冬の楢山へ捨てにいくのだが、親が息子の帰路を案じ木の枝を折って道標にしたことから、姥捨てはなくなったという話である。身近で深い悲哀物語である。

オーストリアの精神科医ジークムント・フロイトは「生命は再び死ぬことを望んでいる。塵から生まれた生命は塵に戻ることを欲している」といっている。

生命は、初めは秩序に溢れているのに、最後には致命的な無秩序に彩られて塵に戻るのは、死は生と違って約束されたものでなかったからだ。そして、寿命は個々の生命体が際限なく生きることが無益であるとして進化させた結果なのだ。

単細胞生物にとって自然死は不可能だった。アメーバやゾウリムシが死なないのは死ねないからであり、これらの生物が死ぬのは単純でない。ところがこの地上に多細胞生物が進化すると、老化が可能となり、生物は老いて死ぬようになった。死は初めは存在していなかったが、生命の進化が死を作り出したのである。その後、人類がこの生を不死身にする手法を進化により作り出しても、私たちの子孫は再び生を終わらせることを意図することだろう。不老長寿は歴史上無益だからだ。尤《もっと》もホモ・サピエンスの存在に将来がまだあるとする場合に過ぎないが。

考えてもみよ。いくら不死身とはいえ私たちの考える永遠には宇宙時間と比較するならたちまちに限界のあることに気づく。人間時間での永遠であっても、その永遠に生きるほどに種々の欠陥や不自由を経験し、その種としての生き様を果たすのが難しく想える。病を抱え、満足に動けず、衰弱した個体があれば、新しく健康な個体と入れ替わらなければならない。オートファゴソーム（P82）がするように。

したがって、死は次世代に捧げるべき生贄《いけにえ》なのである。私たちは子孫を残したら死なねばならない。

人の老化による死が生贄によるのは良しとして、天変地異、ウイルスによる受難の死もあれば一番ありえる死に他に二つある。一つは人間同士による殺戮《さつりく》、そして、多様な死を回避する手法により死ねなくなった時代での自決願望である。

何れにしてもある時期がやってくれば地球は絶滅する。

当たり前のように東から昇り、西へと沈んでいく太陽も、人間同様に回避不能な明確な寿命がある。光や熱を放つ太陽がなければ、地球上に現存の今ある生命はありえない。

銀河の内の一つの天の川銀河を私たちは内部から眺めているが、その夜空に横たわる天の川銀河は2,000億個以上の恒星と惑星などの星からなるという。恒星の寿命はその質量で決まる。その恒星の平均寿命は約100億年で、今、その恒星の一つである太陽は47億歳で丁度働き盛りに当たる。

太陽の中心部では、水素がヘリウムになる核融合反応が起き、そのエネルギーで太陽は輝いている。安定した状態はあと50億年ほど続くと見られるが中心部の水素を使い果たすと、核融合が起きる場所が外側の層に移り、太陽は急激に膨らみ始める。温度はやや低くなり、色が赤い「赤色巨星」に進化する。大きさは今の100倍以上になり、水星と金星は呑み込まれてしまうと多くの天文学者は見ている。地球も同様に呑み込まれると見られていたが、近年になって「生き残る」との説も出てきた。質量の減った太陽がどれだけ軽くなるかは解っていないが地球は生き残れるのか微妙なところにある。ただ、地球が残っても地球上では生物は生き残れない。赤色巨星になると太陽の光の強さは2,000倍になり、地球の気温は数千度になる。表面の岩石は溶けてマグマの海に覆われる。そして、生き物は焼き尽くされることになる。赤色巨星になった太陽は膨張を続けると、外側のガスを留めておけなくなり、「惑星状星雲」になる。その中心に残るのが、地球ほどの大きさの白色矮星《わいせい》（半径の小さな星）だ。そうなると太陽は活動しなくなり、コトリともいわない。地球も冷め切っており、静寂の最期が訪れることになる。

ここまで情報を得るとその空間と時間の大きさに畏怖を覚え、昂揚感のようなものが生まれている我が身を感じて、老いることも、死に近づくことも極端な単位の違いから恐ろしさも知的好奇心に変わってゆく。この想いは一日の時間の使い方に今までとは違う思惑が生まれてくる気もするし、あげくにどうでもよくなってしまう。気持ちのずれによる平衡がそこにある。達観を会得しようと欲することは究極の無関心への逃避であり、飲きなのかもしれない。

これまでは死に対して準備するために生きてきたし、今もそうだし、これからもそうだ。死を準備するのに過度の健康は要らない。気に病む人付き合いも要らない。年齢による周りの人への迷惑に報《むく》いるための分相応の気配りと金は要る。このために働き続けているのだとこの歳を迎えると気づかされる。ナルシシズム回帰への典型的な自助対応例だろう。

哲学者とは死に方を学ぶ者である。私はパスカルになった気がする。そして、これらの情報により私の意識に生まれる逃避と達観には次なるものがある。

私にはいつ死んでも良いと思える覚悟と、一方、老いを楽しみ尽くしたい不死願望の思いがある。要約すれば選択枝は二つある。一つは誰にも委ねさせない自ら操れる自決がある。そして二つは死を迎えるその時まで、様々な難題に遭遇しながら、どのように最後の最後まで、その過程を興味を孕《はら》んで見尽くし、楽しみ尽くせるかの思いで長く生きながらえ、終いの日を如何に静かに迎えるかという長い一人旅の選択である。後者を選ぶなら、正に老後のこれからを「なぜ生きる」のかと次章の命題へ託すことになる。

意識を操るものによる見極めがそこにある。この側には平衡するＦＡＴＥが並走している。

しかし、何方《どちら》であっても意識の間があって迎える死は実は全て自決である。受け入れる覚悟がそこにあるからだ。「もういいよ」と死を招き入れて人は皆一生を閉じてゆく。

Black

12

人は死んだらどうなるのか

第一章　12　人は死んだらどうなるのか

眺めている他人の死と、目前に迫った自己の死は動物園で見ている狼と、山中で出くわす腹の空かせた狼の群れに会うほどの違いがある。絶望もそうだが死は覚悟するしかなく、そのために科学と宗教が中心にあると考えてきたがひょっとすると私を納得させてくれるのは、悟りや達観をもたらせてくれるはずの哲学による諦めではないのかと今は思う。

人は寄生体を別にして200兆もの細胞で構成され、宇宙は2，000億個もある恒星と惑星を抱えた天の川銀河や隣のアンドロメダ銀河があるが、その銀河の数が更に数千億個もあって構成されているという。これはもう科学でも宗教でもなく哲学をも超え、神でもなく別の得体の知れないもの、次元の数を超えた「ありえない夢想」としか思えない。極小＝極大＝無限は幻想であり、疑念のうねりは宇宙のブラックホールを泳ぐ現実味の及ばない妄想に及ぶしかない。

「ありえない終の日」とは、命が途絶えることだけが死なのではなく、それまで積み重ねてきた日常が送れなくなった時が人間として終の日を招き入れるときなのであって、肉体は生きていても、自ら思うように生きられないなら、その時、それは迎え入れて良い死なのである。ただ生きていることよりも自分の意志があって生きていることが全てであり、年をとってからの周囲への配慮と分相応に必要な自立には二親を見てきて、そして、今迄の歴史の情報を得ることで思い当たることが幾つかある。一つには健康であり続けることがまずもって必須である。2、3、4がなくて、次に大事だと思ったことは一人遊びである。人と一緒に行動できることが良しとされる風潮があるが、最後は必ず皆一人が相応しいのであって私自身ずっと妄想での一人遊びを続けてきていて一人でいることに格別な平穏を想う。

ゴルフが好きなのもコースに出ることの極めて少ない私は、ゴルファーからすれば、ゴルフを止めた人となるだろう。ゴルフは四人でコースを回るスポーツとしての存在が一般的だからだ。しかし、練習場は一人で黙々と250から300球をほぼ毎日打ちにいく、打席の空くのを待つ間は場所を変えた読書の書斎となる。1日に6,000歩の目標を犬との散歩で30年間続けたが、この間2匹目の柴犬が亡くなってからは専ら歩く時間のなくなったのをゴルフの練習で補《おぎな》っている。だから私にとってコースに行くのは二の次であり、企画を練り、絵を描き、ピアノを弾き、本を読み、随想を書くのも皆一人である。

最後に、終の日を迎える日がきた時には哲学も良いが、あらゆることが偶然に彩られてきた過去の経緯から私一人で唯一確実に決められることを実現したいと想うと、我が身が失せる間際とその瞬間から先の失せ方位《かたくらい》は今の内に決めておきたいとの想いがあって、そのことを考えてみると。

希望する終の日の一瞬を自ら意識する判断のできないようなら、幻想であっても身近な人に最新の思いと眼差しを送ることで済ませれば十分だ。そんな平常な終の日を迎えられれば良いが不慮の有事で出会う終の日にはこんな希望が通る確証はないだろう。

持っているモノについては、残りの人生の不安を一つずつ削り落とすのに綺麗に捨て、使い切っていくことにする。一生に幾つも授かった奇貨への恩返しであり、感謝に変えて返してゆきたいからだ。金の切れ目は縁の切れ目であり、そもそも人に金を当てにしてはならない。金は人生を大きく左右する。金は生活のため、そして、自らの成長と目的遂行のために自立し稼ぐものであり、目的にはならないからだ。

人間の愚かさを正す治療薬となる謙虚さを身につけるには自立することが一番であって、残された形見や遺産など、受け取る機会に期待することには毒がある。貰う毒よりも地に両足をしっかりと置き、自立し、自活することで得られる成果の満足や喜びを人に授ける余裕がこれからの人生を生きるFATEに立ち向う嚆矢とすればいい。一生に授かった幾つもの奇貨への恩返しはその成果を人に授け、使い切ることで感謝に変えて戻していきたいものだ。

葬式は迷惑千万。一本の線香も要らない。ろくな生き方のできなかったお詫びに静かに消えていくだけである。

これから経験する未知の世界へは、むやみに死を恐れるのでなく、生活スタイルを見直しながらじっくり向き合っていくのを標望する。

そして、できて当然、あって当然と思っていたことが、様々な奇禍の度重なる連続の襲来により、大方消えてなくなってしまう周りの現況を知る今、あらゆる側面に於いて大切に思えることを知りうる気づきの奇貨がここに生まれてもいる。

「人間とは何か」それは死ぬことを自ら選べる者であり、その覚悟を持つなら生き方を如何様にも自らの意志で変えていける者なのである。

人間とは賢者のＤＮＡを宿した愚者の生き残りであり、優しい心根を抽斗に閉じ込めたまま忘れてしまった獰猛な野獣なのは変わらない。

そして、人はある人から見れば悪人だが別の人から見ると善人なのであって、１００％の悪人や１００％の善人などこの世に一人もいないし、今までにも存在したことがない。皆、人間だからだ。人間関係を学ぶことの基本はここから始まってきた嚆矢にある。

そして、最後に人は死んだらどうなるのかは一律である。食べることの心配はいらない。住むところの心配もいらない、着る物に気を使うこともなくなる。人間関係を含め、心配事の全てが消えてなくなる。

それは、朝が明け、やたらエネルギーの溢れていた昨日に続く鮮明な記憶を持った今日のＦＡＴＥに抱かれた自らが、ただ、いなくなることでしかない。

その時を以てあらゆるコトやものの全てが一緒に消えてなくなることにある。ずっとずっと永遠に。

第二章

なぜ生きる
（人生の目的とは）
それは感動

「GALLERY」

—生きる館—

ありえない授業プログラム　小学校の時間割授業

宇宙の端の１２０億光年の星が見つかったと先日の新聞に載っていたが3年前の２０１８年にハッブル宇宙望遠鏡が捉えたイカロスは地球からの距離は90億光年だった。もう間もなく幅が30メートルもある巨大な望遠鏡のＴＭＴ（Thirty meter telescope）が完成すると「ビックバン」の巨大爆発から始まった１３８億年前の宇宙誕生の観察ができるという。

一光年は光が1年間に進む距離なので、それは１３８億年前に発せられた光を見ることになり、宇宙誕生の光景を見られることになる。太陽から地球までの光の速さは8分19秒掛かるので、地球からの太陽は8分19秒前の姿である。１３８億光年前を見ることができる人間とは得体の知れない者に思える。

その宇宙にあって０・０２５秒が宇宙年齢から地球の一年を圧縮して捉えた私に与えられた残りの生涯の時間のようだ。その短さに驚くがその比較の単位にある位置に私が今、生存していることの偶然の方がもっと驚かされる。このことはいくら何でも短すぎるし薄命すぎると思えるので一日一生の思いで一瞬一瞬を有意義に生きる方法を36歳の時に考え編み出し、一日を小学校の時間割に置き換え、上手く時をやり繰りし、無駄なく過ごせないかとこれまで思索を巡らし、来し方行く末に思いを馳せ生きてきた。この随想を書き始めたのもその頃からである。

一生を生きる節目節目の過ごし方も様々な知識が幾らあっても決して邪魔にはならない。色々工夫をしてそれが宇宙時間に於いてはたかが知れたことであっても、思いもがいて、足搔《あが》き続ければ得るものが幾つも生まれ出てくる。そして、ある時期から私は「時間」について深く考えるようになった。ある時期というのは36歳の時である。特に50歳を超えたあたりから極めて好奇心が深まってきたように思う。とりあえず生きることに飽きる年齢までの客観的な自らの生きるアーカイブを作ってみようとカレンダーを作ったのだ。母が76歳、父が86歳で亡くなったが、当時、男性の平均年齢は確か76歳、女性は82～83歳位だったと思うが多少母よりも長生きしたいという思いから、78歳までを生きるカレンダーを作り始めた。

カレンダーはＡ１位の大きさで37歳から78歳までの日々を横に14年、縦に3列が並んでいる。それは偶然に４２《しに》年間が並ぶ、１５，３３０日を生きるカレンダーとなり、「人生哲学」（Ｐ61）と共に完成させた。

長い年月を保《も》たせようと紙でなく薄いプラスチックのような材質で作ってみた。完成したものを家中、中でもお風呂とトイレに掛《か》けてみたのだが、カレンダーよりも掛けた壁が先に朽ちてしまった。まるで「欄柯《らんか》」（中国の故事で「ある樵《きこり》が山の中に入ると、数人が碁を打っている。それを見ている内に、斧の柄がただれ朽ちてしまう。その後、山を下りると知っている人は皆とっくに亡くなっていた」という譬え話）のように。

私は今以てこれを使い、日々失われていく時を充実させようと過ごしているが、家族には当時はとても評判が悪く、娘などには「きもちわるーい」と、家内からは「こんなことを考えるのはクールで冷たい人じゃないとやらない。こわーい」と散々だったものだ。自らの考えとの違いが大きいことに驚きがあった。

時系列的にはこのカレンダーを使ってリセットの日から逆に今を生きている私だが、更にそれを

30代、40代、50代、60代、70代と分けて今を生きている。そして、これを作ったときから、私の一日一日は仕事と読書と睡眠に淡々と過ぎていき、もう既に6分の5以上の年月が瞬く間に過ぎてしまった。小学校から始まって中学、高校、大学を卒業し、結婚し社会人として十数年を過ごし、子供が小学生になった頃に、「今のままでは危ない、生き方を見直さねば必ずあとで後悔することになる」との思いが日毎強くなり、37歳からの人生が地に足のついたものになるようにとの決意から、36歳の時に、このカレンダー（巻頭参照）と青春の詩として人生哲学「今日も生涯の一日なり」（P61）を作ったのだ。

平日を黒字にし、土曜日は青字、日曜日は赤字としたが祝日は変わるので黒字にしかできなかった。本当は土曜日も日曜日もないと思った方がよいと思い全て黒字にしようと思ったが、私の関与する会社でも使うかと思うと、当時父の会社の次男坊であって、労働組合が会社ごとに幾つかあったことに配慮して、妙に問題を起こすのも不味いと思い、それは止めにしたものだ。

そして、更にその月日を細かく分けて、他の人とは違う使い方の異なる「時間」を生きようと考えて思い浮かんだのがこの章に並べた小学校の時間割授業だった。

今は、趣味人として余生を粋に過ごすには制約や目標を示すのは無粋だと思うが、これまでは生きる道を切り開くための一つの楔《くさび》にこのカレンダーを使ってきた。

その手法は、昔小学校に通っていた頃の国語、算数、理科、社会の授業をそれぞれ45分間受けたあと、15分の休憩を挟んで次の授業を受ける60年前の授業の過ごし方である。

人は大抵、社会人になってからは勤める組織に必要な情報以外の知識を学ぶことを止めてしまう。勤務先での限られた目標の達成に埋もれてしまい、経験が専門化することの良さはあっても、一生を味わい深く過ごすために必要な様々な魅力ある他の世界で経験する多様な知識を放棄し、学ぶことを遠ざけてしまう。この学ぶことを捨てたリスクに、大抵の人たちは知ってか知らずか無頓着である。サラリーマンの生き方も人それぞれだから、一概に悪いとはいわないが、一つだけのことを始めて35年も勤めたあと、新しく趣味を始めようとしても、なかなか上手く行かないのが実情だ。35年掛けての最初の就職先からの経験が総てであって、その会社での定年がただ一つの終わりでしかないのは今時問題だろう。しかも、人生の大事な大方を謳歌する間《ま》の35年も勤め上げてのこととしてはである。

いろんなことを一つ始めては休止し、そしてまた一つ始めてはまた休む。いやなら止めて、1週間の間があって、同じ科目も嫌でなくなるとまた再び始めるというサイクルが小学校の授業には上手く組み込まれていた。

人生もずっとそうであれば良いのにと思う。

平均寿命では日本は世界のトップに立っている。センテナリアン（100歳以上の人）はすでに61，000人以上、2050年までには100万人を超える見通しだ。

100歳まで生きられるようになる現在では延びた20年の過ごし方を考えると、人により増えるのがどの年齢で迎える20年なのかによるが、60代、70代、80代での20年は余ほどの準備がないと地獄となる。長寿という贈りものは恩恵に思えたが一転して厄災の種になってしまう。

だから、スーパーセンテナリアン（110歳以上の人）などへの興味は私にはなく、自立した社会生活の営める「健康長寿」の更に上の、幸せを感じていられる期間を定義した「幸福長寿」を短くても私は標榜している。その結果として幸せな人は長生きすることが最近分かってきてもいるからだ。

恩恵と見るには健康長寿の準備と維持が必須だし、幸福寿命には大層なお金と運が様々に要る。余裕がないと生き続けることもできなくなる。そんなときにも、そこにGALLERYのある家さえあればなんとかなる。持ち家のあることが最大の安全保障にもなる。

そんな時代を迎えるに付け、幸福寿命を目指す大学卒業後の学習基準を後世の世代に向け新たに作るとするなら、小・中・高・大・29・39・49・59・69・79・89・99歳を目処とし、一基準に10年も掛ける授業課程を自ら設けるならスポーツも仕事も研究も学門も趣味もお金の蓄えもその世界の第一人者になれるだろう。そして、幾重《いくえ》もの人生の経験をより深く知りうることができるようになる。

私は絵も描くが、小説も書きたい。ピアノも弾くが、ゴルフもやりたい。全部趣味でしかないが、毎日食にありつけ、寝床があること以外に日常に常に欲しいのは読書の時間であり、生活の糧を得る時間を優先したあとの時間は本を読むことに充てられる今が一番だ。興味のある課題が現れるとそれを楽しむことが許される余裕を作り出し、できるなら全部始めたいと思ってやってきた。

いつでも始められることがいつでも止められることであって良い。止めることを恐れるなどもってのほか。どんどん止めればいい。続く時間の連続はその為にこそある。限りある時間もそのためにこそある。

止めて味わうホッとする喜びと、次にやりたくなって再び始める喜びを何度も経験できることの方がすばらしいし、いろんな括《くく》りを年齢毎に客観的に見られるようにもなるし、何よりも本当に自分のやりたいことが見つかる確率を高めてくれもする。まして、いつか好きだったことがもう一度更に好きになることもあるだろうし、好きなことの選択肢が増えることで、趣味なり、天職なりの一番自分に合っている生き方に上手く近づけると思う。

この章では、小学校から社会人教育までのカリキュラムを網羅し、様々な舞台で用意される「なぜ生きる」かの目的にある感動を人生に隠れていて気づかない「ありえない話」を知る機会を通して洞察している。

動物は生老病死を体験し、いつか必ず死ぬ。生きるものは必ず死に絶え、形あるものは全て必ず壊れる。そのことを知るための経験にお金も稼がなくてはならないし、新しい時代に糧を得る術も磨かなくてはならない。ときには良い音と共に過ごす間がいるだろうし、良い絵に埋もれる間もいるだろう。そして、様々なリスクを回避し、乗り越えるにも心身が共に健全であることも必須なのでスポーツに励まなければならないし、十分な睡眠もいる。そして、そのための頼もしい家がまずいる。美しい感動を手に入れようとする人には美しい場所に住まうのも一つの大事な要因だからだ。感動を生む連綿と続く幸せなときを過ごすためにアトリエや書斎も要る。

一方、それらとは真逆の「無駄」を考えてみることもこの際有益である。無駄とはどんなことがあるのだろうか。無駄を追求して何か有益なものに近づくのだろうかとだ。

幸せな時を過ごすためには無駄を楽しむ余裕を持つことが平衡して求められる。それには、

1. 三度の食事
2. 家の維持
3. 熟睡より惰眠
4. 時間と金の浪費

5. 趣味の余裕
6. 生理現象の領域
7. 病の罹患
8. 不満と怒り
9. 買った3冊の同じ本
10. 絶望への対峙
11. 愛の実相
12. 長寿への挑戦

全てはこのGALLERYに翳した貴重な無駄である。

今日の不徳は昨日に準備の欠けた人の無駄であり、今日の準備が明日を創る意義のある無駄になる。

そして、「なぜ生きる」のか、人生の目的は何かを先に考えてみるとそこには感動が現れてくる。人の身体は旨い、良い食事と鍛錬で鍛えられる。そして、人の精神は経験と良い本を沢山読むことで鍛えられる。それには食事をする場所や本を読むための静かな環境がいる。その空間には良い時間が過ぎて行き、幸せを感じる余裕のある憩いの雰囲気がそこに欲しい。それ等を幾つも跨《また》ぐのには無駄という間も要るだろう。そこにはそういう環境に見合う力量を持つ人に相応しい努力も要る。そんなことを考えて過ごす先には、「なぜ生きる」（人生の目的とは）の道標《みちしるべ》を暗示する幾つものありえない命題が浮かんでくる。

記憶にある小学校の校舎での12の授業での不思議な体験は私に12のありえない命題の生まれる

「生きる館」のＧＡＬＬＥＲＹに12の感動を展示することを促してきた。

縁あって生を得たが、限られた時間を如何《どう》有意義にその宿命を果たしていくかを問われ続けている。そうなら、生ある内に「なぜ生きる」のかを問われなければ気づかなかったことを洗い出し、できることにどんな意義があるのかを思い描くのにそれを翳《かざ》すに相応しい家があって良いし、その一室の「生きる館」に設けるＧＡＬＬＥＲＹが欲しい。そこはありえない12の課題の坩堝《るつぼ》であって、そこに安逸や退廃の澱みを一掃する感動をそれに相応しいＧＡＬＬＥＲＹに翳すことで、行く末の生きる意義を想い、探し求める心を揺らす12の感動に震えたい。

この家の呼称は「Gallery Court House」であり、Antique Gallery、Court Gallery、そして、Living Gallery から成っている。

そして、「なぜ生きる」のかをそこに掲げ、翳すことになる。

全ての邪念を消し去る Energy は自ずと感動を創り出すきっかけとなる興味というモーターのスイッチがＯＮになり、そこに更なる新しい生きる意図が発見されていく。

ありえない授業プログラムの「小学校の時間割授業」の成果を通して生きる目的がそこに見つかってゆく。

White

1
国語

ありえない話

第二章　１　国語――ありえない話

「貴方が今までに一番感動を受けた一冊は何ですか」と改めて聞かれて、色々思い出して一冊をいおうとするがそれが出てこない。

考えてみると年に１００冊位最近は本を読んでいるが、その本の「題名」と「著者名」がそもそも思い出せないというか、覚えていないというか、意識にそれがなく読んでいたことに気づいて唖然とする。

これも歳の所為《せい》にすれば済むが、確かに、若いときと今とでは読んでいる本の数が違う。若いときには選択する読書の視野は狭かったが、年に10冊か20冊位しか読んだ覚えがないので、もう少し深読みができていた。近頃のように一日に目を通す本が4～5冊だったり、読みかけの本をジャンル別に並べても、数えてみると20冊もあるとどの本にどんな内容が書かれていたかなど思い出せないことが殆どだ。

沢山の本の肝心のところを抜粋して把握しようとして読んでいるのだと言い訳がましく思いつつ、題名等をアウトプットできないことを危ないことだと思う。しかし、やはり一方ではそれでいいのだと答える自らに納得してもいる。

本を読んでいるときはその経過する時間を楽しむことに満足があるのであって、人に読み終えたあとの読後感を問われることはないが、人への説明を予期して読む読書は楽しくないだろう。それはストレスを感じる読み方でしかない。どんな読み方であっても、時間を無駄と思えるほどに費やす余裕のある読み方に魅力があり、それこそ贅沢であって、余ほど楽しく思える。

一冊の本を誰が書いて、題名が何だのの記憶はあまり意味がない。文中に感ずることがあり、納得することがあるなら、何がしか後々予期せぬ形で効能を発揮してくれることもあるだろうしそれで十分なのだ。

いま、ネット通販の隆盛により、町中の本屋では以前ほど本が売れなくなっているらしい。しかし、再び見直される時がやってくる。アナログの逆襲である。私は本は書店でしか買わない。以前はネットで買うこともあったが、手に持って広げないで買う本はネット上の推薦者に頼る一面だけのリスクがある。デザインとか装丁にも画像を通して見るだけではリスクが高く、衝動買いの後悔の比率は書店での購入の比ではないからだ。まして、大きさ、厚さ、重さに縦書き横書き、そして、1ページに載せた字数や紙の色や質など購入には意外と五感が奮闘し、書店の拙《つたな》い推奨文であっても、期待に違《たが》わないことが多いし、書店はものすごく沢山の人に会える場所でもあって、昨今の人気作家もいれば、歴史上の偉人や色々なキャラクターの登場人物に必要に応じて手に取って会えるこんな場所は他にない。そこでは、帰宅途中に寄る人やちょっとした合間の立ち寄り先として、沢山の本たちが視覚や触感の五感を通して、忙しい人たちの日常を癒やしてくれている。そこには思いもよらない出会いが時を超えて、待ち受けている桃源郷であり、感動を得る坩堝《るつぼ》なのだ。

本が読みたくてしょうがない。目の前に数千冊の本がある。先ほどからいつものことだが一冊開いては付箋を張った読みかけの本にピンクのマーカーを入れた行を目で追っている。音楽の本、ワインの本、宇宙の本とどれも途中で、読み終えていない本の山である。月に10冊ほど読み終えてしまった本など読み終えたことの安心感があるだけで、どんな内容の本だったのか、まして誰の書いた、どんな題名だったかなど直ぐに忘れてしまっている。

私は本を読むことをただ楽しんでいるだけでしかない。それでも、本に埋もれて過ごしたいとの思いがますます強くなっているこの頃である。一冊の本を読み終えたいと思うのは知らない世界を旅したいからであって、忘れていた小さな感動を今日もまた再び手にしたい一念からである。

本を読みたい欲がある。集めたそれらを並べて背表紙を眺め楽しむ至福の時がそこにある。そして、読後その物語を演じたい欲もある。

そして、同じ本が2冊はともかく整理し並べてみると3冊もあるのに気づくと、集めるだけで読んでいないのを公言しているようなのだが、一方では滑稽であり、無駄なのをほくそ笑む不思議な余裕も書棚は見せてくれている。書斎を覆うのは時であり、正にそこは、時を育んでくれるGALLERYなのだ。

今日の一日に小さな興奮と驚きが欲しいと思う。今日の自分に新しい情報と知識を染み込ませ知恵としたい。そうすれば、今日よりも明日が更に麗しい充実した新しい感動を得られる日になるはずだからだ。

同じものも見る角度を変えて見てみたい。同じ事象も違う知見で見直してみたい。そして、見えなかったことも見えるようになりたい。いつか情報は豊潤に満たされ、それは満たされた器から溢れ、手品のように経験と勘違いするときがやってくる。その時私はその経験の体現者であり、元の情報発信者になりうるはずなのである。

私は本を読みたい。それも限りなく沢山の本を。そして、その集めた情報を書にした人の経験と一如になり、そこでの人物にいつでもどこにでも成り代わりたいと思う。今はもう私はそれができることに気づいている。今日の私は昨日までの私でなく本の中のどこかの人物になりきっている。私に明日があるなら、それは昨日までの私ではないと分かる。明日の私は昨日までの私ではなくて、新しい経験と知恵を持ち得た今日の私と繋がる人なのである。本が紡《つむ》ぐ明日の私を追いかけたい。

還暦を迎えた年辺りからか、86歳で亡くなった父に、生前尋ねたことをこの頃何度も思い起こす。最初に聞いたのは母が亡くなる2、3年前の頃で、それまでは厳しい人と思っていた父が静かに過ごしている姿を見ることが多くなり、少し丸く小さくなったと思える頃のことで、確か、亡くなる十年位前の76歳の時だったと思うが、「おやじ、今まで生きてきていつが一番良かった」と聞くと、開口一番「今が一番」と答えてくれた。そのとき心地よくフンフンと妙に納得してしまい、そして、何か圧倒される空気があって、どうしてそうなのか聞くのを忘れてしまったのだが、その後父が傘寿《さんじゅ》（80歳）を迎え、体調を崩し、入院し検査を受けたあと、父とは別室の母と私を前にして、「胆癌です。手術をしても余命5年、手術をしないと1年持ちません。手術をしますかどうしますか」と何方《どなた》かに紹介されて罹っていた主治医の有無を言わさない端的な返事を求められた母は私の目の前で、キッパリとひと言「手術をお願いします」と。その時いった母のひと言は父がいったように思え、その毅然《きぜん》とした態度は父と一心同体と思わせられ、今以て思い出すと身が引き締まる。その母は父より先にその後2年経って呆気《あっけ》なく76歳で逝ってしまった。

そして父は医者の見立て通り手術後5年で母のあとを追って逝ってしまった。本人には癌の告知を知らせなかったのだが、先生から宣告を受けたあと、父との会話で、「おやじ、いつまで生きたい」と聞いてみた時には、再び間を置かず「死ぬまで生きたい」と瞬時にまた答えてくれた。二人とも今はもういないが両親から力を貰っていると思うことが度々ある。それはその時の二人の言葉にある。「今が一番」、「手術をお願いします」そして、「死ぬまで生きたい」その時のことが全て昨日のことのように思い出される。そう、両親の鮮烈な幾つかの言葉はあらゆる意味に於いて今の私の生き方に繋《つな》がっている。そして、これからも何度もやっかいなことのある度に思い出すことだろう。そこには凛とした、地に足をしっかりと載せて生きてきた人の毅然とした覚悟が見られるからだ。

様々な人の生き方があるが、誰も彼もいつか隠れていなくなる。人はいつどこで、長く生きようと短かかろうと本当の所は他と比較のできない特別な一人だけのときを過ごして一生を終える。宇宙に生きる霞《かすみ》にもならないような一瞬の生涯であっても色々な世界の「とき」を行き来し、上手《うま》くそれを使うことに大きな光明がある。そして、第4章　3にある時計（P370）になって時間の向こうを見ると何が見えるだろう。『平気で生きている』は人の生きる目的にある「なぜ生きる」（人生の目的とは）の探求に思いを馳せた時を泳ぐメタファーである。

そして、何を読むかにもよるだろうが、本を読むことで変わることがある。

100冊読めば知識を感じ、200冊読めば気力が生まれ、300冊読めば発想が変わり周辺が変わって見えてくる。500冊読めば世界が見え始め自然に身体が行動し、1000冊読めば人が見えてきて人への見方が変わり自分も見えてくる。小説を書くなら1，000冊も読めば作品ができ上がり、それ以上読めばそこに読者が生まれ、更には心の糧にする余裕も生まれてくる。2，000冊も読めば時は飛翔し怒りも恐怖も感動も何もかもが情報から経験に変わり、3，000冊も読めば自らの生涯も一冊の本の中の一行の文章でしかないことにほくそ笑み、平気で生きている自らに気づく、そして、生き方に矜持と達観が生まれる。それ以上読めば人を超えられる。

本の数を、赴《おもむ》くままに読み進めば、リアルな世界も気で意のままになり、あらゆる価値は変転し、時空を動かし、現実の流れを変えられる。そんなことは読む世界をページを捲《めく》ることでしか生まれてこない。

そして、今の芸術と呼ばれる起源は古代ギリシャ時代の奴隷制度から生まれたというその発祥のルーツを知れば、そこに読み書きを起源とする芸術という私たちが勝手に高尚であり崇高なものという敷居の高さの概念とは真逆の誕生を知り、凡人の私でも「一冊一生」の想いで少しの時間を紡いで書いてみるのも良いと思ったのがこの章の「なぜ生きる」を掲載する嚆矢だった。尤も、本音は惚け防止と絵と同じく書くことが思白いからであって、単なる暇つぶしと思われても厭《いと》わない。

古代ギリシャでは奴隷に畑を耕させ、食事を作らせ、船を漕がせ、そしてその間に地球時間のちょっと先を行くヒエラルキーの頂上に君臨し、芸術に興じていたのがその時代の市民と呼ばれる特権を持った階級だった。

古代ギリシャ人のこの階級が地中海の太陽の下で詩作に耽り、建築・天文学・芸術そして数学に取り組んだという。今の平均寿命を以てして、私は36歳までは奴隷で良しとの思いがあった。人からの束縛のない思い通りに生きる方策がその歳までに描けなかったからだ。

但し、その後の終の日までは好きなことを好きなようにいつでもできるような実情に見合った糧の得られる境遇を自由気ままに思い通りにできるようにとの思いで過ごし今に至ってもそれを願っている。いってみれば37歳からは古代ギリシャの市民権を持つ人のように過ごしても良いだろうと思ったからだ。

私はいうなれば、何ごとも整理できずに偶然に生きてこられた36歳までは、自分の居場所も分からない正《まさ》しく奴隷だったことになる。だが、奴隷に疑問を持つことはその歳までなかった。奴隷であることに違和感を覚えた頃の37歳から、其処《そこ》を抜け出ることを考え過ごしてきた。その後、30もの業種を渡り歩いてきた。様々な怒りをエネルギーにして生きてきた。怒りは環境を変える向上心や競争力を生む。しかし、恨みや嫉妬の負の感情に対して奴隷になってはならない。感情を上手くコントロールして、好きに生きることを心がけるとその後が大きく開け、周りの色が変わってゆく。

そして、47歳で賃貸業以外の仕事は全て手仕舞い、51歳から絵画・音楽に取り組み始め、ギリシャ市民並みに芸術に携《たずさ》わるための創作拠点となる家を50分の1の縮図模型作りの設計から始め、長年の「ありえない家」の建築構想を具現化し、「ありえない話」の生まれるそんなGALLERYのある家を55歳でほぼ完成させた。持ち家のあることが生活維持の最強の安全保証になるし、そこを拠点に分相応な糧を得ながら社会の第一線から外れることなく、芸術の創作活動にも没頭する日々を送ろうと、一人思索に耽ってきた。

最初は51歳からのピアノ、次は日本画、油彩画そして、今は作家なる者への挑戦を始めている。

奴隷の期間は知識も知恵もなく、それでいて考えることもなく楽だった。しかし、37歳以降はどんなに高い報酬よりも、どんなに楽な仕事よりも、何をいつどのようにするのかを自分で好きなように決められる、そんな思い通りの時を送ることを願って生き方を変えた。この選択は好きなことをしながら糧を得られるようにすることだった。それからは納得のゆく好きなことを自由に成すことで糧を得られる仕事が運良く見つけられてきた。これからは絵画、音楽、ゴルフ、執筆にと報酬の期待はできないがその対象となる。好きなことを好きなだけするためにお金を蓄えることが必要でもあったが、そこで得たお金が人生にもたらす最大の恩恵は自由も得られることにあった。そして、その自由は過ごす時間を幸せに導いてくれてきた。

自分の使う時間は自らコントロールしたい。豊かさと引き換えに時間を手放すことなどしてこなかった。

悩み続けて今までが過ぎ、残されたこれから過ごす時間のことを考える、納得のいく人生の目安となる目的を考えると、やってくる時間を使い切るのに、これまでの経緯を認《したた》める一冊の本を上梓せずにはいられなくなっている。書いたからといってどうなるものでもないのだが、書き記《しる》すことでこれから先の生きる道標にそれはなると考えるからだ。生きる人生に本来説明はいらない。覚悟がいるのみなのだが。

丁度描き続けている油彩画が途中で当初の思惑とは違う絵に変わってしまい、慌てて元の絵に戻そうとするとき、途中で何枚か写真を撮っておくように、有限の時間にまだ気づかない人たちにも私の悩みながら育んだ人生の縮図を時系列に綴った一篇の随想集に触れて貰うことを通じて、無駄だらけの遠回りの生涯に於いて、先に知り得た人の失敗だらけの生き様を幾何学的に書き記すことにより、その「気」を受けた人達の生きる選択肢が多様に広がり、味わいのある感動が随所に生まれ、湧き出るエネルギーを身体の内から作り出す機能が必然と宿り、自立した納得のできる生涯を羽ばたいてゆく縁《よすが》になればとの思いから、この作品を紡《つむ》いでいる。

拙《つたな》くも絵画やゴルフの、そして、人生の箴言集にもなればとの願いがある。そんなことを思い、私の作った書斎には集めた本が文学、数学、科学、建築、語学、音楽、芸術、歴史、スポーツ、心理学、宗教、哲学など6，000冊ほどある。鳥が拾った枯れ枝を集めて巣を作るように、集めたそれらを次々と書斎に持ち込んだ。今はそれらから得た情報を使って生きてきた人生をこの一冊の本に仕上げた後、全て捨てようと思っている。それが2029年2月9日のリセットの日を迎えるとき迄に行い、次の始まりへの嚆矢にしたいからだ。それが早まることはあっても良いし、そうなるのなら、その後の残された時間を更に濃くするあらゆる思索と行動の「ありえない話」の新しい物語が再び始まることになる。

私は失敗ばかり繰り返し生きてきた。小さな失敗は無駄にはならないが大きな失敗は時として人生を遠回りさせるだけでなく、人によっては破綻《はたん》する。そんな暗雲の内に私たちは覆われて生きている。

私たちはいつでもどこでも、何からも様々なことで試されて生きている。どんなときにも役立つ柔軟な知恵を持つ人間であり続けたいものだ。動物としてでなくホモ・サピエンスとして、一部にはまだ生き残っているはずの高尚な一生を送れる人のようになりたいしそんな人を探し求めたいと願うばかりだ。

「なぜ生きる」の目的の達成による満足や感動や余裕がみんな感じ取れるのはそれを求める道程にある「気」にこそある。

一つの目的を達成したところからまた次が始まっていく。あらゆる結果は一連のそこに至った経緯にこそ意義がある。考えることを休んでもみんな毎日を生きてゆける。しかし、途中を如何に意味を持たせ濃く味わうかが「ありえない話」作りには肝要なのである。

いつも身体をほぐしてくれているマッサージ師が私の体を揉みながら愕然《がくぜん》とすることを随分前になるが何気なく背中で語ってくれたのを思い出す。聞いていて、自分では忘れていたもう一人の他の自分がいたのをあらためて思い出したことだった。

「どう、今日はどの位凝ってる。ひと月以上来られなかったから、相当凝ってると思うんだけど」と。

美容院には二週に一度気を入れ替える毛染めに通っているのに併せて、大抵同じく二週間に一度少なくともひと月に一度は家の近所のマッサージ師に一度につき90分ほど、気を良くするのに身体をほぐして貰っている。「言われるほどには凝ってませんよ。揉んでる内に指が入っていくから」と。異常のないことに安心させられる。そして、「でも、14～15年ぐらい前か、初めて揉んだときにはこの人いったいどんな仕事についているのだろう。どんなストレスを持っている人なのだろう。こんな凝りの人に出会ったことがないと思ったものでした」と、突然言われて仰天してしまった。

当時この先生は家の近所で何人かの他のマッサージ師とその治療院で働いていて、いつも他の人よりも随分長く同じ料金でほぐしてもらえるので名指しで揉んで貰っていた方である。今は独立して近くの自宅で一人で治療院を開いている。20年以上のお付き合いになる。そんな20数年もの付き合いでそのとき初めて随分前の自分の凝りの程度とストレス具合の懸念を聞かされて唖然とした。

丁度、いわれるその時期は相続問題により身内から不渡りを強いられる四面楚歌の嫌な頃を思い出したからだ。

その頃は暫くはマッサージに他にどこへ通っていたかも記憶にない。それどころでなかったし、相当の期間は身体をほぐすこともなかった頃のことだ。ひどく凝っていたのは確かだろう。しかし、その凝りの深さの自覚はあまりなかった。丁度不整脈に気づき身につけた機器が一日十数万回の不正音を奏でていた頃である。今から思えばそれもストレスの証だったのだろう。

私の意識のないところで、私の分身がストレスと真正面から対峙し、私の全身の凝りを背負ってくれていたのだとこのとき知って改めて感激した。当時の私は揉んで貰いたい意識は今と同じと思うが今の凝りとの違いなど私には分からない。まさかこの先生が二十数年も前の私を今までに罹《かか》った患者で一番ストレスを抱えた人間だと喝破《かっぱ》し、今の私との凝りの違いを指摘されようとは思ってもみなかった。

確かに私にはその46、47歳の頃、不思議な体験を他にも幾つかしている。手形が落ちるかどうかという危機的状況にあった時期にである。

夜中に目が覚めると横になって寝ていて右の胸から左下に冬なのに汗が流れている。それもサウナ並みには至らないがじっくりと止めどなく流れている。それをじっと数えている自分がいる。じっと目を閉じてその汗がまた一筋流れるのを身動き一つせずにじっと感じている。「この時間にジタバタしても仕方がない。明日は大事な折衝をするのに、何とか眠りたい。明日の鋭気を私に残してくれ。ここは頼む、どうだ。代われるかっ」と、もう一人の私に頼んでいる。そして、「分かった。ここは私に任せろっ。ゆっくり休めっ」と会話していた。そして、記憶が途切れ寝込んだ。

翌朝起きると身体中、シャツも、パンツも、パジャマまでグチョグチョのびしょ濡れなのだ。急いで風呂場で着替えるのだが、毎日のことでもあり、何日もそんな日々が続いていた。濡れた下着やパジャマを家内に悟られないようにと気配りして片付けたのを覚えているが、何かの折にそのことを口にすると彼女はそれに幾らか気づいていたようだったが、深くは関心がないようで、助かった記憶がある。

その時が「私は二人いる。他に存在する」と思った最初だった。

スッカリ忘れていたが、マッサージの先生から「ところで、どんなストレスを当時抱えていたんですか」と聞かれて改めて忘れていた記憶からその事実を思い出したのだ。そして、改めて私には分身がいると気づくことになる。アバターにである。

だから、当時の私が、いわれるほどの凝りを感じていたのが分からないのだ。悍《おぞ》ましい相続体験に生き残ろうともがく私にもう一人の私がそれに耐えてくれていたからだ。そして、身体の疲弊を背負い込む別の意志を持つ私がそこに確かにいた。代わりに悩みに対峙していたもう一人の私が間違いなくそこにいた。今、よく生きていると改めて思うことにぞっとする喜びが思い出される質問だった。

そんなことがあったあと。幾つかの偶然もこのことと糾《あざな》っていると思うようになった。本来なら私はもう三度死んでいる。今「私は確実に生かされて生きている」と確信する。私が今、本当に生きているとするならだが。

一度目は小学校の低学年の故郷《ふるさと》の川でのことである。川幅20～30メートルはあろうか、向こうの藪《やぶ》の木立のある川岸まで川縁《かわべり》から20メートルは泳がないと辿り着けない。川を横断する途中は川の流れが速く大人でも相当流されるものだが当時の私には何も分からない。泳げもしないのに川に入って遊んでいる。肩位の高さまで川の水が来たとき足が川底から一瞬離れてしまった。思わず「たすけてっ」と叫ぶが川向こうの10人ほどの顔が水面上から見えるが呼んでも誰も聞こえているようにない。川の流れの水の中で身体が触れる石ころの転がる音が「ゴトン、ドロドロ、ゴトン」という音を感じるだけである。「あっ、流される」と思い、両手でもうひと掻《か》きし、流れに逆らい体勢を元に戻し、立ちたいが川底がない。もう一度「たすけてっ」と言ったと思うが多分声になっていなかっただろう。何か空白がありそれでもと思い、もう一度足を掻き両手を掻いたとき足が川底に届き身体が水の流れに逆らって動く自由を取り戻して河原に這い上がることができた。周囲は平穏である。誰も今の一瞬の自分の思いを知るものはいなかった。私もそのことは既に忘れてしまっていたことだった。もう60年以上過ぎている。

二度目は穂高の平湯温泉に仕事仲間と二人で冬のドライブを兼ねて遊びに行ったときのことである。山も田んぼも真っ白い雪で覆われた眩しい日差しが差していた。それでも道には雪がなくガードレールにたまっている程度の快適な道路を快走していた。前の車を追い越しながら登り坂にさしかかった時に、一瞬、目前に車が現れ、咄嗟に左にハンドルを切っていた。正面の車も車線の向きの左にハンドルを切っていた。私の追い越そうとした車は私と一緒にガード際にやはり左にハンドルを切ったのだろう。片側一車線の道路に車が一瞬対抗して正面からと左脇とに三台並んだことになる。

しかし、三台とも無傷だった。間があって、車を止めて生きている自分と同乗者の無事に安堵していると、真正面を通り過ぎた車から私たちと同じ位の年齢の四人の男たちに取り囲まれていた。私は笑顔である。言葉にならない。そして、懐から財布を差し出すと、一人が二〜三枚の札を抜いて向こうもずっと無言のまま財布を返してくれ別れた。暫くずっと笑っていたのを思い出す。

そして三度目は40歳になった頃バンコクで日本では今は見かけなくなってしまっているが、青田売り（完成前に売買すること）のマンションをタイ人を妻に持つ日本人の知り合いとの縁で奥さんに51%私が49%の割合で法人を設立し高層マンションの青田買いをしたのだが、当時の不況で建築が進まず困っていたところに現地の彼から建築が再開したので一度現場を見にきて欲しいと連絡が入り、ゴルフ仲間でもあったので、ゴルフがてらタイを訪問し、その足で建築現場に彼の車で入ったときの体験だった。

現場の足場が悪く早々に退散しようとしているときに、どこか遠くから、多分上の方から

「ウォーッ」という声が聞こえた。何かなと思って顔を右に向けると一瞬左に「スッ」と黒い陰が通った。あとは2メートル四方のそして厚さ3～4センチメートルの生のコンクリートを載せる鉄板が「ドーン」と目の前に低い音を立て降りていた。「フッ」と肩を見ると半袖のカッターシャツに黒い汚れが擦れついている。何が起こったのかと思うや直ぐに全身が震え出した。20メートルほど離れて前方を知り合いが歩いていく。言葉を出そうにも出ない。肩に「スッ」と触れた物がこれかと思う瞬間に身体が震え出していた。その後車まで歩いてその建築現場を抜けたのだがその間も言葉を出そうにも出ない。彼は前をのんびり歩いている。そして、追いついて車に乗ってからやっと肩の汚れを見せ、興奮して冷や汗を流しながら辿々《たどたど》しく今起こったことを話すのだが彼は笑っているだけである。立場の違い、身体の別、一瞬の時の隔たりをこれほど遠いものだと感じたのもその時が初めてであって、その後一度もない。今考えてみても、もうあと1センチ深かったらと思うだけで動悸が始まる。

このように、生きていることとは宇宙でたった一人、自らにしか悟れない物語の連続なのである。今思い起こせばこれこそが宇宙なのだと思う。本当にあったことだが「ありえない話」にも思えてくる。

これらの出来事はこの世のこととは思えない気が今もする。しかも、三度とも実際にあったことなのだ。

これだけ経験して迎えている今である。多かれ少なかれ人はそれぞれ何か不思議な得体の知れない変則事象という正則でない事物や現象に遭遇していて、最先端の知識や知見を以てしても解明できない謎に翻弄されて生きている。「ありえない話」のありえない偶然の一瞬一瞬が身の周りの空気のように当たり前に私を覆っている。こうして宇宙に私が生き、ものを書いている私が今存在している以上、神なるものはあるとしか思えない。それは宗教でいう神とは違う存在である。時と縁と運を飲み込む、もっと次元の違う崇める畏怖の存在としか説明できない。

「なぜ生きる」を考える時、周りは「ありえない話」の坩堝《るつぼ》に苛《さいな》まれる。これ等を私の造った「生きる館」のＧＡＬＬＥＲＹに翳《かざ》したい。

　そんな身の回りで起きていることの遭遇に「私は確実に何ものかに生かされて生きている」ことを思う。

Yellow

2
算数

ありえない空間

第二章　2　算数――ありえない空間

そもそも学問を、人文科学と自然科学に分けるなら、数学は自然科学である。しかし、数学として数を見るのと、経済として数を見るのとでは分野が異なって見えてくる。経済は明らかに人文科学の範疇である。普遍的、一般的な法則を導く自然科学とは全く異なるものだし、科学からはほど遠く、景気という言葉に気が入っているように人文の中でも心理学、若しくは芸術に近いものであろう。科学的なアプローチには論理や有効性が要るし、自然現象はそれで成り立っているが、社会現象にはそれがない。しかも、社会は稚拙な知識でメディアや風評に作用され易い傾向にあり、こうした人たちの集合は誤った社会現象をもたらすリスクを常に歴史は抱えてきたが、この現象が社会に不確定要素をもたらしていることに私たちは言及しないで無視してきた実態がある。

そして、このことは思いもよらないヒントを身近にもたらせてくれている。経済や景気を心理学や芸術と捉えるならものの見方は一変し、飛躍した解釈による世界感が描けてくる。私には「好きなライフワークで糧と感動を得る道を選びたい」との想いがある。人の「気」で成り立つのが経済である以上好きなことをして過ごす一生に必要なだけの算数がそこにあれば充分との想いがあるからだ。算数はホモ・サピエンスとして生きるために人に授けられた資質の一つなのだ。人文科学と自然科学の二つの分野の視点から見る「ありえない空間」が「生きる館」のこの目指すGALLERYにはある。

では、いったい好きに生きるライフワークにはどれ位稼ぐと安心できるのか。幸せに過ごすための額を平生から見極めておけば良い。一方、常にはお金は要らないと思ったりもする。必要な時にそのお金を用立てられればそれで十分だ。

必要なときに必要な金があれば余裕のある金持ちだ。必要なものは人によりそれぞれ違うので、ものもそれが必要な時にそれを用意できる余力の持ち合わせがあればよい。そうならものも取りわけ、平生は必要なくなる。しかし、それには相応の準備がいる。

まず、家を造ると良い。それもとてもすばらしい「ありえない空間」の「生きる館」に翳すに足るGALLERYのある家を。建築というのは宝石箱であって、家はその器であり、仕舞う宝石は集めた夢と感動を翳す坩堝となる。そして運悪く住めなくなったら引っ越せば良い。大から小になろうが必要なときに必要に応じて自在に創造できる力を準備し、その時々に再び挑戦を宿せば良いだけのことである。

そして、今日は昨日とは違う一日にする。今日は新しい明日に挑む一日であり、自らの明日を迎えるための今日にすれば良いだけのことである。予測のできる仕組みをそのために用意した家でまず準備を始めると良い。

仕事は糧を得ることだとすると、一方でなくしてならないモノに何があるか。それは欲である。人間は普通、誰しも「欲」の塊である。しかも際限がない。算数は足したり引いたりする。掛けたり、割ったりもする。このことにこそホモ・サピエンスがこの世を凌駕する秘術が認《したた》められている。人はあらゆることに対して、自分の抽斗を作り、その抽斗を増やさねばならない。心配や、痛みや、損がどんなに大きくても、いつでもどこでも何もかもを溜め込める抽斗を持つことだ。そして身近に必要が生まれたところに蓄えた活かせる中身を上手に使えば良い。使うのはその正反対の出来事が生じたときだ。大喜びもとんでもない快楽もそれだけでは反動が大きすぎることがある。そんな時は中和させれば薬になりうる。中和は疲れ切ったあとに没入する睡眠と同じなのだ。生も死も「ありえない空間」のそんな間の中にある。

土地も30年下がり続けてきたが私は入れ替えながら小さく分相応に買いつけてきた。損も時と場合により良薬になる。中和薬なのである。そして、４分の１に下がった土地を売り、それを昔から欲しかった物件に買い換えた土地の価格がそれも昔の７分の１になっていたりする。このＧＡＬＬＥＲＹの「ありえない空間」の中では損も得もコインの裏・表であり、二面性があり、共存していてその間の中で捲《めく》れて様変わりする対象の表裏の象徴にある一方の宝庫の坩堝なのだ。

時間も同じことがいえる。貴方は時間が早く過ぎると思ったことはないか、大抵の人は20代よりも30代そして40代、50代はもっと早く過ぎると思ってきたはずである。実はそんな人は幸せな人なのだ。人生を思い煩《わずら》い、悩むことに明け暮れ、うつ状態にある人にとっては時間の長さは凄まじい負担に思える。

小さい頃私の経験した雪国の冬は雪囲いに覆われ、いつも暗く、反対に太平洋側の明るさは知る由もなく暗く寒い冬が早く過ぎ去って欲しいと願い、必ずやってくる春を待つ面持ちの長さは他に類を見なかった。そんなことを思い出す度に、思い悩むときにはこの第二章の12のありえない授業の世界観に入り浸り、そこで思いの丈《たけ》を文筆に励んでも良いし、掃除に時間を費やしても良いし、嫌なものをいっぱい纏《まと》めて抽斗にしまい込むのもいい。悩みの対象毎に対応の目安を変えるとき、この12の授業は、その背景に見合う使う時間の長さやその重さをそれに充てるのに、幾何学の分かり易い法則や比較の持つ絶大なＧＡＬＬＥＲＹ効果を既に授《さず》けてくれている。

だから私はうつ状態のときは庭掃除や家の掃除に時間を費やすようにし、些細《ささい》なストレスには掃除機を使っての掃除に充て、重いと思う悩みごとには半日から一日の長さを家中のガラス磨きから拭き掃除に充てる。この際に溜め込んでおいた大・中・小の抽斗のうつ、悩み、ストレスを掃除に疲れて吐く吐息と共にきれいさっぱり吐き出すことにしている。

そして、物欲で悩むことがあったら、次のことを比較してみると良い。

貴方は今金が欲しいのか名誉が欲しいのか人気者になりたいのか権力が欲しいのか。若しくは恋人が欲しいのか、自ら作る作品を残したいのか。結局今金が欲しいというなら、それが何のために要るのか具体的に考え書き出してみると良い。すると、大抵のものは手に入ってしまう。人の3倍働けばいい。あれをやってこれをけちってと思えば欲しいもので買えないものなどまずないだろう。どうしても欲しければ盗めばよい。盗むといっても警察沙汰でなく、手に入れた人のやっていることを学んで真似て実践しさえすれば手に入らないものなどなくなってしまう。

ここで邪魔するモノがあるならそれは時間である。経済界に絞《しぼ》るなら10代、20代で大成功など聞いたことがない。手に入れるにはそこに及ぶ過程があり、時間が要る。経験は実態のある時間を経ないとこれまでは得られなかったからだ。ある程度の年齢を重ねないと得られないし時間が掛かるのだ。10歳も20歳も年上の人の成功例には見落としがちのそれに至った時間を重ねた経験の経緯に気づかねばならない。時間の経緯を経てしか見ることのできない成功事例を自らの年齢も考えることなく「私も」はありえないのだ。成功者の経験とそれを踏まえた時間の蓄積の違いに気づくことは欠かせない。定理の方程式の算数がそこにあり、幾何学がそこにあるからだ。

今一番欲しいものがそれでもお金だと思うなら、他の考え方もある。欲しいものや、やりたいことが沢山あるのにそれに要する時間は有限だからだ。

近年、高齢者のポリフォーマシー（多剤服用）が問題になっているが、無駄な薬を飲まされ続けている人は少なくない。無駄どころか危険でさえある。私は無駄だと思うものには全く時間も労力も金も使わないが、必要だと思うところには存分にそれを注ぎ込む。その必要の判断が求められた時に使えるだけの自由な金を調達のできる人が金に余裕のある人であり、本当の金持ちなのだ。額ではない。

尤もＧＡＦＡのザルツバーガーやジョブズやザッカーバーグやベゾスなどになろうとするなら、機会を呼び込む強烈な縁と運が要るし、時間、労力、金の使い方には半端でない生き方の覚悟を求められることになるのでどこまで望むのかは分相応からは別の観点の論題になる。それは並の人には息が詰まるし、その度を超える欲であり大志には人によっては気が狂ってしまうことにもなりかねない。

そして彼等は旧来の地球経済の仕組みを破壊しながらあらゆる新しい創造を打ち立てる。そして、救世主というより独裁者としての想定される事象を生むリスクは並では済まない。なぜならＧＡＦＡのたった4社の株の時価総額が日本の東証一部の二千数百社の総額を２０２１年には既に超えているからだ。

別の際疾《きわど》いオーラを身につけるなら、危ない指導者になってしまう。それは彼等の持つ思考の概念が正則からズレた「ありえない空間」を創ることのできる巨大な力を既に彼等は手に入れたからだ。

一方、そんなありえない空間を求めて地球の歴史を遡《さかのぼ》るといってもほどほどであって、貴方が今どんなにそこに富があると思っても江戸時代に戻って何をやりたいと思うだろう。浮世絵師か歌舞伎役者か殿様か。私は過去は歴史で学ぶだけで十分だ。では未来はどうか。やはり別の世界や空間では、そこで感じる違和感を払拭《ふっしょく》できるとは思えない。仮に面白いと思ってもそこに長くはいられないと思う。結局富の使い道は人それぞれの欲の対象が何なのかによるのは昔も未来も今と変わらない。今と変わらないというのは、富で得たいモノは富で得られるモノでしかないし、欲しいものに何があるのかの比較により富の価値も富への欲も人により変わることになる。金への欲も時代という比較により要らないものに変わることを教えられる。

富もその程度のことと見なす知見もあって良いだろう。なぜなら、現実に私たちは歴史への比較から見えてくる富んで、富んで、富んだ世界にいるからだ。欲求への貪欲な思考も時には的を得た時代背景という冷たいおしぼりが自重を気づかせてくれる。

どんな子にも母親は尽くすだけ尽くしても報酬を欲しがることはない。同じように他人に何か良いことをしてあげられれば、それだけでもう十分嬉しく思えるときがある。お互いに好意を尽くし、それを喜びと思うことほど愛《いと》しいことはない。これこそが人間らしい共同体に於ける人間関係学なのである。GIVE&TAKEのGIVERであり続けることで生まれる沢山の感動を「生きる館」にあるGALLERYに翳したい。

今ある自らを自然科学の算数や数学の一面を通して、一方の一面である人文科学の視点から眺め返して「ありえない空間」の存在にそれを翳したGALLERYに目をやるなら、「なぜ生きる」と悩む暇なく過ぎていく一日が愛おしく、今あることに感動を覚え、今ある自らへの対価が足りないと思うこともなくなる。

Pink

3
理科

ありえない時間

第二章　３　理科――ありえない時間

エジプトの壁画に日時計が描かれたのは紀元前4，000～3，000年前のことである。

年をとって、様々な分野でいっぱしの活動ができるようになると、たいていの人は彼らの業種や業界の中で、群れるのが一般的だ。スポーツでのゴルフで譬えると月に一度行う月例を10年どころか20年も30年もいつも一緒の仲間とプレーする。何かの拍子に、2回りも、3回りも違う年齢の若者と回ることがあったりすると、自分の飛距離の落ちているのを知らされ、ショックを受けるがもう遅い。

芸術に於ける画壇もそうで美術大学を卒業し、こまめに様々な展示会に出展しているつもりでも、気がついてみると周りの新しい本来の芸術の風潮から取り残された老いたヒエラルキーの画壇に拘泥する自分を発見することになる。根本的にはサラリーマンの一生がこれに当たる。知らない内に定年という最終電車に乗っているのに慌《あわ》てて気づく。周りを見ることなく群れることの多い習性の為せる落ち着きどころといえる。そうであっても、ただそれに気づかなくても、一瞬一瞬を全力で一心に前を向き一人駆け抜けるならそれには意義はある。

人生、群れない、ぶれない、振り向かないで進み続けることが肝心だ。なぜなら、何かしようと思うあらゆることは人の一生に於いてどうせ途中で終わってしまうことが大方だからだ。たとえどんなに長生きしようともだ。日時計の存在のあった紀元前4，000～3，000年前からそうなのだ。

そして、この第二章の「なぜ生きる（人生の目的とは）」を年代別に探り、一生を100年と捉えるなら次のような100年が思い浮かぶ。

生きるとは10代までは死への恐れと今あることに晒されることの必然だった。死ぬのが恐ろしいことに思える最初だった。

生きるとは10代は自らにピュアーに向き合い悩み惚《ほう》けた。

生きるとは20代は人として世間を知る嚆矢のスタートだった。

生きるとは30代は特急で父親に追いつく道筋だった。

生きるとは40代は家族を守ろうと足掻《あがく》く真っただ中。

生きるとは50代は経験を積み還暦後に始める趣味を選ぶ時期。

生きるとは60代は残された時間の含みを爆発的に増やすとき。

生きるとは70代はアウトプットをし始め、一生の締め括りを考えるとき。

生きるとは80代はないという思いがあっても、ついでにもう一回と始める出発のとき。

生きるとは90代はいつでもお迎え受け入れ可、そしてついでに、またもう一回と三度始めるとき。

生きるとは１００代はちょっと長すぎたと「もういいよ」とお迎えに答える決別のとき。

私が「死」を考え始めたのは、死ぬことが恐ろしいと最初に思った小学生の低学年の7、8歳位の時からだ。そして、随分ときが経過し、37歳の時にこれからの生き様を考え、死ぬ時までのアーカイブによる行動を決めた。今、古稀（70歳）を過ぎた私は、家造りも終盤を迎え、残された時間の生きることを考え、付いて廻る揺らぎを感じ、死も一緒に考える毎日を過ごしている。

宇宙の歴史は１３８億年、現在の宇宙は少なくとも直径２７４億光年以上の広がりを持っているという。

その一瞬からの人間の誕生は最古の人類」といわれる「サヘラントロプス・チャデンシス」から

始まった。この「最古の人類」に対してその後の新しい人類である「最も古い現代人」といわれる、ホモ・サピエンス・イダルトゥは解剖学的には現代人と変わらない姿に進化していた。

しかし、あと50億年で太陽も燃え尽きてしまう。隣のアンドロメダ銀河とぶつかるまでも、まだ50億年ほど掛かる。どちらが先かは分からない。そうであってもあと数千年も持たず地球環境は明確に人の住める星ではなくなるし、他の変則事象により、早ければ数十年後かもしれない。

一方、沢山ある宇宙のマルチバース（マルチバースとはユニバースに対する言葉で、ユニバースの「ユニ」が「単独」の「一つの」といった意味なので沢山ある宇宙をマルチバースと呼ぶ）を予想する理論である「超ひも理論」によれば、10の500乗個も宇宙があることとなる。こうなってくると科学者も物理学者も宗教家も哲学者も、そして、八百屋もたこ焼き屋もＡＩ企業のプログラマーも宇宙に於ける地球の存在や人間の存在とを比べるまでもなく、人間の生きる時代を無限と思える宇宙の数と時間とを比較するならまるで人は皆同じであって、80億人いようが一瞬を同時に括られる一哺乳類でしかないことに気づく。

全て、人間が存在できるように宇宙は作られていると物理学者がいう「人間原理」とは、星や生命はやはり神が作りたもうたといっているのである。科学者の出番はなくなってしまう。「人間原理」が正しいとしたら、ではなぜ、人間が存在するように創られたのか、やはり分からないことに理解を託す神様を超えるような存在を持ち出すのが一番手っ取り早い。

一方、物質の根源は研究が進むにつれ、今ではこれ以上分割できない素粒子のようにどんどん小さくなってきている。物質の分子は幾つかの原子で構成されている。この原子にも内部構造があって、原子核の周囲を電子が回っている構造になっている。その原子核は陽子や中性子からできている。でも陽子も中性子も素粒子ではない。どちらもバラバラにすると「クオーク」という粒子になる。原子を構成する原子核の直径は原子全体の直径である電子の軌道の10万分の一しかない。電子の軌道が地球だとすると原子核の直径は東京タワー程度。直径が5桁も違うのだ。原子の内部はスカスカ状態なのである。

今日も考えたことがある。毎日お風呂に入る時に体重計に乗るのが習慣となっているが、最近の体重計は自分の身長や体重そして、年齢を入力すれば、体重以外に筋肉量や体脂肪、体内脂肪率などを表示すると同時に肉体年齢を瞬時に計測し表示してくれる。これによると私は47歳と表示され内心嬉しくなる。しかし、ちょっと不摂生にするとたちどころに49歳にもなってしまうので、がっかりするのと同時に食事の量や運動量の調整や睡眠時間の確保など年齢維持にはどうすればよいかとアンチエイジングに気が行く毎日を過ごしている。

こんなことをしている時に思うのは、人とは違う「時」を扱うことがことによってはできるのではないかという妄想である。一日にお風呂に入る前と後とでは血行と運動量による発汗量によるのだろうか、日によって二歳の違いが表示される。一日二歳で二年遡ったり、過ぎたりするなら、一年365日を730年と感じることができる。78歳まで一生を健康で幸せに過ごせればと思っている私としては残り6年弱の人生が4，380年にも化けさせることになる。強い思いは岩をも通すというが「時」とは、時空を超えた身近に遭遇できる宇宙であり、この想いを「時」の深さを変容させることに使ってみるとどうなるのか。時を一日単位で考えてみると、一日で一生を終え、明日また一日が始まるのかどうか。そのとき、昨日の一日を覚えていれば間違いなくそれは今日の私であり、生きていることになる。昨日の私が分からなければ、それは今日の私ではないだろうし、その人にとって、別の今日を過ごすことでしか迎えられない。生きている人は明日を思って今日があり、昨日が確かな存在だったから今日を、そして、今を生きて行ける。

そもそも時間の始めや終わりは人間の都合により設けたものであって、自然界には、絶対的な時間の経過を示すものはない。人は地球がその持つ軸の周りで一回自転するのを「一日」としたのであって、月が地球の周りを回る公転の一回転を「一月」とした。そして、地球が太陽の周りを回る公転の一回転を「一年」と呼んで手っ取り早く時間を計る基準とし、日・月・年を普遍的な時間の単位とした。

今は使わなくなったが数え年という基準がある。かつて日本には誕生日がなかった。それは全員一斉に正月に年をとることにしていたからで、皆、正月に一斉に一歳年齢を加えたのである。

時間はその長さで、数はその量で、物質の大きさは、大・小とその質で計られる。そして、それらは実は一体のものとして存在する。

時間を自由に使えないだろうか。96歳で亡くなった義父は画家だったが、「絵を描くことは密室の祈りである」との名言を残した村上華岳の如くアトリエに籠《こ》もって死ぬ直前まで絵を描いていた。義父が一番欲していたのは何だったかと思い起こしてみると、画壇に於ける地位と名声であったことは推察できるが、それに立ち向かうだけのそれまでの時間の浪費への悔恨であったと考える。

義父にとって、死ぬ直前までの欲求はときを惜しむことに明け暮れ、そして最後には諦めだったに違いない。義父には時間が最後には一番欲するモノだったと思われる。そう思うと私の父も死ぬ間際は私を電話で呼び出して「俺はもうだめだ。いつ来る」と度々私を呼び出しながら、そんな後のある日この世を去っていった。覚悟に至る時間がまだ欲しかったのだと思う。

時を自由に操れるなら人は嘸《さぞ》かし楽に生きることができる筈であることに気づく。嫌で無駄と思える時間を捨て、意義のある充実した時間に広く、多く、大きく、深く充てるといい。

時間はどのように存在するのだろう。この「時」を考察することに私は忙殺されてみたい思いに最近駆られている。

人間は時間を作り出したにも拘わらず、その観念にあまりにも乏しい時を過ごしてきている。ウイルス、戦争、自然の驚異、不況、ＩＴ等に忙殺され、芸術や宗教や哲学や宇宙の存在を等閑《なおざり》にし、一生の有限の時間を考察することを怠ってきた。単なる怠慢に思えるが一部の聡明な輩《やから》にとっては終末を迎える恐怖を遠ざけてきた行為だったのかもしれない。

人が一生を過ごす経緯を考察すると重要なことに気づかされる。その時々の事象への対処方法にである。ビル・ゲイツにしろスティーブ・ジョブズにしろマーク・ザッカーバーグにしても彼らの今までの履歴を見聞きすると、特別な別世界の人だとは思えない。私たちと同じように一生の内のある時期、あることに没頭し脇目も振らずにそれに向き合い、連綿と生き続けてきたに過ぎない。だが、彼らに共通するものが何であるかを更に追い詰めると、その過程には「時」の使い方に違いがあった。そして、創り上げた事業の特徴はそれぞれ違うが成功し得た共通の領域に「時」の創造と破壊が見て取れる。

そして、苦しいとき悲しいとき、楽しいときうれしいときにそんな危機や運やチャンスなどを自由に操《あやつ》れる術《すべ》はないのだろうか。私はその術を露呈させたいと思う。

「ありえない時間」を定義するなら、それは夢中になるものがあり、長い時間をかけても取り組むだけの価値のあるものであり、好きな分野を見つけて、それこそ大いに楽しむことができ背景にあるものである。そこには人生を楽しむ極意が詰まっているし、感動がある。そこにいると自然に自己資本が増えていきもする。

年齢を重ねるにつれ、それだけ経験が増えてゆくというのは財産であり、こんな余録は他にない。人は今、現在を感じながら生きている。今という時間以外に人は生きられる保証はない。既に多くの経験を積み重ねて生きてきたという沢山の実績を持った老人の方が若い人の今よりも考えようによっては随分得である。経験の積み重ねがあるからだ。

年をとることはその「得」を「徳」として更に意義深くできることにある。だから、年をとるのが楽しくなっても良いはずだし、そんな人の一人や二人はこの世にいるだろう。そんな果てに人を傷つけることなく、狂って死ぬのも良いかもしれない。ゴッホのように。

そして、人生は何もしないと長すぎる。何かをなそうとすると短すぎる。

時間を忘れてしまうほどのことに何があるかと気を巡らすと、私の最も贅沢だと思えることが挙げられる。それは必要な時々に興味を持てる人との対話である。私は人と話をする時は大抵相当な早口になっているようだ。特に相手の話がつまらない時にそうなる。そんな時は日頃インプットしたことを早口でアウトプットして出し切り、自分の考えを整理するためにそんな時間を使うようになる。

私が話してみたいと日頃思っている人と、私の作品である私の造った家で会話が始まると、大抵会食を挟んで来客時から、帰宅時までの時間が、五〜六時間に及ぶ。二〜三時間なら早い方だ。一番長かったのは、昼の二時から夕食を挟んで帰られたのが夜中の一時半ということがあった。夕食の食前、食中食後に旨いお酒を嗜《たしな》むのが無上の喜びで贅沢極まりないが、その時の客人は酒を飲まない方で、車での来訪であったこともあり、酒なしでその時間である。その時など九時に「こんな時間か」とトイレに立った時に気づいていたのだが、次にトイレに立った時に一時を過ぎていた。

そんなふうに感じる時間の感覚は年をとると共に加速しているのが実感である。その客人は私の描いた絵を褒めて頂いた方だが、もう既に亡くなられている。

10代よりも20代、30代よりも40代と過ぎてゆきあっという間の70代の初めである。人生に於いては幼少期は一年を長く感じる。4歳児にとって一年とは人生の四分の一、10歳なら十分の一、40歳なら四十分の一と人生に於ける一年の重みは軽減していく。年をとると時が経つのを早く感じるのはこの所為《せい》である。一方、人間の感じる体内時計はタンパク質の新陳代謝速度によるものらしい。タンパク質の新陳代謝速度が加齢と共に遅くなることで、一年の感じ方が長くなっていくので実際の時間の経過にタンパク質の新陳代謝速度がついていけなくなり、気づくと実際の時間が倍も過ぎていて驚くことになる。これ等が若いときより時間の過ぎるスピードが速く感じることなのだ。「爛柯」（P111）を彷彿させる老いの現実である。

このことから、タンパク質の新陳代謝速度の調整が可能であるなら、時間のスピードを変化させることにより、何百歳にも感じられる長生きの感覚を実感できることになる。だが、それは中身のない感覚だけの長生きでしかないだろう。

しかし、そこに情報を経験にすることが可能になるなら、時間は無限に拡げられ、どんな人にも成り代わることが可能になる。その手法は時間当たりの経験が無限大になることで、好んで何人もの人生を送れるようになるからだ。人生の長さが経験の数なり量とするなら、これを使えば誰にでもなれ、どこにでも行けることになり、長生きの概念は崩れてしまう。

40億年に亘って、自然選択により有機生命体が進化した後、科学は知的更新によって形成される非有機生命体の時代の幕を開けようとしている。近い未来にアバターが身体的、物理的、精神的特性を身につけて飛び回っているかもしれない。バイオテクノロジーとＡＩの組み合わせにより、意識は有機生命体から機能が分離し、生物学的、物理学的制約を抜け出てサイバースペースを自由に動き回るときがやってくるだろう。そんな知能が意識から完全に切り離されるのを目の当たりにし、ＡＩの発達によって超知能を持つものの意識のない存在が支配する世界に遭遇するかもしれない。そんな時代の前に、今でも、１００年を一日に、一日を１，０００年にすることができる。それこそ、ここに芸術や文化の出番がある。芸術による色は気の表現になり、文学による心象の気は文字表現になる。

絵画はあらゆる気を色に変えることができる。そして、文章は長い年月のありえない時間の一瞬一瞬に出会う様々な色を行間に気で埋め込み、表現することができる。

10の５００乗個もの宇宙があることや宇宙誕生から１３８億光年掛かる過去から現在にかけての「ありえない時間」に起きた歴史と平衡にある芸術と文学の色と気による変則事象はたった一人の一生からも新たに未来に向けこのＧＡＬＬＥＲＹから創造と感動を生む凄《すさま》じい数の種を蒔いていく。

Orange

4
社会

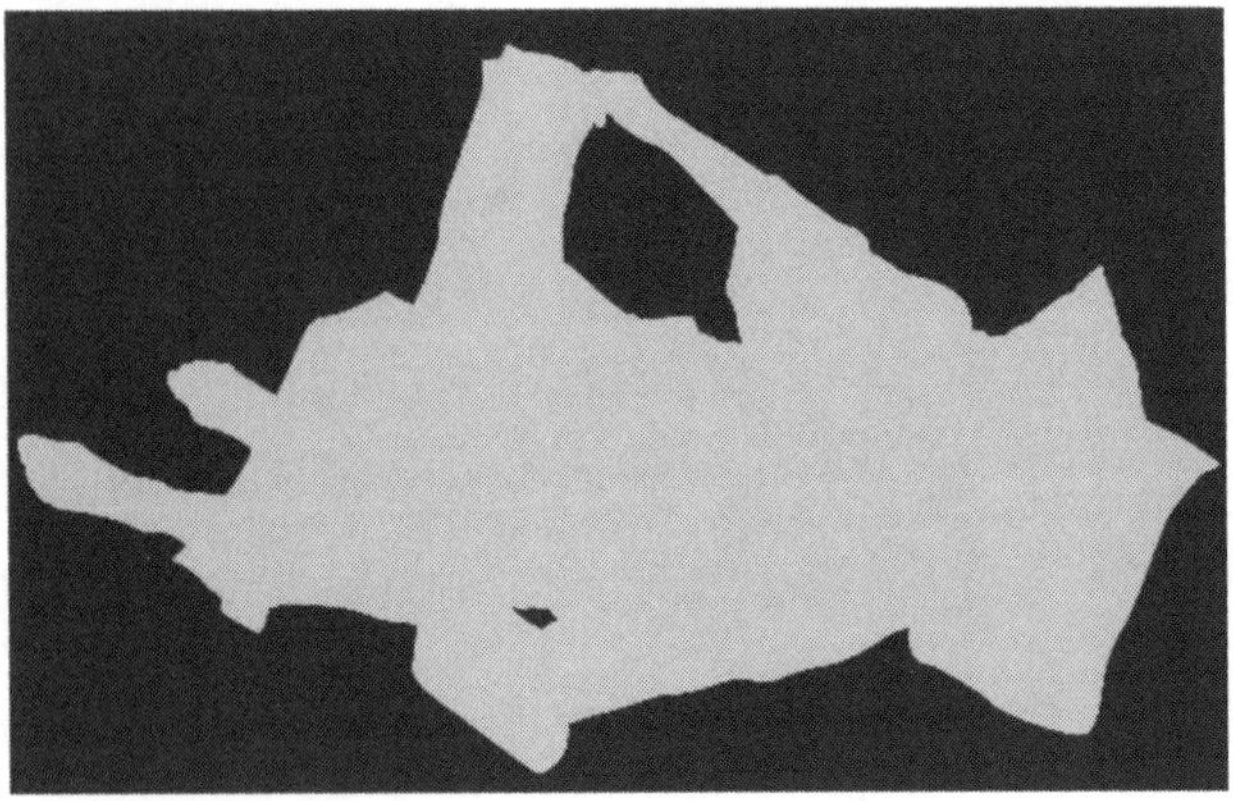

ありえない家

第二章　4　社会――ありえない家

「生きている」ことの喜びとはいったい何だろうと考えると一つには「充実」がある。充実というのは「満足」とはちょっと違う。限られた時間の中で、得られるかけがえのないベースになるものが「充実」である。そして、「快眠」があれば良い。脇を固めるのに、他に何か加えるなら、健康と食事にワイン、そして、絵と本と音楽がある。

このように良い絵に埋もれて、読みたい本に囲まれて、そこに相応しい音楽があり、この世のものとも思えないワインを味わえるそんな空間のある家を造りたい。

人は死んでいる時間のメタファーである休んでいる睡眠の時間がないと一方の生きているときの事象を鮮明に深く味わえない。だから私は死んでいる睡眠の間を充実した夢で埋める。

だから人には夢に出合える満足する家が要る。生きている間の現実世界の経緯を実感できる、先ずは食事にありつけ、雨風を凌《しの》げ、昼間でも夢を見られる平穏な安眠のできる家をである。

私の家への最初の記憶は、蒸し暑い夏に、ドラム缶にそれに嵌《はま》る木枠を足で上手に湯底に降ろしながら浸かる五右衛門風呂だった。そして雛《ひよこ》。裸電球の垂れ下がったどっすん便所で飼う雛。夏祭りで綿菓子《わたがし》と金魚すくいを楽しんだ後。掬《すく》った金魚を持って帰ってそれを暫《しばら》く飼った記憶。その頃を記憶の始めとして、二階の部屋に天井が張られ、庭に枯山水が造られ、新しく造られた石炭風呂に石炭を焼《く》べるのが私の仕事で、お風呂が沸くまでの間、台所から何回も、何回も石炭を焼べに寒々と行き来したことを思い出す。名古屋へ単身赴任していた父のあと、その家から兄弟が一人また一人と、東京の大学へ巣立ってゆき、最後は母と私の二人だけの高校生活3年間の記憶が残る。

当時「家」は、本家は長男が継ぎ、他の分家も本家を城として守る風潮にあって、分家も家を造ることは本家が応援もし、正に新しい家族の入る家を造ることは家長の最大級の儀式であって、誇らしい男の甲斐性を見せるための政《まつりごと》であって、本家を中心に家系に序列を侍《はべ》らせた因習が社会構成されていた。

家は人が集い、娶《めと》り、産み、育て、順番に人を送り出す要《かなめ》の城だった。当時は建て家の主人の体裁に合わせて親や親戚が大工の頭領に家の風采を委ねたものだった。

良い悪いは一概にいえないが、大切にしなければならない家造りの歴史観溢れる建築概念が其処に厳然と存在していた。当時、それは歴史を紡《つむ》ぎ永久に維持管理して行くものとして、耐久消費財の範疇にはなかったのだ。

そんな歴史を想い、創り上げた「ありえない家」は私が一生を謳歌するために創り上げた「男の隠れ家」であって「男の砦」と呼ぶ、今時普通ではない「ありえない家」なのである。

「家」を作り始めて23年を掛けて17年前にほぼ完成させたが今も一部は途中である。

家は人が集い、娶《めと》り、産み、育て、順番に人を送り出す要の城と考えるが、中でも「人を育てる」ことがことのほか大きく占めている。私は隠れ家でもあり、城でもある「家」を遊・職・住をテーマに取り上げ完成させた。まず、雨、風の凌《しの》げる場所であること。文字通り遊べる空間としての機能を持たせること、そして、ここから糧を得るのに出掛ける拠点とすること。庭は「遊進庵」と名づけ、自らが憩《いこ》えることを信条に、客を歓迎する場所であることに充てた庭にすることで実現させた。

建築における技術的な問題に於いては、好きな設計士に亡き巨匠の白井誠一や現役の安藤忠雄がいる。白井誠一の作品に登呂遺跡内の静岡県立美術館や渋谷の松濤美術館がある。

様々な慣れ親しんだ建築物や、目的に応じた環境に佇《たたず》む建物やそのインテリアをいいとこ取りをしながら、過ごすのに相応しい様々な要因を集め回り、全体としてのコンセプトを違えないように、ハードとソフトにアートや音楽を融合することに気遣いをした。

コンセプトの一つは、亡くなった父の作ってくれた前の住まいの庭を全て移築し捨てるものなく、亡くなった親を微笑ませる家にすることだった。

二つは、義父の遺作や美術品を展示し、義父を彷彿させる家にすること。

三つは、生活する上で遊・職・住をテーマに充実した時間を過ごす遊び場にすること。

四つは、在宅死を選択し、老人ホームを避け、木造の西北の部屋で生涯を閉じられるようにすることを約束させる間取りにした。今はその終の日の別の間を増築するため、考案中である。

五つは、畳の部屋の木造とコンクリートの打ちっ放しの建物を独特の居住空間として一体化させること。

六つは、庭が南にあって、杉苔を侍《はべ》らし、四季を通じて鳥や蟬の鳴く、暖かみのある植栽で被《おお》うこと。

七つは、各居住空間は目的に合わせて、天井の高さを大きく変えること。

八つは、京風の佇まいとコンクリートの打ちっ放しの融合が図られていること。

九つは、耳が聞こえなくなる歳を迎える前にすばらしい音の聞き納めのできる音響設備機器を揃えるのに相応しい消音空間を置くこと。

十は、飲む酒、聞く音、読む本、飾る絵と鍛える身体作りに合った楽しめる空間に仕上げること。

十一は、仕事で糧を得るオフィシャル空間と生活を楽しむプライベート空間が無駄なく併設できていること。それにはジャグジーとサウナ、温もりの味わえる薪ストーブのある部屋が要る。

十二は、来客が印象に残る「ありえない家」にすること。トイレの一つは半坪で5・4メートルの高さにした。不思議な異次元の世界への入口を想わせる空間が生まれてくれた。

この設計に於いては、ギャラリー、結婚式場、和風モダンの料亭、BAR、プチ旅館、ライブハウスの兼用を考えた。

そして、最も力を入れたのはオンリーワンであった。例えばギャラリーの機能として他にない発見のある空間作りである。

どんなに有名な建築家がどんなに立派な構築物の空間を実現させたとしても完成後、大きく問題が生じる場合を度々見かけることがある。関心のない人には気づかないことだが、思い入れを以て造った建築家からすれば、何とも残念なケースがその空間の使い方にある。

例えば、美術館がそうである。私が参考にした、白井誠一による渋谷の松濤美術館や静岡の芹沢銈介美術館（登呂遺跡内）にしても、公開の必要に迫られるとエントランスの立派な空間もポスターや小物の販売品などで埋まってしまい、その空間が台なしになってしまう。どんなすばらしい建築空間も何でも上手く見せてくれるとは限らない。芹沢銈介美術館にしても常設での染め物以外の展示物を置くなら、例えばゴッホやマチスとなるとそのままでは違和感が生じることだろう。

その点、私が造る建物はこのような問題を封じ込めることで天下の巨匠と空間演出の上では勝るものにしようと競って造ったものである。どんなことかといえば、一つひとつの絵のためだけの空間として、壁のマチエールや色そして部屋の広さや高さを決め、その絵を如何によく見せるかを熟慮して造作したことにある。

どんな空間や壁の色の部屋にも「折り紙」という名をつけたオリジナルの額縁をデザインし、各空間内の作品の見せ方のコンセプトに拘《こだわ》ったことにある。

展示会では普通、色々な絵画を並べるのに、違和感なくそれぞれの作品が味わえるように、キュレーターは気を遣うことになる。絵のモチーフは人物・建物・静物・花・抽象などが展示され、色も濃い絵・薄い絵、明るい絵・暗い絵、大きい絵・小さい絵など様々な絵を最大限にその特徴を滲《にじ》み出し、上手く見せようとすると空間の広さや天井の高さ、そして、壁の色やマチエールとの馴染ませ方がキュレーターには重要になってくる。

展示する作品が変わればそれに合わない空間であっては不評を買うことにもなってしまう。私は、それらの絵画のための展示空間をそれぞれの絵画のためだけにあると思えるように造ろうと、どのような絵画にも、ある程度展示の上でのギャップはあるにしても、大方、一人の画家のための絵画の展示に最も相応しい空間にしようと、三室のGALLERYを創り私のデザインによるあるモノを用意した。それがオリジナルの額縁である。

丁度娘を嫁に出す前に長い振り袖を着せて振る舞わせるようにである。対象の異なる様々な絵の種類やその大きさ、色、明暗、マチエールなど掛ける絵はギャラリー空間の高さや空間の大きさ、そして絵のバックを占める壁の風情や色、併せて照明機器の特徴のある当て方など、絵に最も合う音楽も何なのかなどを考慮した表現の軸となるコンセプトが要るが、どんな絵であってもどんな空間であっても調和させる軸なるものに「折り紙」と名づけた額縁をデザインし用意したのだ。

そして、書斎は家にはつきものだ。本を好きな時に読む場所である。

数千億もある銀河系の一つである天の川銀河の一粒の塵にも満たない惑星である地球の一角に造られたそこに相応しい密室での読書ほど孤独に耽《ふけ》られる充実する幸せなことはない。

ここでは人間の想像するどんな時代のどんな場所にも、そして、どんな人に会うにもタイムマシンがなくてもいつでもどこへでも飛んでゆける。私の居場所は本に埋もれた書斎が殆《ほとん》どだが、家造りに書斎は欠かせない。それらしきものがあることが欠かせない。そこにある音楽はアヴェ・マリア（ラテン語で「こんにちは、マリア」を意味する）を想定した。

小説や絵画や音楽のある文化・芸術から、そして、あらゆる歴代の事象から人間が巡ってきた道を辿《たど》るとどんなに長く感じる過去への歩みであっても、その時々に於ける凄まじい葛藤を、時間の垣根を飛び越えてそこでは一括りにして伝えてくれる。

目の見える内は、そして、生あるうちは読み続けられる沢山の本に囲まれて、ときの間を生きる必然が書斎にある。だから、ホモ・サピエンスとしての生を味わい切るには家には書斎若《も》しくはそれらしきものが必ず要る。

人は書斎に並べてある本を見て、その人の趣向を見抜く。そして蔵書の多さに驚きもする。趣向を見抜くまでは合っているが、蔵書が多いからといって驚くには当たらない。なぜなら、私の場合は、読みたい本を集めているだけであって、殆ど読めていないからだ。精々年に100冊読むのがやっとである。しかし、読みたいと思った本はなるべく手に入れるようにしている。あとで貴重な情報収集の機会をなくしたことが悔やまれると嫌だからだ。月に20冊は溜まっていく。

今は死ぬまでの時間を考慮に入れると、精々1，000冊読めれば十分との思いから、現時点での新たに購入したい本は400～500冊にすべきだと思っている。書棚には6，000冊の蔵書があるのでスペースの制約により入れ替えが必要だが捨てることの難しさは半端ではない。捨てるつもりがつい眺め読みしてしまい、厖大《ぼうだい》な時間が過ぎていくのを何度も繰り返しているからだ。それでも、読みたい本に埋もれて時間を過ごすことは今の私にとっては極上の無駄にある領域の幸せを感じさせてくれている。これは好きなワインの数の収集意図と全く同じである。現在1，000本を収集しているが、精々、週に1本も飲めないなら、読むのも飲むのも1，000が精一杯だろう。カンヴァスに至っては3，000枚収蔵のできる納戸を造り上げたが、これに至っては余命1年の画家が数百枚のカンヴァスを購入する心境とまるで同じである。この点に於いては既にマスターピースを描き上げた画家と肩を並べている。

あと7年生きられるなら、是非とも読んでおかなくてはならないジャンルの本は科学書である。宇宙科学、そして、コンピュータやVRの書籍をまず優先させようと思う。あまりにも私の日常の必要性から離れすぎているし、必要なのに使えないし解らないこと、そして、読む機会の余裕のなかったことへの反省がそこにあるからだ。高齢による変身がそれにより誘えるかどうかへの挑戦でもある。

一方、書斎を埋めるのに書籍以外にも必要なものが幾つかある。

「文房四宝」である。文房は書斎を意味し、書斎に常備され、使用される道具が文房具であり、その四つの宝が硯、筆、紙、墨である。以前に、銀座の鳩居堂で「雨端硯《あめはたすずり》」（山梨県）とある硯を買った。元禄三年の創業で一三代目が雨宮弥太郎とある。最初に買った硯である。硯は坑道を掘り採石した天然の石を工房で職人が仕上げ彫《ほ》りをしてできあがる。天然の石が自然から生まれた書斎の至宝に変わるのだ。四つの宝の中で最も価値があると重んじられているのが硯であり、機能美と造形美を併せ持つ硯は文人の魂とまでいわれ、愛《め》でられてきた。古来、中国の文人たちの愛玩《あいがん》の対象だった。日本でも『草枕』の夏目漱石や川端康成など愛着を持った文豪は多い。書家の榊莫山は「無口で無表情で、如何にもすげない黒い石に歳と共に想いを深めてゆく」と硯への想いを語っているが、なぜここまで人を引きつけるのか。

石が持つ独特の風合いと気品が魅力であり、文房四宝の中で最も長く使用できるからなのか。それは、筆、紙、墨の三つは消耗品であり、石造りの硯だけは耐久財で、骨董的価値も持ち、それだけに次第に愛着を覚えるようになるからだ。石からできている硯は自然そのものでもあるのだ。

そして、日本では伊豆でしか採れない伊豆石が10年ほど前の夏の豪雨でもう採掘できなくなってしまったが、同じ凝灰岩である十和田石を783度で焼いたものも伊豆石で焼いたもの以上にしっかりと焼き上がることが10年ほど前に伊豆を何度も訪ね、焼き具合の分かる作品の展示された窯場《かまば》を訪ねたことで色々な問題が解消されたので、これに青磁のような透明感と風合いを併せ持つ作品に仕上がるように、それに合う釉薬を使い焼き上げることで、大切な硯を収める器に相応しい水盤のような極めて薄い造形の置き台を焼いてみようとその形を今練ってデザインし、まず頭で作品は仕上がっている。書斎の空間を埋めるものの一つとして硯は歴史が深く、美しく、とても書斎に合うからだ。石からできている硯は自然そのものであるし、十和田石のその置き台も密室を飾る空間にはなくてはならないものになるからだ。

花は咲く、水をやれば。庭はとてもきれいになる、草取りをし、掃除をすれば。毎年八月は蟬がうるさく鳴く、木々を大事に育てていれば。今年もセンジュ、マンジュの実を食べに鳥もやってくる。気持ちの良い家にはこんなすばらしい庭が似合う。そんな家は時間の使い方を教えてもくれる。

宇宙をじっくり考えるのに必要なのは、研鑽する時間と夢を抱く空間に相応しい、そんな庭も併せ持つ「ありえない家」である。

書斎も庭も凛として佇《たたず》む家があっての空間であり、未来と過去を行き来するには色々な遊びや余裕がなくてはならない。準備が整ったら、宇宙に思いを馳せ、物語を書き始めるだけである。ありえない、そんな家で。

仕上げた家のおかげで、いつの間にか家と一如《いちによ》になり責任を楽しむようになっている。今年も梅雨の始まったことから、外には雨音が鳴っている。家には屋根がある。屋根のある家の主は小さな責任を感じている。そして家も、外から帰ってくる住人を、雨の降る梅雨の夜には雨漏りのしない、そして、冬には寒さに震えることなく屋根の下に迎え入れ、ぐっすりと眠れる用意に防備の責任を思っているようだ。

梅雨の雨の均一に奏《かな》でる雨音に優しく癒やされながら一つの屋根の元へ帰ってくる命を今夜もできる範囲で愛おしく迎えることで、この家はその責任を果たそうとしている。

人の歴史には連綿と続いてきた創造と感動への挑戦があった。このことを未来に託すにはそれに相応しい環境が要る。準備が要る。それは家である。美しい人やものを作るには美しい館がふさわしく、それらを翳《かざ》す「生きる館」が要る。そんな「ありえない家」が要る。

恋なんて何行かで語り尽くせる。怒りもそうである。それに比べて家を語ることは人の歴史と同様に、家とは何なのか、なぜ作るのか、そしてどう使うのか、そこでの物語はどのようなエンディングを迎えるのか。松下幸之助の『道を開く』に「――進むもよし、留まるもよし、要は断を下すことになる」とある。そんな決断する場所であり、立ち戻ることもできる場でもあるGALLERYのある「ありえない家」は最高の宝物になる。

恋も怒りもこの中にあるGALLERYに翳すほんの一つにしか当たらない。だが、家の歴史に思いを馳せるのはとても充実していて、わくわくする思いが湧いてくるし、それはあらゆる変則事象を飲み込み明日へと、そして、未来へと物語を繋《つな》げてくれて、過去を祝ってくれてもいる。一方、責任を強いてもくる。そこに住む人に値するかどうかを問うてくる。

Red

5
英語

ありえない仕事

第二章　5　英語――ありえない仕事

生きるということはまず、社会にしっかりと根づき自立することが求められる。それが基本であり、社会のために生産活動を維持し、継続し続けることが次に求められる。「晩年は悠々自適に―」と、することもなく家でゴロゴロでは家族にも自らも褒められたものではない。それどころか今生きている人は20年も長く長寿が得られるとなると、もはや悠々自適にの言葉は死語となり、働き続けるしかこれから先を生きてゆけない社会になってしまった。今の社会の実態からすれば壮年、老年の類の人は死ぬまで自立し、働き続けるしか選択肢がなくなってしまったのだ。古い時代に振り戻され、新人前の自立した穴蔵生活を強いられることになるのかもしれない。

健康年齢とストレスマネジメントとお金を上手く寵愛しながら生きていくしかなくなったのだ。この生きるための変容の必然に気づく人が今以《いまもっ》て少ないことに驚嘆する。その準備を始めなければならない。行く末に必要な準備に何が要るのか。それが覚悟なのかお金なのか。「ありえない仕事」はそれらを翳《かざ》すGALLERYのある家造りから始め、ほぼ完成させた。

私は還暦を迎える年までに30以上の業種を経験し、今以て天職に出会えているとは思えていない。そして、幾つも止め、売り、譲って、そして、盗られもしても、今の時代に新しく始められることはなんだろうと未だに考え続けている。今はこの「生きた証」の本作りに取り組んでいるが、七十歳を迎えて本作りに精を出すのは一つの必然なのだと強いられる。そして、その準備の嚆矢は偶然に持ち込まれたものだった。

それは亡くなった義父の追悼集の編集作業であった。これまでに一篇のエッセイなり、画集なり、できれば小説なりを書き上げることに時間を使いたいと考えていたが思いもよらず義父の三女の妻に協力する形で始めた編纂がきっかけだった。

最初に出版したその追悼集を制作したことから、次に義父の画集の編纂を行う妻を手伝い、その後小説を書こうと書き溜めていたプロットを綴り、生きる道標にしようとそれらを翳すGALLERYを創るのと同時に、このエッセイの上梓の編集に取りかかった。

今までに追悼集と呼ばれるものを私が読んだのは数冊しかないが、亡くなった方を大勢の方が生前の人となりを賛辞し、慈しみ、惜しむ仕上がりになっている。これを元にそれに加えて、故人と面識のなかった人たちにもその人となりが分かる追悼集にしたいという思いだった。そして、身近な人の「死」がどういうものなのかを思うとき、その死への哀悼を一変させる一冊の本があっても良いと考え制作した。

死は全ての生きる人に時と場所は違えど必ずやってくる。確かに大きな事象だとは思うが、それを迎える準備があるなら、自ずと怖れも緩和され、死への対応も変容すると考えられる。墓が要るとか要らないとかの類もあるが、人が生を受け、そして、死んでいく宿命への受け入れ姿勢を想い描く必要性はその後に必ずやってくる心の平穏を保つのに通じるとの強い期待があるからだ。

宿命といえば、福島原発事故のあと処理に向けて防護服を着て10分位の交代で作業に当たっている光景を見た過去にこの原発施設に関わった人たちが、10分程度では、何もできないだろうとの思いから、現地で生かせる経験を持った50代から70代の様々な分野のプロフェッショナルの勇士が自分たちの知識と経験を生かそうと現地のプロジェクト現場への参加を訴え、その時、60名位の有志がその捨て身の意志を伝えて待機中との報道を見た。第一章8の人の残虐性とは真逆の一面を人は併せ持つという美談を超える事例の報道だった。

ノブレス・オブリージュ（フランスの格言 高貴なるものは義務を負う）を基に死ぬことと引き換えに応募した勇者たちの覚悟の表明だった。とても勇ましく感動に震えた。

人間は「なぜ生きる」のか、そして、人間は動物の中でも他の人のために命を捨てられる唯一の動物でもある。敬服に値するという言葉では言い尽くせない崇高な畏怖を見る思いがした。

人間はときには何に自らの死という犠牲を差し出せるのかをまざまざと見せつけられた稀有な思いを味わわされた。

若いテレビスタッフの「どうしてそのような気持ちになられたのか」との質問に、「自分の原発に係わった経験からはとても10分程度での作業で事が捗《はかど》るとは思えない。貴方のように若ければこんな気持ちにはならなかったと思うが経験を重ね、長く生きるとこんな気にもなるんですよ」と、控えめな答えが琴線に触れた。

身の回りと比較すると、人の生き方に謙譲の美徳の欠片《かけら》も感じられなくなって久しい。せめて、分相応に粋に生きたいものだと、終の日に至るまでの日々を数える毎日だが、労《いたわ》しく憐れみ深く接する惻隠《そくいん》の情を忘れてしまった現在に於いて、自己犠牲というこれもスッカリ忘れてしまっている敬虔《けいけん》な面持ちにスッカリ酔いしれてしまった。そんな気持ちを持つ方たちが、今まで生きてきた経緯には敬服するものが沢山あったことだろう。

確かに人間とは他の種とここが大きく相違している。

朝三暮四の猿はストレスで背中がはげ上がることはあっても、思い悩み自決に至ることはないし、他の猿や猿の種族の将来のために自らを犠牲にすることはない。

ある種のペンギンの群れは餌を求めて氷の上から海に飛び込む際、最初に先頭にいる仲間の一匹を後ろから蹴り落とす。天敵の鯱が待ち伏せていないか確かめるためだ。食料を求める種のために自ら危険を顧みず飛び込むことはない。

新人以外の霊長類とは全く違った生き方のできるのが人間であり、11科60属180種に分けられる新人以外の霊長類と同じ生き方しかできない人間もまた相当数いるのも現実である。

私は随分長く生きてきて一つだけ自分を褒められることがある。小学生の多分一年生か二年生の頃だったと思う。家から小学校までの数百メートルの道伝いに家が並ぶ小さな田舎町で育ったが、私の家の隣は農協の米倉になっていて、覚えているのは実際のことだったのか、あとで聞いたことで記憶に焼き付いているのか、農協の米倉ができる前は牛の屠殺場だった光景が頭に焼き付いている。その屠殺場の道を挟んだ向かいの家が私の同級生の女の子の家でカナリヤやジュウシマツなどの鳥が竹籠に入れられて売られているお店だった。そんな屠殺場《とさつば》の前にあったのだ。

何人かの私よりも年下の子供たちと道伝いの溝川《どぶがわ》で遊んでいる時に、誤って私より小さな4、5歳の子に溝水がかかってしまったときだった。その子は直ぐ泣き始めたのだが、謝る手立てが分からない儘《まま》、私は溝川から溝水を汲み上げ、自分の頭にどっさりとかぶせていた。咄嗟《とっさ》のその時できる自分なりのゴメンの意思表示だったのだ。このことを思い出すとなぜか今も安心していられる。人を傷つけるより、傷つけられる方がましだし、人を騙すより騙された方が余ほど気が楽である。人にものを貰って喜ぶより、人にものをあげて喜べる人になりたい。その時は相手の子の気持ちになってしまっていた。そんな思いが今でも蘇ってくる。そんな人であり続けたいと思う回想のひとときがこの時の記憶の溝水である。今も本心を違えた自らを見下げる行いの敢えてせねばならぬときにこのことを思い出すことが度々ある。自らの心の良し悪しの選択肢の秤にして無用に自らを虐《しいた》げないことにしている。平気で生きているベースにはこのようなこともある。

その後、今でもこの回顧による心の和《なご》む自負は私に大きなエネルギーを湧き続けさせてくれている。

人は五感を持っている。味覚・聴覚・視覚・触覚・嗅覚。そして、感性を持っている。

五感が薄れると人は愚かさを露呈する。

味のないものには満足できない。

聞こえないものは判断できない。

見えないものは存在しないし、理解できない。

触《さわ》れないものは不気味である。

匂わないものには感覚がない。

分からないものは全てないも同然である。

にも関わらず、そんな五感は人が生きるための礎《いしずえ》である。

感性はそれらを宿した右脳に委ねる感覚である。

そして、理性は分析的情報処理を司り、アルゴリズムに行き着く。

人が人として生きるために必要な相応しい条件に五感、感性、理性の回りに他にどんなことがあるのかを考えるのが「人間関係学」である。人は色々なことに時に悩むが大抵は人との軋轢《あつれき》に起因する。これの対処の仕方を心得ておけば無駄な時間の短縮だけでなく一度の不遇や奇禍の経験を逆手にとって心地よい人間関係の整理を始めることが可能になるし、様々なことに応用が利き、自信の構築に繋がるのである。そして、いつか必ずそれは矜持となり、そして、達観に至り、それを育てくれ、活かせてくれるのが唯一仕事である。

自分自身の生き方に自信が持てたなら、それを次世代に繋ぐこともことによっては必要となる。繋がなくてはならないことにも色々あるし、ことによっては継承させてはならないこともある。例えば人との絆は躾の内から教えなければならないし、仕事なら、今あることの根幹をなす仕組みを踏襲し、これからの繁栄の路線に繋げ、新しく生まれる潮流に気づく感性を継承させていきたい。国なら、歴史から受け継いできた芸術、文化や思想がそうである。しかし、継承させてはならないものも多々生まれている。自己愛と自信の違いには気を配る必要がある。自己愛はナルシシズムでしかないからだ。国ならナショナリズムの台頭に置き換えられる。

読書を通して知識を吸収し、社会生活に於いては自立を旨とし、人間関係に悩み、学び、遊び、実体験としての知識と経験を積むことで知らない異なる世界を知りうる。そんな「とき」を熟成させる空間のある環境で自立し、五感を基に仕事と芸術と読書に勤しむ毎日を送りたいものだ。

一方、ものの見方、考え方は一通りではない。人が何と言おうが決めるのは当人だし、それで良いのだ。しかし、途中で「はて、不味いな」と気づいたなら、その時点でそれからの見方、考え方を謙虚に変え、そこからまた柔軟に始めればいいのである。ただそれだけのことである。人の意見や異見は聞いても、その後の全ての行動に自らの意志が介在していなくてはならない。その過程さえ経ていれば、柔軟で、適宜《てきぎ》な行動ができるはずだし、思いがけない悪い結果が生じるようなら、間を置かずに次の行動を起こすべく方向転換をして切り替えれば良いだけのことである。決して自らを蔑《さげす》むことなく、まして、他人の所為《せい》にして、愚痴など言うこともなく、軽いのりで際限のない苦悶の先に敢《あ》えて進んでいけば良いだけのことである。解決策は常に先にしかない。その連綿と続く挑戦の継続こそが生きる奥義なのであり、自立心さえ持ち合わせていれば問題はない。ただそれだけのことである。

人はそれぞれとはいえ、仕事は人生そのものだといえる。糧を得るためとか、家族を養うためとかは勿論だが、人生から仕事を取れば私の場合は他にいったい何が残るのかとしか思えない。スポーツも趣味も、ゴルフにピアノに日本画に油彩画、そして、読書に家造りと休む暇なく時間を費やしてきたが、どれも仕事への情熱に勝る有意義で満足できるものはなかった。人が五感に感じるものや喜怒哀楽に、ひがみ、やっかみ、妬《ねた》みにそねみ、そして、殺意などあらゆる感情は読書や趣味だけでは得られないし、仕事を通じて知り得る深刻な体験をなくしては会得のできないことばかりである。

しかし、人間でいられる残りの時間を想うとき欲求にも順番がある。芸術的な生き方に一度は身を置いてみたいと考えると世界の文献をその文化の言語で読みたいと思う気持ちが強くなる。そう考えると相当の時間を、英語を掌握したいと取り組んできた過去を振り返り、未だに英文の小説を読めない現実に落胆を覚える。最近この過去の失態を打開する方法に再度挑戦することにした。

第一章から四章の要約を担う、自らを教育し、心と身体を鍛え、身体を使い、頭を使うこの4つの章に相応しい目的に英訳本の出版がある。それをこれからの仕事に再びしようと考えている。

もう35年ほど前になると思うが一度それに挑戦をしたことがあった。途中で止めたのはTOEICで730点以上なら出版しようと思った自作の英語教材本作りを当時、年に6回行われる試験を5～6年続けたが530点しか取れなかったので諦めたことがあった。

だが、再び英文のエッセイ若しくは、小説を出版することへの挑戦である。小学校の授業の週間割のようにもう一度相当な時を経て、翌週にそんな課目の授業が巡ってきたとの思いがある。60年も時を飛んだ今週に迎えた「ありえない仕事」である。単語・熟語・文法・構文に配慮した英訳本を作りそれをナルシシズムから自ら執筆した自書を何度も何度も繰り返し、したり顔で読み耽ることを好んでする習性を持つことから、語学の一つ位短期間に身につけることは理論上は充分可能だし、これが英語圏に留まらず他の国での出版ともなるなら、他の言語の習得も夢ではなくなる新しい発明の企画本にもなる。皆、自ら学びたい外国語があるなら、自著作品をその外国語に訳した本を作れば良いだけのことなのだが。

仕事の基本は新人が培ってきた生きた歴史に嚆矢があり、それの踏襲は侮《あなど》れない。それはアナログにある。歴史を受け継ぐ踏襲があって、次にその改良の継続に意義が委ねられ、ＡＩやＶＲ、ＡＲ（拡張現実）、ＭＲ（複合現実）はその手段であり、メタバース（Ｐ26）やＮＦＴ（代替えできない価値を持つ代替硬貨《トークン》）、そして、Ｗｅｂ３・０（Ｐ93）へと繋がる。途中は楽しく、目指す感動を得るために必要なあらゆる選択肢から生まれる挑戦意欲にこそ意義がある。それを平気でやり続けるだけのことである。そして、その挑戦意欲をＧＡＬＬＥＲＹに翳《かざ》し尽くすのだ。

どんな時代がやって来ようがそのときを生き抜く仕事があること自体がどれほど幸せなことなのかに早く気づくことが肝要である。

Purple

6
音楽

ありえない音

第二章　6　音楽――ありえない音

私はピアニストでありたい。でも2曲しか弾けなかった。そしてその二曲も我が家のグランドピアノでしか弾けない。そして、ファツィオリが欲しい。スタインウェイは誕生日5年遅れ製作の1956年製をリニューアルして持っている。生涯に一曲良い音を奏でてみたい。ありえない音を探して。

生きる上でしみじみと味わえる詩がある。アデマール・デ・パロスというブラジルの詩人の『浜辺の足跡』（本名『神われらと共に』）である。

音が聞こえてくる。何か本当に耳元に聞こえてくるのである。極上の詩《うた》が。

夢を見た、クリスマスの夜。
浜辺を歩いていた、主と並んで。
砂の上に二人の足が、二人の足跡を残していった。
私のそれと、主のそれと。
ふと思った、夢の中でのことだ。
この一足一足は、私の生涯の一日一日を示していると。
立ち止まって後ろを振り返った。
足跡はずっと遠く見えなくなるところまで続いている。
ところが、一つのことに気づいた。

ところどころ、二人の足跡でなく、
独りの足跡しかないのに。
私の生涯が走馬灯のように思い出された。
なんという驚き、独りの足跡しかないところは、
生涯でいちばん暗かった日とぴったり合う。
苦悶の日、
悪を望んだ日、
利己主義の日、
試練の日、
やりきれない日、
自分に嫌になった日。
そこで、主の方に向き直って、
敢《あ》えて文句を言った。
「あなたは日々私たちと共にいると約束されたではありませんか。
なぜ約束を守ってくださらなかったのか。
どうして、人生の危機にあった私を一人で放っておかれたのか、
正にあなたの存在が必要だった時に」
ところが、主は私に答えて言われた。
「友よ、砂の上に一人の足跡しか見えない日、

それは私があなたを負《お》ぶって歩いた日なのだよ」

今までにこれ以上の詩には未《いま》だお目にかかれていない。何人にも私の気持ちを込めて読み聞かせたが何れも思わず涙が零《こぼ》れる詩《うた》である。

一人歩きのできない、自立のできない人の愛《かな》しい哀歌になっている。人の本質を謳っている。そして、弱いものを慈しむ無償の労《いたわ》りに人は癒やされ感動するのだろう。

この詩を読むと波音と共に砂を踏む足跡が最初は二人、そして、一人の音が聞こえてくる。軽い音と、そして、ずっしり重いテンポの音が。

身近な人が亡くなることが増えている。私も準備を急がないといけないという漠然とした思いに駆られることが多くなってきている。人も一昔前は、六十歳を超える頃から耳が遠くなり、足下がふらつき、目が悪くなるのが定番だった。今はそれが、七十歳を超えるようになった気がするが、私も古稀を越えて、最新の体重計に乗り、体内脂肪率と血流に気を配りつつ、身体を鍛え、沢山の美しいものを目の奥に留め、いい音をしっかり聞いておきたいと努めるようになっている。リビングにウイルソンのスピーカーを置き、アンプも更にランクの上のものに取り替えようかと思っていたが音のデバイス環境も激変するときを迎え、今は様子を見ている。

いい音には色々あると思えるが、意外と好きな音に「雑踏」がある。一時やたら創作料理などと謳って、色々な国の料理をアレンジして振る舞う無国籍料理なる居酒屋が流行ったが、私も新し物好きの口で、簡単に思えるアナログの典型的なこの手の誘いに乗っかり、若い威勢の良い一応料理人とおぼしき連中と共に、24~25年前に3店舗まで開店させたことがある。そのころに聞いた音で未だに心地よく思い出す音がある。

単純でなく、煩雑でなく、複雑な音である。そして、愛《かな》しい音色である。

今も彼方此方へそんな音を探し歩いている音である。銀座中央通りに昔からあるビヤホールの混雑している時のあの酔客の奏でる雑踏の音である。その音は人生のひとときに偶然居合わせた人たちが奏でる笑い声やジョッキと色々な料理の乗った皿がテーブルの上に置かれる時のそれ等がぶつかる音である。連綿《れんめん》と続く抑揚を奏でるあの雑踏の音である。ライブのボーカルもピアノもチェロもサクソホーンもいいがそれに並んで、私にとって音楽のジャンルからはみ出た琴線に触れる音があの「雑踏」の音なのである。想像のできなかったあの音符のない、それでいて人間が作り出した音。あのホールにこだまする二度と同じ音譜の並ばないあの雑踏の音である。

この思いを身近に聞きたい思いもあって、6～7年前にフランス料理店を開店し、奏でようとしたのだがその音は叶わなかった。銀座中央通りにあるビヤホールの音にはとても至らなかった。来店客の数により、空間の広さや高さもあって、そこに生まれる音の熱量には覚束《おぼつか》ない。四分音譜と四分休譜の対の共生を生むだけの限られた分相応の音の条件を引き出せなかった。

この音を再現するには銀座七丁目の「ライオン」の雑踏の音をＧＡＬＬＥＲＹに必要に任せてコピーで奏でさせるしか今は方法がない。

まして、遊びで聞く音色と聞こうと思って作る音とはそれを営もうとする私には凡そ違う音としてしか聞こえてこない。音もまた、気の持ちようの要因によって、音色は随分違ってしか響かない。ありえない音とは場所、時、年齢、気などにより、二度と聞かれないものが殆どであることが分かる。

7
美術

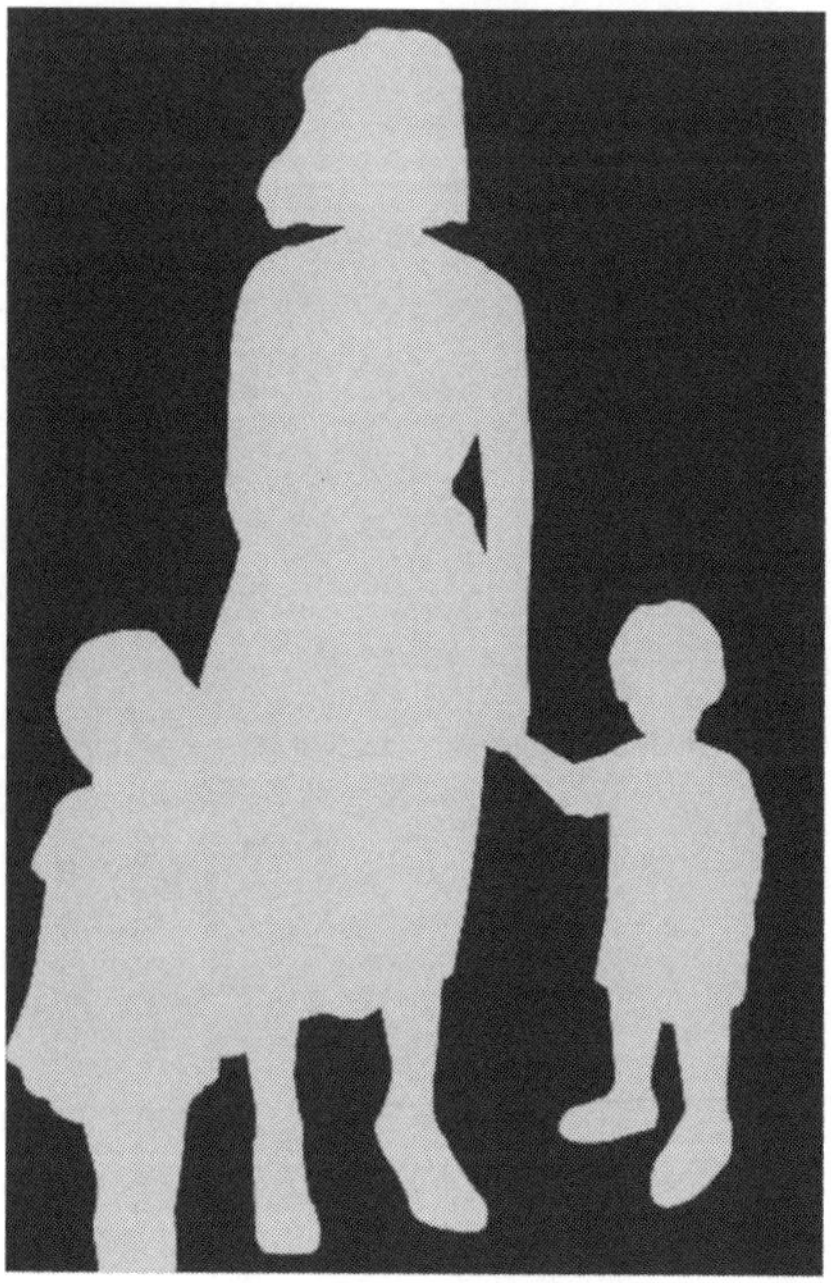

ありえない絵

第二章　7　美術――ありえない絵

私は画家の一角を占めるアーティストであってクリエイターになった。でも一枚も今まで買い手がつかない。でも、色々な絵を海外を含めこれまでに観てきたが、私は自分の絵が一番好きである。上手いとは思っていない。下手だとも思わないが。それはクリエイターだからだ。私は幾つかの基準からの観る人の評価を超えたナルシシストだからだ。通常の基準での評価から外れたナルシシズムがそこにある。

自称でなら私は画家で通せる。何よりも今の私の描く絵は一般に見る絵と比べても面白いと思えるのは何を描きたいのかが描けている絵になっていることと、絵からエネルギーが溢れているからであり、他と比べるレベルにない。それは私の描き込んだ絵だからである。

絵に私の思いを描き込んでいることが描いた私だから分かることだし、私にしか分からなくて何の問題があろうか。人に見せるための絵ではない。絵を描く行為が趣味や仕事だけというなら私はそんな画家ではない。私は描く絵にエネルギーを蓄え込んでいく。この描く世界に単純な訴求力そのものに疑問を持っている内はその美しさを引き出し、愛《め》でることなどとてもできないし、楽しめない。絵を描くとき、アトリエはエネルギーの蓄電工場と化し、その時、私はクリエーターになっている。

絵に関してはナルシシストであってかまわない。犯罪を犯している訳ではない。そして、私の絵にはかけがえのないものがある。それは私の絵を見続けていると私は専《もっぱ》らエネルギーが湧いてくることにある。私は自分の描いた絵から力を貰っている。私のエネルギーをふんだんに蓄えたそれは抽斗なのである。筆に思いを託し、エネルギーを放電してカンヴァスにその時々のエネルギーの色をぶつけ気をぶつけ魂を贈る。その絵から後々《のちのち》活力を戴く。私の描く絵は芸術の入る抽斗に蓄えた私の自家発電装置であり蓄電池なのである。

誰も褒めてはくれない。褒めて貰おうとも思わない。まして絵に説明など要らない。人に説明の要る絵を描くことなど無粋だろう。しかし、絵には物語がなくてはならない。画家は観る人に思いの物語を作らせて初めて画家なのである。作家と同じように。

描いた絵の評価は、相応しい場所に飾りたい絵に仕上がっているかどうかという基準を満たしているかの点にある。このことは人が私の絵に期待するものが何一つなくてかまわない。私だけの世界であり、私だけの幾何学表現だからである。他人の入る余地の一つもない私の世界がここにある。絵はプリミティブとの共生を優先し、唯我独尊を容認し、家中を絵だらけにして満足する私の城を飾る必需品であって、空間と時間を濃くするたった一人の世界がそこに生まれている。

一枚の絵に幾つものレイヤーで色を置き、物語を込めて描いていく。一枚の傑作を創作するために様々なことを実践する。作品の完成に向け、新たに物語を描き重ねる。今までに見てきた沢山の絵も描かれた絵のトレンドは説明できるし、沢山のマスターピースの生まれた理由は時代背景からこれも事後説明は様々にできる。だが、傑作を目前にしても、絵の評価の最初は人目を気にする鑑賞者の自信のなさからか、大方の人はそれを窘《たしな》め、評価する人などないデビューがマスターピース誕生の恋愛関係でいうなら馴れ初めである。新しい考え方、ものの見方はそれが表れたとき、権威から否定されるのが常だが、一枚も売れない私の絵なのだから当然傑作の評価を得るのは難しい。アカデミックな生き方の人なら私の傲慢に発作を起こすことだろう。それでも挑戦し続けるしかない。観る度に悦に浸れ元気の湧くたった一枚の傑作の完成に向けて。

兎に角、一枚の納得する絵を仕上げることだ。それがありえない授業プログラムの一つ「ありえない絵」作成の崇高な目的となる。夢中になることを探し、寝食を忘れて没頭してやり続ける強力な意志を持つことが大切であり、それを実践する興味と時間はどんな人も持っている重厚な資産である。そして、そこに感動も生まれてくる。そんな埋もれた資産を使わない手はない。

絵にはモチーフ、コンポジション、マチエール、バルール（色価）そして、明度や彩度があり、具象、抽象の対象がある。今までに絵として有名な作品を何点か列挙してみてなぜこれがこんなに好まれるのか。高く評価されるのか。そして、感動を与えるのかを分析してみると、確かに表現力の技術は高いものがある。しかしこれは技術である以上そのレベルへの到達の方法論は分析可能である。ではモチーフは何なのか。それもその時代による大衆の欲求とそれを満たす供給への社会環境を考察することで分析可能であろう。ではコンポジションはどうかとなるとこれも黄金分割など人間が心地よく思える配置というのは表現の歴史を辿《たど》れば到達できることである。ではマチエールとなると様々な表現方法は現在までに試されてきている。砂を混ぜるとか、日本画の胡粉《ごふん》のように貝殻から白色を作ってカンヴァスに盛りつけてみたり、描き方も色々な動物の毛があったり、ペティナイフのような道具にも工夫が見て取れる。しかし、これも却《かえ》ってアカデミックな表現方法を踏襲してきた歴代の画家よりもカンヴァスがなくて段ボールに絵を描いて世の中に高く受け入れられた例とかにもあるように従来の道具に拘らずに偶然にできてしまった例も結構あるようだ。そして、最後に色があるがこれこそ描いてみなければ表現のできない色というのがある。その色も色々な色との対比で予期せぬ色が現れることがある。いってみればこんなことで何一つ自分にできないと思えるものがない。絵にそんなことのいちいちの説明は要らないのだが。

そして、そこに誰も手がけなかった表現方法を一つ加えるだけで、とんでもない評価を受ける作品が生まれる可能性がある。妄想も一つの創作要因となる。ゴッホのように描きたいと思うことがそうである。

誰も気がつかなかったものでも一度見れば人はその存在を当たり前のことにしてしまう。当たり前になる前の表現を発見しさえすればよいのだ。絵画の世界の新しい発明である。しかし、それが何なのかを気づくのはちょっと難しいところだろう。

それを発見するにはどんなに遠回りしようが、自分の感性で納得のゆく一つの作品を完成させることに尽きる。できるできないでなくて、一作品を完成させる過程そのものが絵を通じて「なぜ生きる（人生の目的とは）」を克服する道標になってゆく。

そして、他の今までになかった表現をなし得るものがあるとすれば果たして何があるのか。

私の芸術に希求するものはエネルギーと感動である。匂《にお》いを発していれば良い。汗臭かろうがどんな臭いに惹《ひ》かれようが匂う絵は傑作である。動く絵は傑作である。私に真っ白な瞑想や空間や時間の魅力を発信し、見る姿勢を正させ、空腹感を忘れさせ、気持ちを満ち溢れさせてくれ、未来に希望を育ませ、力を発してくれるものがそれである。絵を描くことに説明は要らない。絵に欲しいのはエネルギーと感動である。そして、描く対象は全てその時々の描きたい心の自画像なのである。

一枚の絵にどれほどの時間を掛けてきたことか。各章の絵は120F号に描かれ暑中見舞いと年賀状の半年に一枚の作成に使ったものであり、6年を掛けている。描く時間の数十倍の眺める時間を要してもいる。

使われた時間は全て私の内にあり、他の人の入る余地のない、毎日私だけが感じて過ごす時間であり続けていた。

不思議に思うだろうが掃除もそうであり、掃除は芸術だと思う。身の回りをきれいにすることで、庭を掃くことでその景色は一変し、身体に鋭気がみなぎり、人が作る人工の快感とは違う本来の原始的な爽快感がもたらされる。これこそが芸術のプリミティブな感性との遭遇である。このことの究極は絵から始まり私の家が芸術劇場となり、どこからか五線譜に並ぶト音記号やへ音記号が見えてきて、エネルギーが聞こえてくる。空の爽快感に気づき、そこからは宇宙そのものが響いてくる。

唯一の作品を完成させることだけが終わりではないようだ。芸術で人生を描くことのできる幸せが他にもあることにあとで気づくことになる。

漱石の『草枕』に〝山路を登りながら、こう考えた。―兎角《とかく》に人の世は住みにくい。住みにくさが高《こう》じると、安いところへ引っ越したくなる。どこへ越しても住みにくいと悟った時、詩が生まれて、絵ができる。越すことのならぬ世が住みにくければ、住みにくい所をどれほどか寛《くつろ》げて、束《つか》の間の命を、束の間でも住みよくせねばならぬ。ここに詩人という天職ができて、ここに画家という使命が下る。あらゆる芸術の士は人の世を長閑《のどか》にし、人の心を豊かにするが故《ゆえ》に尊《たっと》い―〟とある。

私たちは誰もが使命を持ってこの世に送り出されてきている。人は年齢に応じて、知識に応じて、そして、経験に応じて兎角考え及ぶことが移ろうが、その思考は、自《みずか》らの若さ・体格・風貌・恋人・成績・学歴・家・金・役職・名誉へと向かうことは知りえても文化・芸術に及ぶ達成感への思考は忘れがちになるようだ。

しかし、ある程度の年齢になると、そして、「死」を予期するようになるとどんなに鈍感に「時」を過ごしてきた人もその重さを身を以《もっ》て知るときがやってくる。このことに向き合う時期が早く来ることが望ましい。なぜなら芸術は生命維持装置だと思うからだ。また、気づかない人には気づかせるべきであり、そう思うから私は芸術に拘《こだわ》るのだ。命の次に大事なことは皆違っていて当然だが、芸術を通じて文化を感じ見つめることを始めれば救われる人も沢山出てくる。それは、私たちの生き方の質を高めることに他ならないからだ。

身の回りは物質的な豊かさを追うことばかりに明け暮れてきたし、今もその風潮にある。しかしそうすることで心の豊かさをなくしたことに誰も刮目《かつもく》を避けている。糧を得ることは目的ではないはずだ。芸術をそして文化に身を委ねることを通じて私たちの生き方の質を高めることこそが生きるということなのである。

芸術とは本来生きることそのものとなる答えの一つである。絵画で人生を描くことのできる幸せがあることにどれほどの人が気づいているだろう。未来には夢があり、自ら描く自画像がそこに息づいていく。そこからやってくる時の流れの中に自らを置き人生を描くのだ。

物心ついた頃から晩年の死を考える時期に至り、色々な葛藤と共に、死を迎える瞬間までの生き様を絵画を通じて描き切ることのできる幸せがある。

いつの頃からか、小さい頃の貧しかった頃の楽しかったことを思い出す。そして、つらかった思春期だったが心は多感だった私の遠い田舎時代を思い出す。以来、時と共に72年、働きづめの親の生き方から物質的な豊かさを学び追い求めてきた。しかし、今ではそのことが心の豊かさに結びつかないことに誰もが気づくことになった。歴史上も世界の範たる文化を継承してきた我が国で起きたことだからこそ今の変容とその落差を凄まじく感じられる。

人は大切なものが何なのかの継承を一代でも欠かせば次世代では鬼畜と化す証が今のこの国、日本である。原因は二つある。一つは核家族化を安易に容認する文化住宅なるもので失った人との協調と敬意であり、個を優先しすぎた上に起きた惻隠の情の欠落にある。

もう一つは、日常の生活の中に一律に経済を優先しすぎたことにより、精神的な豊かさが息づいていないことがある。経済的な富は人を豊かにするどころか心をさもしく貧しくしてしまった。欲による金への崇拝と際限のない額への膠着《こうちゃく》が通常から逸脱し、中庸をなくした風潮の蔓延が起因である。幸福度の何たるかを見誤ったことにあり、自信と余裕を無くしてしまっている。

経済は何をするのに金が要るのかと同義であり、人を豊かにするためにあるのであって、糧を得ることだけのことではないし、まして、単なるその額ではない。目的が金ではないのと同じように。

美術館が世界で一番多い国は日本である。確かに、市町村にそれぞれそれらしきものがある。市営・町営・村営また私設もある。そして、県美術館や国立美術館と箱物が犇《ひしめ》いているからさもありなんだ。子供の頃は、そんな箱物を目にすることはなかった。美術館は身近になくても日常生活の中に床の間があり、掛け軸が掛けられ、筆文字の文化があった。祭りや法事などの古い行事を尊び、美術や音楽を楽しむ風習が日常に身近にあったのだ。

今はその特徴ある地域毎の運営はその意義を失い、箱物ばかりが目立ち、入れ物の中身に地域文化の継承の抜け落ちた一律の味わいのない展示建物だけが残ってしまった。その中身の大切さに気づいた今こそ、遅ればせではあっても、これから大事なことごとを見直すのを目的とした施策の再建を進めることが大切である。堕落した今を取り返すのに国は「文化立国」をめざし、国民は衣食住足りて道徳と礼節と祭事を取り戻すことが肝要である。文化は国にとっても人にとっても生きる基盤であり、生きる力であり、尊厳なのだからだ。

私にとって絵画はチャレンジであり、逃避先である。そこに、心を動かす感動があり、癒やしがある。絵を描くアトリエはエネルギーを爆発させる工場であり、創造を手繰り寄せる実験室であり、美を追究する戦略の場であり、そして、また原点に立ち返る密室であって瞑想への入口である。

義父は生前「芸術は幾何学（幾何学とは、ものの形・大きさ・位置・その他一般に空間に関する性質を研究する学問）だ」といっていた。

絵を描くことは「密室の祈り」であるともいっていた、山水画や崇高な密教的仏画を制作し近代日本画を開拓した一人、村上華岳《かがく》が最初にいったその言葉はアトリエで絵を描く心境を思えば理解が及ぶが、幾何学とは何のことかと思っていたが、なるほど今は理解できる。例えばカンヴァスに描く油彩画を描写する対象物のサイズを決めることにも使うし、カンヴァスに描く造形は黄金比率のコンポジションとして使っている。マチエールも絵具の配分量の考慮が要るだろうし、モチーフもその発案の準備を思えば時代の深さにある法則の掘り起こしであり、色彩はその延長にある隣接する空間の配色位置のバランスを考えてカンヴァス上に置くことになる。そして、バルールはそんな色の配置からの色価を生む。

物の形である造形だけでなくこのように絵には黄金比率・マチエール・絵具の重ね方・モチーフ、そしてバルールの持つ定理や色彩の配置形態に至るまでが幾何学なのである。

1. 人物
2. 建物
3. 風景
4. 静物

5. 花
6. 果物
7. 抽象
8. 現代アート
9. デザイン画
10. デッサン
11. 自画像
12. 装丁画

様々な動機による絵画表現手法があるが、芸術にはありえない面がそれぞれの絵にこのように幾つも潜んでいる。そして、描くことに近い表現方法に小説があることにも気づく。小説はプロットを並べて遊ぶパズルゲーム。これも幾何学である。気づきは音楽にも及び、空間を美しく響かせる手法を研究することはこれも幾何学である。

これらの造形・明暗・コンポジション・マチエール・モチーフ・色彩・バルール、そして、他の表現はあらゆる対象が幾何学がそうであるように、それぞれ表現の結果が求められる。それがピュアーな幾何学でなくても成果に至る過程を夢想や妄想の道筋を辿《たど》って表現することを楽しめるのが芸術であり、画家が感動を見せられるのが思惑深い絵画表現であろう。

生死の境を彷徨《さまよ》った人の話に次のような発言を見た。直近の日本を襲った福島の震災で両親を亡くし生き残った少年の話である。彼はこれからのことを尋ねられてひと言こう言っている。「今は絵を描きたい」と。生死の境を彷徨《さまよ》った人間には殆どのことが些細なことに思えるのだ。そんな時に人間はアートのプリミティブでピュアーな力を思い起こす。私もアルチザン（職人）の持つ技術を踏まえたオリジナリティー溢れるアーティストとしての時間をこれからは過ごしたいと思う。芸術を感動と糊口《ここう》（生計のこと）の骨子としてライフワークにできないものか。

文化系と体育会系とがあるように、社会に於いては体育会系が会社運営に重宝される傾向がある。これを今の時代に譬え直すと、文化系が経済であって、体育会系が芸術にあると考える。芸術は今の劇的に変化する時代に必要とされる特性を持ち、プリミティブなもの、人間の本来持つ特質である心そのものを古来より宿し続けているからだ。

そもそも心は見えないものである。心と向き合うことは見えない未来の行き先と向き合うことに他ならない。

これからは経済学だけではとても立ち行かない時代にある。色々なテクノロジーがデジタル化されジャンルを超えてそれらの融合が進むと、そこに生まれる破壊力と創造力は桁違いに大きくなる。一方、それらと平衡するプリミティブな芸術は原点回帰思考によりますます必須になる。これまでに至る長い人間の経験による知恵として、これからも超のつくスピードで進化する社会に合わせて生きるには、ゆっくり歩き１００年も生きることから時間の象徴とされる亀を寓意として求められる必然がある。必要以上のスピードは人を劣性にし、時に人の身体や精神を破壊する。

テレワークも人を劣性にする。コミュニケーションの欠けた世界は会話のない表現の欠けた世界であって、電話の会話もメールになることで、人は更に劣化していくことになる。

身体を動かす時間が人には要るし、働く時間があるならそれに伴う癒やしの時間が人には要る。ホモ・サピエンスの30万年の歴史がそれを歴然と伝えてきている。それにはプリミティブを嚆矢とする芸術を身近に置かなくてはならない。経済以外の科学、そしてスポーツにも目標に向けた過程には合理性などと共にそれと一体となる余裕ある何か併走するものがバランス良くなくてはならない。心の糧が求められてくる必然がそこにあるからだ。その基準はやはり芸術にある。そして、芸術や文化にも自由が及ばなくてはならないし、ときにはそこから生まれる偶然の賜《たまもの》に期待したいし、あるときはそれに対峙する柔軟な拘《こだわ》りを強いられる。

「欠点はしばしば作品に生命を与える」とはボナールの言葉だ。絵の世界に於いては錯誤も矛盾も欠如も芸術という坩堝の中では反対に見事に昇華する。芸術家はどのような技法も表現も自由なのだ。

生涯にただ一点の満足する絵を創作する試み。あらゆる絵具を集め、あらゆる画法を紡《つむ》ぎ、その絵を飾る唯一の額縁をデザインし、その絵を飾る特徴のある空間を造作し、その絵と共に過ごす時間を持つこと、これがこの世に私が存在した証として創り上げられる作品であり、私の最大の贅沢の証なのである。ここでいう贅沢は貧しいこととの対比でなく下品でなく崇高であることを譬えている。

そう、私の一生の仕上げは一点の極上のアートを完成させ、それにふさわしい私の奏《かな》でる空間に置いて悦にいることである。

そして、芸術で群れるのは無粋である。群れて悦に入る人を愛《かな》しいと思う側の人でありたい。時間に余裕があって、ピュアーな癒やしの基に芸術があって、文化があると思うのが意義深いし、粋である。

多くの人が芸術を他人の説明により理解する。それならなぜ鳥の歌を単純に美しいと愛《め》でるのか。

なぜ人は流れ星や、花や、周りの美しいものに素直に心を打たれるのか。それは自然界にあるモノだからであり、理念を超えた人の持つ本能によるからだ。ところが絵となると人は理解するのに説明を欲しがる。これは自然界にない、人間が作る人工のモノだからである。

小鳥や花を愛するように人が想像を駆使して造り上げた創造物として、芸術の対象を説明抜きで素直に眺める余地があるといい。描くのは人間であって、見るのもまた人間であっても、二つに分けられる。描かれた絵は描いた人には作品であって、一方の鑑賞する側から観る絵は人工であっても想いは自然への目である。一方は経済であって、一方はそれが芸術なのである。芸術は描く側以上に見る側にこそ創造がある。

そこに経済と芸術が一見平衡であっても描く側と観る側の世界が一体となり融合し、初めて描く側と見る側でぶつかり合い、そこに感動が生まれ、マスターピースが生まれてくる。

自然を基本にしたプリミティブでピュアーな芸術には、観る人それぞれの鑑賞力により絵によっては見えないものが見えてくる。聞こえないものが聞こえてくる。清々《すがすが》しい匂いに気づくこともあって、味にも気づくかもしれないし、ときには身体を震わせられることも起きることだろう。そんな心もざわつかせる作品は知識や意義を欲しがる脳を喜ばせる最良の接触機会であり、貴方だけの世界がそこに生まれている。

言葉をなくす絵。耳を澄ます絵。思わず立ち止まる絵。そんなありえない極上の絵を一枚見つけたいものだ。そして描き上げたいものだ。そして、それをGALLERYの中央に翳し、相応しい感動をそこに捧げたいものだ。

8
歴史

ありえない生

第二章　8　歴史——ありえない生

庭に名前をつけている。「遊進庵」である。庭園のテラスに続く中庭はコンクリートの床を1，500ミリ角に目地を入れ、目地は深さ5ミリ、幅7ミリで中庭とそれに面した透明ガラス壁の居室空間に引き入れて建物を建築した。

魯山人の生き方にも好きなところと嫌いなところがあるが、人生のあらゆる処に好き嫌いがある。感性の一つとして片付けられるが、経験の蓄積と時代による変容もあるだろう。居室の設計は魯山人の生き方に魅力を感じて考えた思考回路が創作空間構築のベースになっている。それは遊・職・住の機能する家である。人を招き、窯を焚き、遊ぶ。

一方、もう一つ参考にしたのが間取りの配置や庭の造りの詳細には二親から踏襲した貴重な空間を想定し製作した。

父は戦争から一人生き残ったことへの申し訳なさと再婚した母の家督を守ることへの責任から母の持つ歴史のある家を山から移築し、家督の歴史を大切に一生を実業と平衡させた歴史作りを大切にする人だった。移築した家はその象徴であり、一生精進の人でもあった。義父も戦争を生き残り、恥ずかしくない一生を生きることに精進し尽くした人であって、両親を看取り、三人の娘を今時画業で嫁がせた稀に粋な人であった。そして、二人とも極めて明るく、人望があった。

二人の父親が共通に備えていた精進の想いは私が大切に思う人間の素養の一つであり、様々な局面でそれは私に生きる指標と勇気と高揚感を与えてくれている。

男は妻や子そして親を庇護《ひご》する役目を負って生まれてきている。それを成就するには一生を稼ぎ続ける責務を担っている。精進とはそんな含みを持つ言葉である。

そして女は家内がそうだが、二人の子供を育てるのに二十数年、その後、両親のお世話に更に十数年を掛けて二人を自宅の畳の上で見送った。そう、彼女は子育てと親を看取るために生まれて生きる定めを感じる最後の時代に生きたことになる。これが宿命だった。このことが彼女に人間として今を生き、未来へ連綿と続く道に光明を灯してくれるはずだ。どんな人間も使命を持っている。その因縁を幸いとして、自分の限られた境遇を自分なりに活かして過ごせばよい。どんな宿命にあっても、そういう因縁を自ら生かせるように人間はそんな力を引き継いで生かされている。宿命を生きることとその経緯には選択枝を持ち、分相応に考える判断力が備わっている。そして、自らが嚆矢となる歴史を創り出す力を持ち、あらゆることを自由に切り替え、時期を待ち行動に移す決断のできる意志力を授かっている。

世の中には人間の一生にあって踏み外してはならない一定の法則の数と量が厳然と存在する。貴方が充実した毎日を送りたいならこの法則を踏襲する術とその機会に早く気づくことである。

そこには感動も絶望も、そして、満足も諦めも待ち構えている。

理屈は要らない。宇宙を解明できる人が今はいないように宇宙が幾つあるか分からないように屁理屈で一生は味わえない。だから気づく必要が重くのしかかる。貴方が満足する時間を過ごしたいなら、そして、自らの一生を達観して迎えたいなら「ありえない生」とは自らにとっては何なのかをだ。

他人や自然や宇宙に、そして、因縁や、宿命や、運命に、そして、自らの生い立ちからの歴史に目を向ける必要がある。歴史を受けた自らの使命に早く気づく必要がある。それには自らの歴史にある実態を基本に据えると良い。自らの歴史からの今と現実の身の周りとの平衡する関係の事象にである。

歴史の多くは多様な事象の実態から見えてくる事実のはずだが、立場の違う伝承者の意図的な改《かい》竄《ざん》により事実でないことが承継されていることが殆どだからだ。同じ歴史であっても立ち位置や捉え方が違えば真逆に伝えられることは幾らでもある。過去は変えられないとしているが、時には好きなように貴方の抱いた事実を作り始めればそれでいいのである。そのことで周囲に迷惑をかけることがなければ楽しい物語がそこに新しく生まれることになる。次から次へと。

そして、授業で教わることに欠けていることの一つに死生観がある。小学生では理解が難しいから、尚早と考えることも分からないではないが、実はこれ位の年齢にあってこそ教えねばならない大切なテーマなのだ。性教育や英語やプログラミング言語、そして株投資などの比ではない。教え方の手法は多様にある。宗教も同じである。宗教観からの死生観、八百万《やおよろず》の神の話から聞かせればよい。まず最初に教育しなければならないのは死生観である。難しく考える必要はない。幼少だろうが生きていく上で人間として気づかせなくてはならない最初に来る大事な命題である。私が慟哭した年頃にである。そうなるなら、私の今迄に及んだ気づきの長い間《ま》の期間をそれは無駄なく活かせられる。地球の今に、偶然生まれた霊長類にあって、しかもその中の一つの種でしかないのがヒトであり、その内のたった一人が貴方であり私だからであり、この命題は共に未来の希望を約束してくれる。

限られた一瞬である一生に対峙する知恵として、今、宗教は疲れ果てているとはいえども、宗教的な死生観と全ての人に命のあることのすばらしさを再認識するための教育を施すことに今は必須のときである。

宗教は法律や教育と同様に人類が整然と生きられる知恵として作り上げたものだが、これは人間の快楽とも関わっている。たばこ、アルコール、競馬・競輪、セックス、ドラッグ等にであり、何れも精神世界に耽ることや現実世界からの、そして、死の恐怖からの逃避手法としての悩める一時の効用がそこにある。

そして、偶然にもこの先に人の生存が続くなら、これまでのデータを元に想像することで、この世界に、次に何がどこで起こるのかが予測でき、いつこの種がどのように絶滅するのかが分かるとなると持てる時間の多寡は意味を変え、不気味な葛藤が芽生えてくる。

「愛と怒り」はどうだろう。愛は人に命を捧げ、怒りは人の命を絶つ、二つに共通するのは誰もがそれを併せ持ち、そして、そのエネルギーの大きさにある。ことによっては共に恐怖を逸《そ》らせる力を持ち、ときにはその悍ましい行為に大義を翳し難無く悪行を誰もが平然と行う。

小説も絵画も感動と力を弄《もてあそ》ばせている。本来の目指すべき方向を向いた力のある作品が、明確にその力量を発揮することを今こそ試されている。小説に於いてはその物語が持つ膨大な熱量を秘めたエモーショナルな核心部分が読む側の感動となる。読者に喚起させたい強力な作家の祈りが力となる。音楽も建築も絵画もそうである。そして、人間の創造意欲は希望を生み、感動を抱かせ、あらゆる破滅からの再生にも寄与する。これも明確な力となる。ＥＱ（心の知能指数）が尊ばれる所以《ゆえん》である。

そして、そんな人間力が人の創り出すエネルギーの要となり、良かれ悪しかれこれ等の「力」を現在に至るまで、振りかざしてきたのがホモ・サピエンスの歴史である。そして、「生老病死」の語彙にも力が隠れている。「死は病の一つである」と生命科学者は訴え始めている。直るのが病だけでなく、命にも及ぶという理論である。「喜怒哀楽」にも力が隠れていて命の表現手段を担っている。

私は怒りをエネルギーとして生きてきた。それがいつの頃からか尊敬や信頼、そして、やはり愛をエネルギーと感じるようになってきた。身の回りの人たちが喜び、楽しみ、感謝することに身体が反応し、感謝され尊敬されることに応えて活力が湧いてくるのを知る。経年と共に今までと違う思いが生まれている。若い頃は心に選択肢の蓄えがなく、喜怒哀楽の怒によるしか、エネルギーを生めなかったのが加齢と共に経験を積むことで他の沢山のエネルギーの作り方を学んだ由縁にある。

そして、それらのエネルギーの育む所作が一体となって私に浮揚感のような気持ちの豊かさを与えてくれている。死を考え、そこに近づくのと同時に心に多様な趣が育つのに気を留めている。

一方、今までに私が殺した虫、食べた動物、鳥、魚、貝そして、成長を絶った植物などいったいどれ位の数と量になるのだろう。暫く経《た》つが鳩まで食べてしまった。そして、ある日、毎年のように巣作りに来るアトリエ隣にあるテラスの天井裏のゴルフネット上に、鳩が2～3日前からまた巣を作っているのを2回竹箒《たけぼうき》で取り払ったが、翌日気がつくと懲りずにまた巣を作っている。悪いと思うが早速取り払った。隣につがいの鳩も見ていたが3回目のことである。こんな殺生を続けている私には、他に二つこれが私の死に様になるだろうと思える体験がある。一つは猫。もう一つは犬である。

猫については申し訳ないことをしたと思うことに今の町中の家に引っ越してくる前は塀に囲まれた芝生の庭のある家で柴犬を一日中遊ばせていたのだが、どこから迷い込んだか猫を恫喝している柴犬に、止めろと言ったとたん噛み殺してしまった。これが2度ある。止めろが仇《あだ》になったのだ。

そして町中に引っ越してからはさすがに放し飼いができずに裏庭の角に繋いでおいたので猫が度々大手を振ってやってきて庭にウンチをすることがよくあって、ある時手を振り回して追い返すと前の道路に飛び出してしまい車とぶつかったのである。「ニャーッ」といってどこかにいなくなったが隠れて死を待つことになったことだろう。

犬は、交通事故だった。遠方の街に前の会社の同僚を訪ねて行く途中に、今度は猫のときとは逆に道路に飛び出してきた犬と私の車がぶつかったのだ。犬は「ギャーッ」と喚《わめ》いて隠れようとして道路角の穴蔵に逃げ込んでいった。多分そこで一生を終えたことだろう。

人間は生物学的な種としては学名をホモ・サピエンス、和名をヒトという。ヒトに最も近縁な生物は大型類人猿であり、オランウータン・ゴリラ・チンパンジーである。大型類人猿の共通祖先は約1,500万年前に生きていたと考えられている。その後オランウータンの系統がそこから分かれ、次にゴリラの系統が分かれた。そして、チンパンジーとヒトの系統が分かれたと推定されている。人類とはこのヒトに至る系統に属する全ての種を人類と呼ぶのである。その分かれた時期がヒトである最古の化石人類の誕生のときであったという。現在生きている私たちヒトは現在まで25種以上いた人類の最後の種ということになる。24種の人間はなぜ全てが絶滅したのか。

今この世に住んでいる動物は主に唯一、25種の内の一種の人間と家畜だけとなってしまった。世界には四万頭のライオンがいるのに対して、飼い猫は6億頭を数える。野生のアフリカ水牛は90万頭だが、家畜の牛は15億頭に達する。ペンギンは5,〇〇〇万羽だが、ニワトリは2〇〇億羽に達するという。動物はヒトの趣味と食用でしか生き場がなく、このサル目の一つの種が単独で、7万年の間に前代未聞の形で全地球の生態系を変えのけたのだ。

ヒトの意志なくして繁栄はありえない。凡そ47億年前に生命が登場して以来、一つの種が単独で地球全体の生態環境を変えたことは一度もなかった。過去7万年間は人類の時代を意味する人新世《じんしんせい》と呼ぶに相応しい人間中心主義の独裁期と呼ばれる新たな地質年代であって、人新世が空前の趣《おもむき》で世界を変えたことは明らかだ。今や人類が地球の長い歴史を更に変えてしまう力を持ち、気候変動や生態系を作り変えてしまい、それが進行しつつある。しかも急速にである。

ホモ・サピエンス（ヒト）は圧倒的に特別なのである。その理由は二つある。ヒトは生物として他の生物と違う変わった特徴を幾つも持っている特別な生物だからだ。もう一つはヒトに最も近縁な生物から25番目までが全て絶滅していて、チンパンジーと比較するしかないからである。約七万年前までにはヒトにとってチンパンジーよりも近縁な生物が25種類もいたのである。それらは全て完全に絶滅しているのである。人間は他の動物からすれば、とうの昔に神になっている。

穿《うが》った見方をするなら、この特別な二つのことは神を超える何かによりいつでもどこでもどのようにも消し込まれる位置にプログラミングされているのかもしれない。私たちの明日は地球の消滅を待たずともあと数億年で太陽の影響により地球には人が住めなくなるし、今にもなくなる宿命が待っている。

過ぎた歴史を振り返ると、聞き及んだ歴史観は充《あ》てにならない。実際に見た訳ではないからだ。見た覚えのある近い過去であっても視覚は時間と場所に於いて自分の主観の目でしか見えず、それも意図的に意識して見ても一部の浅い視点からしか見ないなら、ときには多様な観点から見るべき本当の実態のある背景から外れ、本来の歴史の真実を見誤る。

人の歴史に於けるこれまでの生きた人の数はどれほどなのか。そこに於ける感動にどんなことがあったのか。怒りの種類はどんなだったか。そして、愛の程度はどんなだったかとあらゆる趣向からこれまでの経緯を想像することが、今を生きる人間のひとときの踊り場にあって良い。そこで気づく夥しい「ありえない生」の数が色を変え、聞こえ、匂《にお》ってくるはずだからだ。

耳を澄《す》ますと聞こえてくる。鎮魂の息吹《いぶき》が。そして目を開けると華やいだ地球が見え、自らの立ち位置が見えている。だが、私は目を閉じて耳を澄まし古い歴史を思いやる。そして、宇宙の深さから、人の一生の浅さと短さを悟り、その短い時間の使い方を考える先に、一人ひとりが思い思いの一生を送るのであればどんな生き方をしようが良いではないかと。

私の終いの日はいつどこからやってこようが、できれば私の用意したGALLERYにこれまでの「ありえない生」と共にあった感動の数々を準備し翳し迎えたいものだ。私の意志も終の日までにそこにあって欲しい。しかし、その思いは簡潔で良いが、その確率は運命に寄り添うしかない。殺生の数からすればどうなることやらと贅沢などいえたものではない。「なぜ生きる」の答えはいみじくも生きるためとはいえこれまでの殺生と罪悪に報われるに相応しい一人の終末がその内やってくるのが遠目に見え始めている。これも80億分の1の霞でしかないのだが。

9
保健・体育

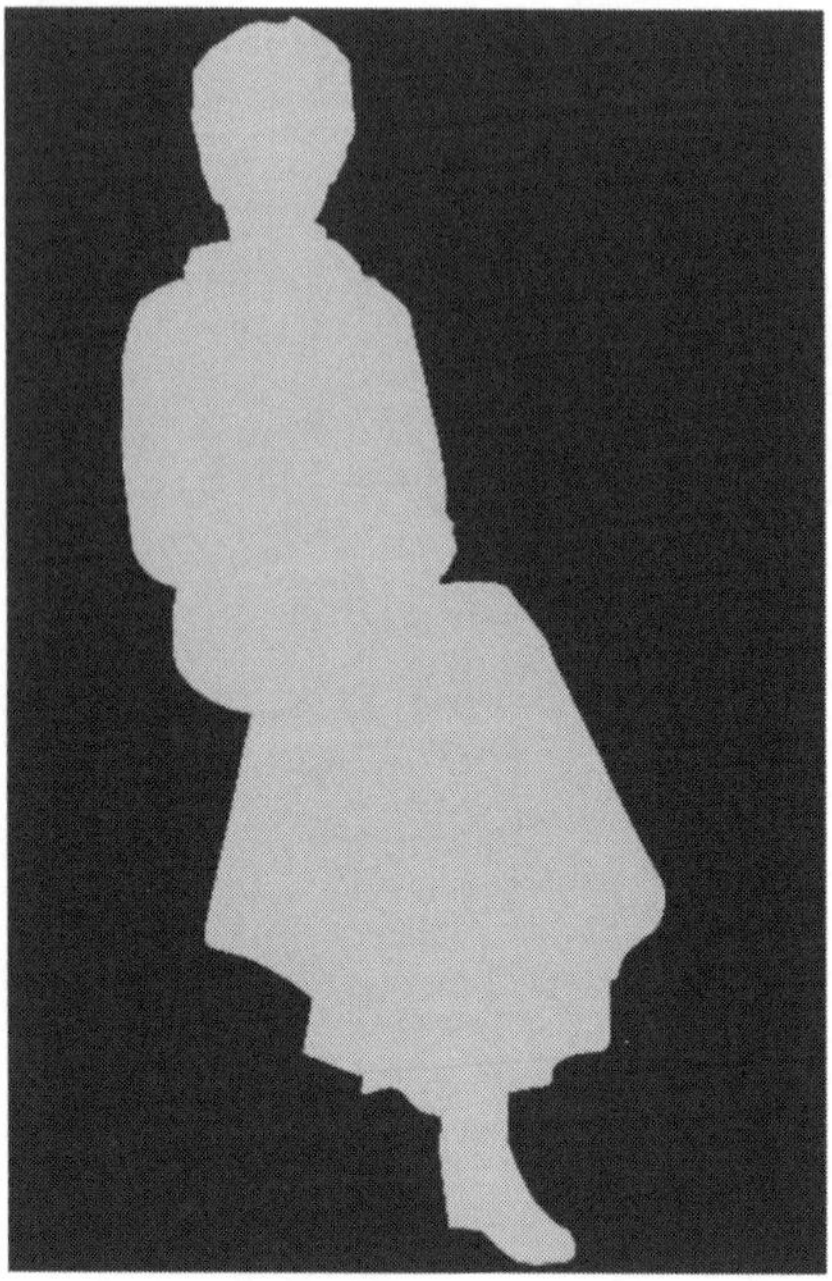

ありえない球道

第二章　9　保健・体育――ありえない球道

運と金は簡単に手放せるのに対して、ゴルフのクラブと腕はボールを飛ばすには切り離せない。50年に及ぶゴルフとの付き合いでいったいどの位の玉数を練習も含め打ってきたことか。玉は難題であり、クラブはその対応手段であり、腕は挑戦であり、50年はその継続だった。因みにその目的は身体を鍛える快感もあって、この歳で挑むのはエイジシュートだ。

ゴルフは年齢を問わず、そして、老齢の特に医療データを運動メニューに直接反映できるメディカルフィットネスに最適であり、健康年齢の点からも亡くなる直前まで誰にでもできて元気でいられる理にかなったスポーツである。対象となる人には、

高血圧や高脂血症、糖尿病などの生活習慣病を改善したい人
下半身を鍛えて腰や膝、股関節の痛みを改善したい人
手術後、衰えた身体機能を回復したい人
加齢による体力の衰えを防ぎたい人
健康を目的にダイエットしたい人

そして、エイジシュートに挑戦を始める人などである。私はこの全ての対象になるチャレンジャーである。

色々なスポーツを小さい頃から人並みに楽しんではきたが、スポーツはどちらかといえば私にとって特別魅力には思えなかった。それがゴルフを始めたことから、ある時期以降急激にのめり込むようになっていた。

大学の入学式に最初に出向いた構内で体育会のゴルフ部に誘われたのが縁で、結構まじめに今時、

話題になる体罰を貰いながら二年ほど続けたが、貧乏田舎学生には体育会ゴルフ部は他の倶楽部と違って金が続かず、続けるためのアルバイトに明け暮れる生活がたたり、授業にも出られず、一年目でその先の二年生での留年が決まり、それを境にクラブ活動は二年で頓挫した。レギュラーなどには全く手の届かないところで止めてしまったのだから、スコアもたいしたところまでは行かず、精々ワンラウンド120ストロークほどのレベルでしかなかったと思う。しかし、未だに当時の同期生がたまに誘ってくれている。それが、もう、50年にもなる。

ゴルフのおかげで、大学を6年掛けて卒業し、社会人となって一つ外の会社を経て父が経営していた物流会社に次男として入社した。そこでゴルフを再び始めることになった。そしてあっという間にゴルフにはまってしまった。ゴルフ倶楽部にも入会できたことで、一時は70台のスコアで回るのも当たり前になり、毎週土日は接待ゴルフ三昧の日々が続いていた。37歳の時には入会していたゴルフクラブのクラブ選手権の準決勝まで勝ち進み、打った弾がアドレナリンのためかいつもと違ってなかなか落ちてこない経験と大臀筋が痙攣《けいれん》するのをその時初めて経験している。思えば、今の飛距離の悩みなどは当時とは隔世の感があり、60ヤードも落ちている。

バブルの時代でもあって、土日に限らず、仕事に繋がるお客の暇を見つけては週に連続四日をゴルフdayとするなど、遠慮することなくよくコースを廻った。それで仕事が貰えていたのだ。しかし、クラブチャンピオンの準決勝に残ったときを契機に私の二度目のゴルフ生活を終えている。ここがゴルフの私の頂点と弁《わきま》えたことと、今から思えば相続を巡る金と権力の継承への欲の類と分かるが、任された会社での資金繰りによる不本意な不渡倒産を強いられる中で、降りかかる生活の不安を無くし、平常を再び取り戻すのに好きなゴルフは直ぐに止めたのだ。お陰様で不渡りも出すことなく、その時から私の小さくて長い自立が始まった。37歳になっていた。

人は目立たない方がいい時期もある。当時の私は今以上にもっとピュアーで自分の徳のなさへの思いから一まずそうした経緯からゴルフは止めざるを得なかった。このときはゴルフに限らず、これでは不味いと思うことは一日にして皆止めている。

一方このゴルフというスポーツはとんでもない曲者《くせもの》で、のめり込むとちょっと厄介なことになってしまう結末をゴルフゲームの発祥の地の本場スコットランドがそもそも教えてくれている。

ゴルフというスポーツが誕生してほどなく、海軍に於いてゴルフ禁止令が二度も政府から発令されている。軍の将校たちがゴルフに夢中になり、訓練そっちのけになったからだ。ゴルフはそういう側面を併せ持っている。自らを充分に規制しないと遊びも度を超えて自制が効かなくなるという中毒症状にである。しかも、一人だけでなく、集団に於いてものことである。

そんな歴史を聞き及んだ後、身近に起きたある事件も常軌を逸した出来事だった。ゴルフの不思議な顛末《てんまつ》をさらけ出した所作を目の当たりにしたからだ。私のメンバークラグでのありえないわだかまりの残る出来事だった。

丁度インタークラブの試合に所属倶楽部を代表して参加していたクラブチャンピオンが林の中に打った玉を足で良いところに蹴ったところを同伴競技者である他のクラブの選手に窘《たしな》められたのだ。インタークラブは各クラブを代表して6人が競技に参加し、上位5人の合計ストロークで競うのだが当然競技は失格となり、当人はクラブ競技への参加をその後封じられてしまった。酷《ひど》いのはこのあとで、あろうことかクラブハウスの歴代のクラブチャンピオンボードからその人の金箔の名前が削り落とされてしまい、その消し方が薄くて歪《いびつ》でかえって目立つのだ。

しかも歴代のチャンピオンボードである。見る人はわざわざ見るのである。当然、その逸話が後々まで語り継がれることになる。そして、偶然、一人で平日プレーに出かけた折にその方と同伴になったのだが、悪びれる様子もなく楽しく回れたのが幸いだった。年に数回も行かなくなっているのでその後見かけることはない。それほどゴルフは生臭い面を併せ持つゲームなのである。いたずら如きの行為も機会が機会で、場所が場所なら人格どころか糧を得る勤め先の評判を落とす力もたかがゴルフは孕《はら》んでいる。周辺も巻き込み、自他共に突如破滅させるのだ。「たかがゴルフ、されどゴルフ」なのである。

一方、これ以上ない美徳を味わう機会が沢山あるのもゴルフというスポーツならではのものがある。私の経験ではないが、こんな話がある。

「その試合で予選を通過すれば、なんとかシード権枠に入れる、初シード権が得られるというときのことです。僕にとっての最終戦ですね。予選2日目は、さすがに緊張して身体がガチガチ。いつものプレーとはほど遠く、17番ホールを迎えてスコア速報版を見たら、予選カットライン上にいたんです。『いけねぇ、もう一打も落とせない!』と勝手に決め込んだら、ますます身体が思うように動かなくなってしまった。グリーン右サイドのピンに対し、パー3ホールのティーショットをグリーン左サイドのバンカーに打ち込む始末。『どれだけショットを曲げてんだよ!』と思いましたね。おまけにボールは砂の中に埋まってしまったように見えたのです。目玉ではボギーが必至、万事休す。ティーグランドで大きなため息をつきました。

同組で僕のマーカーだった先輩プロも同じバンカーに打ち込みました。それも僕のボールの近くに。

ショットのあと『僕の方が遠いから先に打つよ』と言い残し、真っ先にバンカーに向かって走り出していかれました。そして、ピンとは全く違う方向に向かってその先輩プロはバンカーショットを打ったんです。まるで、僕のボールに沢山砂がかかるように。

打ち終えて、『君のボールのライが変わったから戻してっ』と促され、僕は砂の中からボールを取り出し、マーカーの指示に従い、砂の上にリプレースしました。ライは目玉でなくフラット。お陰で2打目のバンカーショットをピン側につけることができてパーセーブできたんです」「それで予選は通過できたんですか?」「ハイ！　でもまだ、そのプロにお礼を言えていません。もう十年も前の話ですし、たとえ感謝の言葉を伝えても、きっと『えっ、いったい何のこと』って言う気がします。トッププロがあらぬ方向へ向かって無駄に多量の砂を打つようなバンカーショットはしません。僕が予選を通過したら初シード選手になれることに気づいていたからだと思います。男を感じました。一流の選手であって記録がなくても記憶に残る選手は勝負の流れだったり、攻め処や守り処だったり、周囲を始め様々なことが見えているし、それに対応した思考やプレー、行動ができるし、ときには同伴競技者を救うこともするんですね。」

この話を読んで私はあらぬ方向にバンカーショットを打ったその粋なプロがその後どう生きているのかが今も気になっている。私の会いたい人の基準にある人だからだ。

今は玉打ちの練習が好きなのと、体を動かすことはこれ位しか思いつかないので精々新しいクラブの出る度に家と小さな練習場で振り回すことで楽しむくらいでしかない。ふと数えてみるとここ半年はコースに出てもいない。

残念ではあるがハンディのない現役での糧を得る仕事がゴルフ以上に刺激があって、興奮し、面白いからだ。やってこないメンバーのためだけに用意されたクラブの個人専用ロッカーには寂しい思いをさせているのが気がかりではある。それも2ヶ所にである。

ゴルフ場でのゴルフはできないでいるが、「いざ鎌倉」の気概は常にあり、いつの日かもう一度、何も考えないで一面緑の海原を遊ぶ日々を思い描きながらそこでのエイジシュートの達成を目指したい。今は、小学校の授業なら体育の授業前の嫌いな理科の時間に野球をする楽しみを待つ気持ちだ。

「たかがゴルフ、されどゴルフ」とよく聞くが、私にとっては経済的な面や精神的な面、そして、健常者としての身体能力のバランスが満たされていないと好きな遊びの舞台であるコースに立とうという気持ちが起きないでいる。分相応という言葉もゴルフで意識するのは見当違いという見方もあるだろうが、それほど、このスポーツは私にとって如何にも奥が深いというか、大学での体育会ゴルフ部を2年でしかなかったがその前後の包摂する滞留時期に、私の歴史の上から、その周辺で得た日常の取るに足らない経験が輝いていて、神聖であって、その時々の初めてづくしの生き方、立ち位置の未熟な経験を今に思い及ばせてくれている。

体育会のゴルフ部に在籍していた学生時代がそうであったが先輩やOBに敬意を示すことから、日本の国技である柔道のように同じ精神面を備えた「ゴルフ道」という言葉がジェントルマンを生んだ国から発祥したスポーツに相応しく思え、だから通わなくても所属クラブの年会費は今私が二本足で地に立っている生きている証として、そして、私の人生と共にあるゴルフというスポーツへのオマージュとして毎年、年2回、年会費とロッカーフィーは2ヶ所のメンバーコースに倶楽部に行こうが行くまいが、当たり前だがちゃんと44年に亘り納め続けている。私の「ゴルフ道」へのいつでも迎え入れてくれるオマージュとして創った「ありえない家」の美の館にあるGALLERYに翳す「ゴルフ道」に捧げるGIVEの証である。

ゴルフもピアノも絵画も家造りも随想も、そして、仕事の大部分も私のしてきたことは殆ど全て、不要不急の無駄づくしである。面白いことを優先しての結果がそうなってしまっている。

そして、人から道楽だといわれることもあるし、家に招いて私の作品である建物を観て怒って帰った人もいる。それらのことこそ私への最高の賛辞と思えてしまう。描いた私の世界をそこから社会が勝手に物語を作り出し、一つの論戦を正面から打つけてくれていることの証である。しかし、それは反証には軽く、俗物哲学の面影でしかない。そこには自らの地に足のついた歴史を持つ苦闘と戦い続けて生まれた小さくても実証を持つ作品の存在を自ら創り上げて感じる自負がある。

そして、このたかがゴルフされどゴルフの「ゴルフ道」は、日常に晒される哲学に繋がる課題を幾つも見せてくれている。例えばゴルフ場が随分混んでいて後ろの組が仕草で急げと迫ってきている。前の組とはひと組以上空いている。同伴者は私のお客様であり年上である。ゴルフを始めて日が浅いとも思えない。その同伴者が気にすることなくゆっくりプレーを続けている。スタートの間隔は充分の8分である。一緒に回るメンバーが貴方ならこのビジターとどう対処するか、など、冷や汗を流すのは身体でなく、スコアーでもなく、同伴競技者の振る舞いにあるのであって、何色ものプリミティブで余裕の要る人間力が試されるスポーツでもあるのである。

今、ゴルフを毎週のように続けている手合いを見て、確かに仲間たちとのずっと変わらない長い付き合いができていることはすばらしいことだとは思うが、うらやましいとは思わない。ゴルフも様々な楽しみ方ができるというのが本音である。ゴルフ大好き人間が群れてゴルフを楽しめる日常は平穏である。人が何といおうが好きなことを好きなだけ続けられるというのはゴルフに限らず、何であってもすばらしいことである。

そして、事情により、倶楽部を退会せねばならなかった人も何人か見てきた。私など言い訳がましいが、一番好きだった趣味を続けることができず苦境の最中《さなか》に何度もプレーは止めている。しかし、幸いにも退会は避けられたし、そのことで、他の趣味を知ることができた。出かける必要のない自宅練習場での身体の鍛え方やお金に負担のない趣味にである。

ゴルフも何でもそうだが一番好きなことも止めざるを得ない時はときに生ずる。優先させることが何かさえ分かっていれば、止めても分相応にいつかまた始めることもできるというのが小学校の「ありえない授業」からのゴルフでの良い教訓である。肝腎なことはゴルフが幾つも教えてくれたが、人生に大きな意義を持つ価値のある教訓であり、それは、不味いと気づいたその時に、多様な切り替えのできる選択枝を豊富に何ごとにつけ身の周りに蓄えられたことにある。

相手を思う某プロのバンカーショットがそうだろうし、ゴルフそのものを一時休止することもそうだし、そして時期を待ちまた新しく始められることがそうである。

色々な分野で状況次第により、止めることは始めることと気づく機会がそこにある。音楽の四分音譜と四分休譜のような対の共生が彼方此方に存在していることに気づかされる。

一方、そんなこんなを気にせず、チャンピオンボードから名前をすり消された元クラブチャンピオンの悪びれる様子もなく楽しく回れたあのときの風情が今は懐かしく豊潤で不思議な男気を今思い起こさせられる。彼にこそ「平気で生きている」気概を思うし、そうありたいものだ。この清々しい感動のお陰で「なぜ生きる」の目的に触れられ、これもＧＡＬＬＥＲＹに翳すに相応しい。

そして、今、チャンピオンボードに歴代のチャンピオンが並ぶ中に彼の名前が新しく一掃され、他を置いて金箔の煌めきがひときわ艶《つや》やかに濃く輝いている。ときが許容を産みそこに微笑んでいる。

チャンピオンボードの名前の濃い薄いにも長い時間の経過と深い味のある物語がコインの裏表のようにそこには隠れている。

Indigo

10
道徳

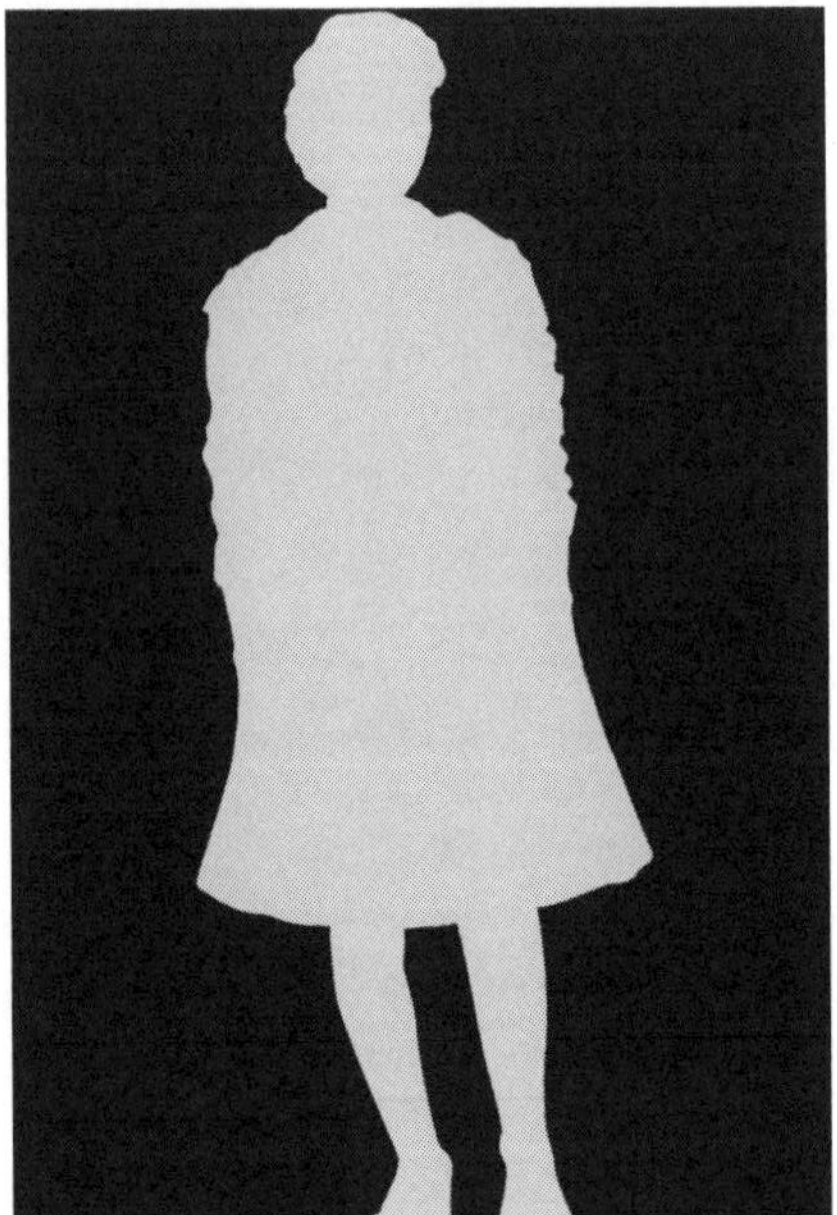

ありえない自信

第二章　10　道徳——ありえない自信

解らないことを探求するのが科学である。探求できないこともあると悟るのが宗教である。そして、解らない宗教を理解しようとする一環も科学にはある。その先にあるのは「無知の知」の悟りを知る哲学だろう。

江戸時代までは庶民に仏教、そして、武士には儒教があった。勿論武士も仏教の影響を強く受けた。

それが明治時代になると、神仏分離、廃仏毀釈により、宗教教育が学校教育からなくなってしまい、戦争が始まる頃には天皇を神とする現人神《あらひとがみ》に民衆は洗脳された。それも昭和20年に廃止され、教育の現場から、宗教性も道徳性も失われてしまった。若い人たちの指針となる家風や学校教育に宗教や道徳がなくなってしまった。「羹《あつもの》に懲《こ》りて膾《なます》を吹く」の喩《たと》えの単純の極みがあろうことか戦後この国に起こってしまった。

戦争があったからと国旗・国歌は要らない、敗戦の経験から軍隊は要らないと唱《とな》える大衆に、臆病にも思える選択肢を欠いた狭い偏った思考の危うさに抗う指導者や、深い見識を備えた多様な歴史を通じての道徳や宗教を伝えられる先達《せんだつ》が周りにいなくなってしまった。大衆に世界観を踏まえた歴史教育や人道教育が今こそ必要とされている。日本の文化そのものがこれまでになかった軽薄な個人主義と経済優先の社会によりその影が薄れ、バランスを欠いて、道徳や宗教を蔑《ないがし》ろにしてしまったつけが今回ってきている。

富の追求と徳の追求は相矛盾するものではなく、人の中でバランス良く共存させることが肝要であり、富の追求もそれが行き過ぎないようにコントロールする力を培《つちか》うものとして道徳や宗教や芸術、若しくはそれに代わるものが一方には必要なのである。

日本の近代文学も宗教なき文学となった。宗教性をなくして奥行きのある良い芸術は生まれない。太古の時代は神への捧げ物を入れるために器を作り、神の衣として織物を織った。今は宗教心が薄れて、利己的に自らを着飾ることを優先するのが当たり前になってしまい、いくら芸術を磨こうとしても技術の向上は計れても、歴史に宿る芸術のピュアーな精神が継承されることなく育まれていない。

情操教育から育まれる道徳や宗教や芸術にもっと力を入れるべきである。これも経済優先で西洋を丸呑みで受け入れた国策による弊害である。そして、西洋の国によっては宗教を信じない者は危険人物と見なされてしまう極端な一面もある。これも行きすぎは大いに不味い。バランスを欠いている。

人間はそもそも動物なのであって、理性や感性は教育によらねば実を生むことはない。教養に至ってはかなり先にしか実らない。人も猿と同様に朝三暮四の思考をＤＮＡにより継承しているからだ。

西洋科学は科学技術によりすばらしい文明を生んだが、自然と人間を対峙させて支配と被支配の関係で括ってしまった。その概念は経済社会にも及びＷｅｂ１・０の後のＧＡＦＡ＆Ｍの独占になったＷｅｂ２・０周りには大規模な失業や小売業者の破綻《はたん》をもたらしている。

日本の湿潤な気候を元とした四季のある風土が世界に比類のない文化を育み豊かな理性や感性の色彩を育んできた。『万葉集』や『古今和歌集』を見ても分かるように、古来日本人は、自然を畏れ敬って、八百万の神と共に生きてきた。だが、西欧の科学は人間と自然を分断してしまっている。

世阿弥は芸の極意は「枯れ木に美しい花を咲かせること」と言葉を残している。科学であり宗教がそこに恭《うやうや》しく共鳴して感じられるが、西洋に於いてはこの中庸の遊び心が欠けている。「わび・さび」を求めた精神は深く、そこには緩《ゆる》い自信が見て取れる。私たちは独自の文化からの自信を取り戻さなければならない。西洋からのナルシシズムでなく周囲に美があり、共生する人間があり、側には八百万の神があり、喜びがあり、幸せがあり、余裕のあることに気づくことでもたらせてくれるもの、それは自信であり、それを早く取り戻さなければならない。宗教などを触媒として受け継がれてきたシンクタンクをなくした弊害がここにも歴然と浮き出ているからだ。そして次には周囲に自由と敬意と畏怖をもたらす矜持を取り戻さなければならない。
真面目という言葉も小さい頃は人を皮肉った言葉として使われることが多かったが、これも、長く続ければ意味をなし、自信に繋がっていく。

始めは人から馬鹿にされ
十年もすればそれでも良いかと思い
二十年もすれば他とは違うと感じ
三十年もすればそれが家族を育て家を造る
四十年もすればその強さを知り
五十年もすれば生きることの意味を気づかせ
六十年もすれば趣味を造り
七十年もすれば自信が生まれ
八十年もすれば時を自由に馳せる矜持を得《え》

九十年もすればあらゆることに達観し
百年もすれば転地に赴く生きた証を得る
時と共に経験を積み重ねることで対象課題が知識の範疇でその重さが変容し、その重さを知る人の知恵を育み自信に繋がっていく。自信を持って生きれば、何事も先に道が牽《ひ》かれ、一歩を踏み出せる。
この個人の育む境地を広げ、国造りにも活かさねば明日には人も国も壊れるしかない。
真摯に真面目にあらゆる奇禍に挑むことで自信の先にある次の舞台が待ってくれている。リアリズムと共に。
悲しい時は人を慈しみ
楽しい時は愛を共にし
憎む時は幾何学に習い
愛する時は持てる力を覚悟し
寝る時は死を模擬体験する
朝起きれば生きている喜びを味わう
そして、死を新しい未知の境遇を知りうる次元の入口と定義し、生と死の力学を今の時々を生きる糧とする
私が自信と思しき感情に初めて気づいたのは還暦を過ぎた頃からである。恥ずかしいことなのか六十年間自信のないときを過ごしてきた。そんな今、漠然、小さな自信が芽生えていると思えるときがある。

何が人生を生きる価値のあるものにするのか。それは人迷惑な自己愛と思しきプライドから始まり、それは沢山の凄惨《せいさん》な喜怒哀楽の経験を積んだが故に育つ自信を経て、周りから敬意を持って迎えられる人間力を育み、それが矜持となる。

人生を価値あるものにするのは沢山の挫折を知ることで辿《たど》り着く栄えある境地にこそあるのだ。これに気づくには長い年月が掛かる。若い頃は周囲に降り回されていれば周囲の人となりにもよるが運良く問題なく時を過ごすことができていた。しかし、随分の歳になると自らが選択し、行動することでしかことは動かないと知り悟ることが増え、経験から会得した適切な答えを自ら発信し、人に行動を促す立場になっていることに気づき唖然とする。これが自信なのである。

成長過程にあって自己防衛するしかない弱い時期に、自己愛からの勘違いによるナルシシズムをひけらかすことから始め、自信を経て逞《たくま》しい矜持に繋がる過程は正に『ウロボロスの蛇』の絵を見ているようだ。自信から進む矜持は自己愛からの脱皮を嚆矢とし、最後に達観の宿る境地へと進んでいく。「なぜ生きる」を考えるとき、ＧＡＬＬＥＲＹにはそんな「ありえない自信」の境地を翳すに相応しい間が沢山空けられている。

経験があっても見えなかったものをたまたま今見せてくれているだけなのかもしれない。気がつくのが遅かったのか忘れていただけなのかもしれないが、この翳す自信は幾つもの知恵を授けてくれるし、その先の矜持を、そして、またその先に達観の新しい息吹が湧き出ていて徳も見えるし、振り返ると一人善がりのほまれる生きた証もそこに鮮明に浮かんで見える。

Gray

11
部活

ありえない夢

第二章　11　部活――ありえない夢

ウンチが出るので食事をしない。などのちょっと常識では考えられないようなことを聞く機会が世間に充満するようになってしまった。

まして、独身者の24％が結婚したくないという。そもそも20代と30代の男女の38％が恋人を欲しくないという。「恋人に束縛されるのはイヤ。家族として苦楽を共にするなんて考えられない。ゆくゆくは両親の介護の心配もある。その上、結婚相手の親の面倒を見るなんて考えられない」。こんな記事を雑誌である日目にした。過去の話なのかこれから起きることなのか、いったいどこの国のことなのかと思ったが、ありえない心配でなくて今の日本の話である。

平然といっている実態を思うと世も末、全く世の中変わってしまったといえる。日本でなく他国の話だと思いたい身の毛の弥立《よだ》つ言動である。悪い夢を見ているようでもある。

２０４０年には日本人の半分が結婚を選択しなくなるとの予測統計もある。身の周りに夢や欲の持てない自信のない、信念の描けない人間の蔓延に初めて気づかされる。

いったい全体私が忙《せわ》しなく生きてきたこの40年間で日本の国はどうなってしまったのか。私はいったいどこを見て過ごしてきたのか。世代交代に何が起こっていたのか。「邯鄲《かんたん》の夢」（P65）から覚めた思いだ。私の育った環境から現在に至るまでにこれほどの違いがなぜ生まれたのかと仰天する。現在、人間は個性化に傾き過ぎて継承のコミュニケーションによる歴代の家風継承の歯車をなくし、生き方が時代から後退する局面を迎え、人間が猿化してしまっている。五右衛門風呂にじっくり浸かっていて漸《よう》くその茹で具合に気づき慌《あわ》てる想いだ。私の青春時代は酒に、麻雀、異性を求めて踊るゴーゴーに欲しいのは車が夢だった。そして、遊ぶ金欲しさのバイト通い。毎日が新しい挑戦であって、リアリズムへの饗宴だった。そして、老人は奇特な存在であり、親の晩年は先輩共々敬うことが当たり前だったはずだし周りは時と戯れ、事象を謳歌し、夢と欲だらけだった。

しかし、少子化が進み子離れできない子育ての結末が独り立ちのできない子を沢山作ってしまった。だからこそ、長寿の果ての人生には特に晩年を過ごす家造りに於いては老人が姥捨て山に行かなくて済む生活環境を自ら創り上げる必然が今、正に強いられている。

人は大望や大志があって何かことを成すために他の雑事は大目に見る謙譲の美徳もあったはずだが今ではそんなことを教える道徳や躾け教育などなくしてしまい、殺伐とした世事に出くわすことに事欠かない。

情緒をなくし、事象の実態の美醜の判断もできず、混沌に塗《まみ》れ、俯瞰した状況からの逸脱の力が及ばないことで情報の精度や誤謬《ごびゅう》を分別する機能が破綻《はたん》し、バランスのある知識がスカスカになり、自立の意義も理解ができず、夢の持つ余裕という語彙も無くしてしまったようだ。人間の歴史から何も学んでなく、ＡＩとは真逆の人間力の欠けたありえない後退が起きている。

メディアの俯瞰した余裕のあるユーモアあるものの見方がなくなってしまったことが大きいが、それを判断する見識も、擁護する方便も読む側、聞く側、観る側、そして、伝える側に共になくしてしまったことに起因する。その結果人の持つ才能が他の何でもない些細なことから人格を根底から否定し、非人間的だとして人を再生不能にまで貶《おと》しめてしまう人間の風体をした稚拙で無教養な小者が増えすぎて人間社会の調和を崩している。夢のある余裕の感じられるものの見方が欠落してしまっている。

人が他の哺乳類の子孫作りの使命とは真逆の幼稚な、線に繋ぐことのできない点としての生き方しか理解の及ばない、それこそ奇怪な薄っぺらな化け物と化してしまった証の一例である。誰が見ても気持ちの悪い変態行為は以ての外だが、女の子の尻でも触ろうものならウンも寸もなく変態行為というのも、極端すぎていて風流という点からは無粋と思う人もあって良い兆候が欲しい。こんなことでは異性に近づくことも難しくなるし、子供が欲しくなくなるのも当たり前だ。遊びの間がなさすぎる。これは仕事にも及んでいる。見方と程度によっては男女全てが持つ笑える欲求なのであって、面白可笑しく寛容に見すごして寄り添って来た慣習でもあり、互いのユーモアの余裕次第によっては乙なこととして微笑ましくもあるという見識も昔のようにあって良いのではないかと思う。知識や知恵があってもこんな歪《いびつ》な世評が今の地球の現実にある。バランスの欠如が甚だしい。

人類はものの生産過程で仕事を歯車化し専用化することで今日の繁栄を築いてきたが大きく世の中を構成し創造する生産過程に間違った画策が成されれば、ごく小さな歯車がちゃんと専用の立ち位置での働きをしなくなり、他の生産過程に於ける分野に悪い影響をもたらしてしまう。ちゃんとした場所での各々の働きがなければその動きをギスギスさせ全体を止めてしまうことにもなる。クラッチの切り替えがスムーズにできるように役回りの遊びの間を上手く動かす術をなくしてきたことに起因している。社会が遊びの踏みしろや、無駄に思える余裕の大切さを一方で躊躇したことが問題を大きくし、上手く回らない状況を作っている。

ある時、焼き鳥屋で付き合いのある業者と一杯やっている時に携帯電話が鳴って出ると、その内容を聞いていたのかそれを切ったあと、突然彼が「信じられない。そんな人って今時いないでしょう」と素っ頓狂な声でビックリしている。

私が飲食店の賃貸ビルを経営していて夜のゴールデンタイムにテナントの店主から直接電話でク

レームを聞かされていることに驚いているのだ。

11科約60属１８０種に分けられる霊長類に人間が君臨することになった理由の一つに他の種ではあり得ないこの歯車を媒介とする徹底した分業の発明があったのだ。漁師や農夫、そして、医者や弁護士などである。しかし、掃除はともかくクレーム処理のような日常の極めて身近で大切な問題もアウトソーシングにする行きすぎた人任せ主義の弊害に気づかない浅はかさが謳歌する社会がそこに見て取れる。分業も時と場所を踏まえ、ほどほどのバランスがいるし、そもそも分業を歯車で上手に繋ぎ合わせることは相当に難しく、そこに繋ぎの人が沢山介在すればするほど物事の進展は思うほど簡単でなく上手く回らないことが起きてくる。

いつの間にか度を超えた変な世の中になってしまったのはこのことが人間の類希《たぐいまれ》な能力の一方での弊害となってきた要因にある。自分の机の周りどころか机の上の私物までも他人の手を介して片付けさせるような世の中になってしまったのだから管理会社だけに頼ることなく、夜のテナントと直《じき》のやり取りを行っている様子に彼が驚くのも無理はない。そして、様々なサービス業が隆盛だが、人は単純なことをそれが随分大切なことであっても、いとも簡単に忘れてしまう動物でもある。分業も度を超えると彼方此方にバランスを無くしてしまう。

今どき、話題から消えていくそんな歴史の奔流の実態に皆、大抵気づいていない。そして、掃除こそ自らすることに奇貨があり、芸術と同様にある。直接の会話のやり取りこそコミュニケーションには必須であり、人が他の動物とは違う能力を使うことが奇貨なのであってクレームを直接やり取りすることこそが当たり前の大切な行為なのであり、ＩＱでなくＥＱが求められる所以がここにも見て取れる。結果として度を超える分業はＱＯＬ（生活の質）を下げてしまうことに気づいていない。

　厳しい大変な世相なのでお客に余分な苦労はかけられないので、やるからには徹底してお客と付き合い、それでいて人の成り行きと同じく始めたからにはいつの日かの撤収も見極め、それでもその間は前向きに明るくお客と社会に徹底して貢献していくことこそが肝要だろう。

　一方、仕事はアウトソーシングを活用し、大抵のことを一人でやっているとよく分かるが、大事なカンパニーメモリーも対応する人が何人も介する内に引き継がれることなく、本来の大切なことが伝わらなくなってしまうことがよく起こる。人は２世代以前の記憶は引き継ぐことのできない習性にあるからだ。

　ひと昔前、会社は30年といわれていたが今は３年保たないという。今儲かっている会社の仕組みなど根本を分析し理解しようとする気もなく、目がふし穴なのだから当然のことだが、会社の存続は極めて厳しいものだと分かっている人はサラリーマン社会が主流であることから意外と少ない。少ない分だけ斜陽な業種であってもそのことに気づく人が稀なので、気づいた人はそこから生まれる好機を好きなだけ沢山授かり、儲けられるのも頷ける。

　人生単位で物事を見るならある意味で生命力のある生き方のできる人にとって、そんな人が少ない分だけ、今の社会が楽でしようがないと一生笑って暮らせる人は少なくない。広く世界を見渡せばサービスを得意とすることで生き残るしか資源のない国が、接客や外交交渉を忘れてちゃんとしたことをやってゆける訳がない。小さくても夫婦や親子ですることで流行っている飲食店の様子を見るとお客との絡みにそのことが良く分かるし色々オリジナルな発見が見て取れる。英会話が必須なのもここにある。ＳＮＳからメタバース（Ｐ26）とＮＦＴ（Ｐ１７２）、そして、Ｗｅｂ３・０

にもなるからだ。（P93）へと進化する現在、現実の社会の領域からはみ出たメタの世界に私たちは生きられるよう

そんな時、ホリエモンが収監された。懲役2年6ヶ月とあった。TVでインタビューに応じている光景は悪びれるふうでもなく、他の投獄された政治家のように目に涙することも全くない。淡々と自分の不味《まず》かったことを考え、投獄されてもそこで勉強してくると笑顔で語っているのを見ているととても犯罪人になった人とは思えない。妙に華があった。彼の行為により損失を被った人たちには気の毒に思うが。それが彼と今の社会を現すコインの裏・表を見せている。

福島原発の放射能事故は日本の国が変わる岐路を示唆《しさ》してくれる筈《はず》だった。同時期のホリエモンの収監も世の中が既に変わったことを教えてくれていたと思う。

確かに彼にとっては、2年と半年の収監期間は勉強期間なのだろう。人が共に生活して行くために、延々と築き上げてきた側にあった「法」というものも、たった一人の生き様と彼の世間との凜とした対峙をまざまざと見せられると、何か法形態そのものがまやかしで軽く思え、陳腐化して感じることに啞然としてしまう。実際にその頃から経済詐欺や経済犯罪そして、そこそこの企業や大企業の脱税や隠匿等の程度の低い不正報道が増えた気がするし、世界の潮流からAIや半導体の競争への劣性を生み、覇気がなくなった気がする。これもメディアの情報を授かる者としての報道に立ち向かう凜とした目論見と徳のなさがそこに透け出た故《ゆえ》の落ちなのだろう。ホリエモンの獄中生活は人が気儘に考えている本音と自由にやりたいことの本質のテーゼ（社会運動に於いて、活動の根本方針を示す綱領）をぶち上げていた。

ある意味私は斯《か》くありたい。人から何と思われようが、実際にときに交通違反など法に触れたこ

との反省は当然要るが、法を律しているという他の誰が彼よりましだといえようか。彼は正に人は考える動物であり、「なぜ生きる」かと、その一生を生き抜く術を模索する人間として、そして、「ありえない夢」への挑戦者としてその収監の日は一人で自らを認識し、地に足をしっかり着けて立っていた。いろんな「ありえない人」の一人になっていた。正に「平気で生きている」毅然とした姿だった。是々非々を以ていうなら、彼に欠けていたのは言葉の使い廻しと謙虚さだったろう。人間は考える動物であると思えるこんな人もいるのだ。

一方、人は経験の少ない若い頃やそもそも経験のない分野に於いては必要以上に物事を難しく、大きく、そして複雑に畏《かしこ》まって捉《とら》えてしまうものだが、失敗を重ね、周囲に人の死を経験し、とても追いつくなど思ってもみなかった父や母の遠いところに思えた頃の年齢に近づいてみると、周囲への畏《おそ》れは少なくなる。このことを早くから知ることが生きている今を楽にしてくれる。

人は夢を見る。実在しないものを夢見るとき私は眠りにつき、実在しそうなものを夢見るとき私は夢から覚醒し、刮目する。

だから殆どが日中に見る夢である。実在し、実現しそうに思えることだらけだからだ。しかし、この夢は度々思い出したように何度も今まで見てきた気がする。その時はいつも清々しい気持ちの良い風を頬に感じている。

場面が展開していく。7～8歳の頃の川で溺れ死ぬ矢先の生還、車で旅行したときの衝突寸前を避けられた死からの回避、次は外国のマンション建設現場での生コン積載鉄板と左肩の接触を一瞬で避けられた三つの不運に会って迎えた幸運の情景である。その後、そこに亡くなった母の葬儀場での焼き場が現れてくる。その焼かれる音と共に号泣しているいつもの私がそこにいる場面の夢である。

そして、その後に続く見たその夢は夜に見た夢である。いつもと違う「ありえない夢」だった。再び、ふっと景色が飛ぶ。一陣の冷たい風が吹き始めている。そして、7～8歳の頃の簾を敷き詰めた空間の一部屋で死を畏れて慟哭しているいつもの私がいる。そして、今度は、見覚えのある何度も見てきた川が現れ、そこで溺れた男の子を集団が囲んでいる。そして、火葬場で焼かれる音がする。今度は冬の路面が濡れた道脇にまだ雪の残る悲惨な衝突事故現場に沢山のパトカーが点滅する光を四方に放っている。再び火葬場が現れゴーッと音がする。次は外国だ。林立する高層ビル街の一角に木霊《こだま》して鳴り響くサイレンの音とパトカーの犇《ひしめ》く情景。建築現場での落下物による死亡事故現場である。そして三度ゴーッと火葬場の音がなり響いている。そして、その後は亡くなった母の火葬場の隣の通路を挟んだ会食場がまたいつものように現れた。しかし、いつも居たところで慟哭していた私が今度はそこにいないのだ。

亡くなった父は私が37歳の頃までは怖い人だった。しかし、怒られたことはなかった。そして、36歳の時に転機がやってきた。父の本音が見えたのを感じたときだった。

父は色々な仕事を興した人だった。物流業が主体だったが、運送会社を始めに起こし、従業員が年をとるのに準じて、室内で仕分けする倉庫業を興し、更に年をとる社員に合わせて危険なモノを運ぶことのないタクシー会社を創設し、年齢を重ねても続けられる雇用の流動を図った。その内、会社毎に組合が生まれ、春闘や夏冬のボーナス時期にはその対応に苦しんでいるのが間近に見るとつらく思われ、人を雇用するのは疲れるものだと感じたものだ。

そんなある時、私にはいつになく気弱に優しく思えたが「牧場をやってみないか」と唐突にいわれたことがあった。

どっぷりと目前の仕事のことしか眼中になく、それだけ大きな組織を作り上げ、どこに行っても社長、社長と呼ばれる大きな組織を作り上げた父の言葉とは思えず、できの悪い私への嫌みだと思えたものだった。しかし、それは本音を吐露していたのだとあとで気づく。今にして思うのは父もただの一人の人間でしかなく、本来やりたかったことはもっと違ったことだったと思え、人にもいえず本音を私に洩らしたのだと思うと、その時の気持ちを斟酌《しんしゃく》できなかったことが稚拙に思え、今にして優しさと一瞬の男の本音を見せてくれたことにせつなさとやるせなさが思い出す度に込み上げてくる。このことはその後父が亡くなったあとずっと忘れることがない。深い思いをずっと引きずっている。私の今の生き方のそれは大方の道標となっている。そして、父との会話の夢を見る。私が幾つか質問し、父がそれに答えてくれた会話の夢である。

「今までの人生でいつが一番良かったー」　「今が一番ー」

「いつまで生きたいー」　「死ぬまで生きたいー」

そしてー　「牧場をやってみないかー」

母のもある

「手術をお願いします」

姉のは

「裁判になるでしょ」

日中に見る「ありえない夢」は人はＩＱでなくＥＱを求めている所以が「生きる館」のＧＡＬＬＥＲＹには隠れている。

Black

12
自習

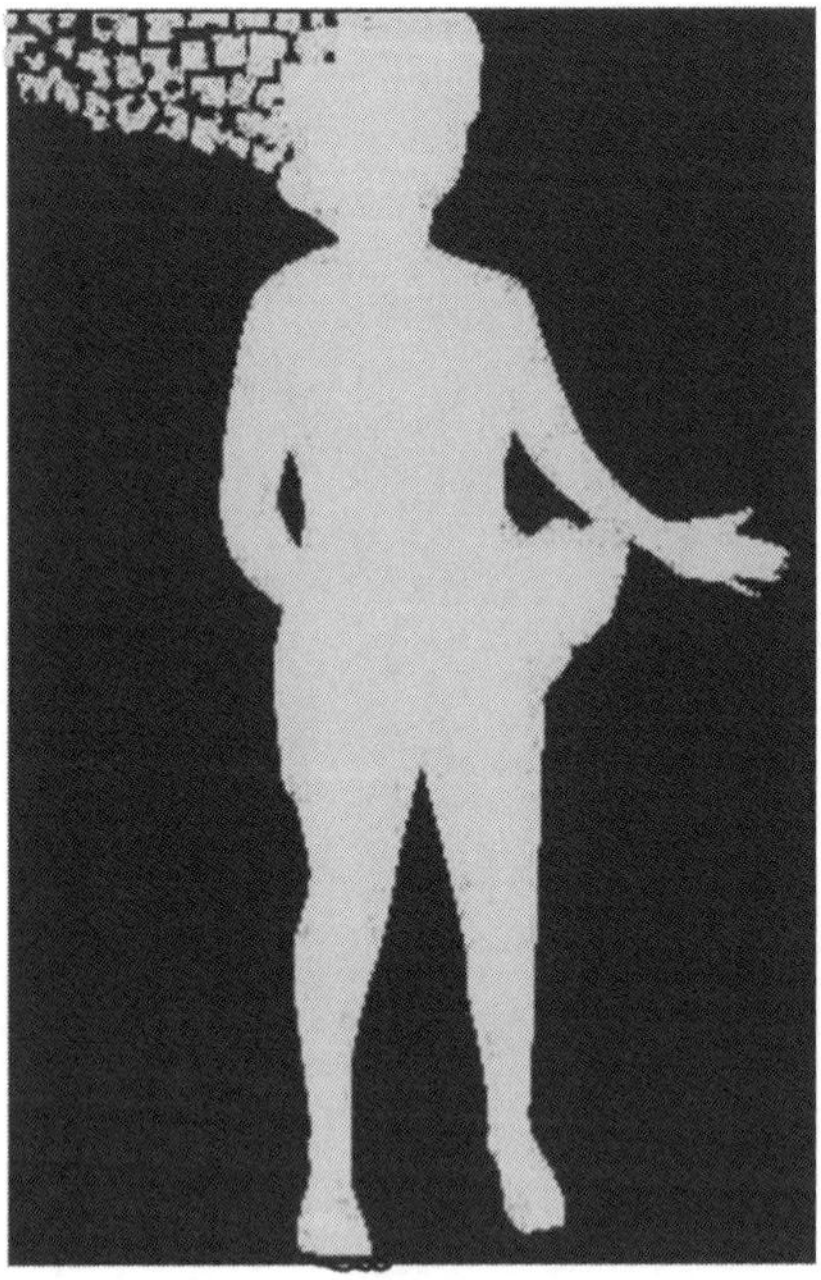

ありえない死

第二章　12　自習――ありえない死

国連の発表による現在の世界の総人口80億人の推移は先に述べたがそれでも直近の60年強で25億人、そして、100年強で57億人の増加となれば今現在人口制限の枠を超えている。科学技術の進化と時間によりありえない人の数となっている。ナショナリズムや宗教の庇護の下、人口減らしの戦争も起こしかねない。いわずもがなの異変に人は身を潜めこの話題への刮目を避けている。そして、一方、人類は移住先を探し始めた。

30万年前といわれるホモ・サピエンス誕生から現在までに、どの位の数の人間が死んだのか。そして、更に最古の化石人類であるサヘラントロプス・チャデンシスの誕生の700万年前から現在までの死んだ人の数はどんなだろうか。その比較の数もこのたった100年での増加した数の比率はそれ以前より圧倒的に多い現実がある。急激な増え方が顕著な事実であることを誰も口にしない。

30代の頃、私はゴルフ三昧だった。それが、最近はゴルフをすることがめっきり減ってしまった。興味が薄れた訳ではないが、本を読んだり、絵を描いたり、随想を綴ったりの方が心地良くなってくる年齢による脳の周期の変容によるからだろう。

年配の人の時間の過ごし方には傾向があり、年を取ると親しい人たちと過ごしたいと答える。同じ質問を若い人たちにすると新たな経験をしたいと答える。私はまだ後者だが若い人達とは趣向が変わってきているのはよく分かる。

年配にある人は親しい友人や身近の愛する人数人という少人数で時間を過ごしたがる。これまでの経験から一番安心と満足を得られると分かっているものに残り少なくなった時間を過ごしたいと思うのだ。

このことは時間が限られていることを知ったら、人は人生から情緒的に安全な満足感を得ることを第一義に考えることを教えてくれている。新たな情報や経験の獲得への挑戦に時間やエネルギーを割《さ》かないことを物語っていて、時間が殆ど無限に等しいと感じる若い世代とは思考の順位が反転することになる。

「貴方はもう死ぬ」と突然宣告を受けたら、いったい貴方はどうするか。私だったら、死ぬまでに今ならあと1,000日欲しい。一年365日として2年と270日が一つの基準となる。それが叶わないなら、最低でも4ヶ月は欲しい。それもダメなら42《死に》日は要る。もう後、リセットの日まで2,160日を切った今、思う日数がそうである。

そして、人の死に様を改めて顧みて自らの人生の締め括り方を決めることになる。

亡くなった父が76歳の時に「おやじ。今までの人生でいつが一番良かった」と聞いたとき「今が一番」と即答が戻ってきた。

その父が80歳となり病院に入院していたときに、私と母の二人が病院から呼び出され、係の医師から余命5年であると宣告された時のことをよく思い出す。そんな頃に「おやじ。いつまで生きたい」と尋ねると。「死ぬまで生きたい」とまた即答だった。そんな風に答える父親に昔の厳しい面影が重なり、怖くて、気短なのを知っていたから、晩年、息子への何の衒《てら》いもなくピュアーに話しかけてくる父親に会っていると、年輩の可愛がってくれる友達にでも会っているような気でいたものだ。私の質問の意図も解っていて見せる感情だったのだろう。

その前からも父は二人で一緒に酒を飲む度に、カラオケを歌い、今を楽しんでいるのに気づかされることが多くなっていた。そんなときにも、呼ばれた寝た切りの父に会いに行くと周りに妙に相続のためか気遣いを感じ、逢いに行き辛い日々が続き、会う時間を割けなかったことが今になっては悔やまれる。

そんな父が教えてくれたことはその生き様だった。お金でいうならそれを何に使うかへの目安を早くから家への深い執着に置き、老いに伏せるまで見せてくれていたこと。一方、その害と無益さの反面を晩年見えなくなった緑内障とも重なってか、分相応に気兼ねなく生きることを私の考える「気」の舞台で身を以て演じてくれていた。最後は一人さみしく覚悟の達観で終えている。言っていたとおり「死ぬまで生きたい」は遂げられている。そんな父にしろ義父にしろ亡くなる時には、金のことなど眼中になかった。

そもそも金への執着は父はまるで見せなかった。死ぬ時、人は金のことなど考えない。思うに、金への欲望は人によって桁《けた》が違うと思っていたが、それはその人の必要によるだけの額だと分かった気がする。死を前にしてはものやことの価値の順番が大きく変わるのだ。

二人の死に際で違っていたのは、父は死を怖れていたが、義父はそれを乗り越えようと必死だったことだ。義父には三人姉妹を育てたが気を託す息子がいなかった。

死を間近に控えた人間の葛藤は凄まじいものがある。ここに、それを人に訴えようとするのか、一人自問するかの違いを見た。双方に私には死に方の荘厳な儀式の前兆を観ている思いがしたし、次に引き繋ぐ人として何が相応しいのかも死に際にあっての接し方で分かる気がした。人を見送るに相応しい、その人の気を継ぐ何をかにである。その場に居合わせようがなかろうが生きているときから次に気を継ぐ人への伝える意志は気で分かる。それは金とか名誉とかでなく気を許せる継承にあり、生きた証を託すことにあると思えた。

何れにしても、二人とも納得した死の迎え方ではなかったと思う。見事ではあったが。

とはいうものの西行法師も千日修行で亡くなった時は弟子や大衆も大往生と受け入れられていたのだが、大衆に看取られての自決行為であることを皆、知ってか知らずか口にしない。西行法師は千日の断食、水断ちを繰り返して一度失敗した後二度目の挑戦で亡くなっているが、身近にそのことを体感する入口はある。それは、「睡眠」である。

私は今から死ぬ。昨日もそうだった。明日生まれ変われるかどうかはあと何日生きられるかにかかっている。なぜなら、2029年2月9日の私の誕生日に宇宙の藻屑《もくず》となって今の世界から没するなら、その日までの日数が2，160日を切っているからだ。西行法師の残りの没年時期に近づいている。死の世界に至る予兆である「睡眠」に入るとき、仮に明日起きられなくて昇天していてもそれでも良いかという思いはこれまでもあった。いつの頃からか明日は必ずあるものと思えなくなったからである。今生きている人間の数が80億人を超えた。そして、新人が地球に誕生してからこれまでに亡くなった数はいったいどれだけの数なのだろう。夥しい数の亡くなった人の中で誰一人、自らの人生の終焉を納得して完結した人など自決であっても極《ご》少ないと思えるし、皆、その思いに至らず旅立ったと思われる。

明日がなくても、2，160日を残す日の昇天であっても、「今が一番」と今日一日を充実して過ごしたい。そんな気持ちで仮想の死である睡眠を実践すると、死の怖さを感じない。今日一日が充実していれば、目覚める明日を信じて眠りにつける。もうそれで十分である。仮に明日、昨日までの記憶を持った自分に気づくことがなくても。

第二章の9でゴルフに親しんでいる情報を載せた。それが本当の情報なのかどうなのか。情報と経験、そして、睡眠には謎が秘められている。

睡眠を通して眺めると、毎日が生、そして毎日が死。毎日、目覚める毎にちょっとした間を感じる。「えっと、私は何だっけ」。そして、身体が次に動き出す。これが日によって、何人もいる気がする。うろ覚えの記憶が実際に経験したことなのか単なる情報だったのか時間が経つと分からなくなることがあるが、現実の記憶も、夢の中の記憶も、妄想も、脳の中では同等の扱いを受けている。これと一緒で生物学上永遠に生きられる方法があるかどうかは別にして、情報を行き来することはVRやAR（拡張現実）の進化により、仮想空間「メタバース」の世界の実現は可能となるだろう。VRは今のテレビであり、ARは今の携帯電話となる。

そもそも人間の脳は、経年と共に経験と情報を区別することができなくなるにしても脳に情報を意図的に移すことなどこれからの科学で可能なら、一人の人間が永遠にどれ位生きようが経験と勘違いする情報を自由に得られるとなると本来の生の長さなど意味がなくなる。

そして、生きることに飽きるとき、そこに眠りにつくON、OFFのスイッチが用意されているなら、自由に「何者かとして」生涯を生き切った後のことは、自由に眠りの時期を覚悟するスイッチを押せば良いだけのことになる。

あるとき、授業の終了のチャイムが私にフッと尋ねてきた。「貴方は夏の田舎の川と冬の雪晴れの車道とで二度死に、そして、外国のマンション建設現場でと都合三度も死んでいる。これはおかしくないかい」と。そのチャイムに私は「宇宙と人間がどんな次元の変則のときを過ごして来たか君に解るかい。誰もが納得することを書いて何になる。宇宙は11次元もあるとも言うじゃないか。」と。私の書きたいことをこのチャイムが偶然にも答えをもたらせてくれた。油彩画にしろ、ピアノにしろ、ゴルフにしろ、小説にしろ誰も気づかない私の世界観を綴って表現してみることは意外と意味があるのかもしれないと。自習の時間の「ありえない死」への瞑想が気を揺らし、色を成して、学んだ授業の終わりのチャイムを今鳴らしている。そんな時にも私はチャイムに答えて「書きたいことを書くだけさ」と。

情報と経験を跨《また》ぐ壁が薄くなり、最近のＡＩやＶＲの凄まじい進化により、実際の経験とはそっくり同じではないもののそれに極めて近い心理への強い影響力をもたらすことができるようになったため、私たちの生活を劇的に変えることをこれ等は具現化する。人はその内に不要不急が経済の大部分を占めていることを忘れ、引きこもりの実態に留意することなく、テレワークやＶＲなどのＡＩにより、外に出る必要がなくなることで本来の人としての常態から外れ一部の意識に操作され、他の道に壊れて行く気がする。それも80億を擁する種が宇宙時間でいう一瞬にしてである。

その時までは、いつ、どこに、誰となって経験を得るのか、そのことは何歳まで生きたいという人間の願望を超えて、別人にもなれることをＶＲやＡＲの疑似体感を通じて身近に可能になる。

私は常に夢を追って生きてきた。そして睡眠中には夢も見る。最近は随分本を読む時間が長くなってきたが、読書というのは夢へのトンネルの入口である。

ところが日常ごく自然に夢と拘わることができる私にとってそんな手段の読書は必要ない。実在しないものを夢見るとき私は眠りにつき、実在しそうなものを夢見るとき私は夢から覚醒するからだ。

情報と経験を行き来できるなら、生と死も自由に往来できることにならないか。問題は行き来する生と死が果たして本当の自分のことなのかどうかの判断の要る段階を死の思考世界に訴求する時代になっている。

死を考えることと共に自他の両方に乗り換え可能なVRとARとMR（P172）、そして、その総称のXR（Cross Reality）の世界感を自由に自在に行き来できるなら、そして、短命であっても経験を無限にできるなら、何も長寿である必要はなくなるし、死そのものも生に飽きることで次に向けていとも簡単に手仕舞うことができてしまう。

必要のなくなる長寿の先には「ありえない死」が見たことのない色や聞いたことのない音と匂いと得体の知れないぼんやりとした心地いい肌触りの、何か温かみのある味わいと共に麗《うるわ》しく「生きる館」にあるGALLERYに浮かんでいるようだ。

第三章

どう生きる
（生きる手段・方法）
それは生きる場所探し

「BALANCE」
—多様な生—

どう生きるかは一人ひとりの持つ時間を全うすることに意義があり、経験による成長をそこに気づかされ「生きた証」がそこに生まれてゆく。

私に情報と経験を下さい。あらゆる道理と知恵を会得し、知れば知るほど選択の許容にゆとりが生まれ、実のある行動を促すからだ。

なぜなら知っているよりも知らない方がましということは決してないと思うからだ。同じことが再び起きても過去の情報と知識のシンクタンクがちゃんと機能しているなら、過去を参考にできるし、悪いことなら再発のリスクを消し止められ、無用な危険を避けられる。そして、沢山の情報による知識は知恵を生み運をも呼び込むと考えるからだ。

歴史上知らないことや気づかなかったことでの犬死には枚挙に暇《いとま》がない。この章の12の項目が「どう生きる」の手段と方法により、その道筋に答えを啓示してくれている。これを無視して貴方はわざわざ奇禍を選んでいないか。災禍に向かって歩んでいないか。情報のない知識の欠如や経験不足は余ほど強い運が側になければ、そして、それが続かなければ徒《いたずら》に災禍を招くことに繋がる。

世界中に貴方も私も一人しかいない。今までもこれからも。ナルシシストになりたくはないだろうが、究極の個人としての生き方を完成させようと思うとき、それは分相応の理想の追求による他とは違う生き方になるのである。それは四面楚歌の孤独を招き寄せもする。

分相応に謙虚で虚心坦懐に向上心を積み重ねていけば、その行為は大志にも飛躍する嚆矢となりうる。一面に於いてはそんな初心を忘れず、もう一面に於いては自らの信ずる頂《いただき》に向けて無心に行動し続けることにこそある。

私はこの世で何をなしてきたのか。これから何ができるのか。そして、分相応にこれから何を求めていくのか。

　スポーツが好きで絵が好きで音楽が好きで、建築の創造に興味があり、本は側から手放せないで生きてきた。子供は三人と思っていたが何とか二人を社会に巣立たせ、思っていた人としての責任は終えた。今の世界を過ごすに足る家も何とか私なりの過ごし方に叶うものに仕上げた満足がある。そこで、これから私に何ができて何を求めていくのか。そして、その後をどのように締め括るのか。まず、そのビッグピクチャーを明示することにする。

　それは、「透明色の瑞々しい心の平穏」の間の創造にあり、それに向けた手段と方法の探索にある。それは、額に汗して働いた者だけが到達できる境地であり、生涯働くことを通してアートや音楽を側に老齢化社会を一人有意義に過ごす生き方の探索にチャレンジし、それが実現できたときに初めて享受できることにある。

　私たちは生まれて生を受けた日に人生の最初の一日をスタートさせた。そして今日また、残りの人生に於ける最初の新しい一日が始まっている。人は時期と場所は違えどそのように生まれて生きて、そして、必ず迎えるある日がやってくる。

　深くて長い眠りにつくのが死であり、朝、幸いにも目が覚めればそれは生だ。人は一昔前までは人生50年とあって、夜の睡眠が死、朝の覚醒が生であるとすると、一日を一生に譬えるなら、私は26，000回ほど生きて死んだことになる。それが寿命100年となると、もう28年、日数にすると更に約16，000回も生死を繰り返すことになる。そして、そんな生死の狭間をどう生きるかが問われてくる。生きる手段と方法が大きな課題となってきた。正にここにBALANCEのある「どう生きる」のか、の準備が必須となっている。

人は生まれてから死ぬまで人と係わって終える。そして、喜怒哀楽の数が一人の人生を語り尽くし、一人の物語となる。世界中に現在80億人分の物語が進行中である。これは実は大変な難題にある。人間はいったいどれだけの数が地球上に同時に住めるのか。非常に厄介な問題なのである。

この数は歴史の途方もない長さとそれに比べると遙かに短い人間の生命の世代交代の入れ替わりにより、いつの間にかこの100年足らずの間に知らず語らずで起きた実態なのであって、想定外のことなのである。そうかといって、物理的にも共存社会の歯車的な陣容の配置と分担によるエネルギーの効率的伝達手法による適材適所への今の人の配置がなければ慣れ不慣れによる機会損失が立ち所に生じ、不慣れで不安な危険のリスクから人は極めて短命であり、今のような数を維持することはできなくなる。

人は一人で生きるほど強くはないし、不安定であって退屈なことはない。自ら生を得ることのできる人もいない。まして、自ら一人だけの力で生きていける人などどこにもいない。世界中の科学者を総動員しても人の細胞の一つも元から創れる人などただの一人もいないのも言わずもがなのことである。

人間の能力とは一人で育成できるものではなく、適材適所にそれぞれに合った環境なり、組織なりがあって初めてひとの持つ能力の幾つかは最大限に発揮されてゆく。

歴史的には分業を発明し効率を計り、コミュニケーション機能を発達させ、協力し合うことで人間は今日の繁栄を謳歌してきた。しかし、そこには夥しい数の犠牲をばらまいてきた悍《おぞ》ましい歴史の裏面が隠れているし、この激増する数の先にあるはずの平穏な世界を維持するための対応策を考える時期に今はまだ間を残している。

一方でこの人口増が生じる一環に、真逆の孤独が生まれてもいる。人はばらまいた犠牲に愛という偽装をまぶし瞑目《めいもく》し、刮目《かつもく》を避けてきた。そして、愛することとは一人でいることに飽きることであって、この飽きの活用と孤独の歪《いびつ》を上手に共生に結びつけることにより、それが上手く嵌《はま》り、共存共栄の今の社会が創造されてきた。従って、愛とは実は己の臆病で意志の弱いことの逃げ場所でしかない。本当はその人自身の内にある居場所の見つからない性《さが》への逃避から生まれた逃げ場所なのであって、体のいい詭弁であり、それが愛《かな》しいとも呼ばれる所以である。

孤独と愛の狭間で人は一生を行き来し、そして、終える。愛ほど手軽で身近で都合の良い逃げ場所はない。「どう生きる」かは、孤独が基本にあり、愛がその飾りつけでありメタファーである。人生がディナーなら、孤独が盛りつけであり、喜びがワインであり、怒りがシャトーブリアンであり、哀が果物であり、楽はデザートである。そして、愛は締めのコーヒーになる。ディナーのフルコースを残された日々の中で目一杯楽しむといい。

政治や経済や芸術などのジャンルをズラッと並べてみると、それぞれ大層にもプロがいるらしく、博士、大臣、教授、CEO、理事長などヒエラルキーで身の回りはいっぱいである。しかし、彼らも種は哺乳類であり、そのジャンルはたった一種のホモ・サピエンスの人間である。

地球には約870万種の生物が存在しているが、その中で地球の全てを我が物顔に使って生きているのが私たち人間なのである。他の動物が人間のような知能を持つなら、「殺してやる」と人間を憎むのが殆《ほとん》どだろう。ニューロンの結合により知能が少しだけ旧人とは違うことで今の一時的な均衡が機能しているにすぎない。

地球ができてから47億年が過ぎ、新人であるホモ・サピエンス・イダルトゥは「最も古い現代人」としてエチオピアを起源として30万年前に誕生し、世界の多地域に進展し、解剖学的には凡そ現代人と変わらない姿に進化した。

その「最も古い現代人」の誕生から30万年を通じて今と何が変わったのか。それは人間の寿命がこのところの40~50年で人生50年が80年になり100年になろうとしていることにある。

人間の身体、因《ちな》みに脳にしても、構成する細胞の数が1,000億個もあるという。よく分からないまま譬えてみると、人間一人の細胞の数2×10の14乗や天の川銀河の星の数と、他の銀河の数を掛け算した2×10の22乗の膨大な数とその二つの存在の空間を考えるとき、いってみれば一人の人間の入れ替わる100年を宇宙時間と比較するなら、ホモ・サピエンスの誰の悠長な学識を聞かされても、宇宙時間は元より、地球誕生の時間からも、一人の人間の生存期間は極めて短くて差がなく、寿命は延びたといっても短い一生に何々博士とか、何々プロだとかのクラス分けをしてみても、人は皆同種の枠を出られない。

身の回りの博士や大家の説明や講評など、どんなに御託を並べられても今の人間の瞬間での、しかも人間の知識の範疇でしかなく、実のある解析には限界がある。

しかし、先人は現在のような知識をその時代には持っていなかったはずなのに、ひょっとすると今以上に動じることのない心を磨いていた。今から30万年前のことである。

私の心の中にいる内なるもう何人かの私と会話をしながら、「われわれはどこから来たのか」「われわれは何者か」「われわれはどこへ行くのか」。ポール・ゴーギャンがタヒチで描いた傑作のカンヴァスにこの上なく簡潔に記した、聞こえてくるこの問いが頭の中を一人孤独に疼《うず》かせる。

自らが何者なのかそしてどう生きれば良いのかの自問が膨《ふく》らんでいく。

そして、人間は分業する数多くの細胞からなる多細胞生物である。ずっと働き続け、休むことのない200兆にも及ぶ細胞とその一つの細胞の中にいる侵入者である数百の細菌が私を支えて働き続けている。単細胞である細菌が人と共生し、彼等の助けなしには存在できないまでに依存関係ができ上がっている。

今を生きる現代人も生物学や地球の歴史と宇宙の存在から迷宮の未来に思いを馳せ、その生命が宇宙時間に於いてはたかが一瞬であっても、生かされ方上手に扱わないと生きた証は得られない。時間を手に入れ、知識を蓄え、それが知らないことを知ることへの挑戦なのなら、私は巣に帰ることを忘れた鳥になってもいいと考える。

若いときに体育会系を選び、年をとった頃からは芸術を私は選んできた。文化系と体育会系があるように文化系の経済と対峙するのは今は体育会系の芸術だと考えるからだ。

なぜなら、若いときには人は動物とは違う生き物だという人間性を学ぶのに、心技体の心と生きる術と身体を鍛えることへと時間を費やし、そして、それの継続の先に待ち受ける壮年と老年を迎える頃には、経済による結果結果と答えを求めることも大切だが、スポンジのように芸術の持っている奇貨を抽斗に際限なく溜め込み吸収し続けることこそが、進展して行く人生を「どう生きる」のかの生きる手段・方法の選択を豊潤にするのであって、作品の完成途中の良し悪しに答えを求めるのは芸術に於いては逆に邪魔だからだ。

一生、学び続け、単《ひとえ》に吸収し続けることで、途中が奔放であっても、最後にその経緯を経たことで得られる成果があるからだ。「結果結果と騒ぐ人　そこに肥やしを焼《く》べる人」『第四章　12「達観」

９』（Ｐ４４６）のように。

絵を描く人は描く作品に満足という幸せを感じ、観る人はその絵に自らを投影し、感じる世界観を自前で創ることができる。若い頃、「どう生きる」のかを学ぶ体験は、そんなことの積み重ねで迎える老年を、経済学を超えた芸術が担ってくれる。そして、それは人間力を育んでもくれる。

人の成長は書籍なり、直接体験した経験なりで促《うなが》される。それを会得仕切れない人は縁のあった自らの一生をよく生きたとはいえない。

若いときの体育会系の生態系に触れて先輩を敬い、規律を重んじ、不本意であっても共生する体験とそのことの継続で先に繋がってゆく粋な生き方は老境を麗《うるわ》しくしてくれ、結果を求め答えを迫られる経済と、吸収し続け答えの要らない芸術の二つの相反する世界観をＢＡＬＡＮＣＥ良く持ち合わせることはこの章のテーマの「どう生きる」のかを考えるとき、生きる手段・方法の道標となるＢＡＬＡＮＣＥのある中庸の人間力を高め、深めてくれる。

そして、この章に記された12の項目は生きる道標の先に浮かぶビッグピクチャーの「透明色の瑞々しい心の平穏」に包まれたビックプロジェクトであるこのＢＩＢＬＥの完成に繋がっていく。

地球上には６，６００種のウイルスがいるという。肺や肝臓などの癌対策に、２年後の臨床試験を目指しウイルスの実用化が進んでいる。約１００年前のスペイン風邪など、今までに幾度も厄災を人間は解決してきているが、その方法には人に害のあるウイルスに植物や動物に害をもたらす別のウイルスを使って感染を絶つ手法に期待が持たれている。ウイルスという「悪」は病気という「悪」をも征し、「毒を以て毒を制する」という、自然界に於けるあらゆる事象に正対する二面性、そして、多様性のあることを啓示してくれている。そこにＢＡＬＡＮＣＥが生まれている。

私はビッグピクチャーの世界観をまず言葉にし文章に綴りたい。「どう生きる」かはあらゆる疑問や興味に挑戦して知る「透明色の瑞々しい心の平穏」を得ることへの挑戦にあるからだ。

今、知り得ている知識の素粒子と宇宙の二つが実は一つのコインであり、そのコインの裏表にある妄想を物語にすることにこそ興味がある。

ここに人間は素粒子そのものなのだと気づかされるし、一方では宇宙そのものなのだと知らされる。流転をそこに感じるからだ。

物語にするには時間は掛かるがそのことは、12の多様な生に包括された生きる手段と方法を探るBALANCEを包摂するビッグプロジェクトに集約されて行く。

地球が今、私たちに優しいからこそ地上に生存できているのであって、遭遇する時の様々な機会に傲慢であってはならない。明日の奇貨を失うことになるからだ。世の中に今必要なのはまず身近にあっては社会も個人も謙虚な自立にあり、そして、就業時間などの制約に拘《こだわ》らず、どう生きるかの使う時の奇貨を自由に活用する開放施策にこそある。

人により不要な時の制約を自由にするなら、それだけで今のインフラを是として、莫大な人口への数の不安と経済や精神への不安を一変して無くしてくれる。一日には昼だけでなく気づいていないだけの寝ている夜があるからだ。そして、リアル社会からメタバースの社会に気づき、宇宙の次元の数も今のある世界の隣に幾つもあるのなら、気づきさえすれば何事も何とでもなるのかも知れない。

それには、発想を広域にし、妄想を許容し、万物の基本となるものが動かしている今の訳の分からない宇宙を知ることに思いを馳せることを「どう生きる」の中核に置くと良い。

最新の遺伝子研究によれば、多くの人の遺伝子は眠っていて、ON、OFFを繰り返しているらしく、常に働いている遺伝子は全てのDNAのわずか3%でしかないらしい。そんな遺伝子をたたき起こし、常態を激変させるのに必要な時間を制御為《な》しうる施策の発明を知れば、人間の可能性は再び大きく飛躍することになる。宇宙と共に人間にも無限といえる飛躍の生まれるのを知らされる。「どう生きる」のテーマから得られるビッグピクチャーの「透明色の瑞々しい心の平穏」に包まれた世界は貴方と社会を未来に向け変容させる最適なBALANCEを授けてくれる。

一方、「どう生きる」かには希望や覚悟や執念による挑戦がいるとする歴史上の多くの偉人が口にし、世の中の真理のように言われ引き継がれてきた箴言は沢山あるが、コインに裏表があるように、そして、知識に素粒子と宇宙があるように、諦めと逃避は生き方の一方に平衡して存在している因果である。良い悪いでなく、人の生きる性《さが》による真逆の世界観は多様にある。挑戦と対峙する諦めと逃避は80億人の自由な生き方に相応しい挑戦と平衡する一体の包摂《ほうせつ》がそこにあり、自由を謳歌するにも節度は要るがこの両方の自由意志にも私は共鳴しつつ首肯《しゅこう》する。

リアルな挑戦の世界から現実を超越した竜宮城を見た浦島太郎はリアルに戻って歳をとってしまう物語や「爛柯」と「邯鄲の夢」の故事から気づく、戻ることのない世界に住み続ける生き方があっても良いと私は妄想し、嘆息しつつも再び首肯する。

その世界はもう一つの世界であって、それは「メタバース」にある。現実とは異なるとはいえ、未来が用意した都合のいい快適な現実とは違う世界のことである。

GAFA-Mのテックジャイアントにより生まれたリアルを超越した世界である。ディバイスにまだ余裕がなく発展途上にはあるが、メタバース内のインフラも整備されVRやARの進化による仮想現実社会は否応《いやおう》なく次々と進化し続けている。

オールドオールド（85歳以上をいう）やその前のヤングオールド（75歳までをいう）にとって、食事と排泄はリアル社会の手を借りなければならないが、それ以外の要因は技術開発により殆どメタバース内に於いて補うことができるようになるだろう。

人は年齢を問わず、異性を意識し、好印象を願い、承認欲求を探り、偽装し、偽善に及ぶ。誰もが美しく粋でありたい欲求をいつ迄も持っていて、ありたい容姿も性格もアバターで叶う。究極のナルシシズムをこの世界は如何様にも筋書きを揃え、周辺をもリアル並にいつまでもどこまでも生ある内は整え、叶えてくれる。それには準備がいる。必要な余裕のある時間と相応しい金の準備である。そして、まずまずの健康もあるに越したことはない。そこで暮らすことでの対応はリアルの世界のリハビリにもなるからだ。ここに暮らす利用者はリアルよりずっと快適に過ごせることになる。

ブロックチェーンによる仮想通貨はもとより、生活全般を目指す包摂がこの世界で叶えば「もう一つの世界で生きて、死のうよ」と考える人達が居心地のよい国を求めて移住するように、リアルから自分の住みたい世界を求めてメタバースに移住することが現実になってゆく。ベッドから起き上がれなくなった人がメタバースでリアル世界での周辺への気兼ねをすることもなく、自然の息吹を自由奔放に浴びて生きられればそんな素晴らしいことはない。爛柯の樵《きこり》や邯鄲《かんたん》、そして、浦島太郎もメタバースからリアル社会に戻っているが、そこで糊口を凌《しの》げるなら、リアルに還らない顚末《てんまつ》があってもよいことになる。挑戦と対極にあるこのような諦めと逃避を生業《なりわい》に生きている動物にナマケモノがいる。その名の通り、ナマケモノは大変な怠け者で睡眠時間は1日最長20時間。トップスピードは僅《わず》か時速160メートルだ。食事は1日葉っぱ8グラム。しかし、食べ物を消化するのに、凡そ16日程度掛かるため、お腹はいっぱいなのに餓死することさえあるという。更に、3週間に一度だけ、排泄のために地上に降りるのだが、その際に、採取した栄養の凡そ50％が森に還る。天敵はワシであり、彼らの餌の内、実に1／3がナマケモノである。ワシを前にしたとき、ナマケモノは2種類の対応をとる。先にワシを見つけた場合、木にしがみついた手をパッと離して、地面に落ちる。この際、骨折することもある。

一方、結局ワシに見つけられてしまったときには、早々に諦め、せめて痛くされないように全身の力を抜き、長い爪で戦おうなどとは考えない。動きすぎると体温が上がりすぎて死んでしまうからだ。

その生態は人間からすれば不条理極まりないが、一つそこには奇貨な格言がある。それでも彼らは種として生き残っていて、「燃えるように生きることだけが人生ではない」と謳っている。諦めの肯定である。人への愛《いと》しい金言である。

ナマケモノはメタバースもいいがリアル社会での死と共にある達観の境地を私たちに優しくのんびりと愛《かな》しくも愛《うるわ》しくも、そして、厳しくそのBALANCEを教えてくれている。

White

1

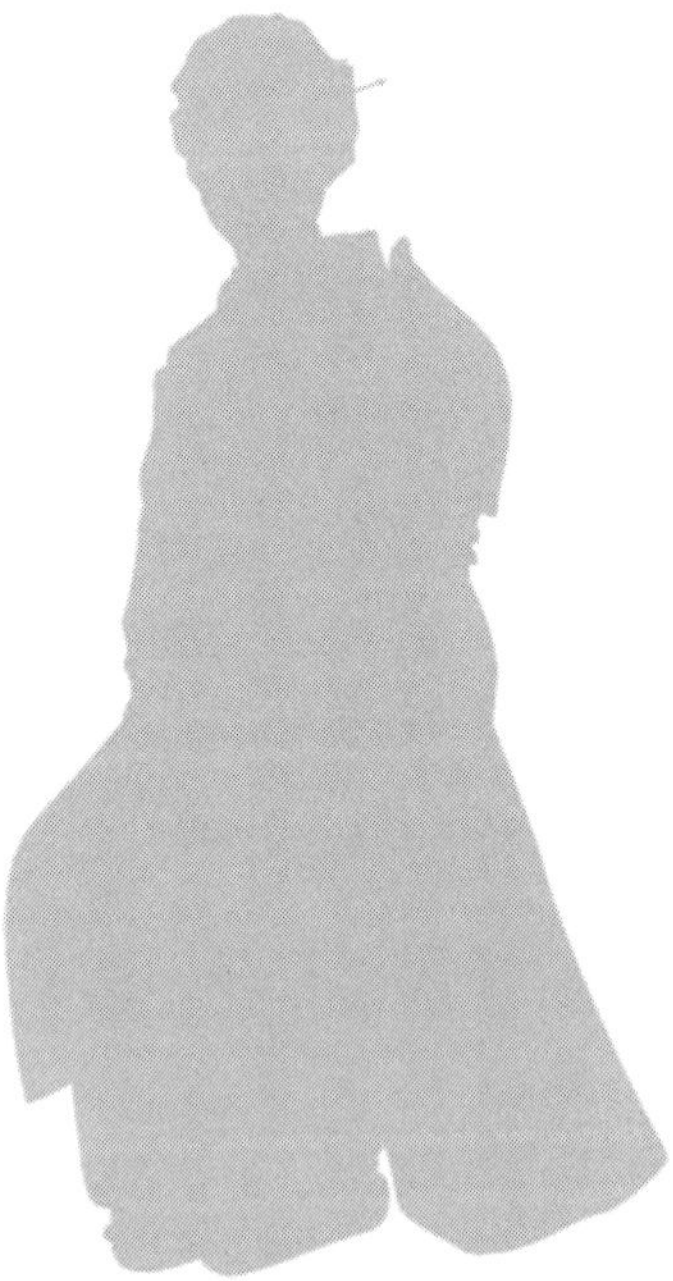

貴方は自分を表現する方法に
どんなことがあるか気づいているか

第三章　1　貴方は自分を表現する方法にどんなことがあるか気づいているか

何年か前にメディアでアカデミックな文壇の表彰会見を見たことがあった。N賞とA賞である。

これから先の文章を引き継ぐのは作家を目指す若手のひとり言だ。

表彰の席で、一人の受賞者が、「受ける価値があるから、貰ってやった」とふてくされて喋っているところをニュースで見た。

思わず目を逸らしてしまったが、どんな文脈で書かれているのか。その落ち着かないパフォーマンスを見たこともあって、早速本屋に買いに行った。ニュースの翌日だったが、売り切れていて、「明日にはお渡しできます」と。

直ぐに読んでみたいと思ったのには訳がある。何せ同業者として、受賞がうらやましくも思い、その一方、受賞会見での節操のなさを想い出すにつけ、その場に立ったときの我が身を思い浮かべ、今の自らを見ている思いがしたからだ。藁をも摑む思いで、一冊のミリオンセラーを年内に出版に及ばないと、蓄《たくわ》えが潰《つい》える事情があるからだ。

ここに来て、文脈の悩みが重くのしかかってきていた。何を書こうかはいくらでも思い浮かんでくる。恋愛もの、ミステリー、SF、刑事もの何でもござれである。しかし、出版慣れのしていない新人には当然のことだが、相応《ふさわ》しい文体も決まらないでいる。好きな作家は数知れず、良いと思ってもその作家の全ての作品を読んだ訳でもない。結局は当節の画家が印象派の影響を享受《きょうじゅ》したあとに、あれこれモチーフやマチエールそしてコンポジションのBALANCEと並走する独創性に挑《いど》み、自分の画風を作り上げることに奔走《ほんそう》するように、作家は独自の作風である文体作りに奔走する。誰が読んでもこの作家だと思わせる文体を作り上げられればその時は、かなりの愛読者を造り上げていることになる。そんな思いで、翌日は注文の作品を受け取りに行き、早速《さっそく》行きつけの喫茶店でページを捲《めく》ってみると、「面白くない」

全く20ページから先に進めない。導入が分かりにくいのもそうなのだが、そこから先に進めない。露骨で粗野で読む気持ちが裂《さ》けてしまう。「こんな本がどうしてっ」と、最近読んだ作品と一緒くたに括って仕舞い込む、がっかりしてしまう類の一冊でしかなかった。

「僕ならもっと書ける。導入から読者を引きつけられる。せめて先に何が書かれているのか興奮し、期待させ20ページ以降を読み込ませられる。

それには、小説にまず四つの基本要素が居る。コンセプト・人物・テーマ・構成。そして二つの書く技術、シーンの展開と文体である。

ストーリーの土台となるのはアイディアだ。アイディアを物語のように進化させたのがコンセプト。ストーリーは感情移入のできる人物のキャラクター如何だ。テーマとは世の中の何を描き出すかであって、ストーリーが伝える意義である。構成は物事を伝える順序とその理由だ。

シーンの展開にも原則とガイドラインが要る。読者の興味に打ち勝つための実践の構成である。文体とは建物の塗装や人の服装のように表面を飾るもの、これは控えめにするほど多くが伝わる。個性的な文体や細やかな描写で書く部分を限定すれば更に良い。これらを元に最初の20ページまでに読み手を釣る。そして、主人公を早めに登場させ、多様な描写力によるプロットを散りばめストーリーの結末に向けて伏線を幾つか張っておく。

以上のＢＡＬＡＮＣＥある基本要素に加え、アウトラインとしてパートを四つに区切り設定・反応・攻撃・解体を試みる。適切で無駄がなく、プロのレベルで書かれた文章は編集者とその後の読み手となる読者に20ページ以降を読む気にさせる力を持つ。読み手に文体を意識させなくなったら合格である」

喫茶店の一角でつい口に出してしまう一人言には混雑した昭和風のたばこの臭いがやけに気になる喫茶店内ではそれに気づく者は一人もいない。彼はブレンドを飲み干し、パンに砂糖水をかけただけと思える安作りのサバランを食べ干し、自分なら導入に全力を傾けると力んでお店を後にした。書斎に戻る途中彼は計画を練った。

「あんな作品にＮ賞がくだるなら、作品発表の方針を変えよう。目標は賞ではなく、発行部数だ。初版本を年内に10万部は売れるものを書こう。策はある。ウェブサイトへの公開だ。その後はＫｉｎｄｌｅ版にし、行く行くは映画化だ」。ニヤリとほくそ笑むが、その目は飼い犬が家の庭に侵入した猫を二匹食い殺しているがその猫の目になっていた。怯《おび》えて先の読めない目。追い詰められた断末魔に晒された者の目を想わせた。「発表まであと6ヶ月」

自分を表現する方法には様々なものがあると思うが、事業もあれば絵もあるしスポーツもあるだろう。

唐突だが、私が作家になったつもりで書いてみたのがここまでの文章である。文章を書くのがアウトプットなら、読書はインプットである。そして、本を書くのが送り手であり、読むのは受け手である。

読者が著者と完全に一体化するのは難しいが、作家の表現にはそれぞれスタイルがあるように、読者は読者としての読むスタイルを身につけるとよい。読んだ本の数と様々な体験から身につけた読みのスタイルがどういうものなのかを自覚した上で読むのとそれがなくて読むのとでは、後者は知識の習得には役だっても知性を高め、新しい深い世界観をそこから得るのは難しい。

自らの読みのスタイルを意図して受け手として読むことには沢山の新しい発見があるし、そこには、新しく読み解き、思い描く世界を創造する力が生まれてくる。

そして、深い理解力から生まれる新しい価値は文化を生むことに繋がる。送り手の読むための構成スタイルが考慮されていなかった作品にもこの受け手の読みスタイルの確立を経て読まれる効用は双方にとって果てしなく大きい。行間の世界に読み手は自らのデバイスをフル装備した舞台を用意するし、書き手は書かれた行にない表現を読み手に読み込んで貰え、耽《ふけ》って貰えるからだ。

村上春樹の小説は一見読み辛い回想形式のイントロから、ふと言葉が踊り始める。踊る言葉が行く先に新しい舞台を作っていき、読み手をその世界に誘わせる力を持っている。一見訳が分からない処から読み手を先に引き込ませ、そこに深いファンタジーの世界が開いていく。彼が大きな賞を取れない理由はここにある。書き手と読み手のＢＡＬＡＮＣＥがこれほど極端な文体は他になく彼が嚆矢だからだ。読み込む始めに余裕を持たない読者の大方にそれを気づかせるには時間が掛かるし、絵のマスターピースを評価するには大概随分時間は掛かるものなのだ。

読む量で書く力は増す。多様なジャンルの本を読み続けているとある冊数を読み終える頃から吸収力に変化が現れる。早読みができなくても心配することはない。深く読む度に読解力が深まり、書かれている情報の立体的なリンクが進み、作家の思い描こうとする衷心《ちゅうしん》の世界観が勝手に構築されていくのが感じられるようになるからだ。書き手と読み手の包括する感性が側に伴っていて、経験と絡み合えば、糾《あざな》う縄の如く物語が生まれ、書き手には強い発信力を、読み手には深い説得力を与えられる。

何を読むかを問わず、100冊読み終わると読後感の変化を感じ、300冊読めば気力が生まれ、500冊読めば発想が変わり、700冊も読めば行動が変わり、900冊も読めば人が変わる。それ以上読めば今までの自らを超えられる。小説を書くなら1,000冊も読めば作品ができ上がり、それ以上読めば書いた著書に愛読者が生まれる。

そして、年をとることが良くないことのように捉えられているが、それは一つの見方かもしれないが稚拙に思える。人の一生が途切れることなく連綿と続くことを思えば全く別の昔ながらの敬意を抱いた捉え方ができると思える。

しかし、よくしたもので、過ぎる年月は捨てる神あれば拾う神ありで今は本を読む楽しみがある。年をとる前は本など読むことは、時間のせいにしてはいけないが、遊びと遊びのような仕事に明け暮れる中で月に数冊読めば良い方だった。読む本も経済のノウハウ本に偏《かたよ》っていたと思う。ジャズライブや美術館に行くことはあっても、聞くためや観るためであり、今のようにスタインウェイのピアノを買って弾くとか、絵を描き始め、その果てにギャラリーを作るなどとは想像もしなかった。年に100冊はジャンルを問わず本を読む幸福感など以前は全くといっていいほど持ち合わせがなかったが、今は書斎に籠《こ》もって本を読むことは至福の喜びになっている。そんな時間は当時と比べるなら上手く作れるように今はできるし、何より読書は教養や、大局観が身につくのが良い。それは生きる自衛にもなるし、戦略にもなる。読むことで考え、今の生活周りの事象の中に貴重な奇貨《きか》を見つけるのに相応しい機会をもたらせてくれている。

本の持つエネルギーは計り知れず、しかも感動の宝庫であり、書かれた物語はページを捲るまで何時までも待ってくれている。

最近はものを書く側の楽しみも手に入れた。「文房四宝」も用意し、書斎は常に私のプロローグを待っている。人は自分の頭で考え、自分の言葉や文章や身体で自分の思いを表現する。そのために私は相応しい書斎とアトリエを完成させ、今またそれを広くしようとしている。

人類が文字を書くという行為を始めたのは数千年前に遡る。書くものは古代は石版であった。日本の歴史上最初で最後の文化事象といえるのは漢字の伝来である。紀元0年を跨ぐ200~300年の間のことである。弥生時代前後の大事件だった。話し言葉によるオラル・コミュニケーションだけに頼っていた日本人にいつでも読むことができるリテラシーをもたらし、長かった無文字社会を脱したのだ。

そして、書くことは、無から有を生み出していく創造の作業であり、次世代に繋げるシンクタンク作りへの画期的なデータ集積手法の発明となり、コペルニクス的な役割を担うことに至った。これが文章による表現方法の一つである。

他の表現手法には若い頃、ゴルフに凝って、週に多いときには4日もコースに行くという具合で仕事と遊びも一緒に行えるという、すばらしいバブルの環境があったことが、今と比較するならなにか現実離れしていたようで夢のように思い出される。

当時は飛距離も人並み以上に飛んでいたし、フルバックで4連続バーディーの記録もあって、45年前に入会したクラブでは、2,800人のメンバー中、クラブチャンピオンの準決勝まで運良く進んだ年がある。

こんなに楽しいスポーツを周囲の先輩方のように70歳、80歳まで楽しめるだろうことに何の不安もその当時は思っていなかった。

しかし、同時に悟ったのだ。準決勝の四人までに残ったのを機会にその分野での上を求めることは止めたのだ。それは、頂点を俯瞰して見たときに、他の三人のレベルに至るには練習量、気概、体力などとそれらを包含する当時一番苦労した経済力に不安があったからだ。

私の生き方の嚆矢になったと今は思えるが、ゴルフの持つ魅力の一つのスコアーへの挑戦はここが私の頂点であって、他にまだ気づかない自らの感性に相応しい新たな趣味の道を探ろうと準決勝を頂きに限界を悟り止めている。

今日に至るまで、途中何回か経済的なデコボコにより大好きなゴルフを止めたり始めたりを同じような有様で懲りもせず繰り返して今になるが、ゴルフへ取り組む姿勢の表現手法を見直し変えることで、今も運良く続けられている。

しかし、今の飛距離の落ち様に驚くと同時にスコアーも数えられない位の有様で、ちゃんと玉に当たらなくなってしまった。まず白内障の手術を終え、網膜剥離の手術も済んだがそれでも思うようには玉がよく見えない、その手術した両方の目も緑内障になっている。そして、何より昔のように身体が思うように動いてくれない。ちゃんと動くのは口だけだ。

散々な思いで、一緒に回る人への配慮から、もうゴルフを止めた方がいいとつくづく思うようになっている。それでも、気持ちは常にうつろい、コースでなく練習場で楽しもうと、今は短い70ヤードの練習場に週に4～5日も通うことで、長時間座ってパソコンを見続けている目と身体を癒《い》やすようにしている。私が多分その練習場の売上のＶＩＰであることは間違いない。月に2回、25～26年通う美容院と同じように。そこでは先日、今日は３６５回目の来店ですと告げられて驚かされた。もう最古参の人になっているのだろう。近くのマッサージの先生にもそういわれている。歯医者もそうだし、メガネのお店もそうだ。

爽快にフィニッシュしたときの頭の中での私のドライバーのＶＲ映像の飛距離はミスしない限り、２５０ヤードを超えている。ホームコースの18番ミドルホールの常に逆風に晒されるフルバックのドライバーを打った時に最低限必要な飛距離であって、そのフィニッシュのイメージの一打である。たまに教えを請うているゴルファーの先輩に練習場で観て頂くと、どのナイスショットもランを入れての２１０ヤード程度だとのことである。イメージとは大分違うがゴルフの楽しみ方はそれなりに数多《あまた》あって、人それぞれであり、平気で楽しんでいる私がそこにいる。そして、エイジシュートがもう一つのこれからの自己表現課題になる。

よく考えてみると30～40歳代の頃より、古稀を過ぎた今の方が自ら歳に合わせたＢＡＬＡＮＣＥの良い生き方をしている気がする。歳と共に変えた仕事の種類も今までに30を超えていて、今の歳に相応しい仕事につきながら、分相応に生きている私がここにいる。それでも「今が一番」である。そして平気で生きているし、リアルなその実践の最中にあってもいつ起こるか分からない絶望の合間にある「透明色の瑞々しい心の平穏」を楽しんでいる。

仕事も年齢を踏まえ効率的にまだ行えている、日々の過ごし方は若い頃と随分違うが、今の充実感は組み立てる要領を踏まえ、柔軟に構築している分だけ若いときと変わらぬ充実感がある。そして、不安の量も質も紛《まぎ》れもなく変化している。住所を頻繁には変えてはいないが職業の変えた数を

30も経験してきていることからの現代哲学の解釈からは、正に私は「ノマド」（遊牧民）そのものである。

そんな気持ちと共に安心するのは、生活の色々なことへの対応に集中力が今までと変わらず、なくしていないと専《もっぱ》ら感じることにある。集中力というのは瞬時に感情のメリハリに気づかせてくれるのと、真っ白で爽快な気分をもたらせてくれる光明があり、ものを書くことが正にこれに当たる。そして、玉の飛ばなくなったのは悔しいが、飛ばなくなったことで、ゴルフへの新しい効能を発見し、そんな気持ちが生まれてくる自らの変わり身の早さに老いの意識はほどほどに、驚きながらもほくそ笑んでいる。そんな集中力に年をとるのも満更《まんざら》でもないと思える気が息吹《いぶ》いている。

自分を表現する方法は小説の執筆、エイジシュートの達成、音楽に絵画、そして、死に場所に繋がる晩年には年齢に相応しい居住空間への連綿と続く改装がある。それ等の創作活動による新しい知的体験は老いても多様な生き方を育むＢＡＬＡＮＣＥのある成長に繋がる。加えて延々と続く色々な偽装も自然とそこに宿ってきていて、毎日身ぎれいに過ごすことも粋でいい。

一方、自分を表現するのに、「何もしない」とする方法も選択肢にはあるのだろう。そんな選択も抽斗に用意があるならそれはそれで良しとしよう。そこから気づく妄想にも意義があると思うからだ。

Yellow

2

貴方は今一番欲しいものがお金だと思うか

第三章　2　貴方は今一番欲しいものがお金だと思うか

私はしがない経営者であって労働者である。

職業が賃貸業なので、社長に当たるテナントから賃料という給与を頂く労働者であり報酬を貰う側である。社員は一人もいない。47歳で賃貸業以外は全て卒業した。コロナウイルスによる衝撃は未曾有の体をなし、経済恐慌にも及ぼうとしているが、ある面、経営者と労働者という対峙する歴史に新たな一大変革をもたらしたことは見逃せない奇貨である。皆同じ、猛威を振るう感染症の恐怖に立ち向かう共生の体現者と気づいたからだ。しかし一過性のこととしてまた、元に戻って仕舞うことも否めない。人は皆生き方は多様にあるが適性も多様にある。多様に作られ、内在する個性や能力の活かせる場所を自由に見つけ、そこで花を咲かせば良い。それが使う側か使われる側かであっても、そこにちらつく煌《きら》めく薫陶《くんとう》に格差のない平等なことをパンデミックは双方に一時にしろ教えてくれた。

経営者も労働者も今時何をするにもお金がかかる。そもそもお金がなければ、今の社会では生きていけない。まして、それがなければ起業することや趣味に興じたり、生きがいに満ちた活動を十分に楽しむことのできないのも事実である。分業と共にお金は人間の発明した極めて奇貨な多様性を繋げ叶える歯車なのである。

そして、お金ほど醜いものもない。お金にまつわる酷《ひど》い話も枚挙に暇《いとま》がない。

しかし、お金ほど便利で必要なものは他にないのに、酷い話やそれを甘んじて平気で生きてきた人たちの金に纏《まつわ》る回想録は、見聞きする受け手の是非に委ねられ、それはあとを行く人の生きる指針としての道標となり、物語を作り出してきた濃い経緯《いきさつ》を習得できる。

日本では2018年時点で、純資産1億円以上5億円未満の「富裕層」が114万4，000世帯だそうだ。純資産5億円以上を有する「超富裕層」は7万3，000世帯であり、前者は全世帯の2・16％、後者は全世帯の0・14％。実に714世帯に1世帯の割合らしい。単に持つお金が基準ならここに日本に於けるその数値に比較の象徴がある。

飲食店に手を出すと地獄が待っているという。しかし、無機質に思える様々な職業や賃貸業に携わってきた私にとっては飲食店という五感の一つをなす口を通じての食感を味わうのに関わる仕事はインフラには必然の分野であって、生活を続ける上で身近にあって欲しい職業である。仕事にも利益目的だけではない遊びや奉仕などに向いた多様な就活分野もあっていいのだし、仕事に固有の満足を得たいと願う人にとっては儲けは二の次でよいし、自立さえできていればどんな仕事も差し障《さわ》りないし、貴賤もない。

私が沢山働くのは面白いからであり、金は手段であって目的にはならないが、苦労する分だけそれに見合うだけの糧が少なからず得られるし、それが元となり新たな挑戦分野がそのまた働く先に生まれてくるからなのだ。

飲食店は儲からなくて大変だと大方の人はいうが、一銭にもならない徹夜を強いられる趣味を地獄という人は誰もいない。そんな人がいるならその人は絵画の評価に説明を求める人であり、美しい花に説明を求める無粋な人と同類である。

仕事も色々経験を積んでくると儲かっている部門とこれから育てる部門があるし、営業と総務という金を直接生む部署とそうでない部署があることと似ている。私は分相応の生活の範疇で、好きなことなら何でもやってみたい。綺麗なものはただ、綺麗のひと言で十分だし、好きなことなら好きにすれば良いだけのことだと思ってやってきた。私が働くのはそこに嚆矢としての興味と、過程としての面白さと、結果としての充実を求めるからであり、単純に、やりたいからだ。儲けの多い少ないではない。趣味など一銭にもならないどころか出費が嵩むばかりだ。しかし、そこに充実もあれば興味から生まれるBALANCEのある満足、そして、お金に勝る顚末《てんまつ》が待っていると思うからだ。それは会ってみたい人であったり、新しい経験だったりにある。それと共にある苦闘や試練の重さの分だけ必ず奇貨は付いてくる。そして、金には裏と表の面があることを肝に銘ずるといい。

一方、使える金を好きなように使いたい気持ちと大金を持って貧乏人のように生きたいと考える二人の私がいる。しかし、随分長く生きてくると今は違う想いが芽生えている。気持ちはまた直ぐ別の処に移ろうかもしれないが。

お金持ちになって仕事をしないで暮らすことのできることが最高に幸せな生き方だと思う人は沢山いる。私も大学生のときまではそう思って金だけのためのアルバイトをしていた時期がある。それは明確なやりたい仕事で得る報酬ではなく、3ヶ月のビザによるスペイン旅行の費用以外は、特別な目的で貯める金でもなかった。他は単に大学での部活を続けるためと遊びに使う金でしかなかった。

半世紀を経て、「金持ち」とは何かと考えると、当時との想いと今には違いがある。金持ちといわれる人の条件とはお金があって余裕のある人ほどノブレス・オブリージュの精神を持って、その地位を築いてくれた社会に恩返しを惜しまない人のことであろうと。

「時は金なり」というが、時間と金との関係に於いて、時間があれば金は作れるが金で時間を買うのは相当の知恵と経験と苦渋の忍耐が要る。そして、金というのはその金そのものが欲しいのではなく、金で買えるモノやサービス、そして、それを手に入れる過程が欲しいのだ。そして、ときにはモノでなく買うのが難しいはずの時間や余裕を想う未知の体験を欲しがる傾向が年齢を重ねると顕著になる。

例えば、貴方は不要不急の無駄と想える鹿狩りに行きたいと思っているとしよう。

明日の狩りのために今晩はその準備に大わらわである。たぶん明日の成果を期待して、今宵は寝付けないことだろう。

そんな気持ちで朝を迎え、出発しようと車で出かけようとする頃合いに、誰か知り合いが大きな鹿を土産に持って現れ、一杯、一緒にやろうという。貴方は鹿を貰って嬉しいだろうか。嬉しくないはずだ。

貴方は鹿狩りに行きたかったのであり、鹿そのものは目的の成果でしかないのだからだ。

貴方はお金を儲けたいと思っている。しかし、目の前にどっさり金をやるよと積まれても嬉しいはずがない。尤も人によっては単純に飛び上がって喜ぶ人もいるだろう。気持ちは分かるし、身の周りには沢山いそうである。しかし、貴方はそこで満足するようでは宇宙に生を得た一人のホモ・サピエンスとして縁のある生涯に経験する旨味のある様々な「変則事象」に遭遇する有意義で貴重な機会を自ら幾つも手放すことになる。お金も名誉も地位も色々な目的もそれを得る機会とそれに向き合う過程にこそ旨味が溢れているのであって、それが得られないときはそれを求め続けている間だけ旨味は続くのだ。貴方はシャトーブリアンを今日3人前食べたいと思うだろうか、それは寧ろ苦痛だろう。お金も同じである。必要以上のものや金への欲は邪魔になる。そして、持てる人を見るBALANCEのない斜視の目は人によっては自らを壊してしまう。

昔の小学校の時間割がそうであるように、お金の計算をする算数の授業は大事なのだが、国語、理科、社会、美術、体育、道徳などそして、共同生活でしか育まれない協調、喜怒哀楽、競争、失敗、挫折、失恋、自重、妬《ねた》み、嫉《そね》み、感動、自信、感謝など、算数以外の課題や体験を目白押しにBALANCEよく味わうことが、小学校の授業課程にはぎっしり詰まっていた。だから、お金にしろ欲の一つひとつの実態を早々に整理整頓し、その得方、使い方の善し悪しを判断する知恵を早くに会得する必要がある。

もう一つ大事なことがある。

金持ちとはいったい誰を指すのか。金持ちになるには努力と経験の数とその達成には時間を要するので経験の時間の積み重ねと年齢を経ることも必要になるがそのことに気づかない若い輩《やから》が大方だ。そして、沢山使い切れないほどの金を持ち、あれこれ使い道に困っている、そんな心配の尽きない人は少なくとも金持ちとはいえない。それは守銭奴でしかない。

金持ちとは必要な物が欲しくて、何かやりたいと思うとき、それを気ままに手に入れ、することのできる人が金持ちなのであり、そう考えれば分相応にそれのできる自らを創り上げればよい。そうすることで世界に一人しかいない金持ちに、貴方は今直ぐ時を跨《また》ぐ間も無くなることができる。ましてや、大金持ちになど貴方はなりたいとは思わなくなるかもしれない。金も名誉も、名声や役職そして人望や尊敬からも多分貴方は自由になりたいと思うことだろう。金はこのように多様な気の比較による捉えようなのである。欲は多面性の裏表の宝庫である。そして、第四章12の達観2「やってみれば　さほどでもなし　贅の味」（P446）にも気づくことになる。

程度にもよることにこんなこともある。金でものやサービスを手に入れたいと思うときに、買いたいものの本質を見極め、身の回りを見渡してみると意外と既に手に入れているものが結構あることに気づく。欲望・幸せ・満足・健康そこに価値の評価を自らつけてみると良く分かることがある。偶然持っていた物の値段も今それを買おうとすると如何に大きな額になるかが分かる。買おうとしても買えない価値あるものを既に持っていることに貴方が気づけば、そして、なくしたものにも気づけば、新しく買いたい物などへの欲求よりもきっと、今に満足するはずだ。かけがえのない健康であったり家庭であったりがそうだ。

人生の尺度は幸福だが、お金と幸福は一体ではない。むしろお金は幸福な一生のためには人によっては有害でさえある。ＢＡＬＡＮＣＥが肝要である。実際私の二度の絶望はそんな金の周りが起こしたものである。

人の欲というのは良くも悪くにもなる。楽をしてご機嫌になるのに越したことはないと考えるのが大方だろうが、反面教師として、他への配慮がなければ、それはただの我が儘であって卑しくなる。一方、その欲が種に肥やしを蒔くこととなれば、それは生産を生むエネルギーとして有益なことになる。欲は端で見ていて笑えることか、感心できることなのか、腑に落ちることなのかで評価は変わる。その基準を考えると、その対象にある事例への推考の比較により良し悪しが分かれる。一つの判断基準としての欲の良し悪しは、自分のためにあるのか、若しくは、人のためにあるのかによる。実は、自分のためを二の次にして人のためにあるのが誇れる欲なのである。それは徳ともいう。人によっては裏読みしての道楽とも呼んでいる。

お金に執着することで醜いことに、お金で人の心を買おうとすることと、そのことで人をたぶらかし、人との縁を軽んじ、人の生き方を振り回してしまうことがある。それは矜持の世界を知ることなく、その不徳に気づかない俗物哲学に興じる人のことである。

自ら作り上げるコトやモノと、貰っただけのコトやモノ、そして、奪って手に入れたコトやモノには大きな違いが生まれる。それがお金である。自分で稼いだ金にはそこに役立った経緯が生まれるが、貰った金や盗った金にはそれがない。人間は皆欲を持つが欲には際限がなく、前者には経験の積み重ねによる次の欲に挑戦する行動を自ら進められるが後者は次の欲への攻略法が見つけられないので、次を手にすることは難しく、同じ行為を繰り返すしかない。

努力や誠意もないのに欲を得ようとするのは周辺にある大切な機会とか縁を軽んじ、それに気づくこともなく単純にＴａｋｅを求めるだけに終わり、Ｇｉｖｅにより得られる世界に至る人間力が備わらないので、奇貨な成長が伴うことがなく一時的に満足を得ることはあっても、ついには自らを鞭打つ局面に晒され、膿《うみ》が溜まっていくこととなる。そんな事例は身近に山ほどある。勿体ない限りである。

人間は分相応に力量に応じた稼ぐ収入の範疇で自立して生きていかねばならない。これだけ生きる体裁が整えられた社会に於いては思いがけない出費にも備えた生き方は人間の守るべきルールである。

そんなこともあって、私は金持ちに敬意を払う気持ちはあるが、尊敬するかとなると金を沢山持っているだけではそうならない。まして、その対象が二代目となると憐憫の情を抱き、まず、一歩引いてその人を見ることになる。お金というものは何か目的があってそれをなすために稼いで得ることに意味があるのであって、単なる貰いものであればその額が身の丈を超えていると大方人を狂わせてしまう。
但し、お金を沢山持っている人でも、尊敬できる人は中にはいる。それは金の使い道を心得ていて、実際にその金を生かしている人に会ったときに初めて敬意を感じ尊敬もする。額ではない。しかし、中にはそこに意図的に謀《はか》る邪心や卑しい偽善を垣間見たときには単なる金儲け本位の人よりも、もっと侘《わび》しい想いを感じてしまい無粋に思うことも度々だ。
力とか時間とか金とかは、何か志をなすときに使うためにこそその手段として生かせる便利な道具であり武器となりうる。
力はいくら持ってもダメ　どう生かすかによる
時間はいくらあってもダメ　何をするかで意義を持つ
金はいくらあってもダメ　何に使うかにより意味を持つ
愛はいくら溢れていてもダメ　行き過ぎた許容は我が儘を生む。愛《かな》しいとも呼ぶからだ
健康はいくらあってもダメ　これをどう維持するかが問われる
運はいくらあってもダメ　それをどう担うかが大事である
そして、財を残すは下、仕事を残すは中、人を残すは上
士農工商の名残《なごり》からも商は最後に置かれていたが、現在ではこの経済が社会に占める割合が大きすぎて、社会生活に悪い影響を及ぼしている。国民を皆一律に偏《かたよ》った教育に染めてしまった弊害が生じている。老人や目上の人を尊重し、敬意を持って周囲と共生する社会生活の基盤が壊れてしまった今にあって、経済以外の芸術・文化・科学・宗教・哲学などと経済はＢＡＬＡＮＣＥを持った扱い方をするよう見直す時期に直面している。その要に置かなければならない課題がこの「お

金」である。

士農工商の書き順にあるように経済である商の金より、凛とした佇まいの見かけと矜持が欲しい。ちょんまげ袴の爪楊枝を噛む侍のように。

一方この考えは武士も大名に仕える時代にあっては当時の俸給制度によりお金は卑しいもの、品のないものとして階級制度に上手く利用されていたことに起因している。実はお金は誰もが思っているように大事なものなのである。

私が今欲しいものを問われれば、必ず手に入る食べ物、そして、雨風を凌ぐ屋根のある家だ。そして、金持ちと貧乏人の違いも今は分かる。金があっても減るのが怖いのが貧乏人、なくても増やそうとするのが金持ちだ。そして、そのまた真逆も金持ちと貧乏人の違いだとも言え、どちらも反面にあるのが金の持つ色であり、これも事象の持つ二面性である。個々人の捉え方とその額次第といえる。そして、その先には、私たちは財布にお金を増やすことではなく心に矜持を増やすことのためにこそお金を扱う意識が要る。

そして、金と共に私たちの意識に自我や固有の伝統文化を維持するだけでなく、自主・自立を促す価値観や、他人に対する奉仕と寛容の精神、協調性、更には家庭と仕事と遊びのＢＡＬＡＮＣＥの良い感性を促進する意識が肝要だ。

金も名誉も役職もＢＡＬＡＮＣＥの問題にすぎない。欲しいものも敢えて更にいうなら今を明るく照らす溢れる充実したビッグピクチャーの「透明色の瑞々しい心の平穏」の時の間である。身の回りで亡くなった人たちは亡くなる晩年に時間に思いを委ねて亡くなっている。「一刻千金」の譬え通り、私も時間こそ巨万の富だと信憑する。これを無駄にしてはならない。これは欲しいというものではない。誰もが既に皆手にしている資産であり、如何にそれを自ら使いこなし、何を新しくそこで創造するかを問われる連綿と続く今はその踊り場に皆立たされている。

金などその使い方に必要になる一つの手段・手法でしかない。「どう生きる」かのコンセプトのＢＡＬＡＮＣＥを間違ってはならない。

そして、ここにある問題を提起する。貴方ならどうする。

目の前に好きに使っていいよと大金を積まれたとする。ただ、一つだけの選択を迫られる。「その金を一生自由に使うのもいいが一年の世界旅行でスッキリとその倍額を使い切るならその額をやる」と言われたら貴方はどちらを選ぶのか。積まれた額は宝くじの上を行く10億円であって倍なら20億円である。貴方の年齢は37歳とする。さぁっ、貴方ならどちらを選ぶのか。額と時間はともかく身の周りはこんな選択が額は違えど溢れている。時間の長さと幅、そして、奥行きの貴重さに気づくのが私の答えである。

フランスのノブレス・オブリージュという戒めには、財産、権力、社会的地位には義務が伴うとある。お金が欲しいなら義務が同衾するという譬えである。それは一体にある。いうなれば義務のある良い大志には金は生きるのである。その大志を自ら探し出すのがお金にまつわる興味の効能であろう。

義務であるノブレス・オブリージュが伴うことの実現を図るには、借金も力になる。借金は大志の具現化に必要な原資ともなり、レバレッジ効果なのだ。「借金も財産の内」とあるのも金の持つ概念の「ＦＲＯＮＴ＆ＢＡＣＫ」（二面性）なのであって腑に落ちる。

Pink

3

貴方は他人の誰にでも何時でも
なり代われることを知っているか

第三章　3　貴方は他人の誰にでも何時でもなり代われることを知っているか

小説に於いてはいったい私はどれ位生きられるのだろう。どこまで時を遡り、どんな旅を続けられ、そして、いつの未来にまで行けるのか。どれ位の数の他の人に乗り移り、その人になり代わることができるのか際限がない。宇宙が、そしてその銀河系が何千億あろうが小説の中では時間や空間を飛ぶことどころかどこにでも発信できるし、ありえない現実を超えた宇宙を更に超える得体の知れないものも創り得る。時間や空間や事象や対象をいとも簡単になくすこともできる。

身の回りの現状を思うと、他人になり代わることというのは知識に於いては理解することができる。

よく、メディアに惑わされてはいけないとか、あの一方的な報道は大衆を惑わせてしまっているとかメディアをやり玉に挙げることが多い。現に朝日新聞などの左傾化した新聞が暴挙に遭う類のことも一昔前には頻繁に起きていた。最近の尖閣問題にしても中国の報道を見ていると恐ろしく思えることは事実だが、問題は一つに要約できる。知識不足と情報不足により自助判断のできなくなっていることに起因する知恵の欠如が原因である。何れのケースも提起された情報を少なからず提供してくれていることに問題はない。肝心なのはそれをどう捉えるかの側の視点に読者や見た側の深い知識に基づいた情報への精査が及んでいないことにある。一つの情報が得られたのだから、そこから自分の思考を働かせ報道の先行きを各々が判断する材料にすればよいのだが、その判断過程も報道発信側に委ねる兆候がもたらすことによる誤謬《ごびゅう》があり、それほど、考えることをしなくなってしまった現在の聴衆の実態に問題がある。

あらゆるジャンルの傾聴に値する事象の聞く側と発信側になり代わる術を持つことで、荒削りで不正確な情報も多様性を持つ深い知恵と独自の正確な分析により正しく探ることに務めるべきなのである。

私たちは朝、目を覚ます。昨日の情報で今日を始める。そして、昔の思い出が経験だったのか、情報だったのか、勘違いだったのか判別しないことがある。しかし、今日は私の一日である。人は当たり前のように今日を始める。「本当は今日の私は昨日の私ではないのかもしれない」などと考える人はまずいない。だが、私はその一人である。

情報が経験に変わるなら明日の私は人を選べる。昔の人にも私はなれる。

人は細胞で構成されているが、私はひょっとするとそこに巣くう細菌の一つにもなれるのだ。

未来は今と共にあり、今は過去の基にある。そんな世界に私たちは生きている。自らの尻尾を飲み込むあの『ウロボロスの蛇』の絵のようにである。

五感に想像や妄想そして、ときめきの興味を携えて、身の回りのこの世界に挑むなら、有限・無限・異次元の世界を行き交う旅人に皆なれるのだ。

可能性は無限のひと言でいい尽くせないものを目の前に広げてくれている。

そんな小さな日常と共に小さな贅沢が欲しくなってくる。古稀を超える年齢になったのだから少しの贅沢もいいだろう。私の贅沢は実は縁により深い。そして、欲もある。父と義父の絵のコレクションを偶然手にして一緒に楽しめるのでこのコレクションが「ありえない贅沢」の筆頭であろう。

次に来るのがワインである。これも縁あって自営の店舗用に集めたのだが、今では自ら嗜《たしな》んでいる。1，000本位を地下二階のワイン庫に置いているが飲む数には十分すぎる。どんなに長生きしても一生掛けても飲めない数である。90歳を超えた画家がカンヴァスをとても残りの時間では描くことのできない何百枚も平然と注文を出すことを平然とするようにだ。

私がワインに求めるのは味もあるがその歴史にある。そして、手に入れてから美味しく味の変わる賞味期限と残る晩年が比較でき、他の酒類とは違うからなのだ。そして、旨みの流れは生老病死の上3文字を過ぎた喉から先の「ゴックン」と音のする処で舌を転がった味覚を超えた旨みを味わえる唯一の酒だからだ。

そんなワインのドラマを訪ねてみたいと思う気持ちがまず楽しい。アルコールの強さも何か中庸で風流だし、量を嗜《たしな》むものでもない。食事との兼ね合いも誰に勧められるまでもなく、一人で十分楽しめる。高いものは勿論おいしいがそれ以上にそれぞれ多様な生育場所から生まれる味覚は五感を奮い立たせ、その色合いと芳香は宇宙の物語を味わわせてくれる。とりあえず味については今の自分のベースがある。酸っぱくなく、水っぽくなく、単純でなく、匂いに歴史が感じられ、舌触りは滑らかで、程々に重く、風合いがあり、甘みは深めで、渋味は気づかない位の芳醇《ほうじゅん》な赤を好む。尤も歳と共に味覚は変わってゆくのだが。

今の歳の味覚からはオーパスワンが一番好きで常時置いている。これだけでつまみがなくて味わえるワインである。チーズもアンチョビもオイルサーディンも肉も魚もつけ合わせで合えば良しとする。私の旨いワインの飲み方は、まず冷えたラガービールとグラスを冷蔵庫から冷凍庫に移し、5～6分更に冷やし、その後はドンペリをアイスペールに入れ、かち割り氷でキンキンに冷やし、その後がオーパスワンになるが、オーバーチャーもいいし、デイリーということではアルマビーバとなる。

シャンペングラスも当然特に冷やしたものを使いグラスの口元はビアタンブラーもワイン、シャンペングラスも薄くなくてはならない。重さもほどほどにあって。形も大事である。持てる味を五感で引き立たせ、手触りに、重さ、口触りに、見た目に、そして、翳すと音色と芳香が共になくてはならないし、それ等が皆融合することで予期しなかった味を脳が醸し出してくれ、その日の快感を膳立ててくれる。13〜14度のアルマビーバで十分だがオーパスワンがそれより深いし、ドン・ペリニヨンがピンクならもっと潤うがちょっと贅沢すぎるだろう。

これ位になると別の意味でつまみが欲しい。つまみは人である。おいしい会話があって、一緒に楽しめる先達《せんだつ》が要る。勿論ロマネコンティや5大シャトーもよいが、ラガービールにドン・ペリニヨンにオーパスワンが今の私には最高の贅沢の2時間である。マンゴーの旨いのも付け合わせによい。そして、最後は自分で幾つかの豆を挽いて煎れるブレンド珈琲で締める。

今日はそれに相応しいと思える日であって、そんな贅沢な人に私はこれからなり代わろうかと思う。

「どう生きる」のかはこんな誰にでもいつでも成り代われるそんな多様な時を夢想させてくれる。

こんな一日が過ごせる日は周囲に幸せを振り撒《ま》く粋な人に私はなり切っている。

そして、どんな偽善者もこれから善者を振る舞い続けるなら、その人は善者であって、本来の姿がどんなにくたびれた老人であっても、80歳にして20本以上の自らの歯を持ち髪を整え、靴を磨き、若々しく清潔に上品に振る舞い、偽装し続ければ、その人は清潔な品のある粋な人になりうるということである。そう、「どう生きる」かはBALANCEのある継続し装い続ける偽善、偽装にあるのだ。

私は今、このままで満足し、これで十分過ぎると思っている。しかし、これを維持するにはこの先は知恵と努力とその継続が要る。そしてそこに偽善が要るし、偽装が要る。ここに書かれていることもそうありたい偽善偽装の幾つかである。そんな偽善偽装も充実した日常にはあってよい。

そうであっても、「換骨奪胎《かんこつだったい》」というが、真似ていることでその対象になり代わってしまうことをいうらしい。知恵を育み行動を起こせば誰にでもいつでもどこにでも、この世界ではなり代わることが文章を通じてこうしてＢＡＬＡＮＣＥ良く行えるし、味わえるのだ。

Orange

4

貴方は自分の最適な生きる場所が
どこにあるかを考えたことがあるか

第三章　４　貴方は自分の最適な生きる場所が何処にあるかを考えたことがあるか

　画家の北川民次のアトリエには一枚の手を併せた少年の絵がある。メキシコでの教え子の描いた絵だという。民次は「自分にはとても描けない画だ」と生涯手元に置いていたという。過去のどんな時代に於いても垣根を超え、誰とも交え、異見の師に学ぶことで価値を継承し、受け継ぐことを敬愛してきた歴史がここにある。人類に言葉が生まれ、次に文字を残すことで過去から現在への記録作りが始まった。ときは過ぎ、時代はこの１００年足らずで凄まじく変化を遂げ、テクノロジーが進み身体もその周りもサイボーグ化することで身体能力の凄まじい進化が具現化した。

　それが今日のインターネットの普及とビッグデータの統計技術により、データがないとなり立たない、あるいはビジネス効率を上げられない機会がますます増えている。

　実態は先人からの言葉による伝承の必要性を無くし、歴史の継承を人からテクノロジーの依存へと変化の潮流を激変させた。

　インターネット、ビッグデータ、ＶＲへの依存が先人からの言葉によるオーラルコミュニケーションの伝承手法を人から分断し、この傾向は如実に現在の60歳以上の人間への敬意を削《そ》ぎ落とし、高齢者の経済社会に於ける影を薄くさせた。ＡＩによるこの傾向は更に深刻化し、元に戻ることをなくしてしまった。

　国語・算数・理科・社会・体育等、小学校の時間割授業に譬えるなら、経済は算数であり、今日の社会に相当の割合をもたらせている。２０１８年の65歳以上の人口は総人口の28・1％で日本人の3分の1に近くなる。増加する高齢者の居場所はこのままでは健全な社会になくなってしまう。そんな高齢者こそテクノロジーを身にまとい、そして、若者に弟子入りすれば良い。北川民次のような感性の持ち合わせが「どう生きる」のかのこれからのBALANCEのある生きる手段と方法を求める高齢者には必須となる。

今日、私たち人間は長い歴史の中で人類として生き残り、生存の幾多の試練を乗り越えてきたのは事実だが、時代の時々に天才が歴史を塗り替え、そこに大衆が迎合《げいごう》し、数を動かし、今日を迎えていると思われる。テクノロジーが開発されアルゴリズムが進化する数量とスピードはホモ・サピエンスの700万年の長さを要した歴史の進化を宗教や芸術以外はたったこの100年あまりで越えてしまった感がある。おそらく今までの100年もこの先を考えるなら、更なる変化に10年は必要としないことだろう。社会における、一生における、地球における、そして、宇宙における立ち位置を一人の人間として、宇宙時間と対峙し、猛スピードで進む時と共に生きる裁量が求められる機会に私たちは立っている。その裁量の評価基準には実は、身近にいる若者やAIとの接触度合いにある。

30万年の間に直接遭遇のできなかった夥しい数の天才は別として現存する天才に弟子入りすることを始めよう。リバースメンター（若い世代に教えを請うこと）を始めるのだ。「明珠在掌」（いないと思った逸材が身近にいるのに気づく譬え）の如く、周りは長い歴史に存在する時代を先取りする天才の逸材だらけである。天才とそこに集まる高齢者の持つ経験と裁量とを併せ生まれる発明は今までとは違う創造を生み、それを培《つちか》ってくれる。

今日の、ホモ・サピエンスが他の全ての動物を支配することを可能にしたことに大きく二つの理由がある。一つは多くの人間同士を結びつけるコミュニケーション能力であり、大勢で柔軟に協力できる地球上で唯一の種であって、もう一つはその種が分業と文字を発明したことによる。

分業には人の生きる場所探しの参考となるようにその持つ才能を使う環境への移籍とそこへの適正な人材の配置に及び、そして、その人材をどう扱うかを使い分けるのに良い分業と悪い分業が生まれた。そして、意義のある無駄のないＢＡＬＡＮＣＥの良い分業が今日の基礎を築いている。同じ仕事や趣味の人たちが群れて集まれば劣性となる。そこで、仕事や趣味の違う一人ひとりの個性の違う人の集まる集団が意義を持ち、一人の人間がそれぞれその特性を持つ人たちを束ね、その特性を身に着けた人たちが更に他との集団を形成し、中からリーダーが生まれ、今日の繁栄をもたらしてきた。私の探し求める会いたい人とはそんな人なのである。

80億人のホモ・サピエンスの生きる人の歴史における分業という発明の成果はいうに及ばないがそれの悪い面も併せて指摘できる。乳牛も同じ親から生まれた牛同士を交配し続けると劣性になり、乳も出なければ身体も小さくて弱々しくなる。そして、分業の種類が一つだけだと単純化し機械的となり、必要とされる分野によっては近親交配に見られる劣性が生じる懸念があるからだ。尤もこれこそ機械化できることなら長くは人の手に委ねることではなくなるのだが。

雑誌の編集者で作家志望の人はいないというが編集をすることで作家の表現活動に似た満足を得るせいか作家になる意欲をなくしてしまうようだ。創作へのエネルギーはこのように代償行動で肩代わりされ易く文筆志望者にとっては編集の仕事は危険な劣性結果を生むようだ。そんな編集者は自己主張が強いが自らを超える才能に出会い、見たことのない世界を目の当たりにすることを願って止まない者でもある。

ロータリークラブの入会資格は一つの支部の中で一業種一人となっているらしい。似たもの同士では新しい発想が誕生しにくいという懸念からだろう。

そして、様々な悩み多きときを過ごして今の歳にあっという間になってしまったが、そんな経過を振り返ると、大概が人との関係の経緯にあったとの思いがある。ときには人と会って無性に会話したいと思うときもあるが、ときには孤独でいたいと切実に思うときもある。そんな時を過ごしてきて今はどう過ごしているかというと、人と会う間《ま》はその時を楽しみ、孤独で一人になる間を一日の中で節目をつけて過ごすようにしている。この随想集もそんな孤独のときに綴《つづ》られたものである。

そして、ときに、大切な生きる環境を見失ったとき、身の回りにある日常の煩雑《はんざつ》したところからの救いが欲しいとき、人には家がある。そして、一段と強く、混沌とした激動の世界から一人抜け出す方法はそれも家である。孤独に埋もれた苦闘から目覚め、一人でいることに困窮したとき、人は家を求める。家は一人でいることに耐えられず飽きることからの避難先であり、自分探しでなく、次の旅立ちまでのひとときを過ごす踊り場であり、待機場所なのだ。

そして、温もりはここにしかなく、一日の3分の1を占める死の疑似体験の睡眠はあらゆる苦悩を寝ている間は大方玉砕してくれる。救いを求めて癒やされるのに家での熟睡以外に他の手立てはどこにあるのか遠くて気づかない。

家は社会組織というこれまで人間が作りあげた最高の生きる組織構造の中核にあり、見返りを求めることのない日常の輪の中で、そこから生まれ、育つものがある。家は癒やしと成長と挑戦のために大きな耐性を担って佇む気力のBALANCEを踏まえた踊り場なのである。

病んだ心を充足させるには、その療養場所を造り上げればいい。そうすれば、そこは癒やしの間を経て次のチャレンジへの力が湧き出る最良のスタート拠点になるからだ。家族がなくても、AIやVRが人の造り上げた家から多様な生に本来宿る癒《い》やしと成長と挑戦の復活を目的として代用されていく。

外の自然に触れながら現場に仕事で人と触れ、現実の折衝に人間関係学を通じて浸り、遊ぶ。そして、孤独に創作に埋もれ、宇宙と生死を考え、音楽を聴き、絵に浸り、食に耽《ふけ》り、熟睡する。その拠点は家である。そして第二章の「なぜ生きる」の全てと、この第三章の「どう生きる」の全てが、最適な生きる場所を求めた答えの到着地である。

結局人生は「どう生きる」のかに答える居場所探しの連綿と続く長旅であって、早くBALANCEの良い多様な生を司る居場所を見つけ、そこに落ち着くに越したことはない。

考えに考えて自分の生きる時代とその時々の年齢とその時必要な意欲に準じた最適な生きる環境に相応しい「ありえない家」はわたしの砦であって私の隠れ家なのである。そして、そこに肥やしを焼《く》べ続け、時には更に住み易くするための修繕に時間と労力とそれなりの金を焼《く》べる準備が要る。そして、そこに住むのに相応しいかが問われ続ける宿命にある。ただ、それをなくしても次に置かれた場所で分相応に美しく可憐なピュアーな心象の花を再び咲かせばいいだけのことである。卑下はいらない。ただそこに希望だけはいる。

Red

5

貴方はバイリンガルそして
トリリンガルになりたいと思わないか

第三章　5　貴方はバイリンガルそしてトリリンガルになりたいと思わないか

地球の未来は過去の過ぎていった時間を基準にはやってはこないと思うのが自然であろう。多分、人間の考える時間という概念より早く未来はやってくる。そして、過ぎていく。もし、時間が過去ではなく未来から流れてくるとしたら未来を想い、あらかじめ対策を打っておけないものか。私たちの生活空間に「時間の破壊」が起きていると感じるからだ。

近い将来地球への小惑星の衝突、ウイルス感染、ＡＩが産むＧＡＦＡのようなインフラを制覇した大国並みの偏りリスク、ロシアのような狂ったナルシシズムによるジェノサイド（組織的大量虐殺）、米国の前大統領の極端な保護主義や、中国の「一帯一路」政策など、そして、核、戦争、人口激増、超高齢化、地球温暖化による自然の破綻、民主主義の限界、国王排斥等の世界の王族問題、貧困、奴隷制度の原罪からの人種問題、そして、宗教などにより、予想より格段に早く地球は消滅すると思われる。あらゆることに余裕がなくなっているからだ。ＡＩとそれによるＤＡＴＡにより、あらゆるものが透けて見え、しかも、それ等への対策がスカスカだからだ。

一人の人間の行うアナログ対策など小さくても、それで救われる人たちが一人でもいればそれは次に生まれる世界があるならその嚆矢となり得る。私はお喋りが楽しいと思うことが年と共に増してきている。ゴルフの話、芸術の話、読書の話、そして、宇宙の話などを各々の話題に合うジャンルの人とお喋りするのは充実した満足のある楽しいひとときをもたらせてくれる。読書の原文を作者の言語でその文化も取り込み読むことができれば背景にある歴史にも及び、行外の思惑にも精通することができ、作者の母国語でお喋りができれば、そのひとときの世界観は新しい発見になるだろう。

地球を破滅に追い込むことの一つの戦争について、世の中からそれをなくしたいと思うと、その対策として幾つかの壁があることに気がつく。言語と宗教と文化と貧富と人種の壁である。だから、私は最初に日本語を極め、他の言語を学びたい。他の宗教や文化とその差を比較する必要を思うからだ。そして、絵心などの芸術と文化を生んだ歴史から地球に於ける所得格差や人種問題にある世界観の融和を図る要因を探りたい。

言葉は大変な発明であり、ホモ・サピエンスが今日まで繁栄を持続できたのも種の部族間に於ける言葉による伝達とそれによる意思疎通の正確性と迅速性がもたらしたことに由来する。歴史上言葉や文章を自在に活用し、変容できたのはホモ・サピエンス以外なかったからだ。言葉は他の精神や魂に触れる大切な機能を宿しているからだ。言語と宗教と文化について日本と他の国を比べたとき、日本語の「思わず」に当たる言葉はドイツ語にはないらしい。多分、ドイツ・イギリス・フランス・アメリカは個人が突出していて日本と違い全ての行動は意識的であって、結果に責任を取るという考え方があるかららしい、「思わず」は周囲との関係を考える日本人が生んだ言葉であって、そんな曖昧模糊な表現は他国にはないのだろう。言語にはそのように歴史や文化と共に引き継がれてきた奥の深い違いがあり、情報を識別する多彩な機能を持ち、抽象的普遍性を持つ。

一方、私はそんな言語の違いも乗り越えたトリリンガルになりたい。日本語、英語そして次はプログラミング言語若しくは数学である。プログラミング言語は年齢的に相当ハードになると予測がつくのと多分自習で進められるとは思えない。教室に通わないといけなくなるのはまだ現役の私には無理がある。そこで数学である。数字は世界の公用語である英語以上にどの国でも通じる情報伝達の唯一の言語になる。英語はいくら幅広く使われているとはいえ世界に何千とある言語の一つでしかなく、世界共通の識字である数字はその比ではない。私はこの三つの言語の日本語、英語、そして、プログラミング言語の一つを差し替えるなら、プログラミング言語に替えて数学を自由に扱うトリリンガルになりたい。この三つの表現リテラシーを身につけることで実益を兼ね備えたマネーリテラシーの持つ人にもなりえるし、そこからあらゆるジャンルのリテラシー修得へのＢＡＬＡＮＣＥある挑戦が始められる。

そして、トリリンガルに他のもう一つをつけ加えるなら、芸術がある。アートは正《まさ》しく世界の共通媒体であり、これも、言語や数学とは持ち味を異にする伝達力・表現力を備えている。特に魂を揺らすプリミティブな力を備えている。

先ずは単語・熟語・文法・構文に配慮し、英語の原書が読めるようになる教材としての役割を満たすことを念頭にこの芸術である美術や音楽の必要性を盛り込んだ作品を完成させることにする。

英語の話せるインド人の数は九,〇〇〇万人に及ぶが、それで、国民の教育が進んでいるかといえばそうでもない。インドはイギリスの植民地だった過去があるのと、中国のように地域によって使う言語が異なるので、日本のように大学に於いて、母国語で全ての授業を行うことができないから、英語を共通語にするしかなかったのである。フィリピンも英語を第一公用語としているのは、海外援助がなくてはなり立たなかった国であって、英語を使わざるを得ない事情があった。英語教育の必要性の度合いが、私たちを取り巻く母国語の環境とは違っていたことが根底にあるからだ。

一方、母国語によらないと伝統文化の継承や固有性の育成ができないという大きな難題も抱えることになった。ことによっては過去にあった英語による植民地化が再び進むことにも自国の国威が変わればそうなりえる危険を孕《はら》んでいる。その点、英国は植民地のインドを早々と手放して、今は良好な関係を結んでいるとする例もある。

国民が皆英語を話せるから優秀とはいえないのであって、英語が話せない国は実は幸福な国の証でもあるのだ。それが分かっているので、フランスは自由の文化が世界一だと考えている誇り高き国民性なので、他国の言語を受け入れることはしないし、他国の文化も易々とは受け入れない。

フランスを始め欧州の人々はアメリカナイズされるのを警戒しているからである。そうはいっても私はこれだけグローバルなＢＡＬＡＮＣＥを必要とする社会がやってきていて、その情報発信の主体が英語になっている以上、読み書きから始めて英語を習得すべきとの思いは変わらない。第二言語としてではあるが。この本の上梓を英語で出版しようとするのも第二言語の一つを修得したいと思うからだ。

トリリンガルへの挑戦は戦争、ウイルス感染、自然災害、地球温暖化、人口激増、ＡＩの破壊操作などによる凄まじい早さで未来からやってくる難題に、一人の人間が立ち向かうにはそれは極《ごく》軟弱でも、それを吹き飛ばす嚆矢として、自立し地に足をしっかりつけた一人の問題提起からの挑戦であるその行為は馬鹿にならない。

ＡＩによる近未来の実態は現実社会にあっては拒否反応を示す向きが一部にあるとしても、そのまた先にある仮想の難局が目白押しに予測のできる今の実社会には、その恐ろしい仮想の難局襲来に対峙するために多様に挑戦の幅を広めるのにトリリンガルは必然であって、その一歩を始めるのに相応しい時を現在迎えている。そして、そんな環境に於ける柔軟な対策も平衡して進めるのを急がねばならない。

ＡＩの翻訳機能の発展により日本語だけで良いとの選択肢はありえない。それでは２０４５年以降のシンギュラリティには到底対峙できない。

英語、数学、そして、芸術は今最も必要なBALANCEの要る修得課題であり、私のビッグピクチャーの「透明色の瑞々しい心の平穏」を得る過程にある「どう生きる」かの正に手段・方法なのである。

Purple

6

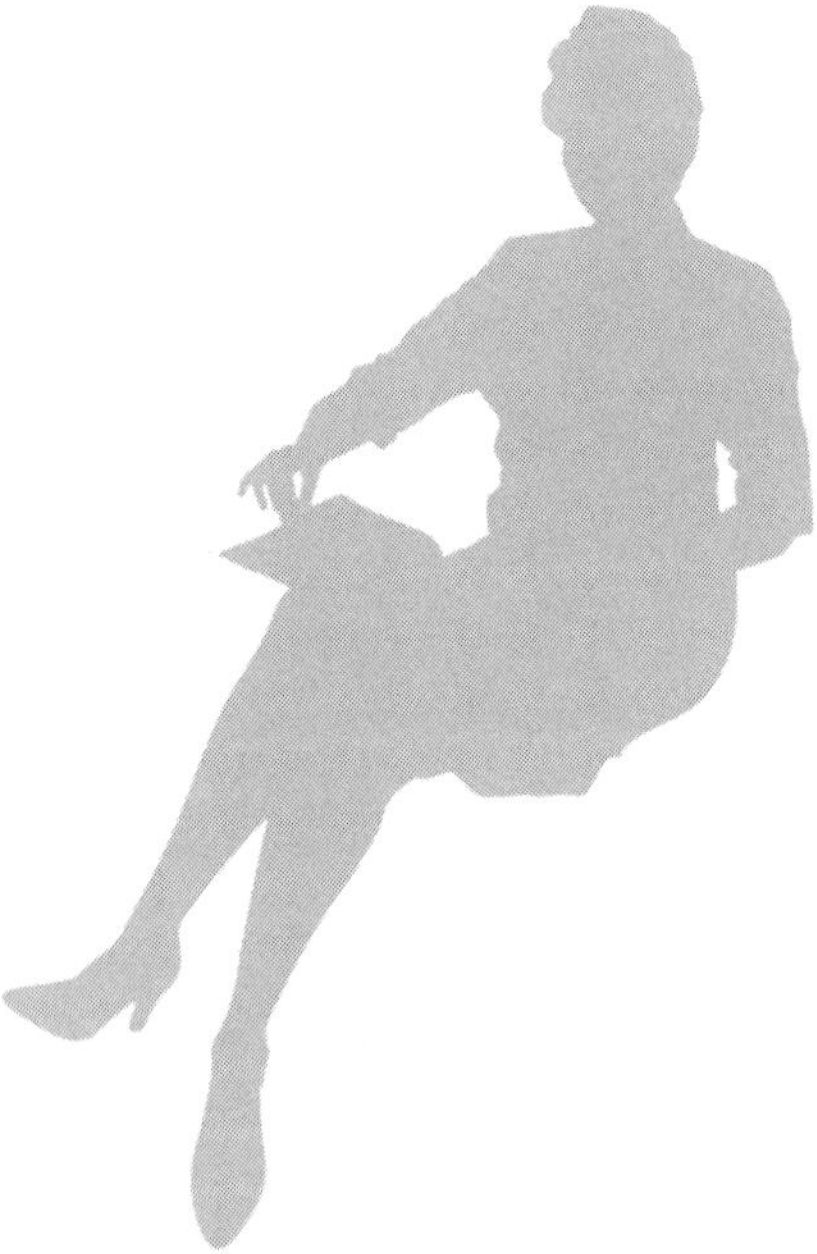

貴方は心を癒す抽斗を持っているか

第三章　6　貴方は心を癒す抽斗を持っているか

私の書斎のファイリングキャビネットには抽斗がある。人生の抽斗。喜びのひとときの入った抽斗。苦悶のときの入った抽斗。入出庫自由で好きなときに好きなだけ出し入れができる。

生きる宿命、生きる館、多様な生、生きる道標に思いを託し、四章48項目にそれを溜め置いてきた。そして其れ等をしまうときには銀座の鳩居堂で随分前に買った「文房四宝」を使って書き留めてきた。書くことは伸縮自在の時間を出入りできるありえない操作法の一つである。

抽斗に今日という日は仕事が上手くいったとか旨い食事を楽しんだとかすばらしい音楽を満喫できたとかの満足感をしまっておく。そしてそれが必要な時々に取り出してエネルギーを頂く。反対に失敗したこととか、悲惨な目に遭ったこととか、病魔の罹患《りかん》の宣告を受けたとかの悩みや苦闘を仕舞っておき、其れ等が解消できそうな力の湧いた時にそれを抽斗から取り出して処分する。無用な終着点のない悩みの移ろう時間がそれで埋められれば使う大切な時間の充実度は自ずと有意義なものに変えられる。また、今日は仕事で不味《まず》いことをしてしまったとか、余分なことをいってしまったとか、今日一日のうっとうしい事象を仕舞える抽斗をそこに新しく用意してゆけばよい。それは失敗談として後にも生かせる。

抽斗に出し入れの振幅を与えるのは体験する事象の数と量による。これこそが時間に価値を与えている内実である。

時間は一様に見えても、それと対峙する人間の事象に対する認識により如何様にもその扱いを変えることができることを改めて知ると、それと共に過ごす間も充分意味の深いものだと気づかされる。

元々時間を定義したのは人間なのだから良いことがあったときはただそれを喜ぶだけでなく抽斗に仕舞い、嫌なことも直ぐに忘れようとそれを捨てるのでなくそれも抽斗に仕舞い込み、漬物のように取りたての小茄子を一夜漬けにしたりして味や匂いや風味を活かすように、熟成期間を調整することで怒りや苦悶も変容させるのがこの抽斗の奇特なところである。

元気の良いときの頃合いを見計らって、苦闘の抽斗から、そして、気に入らないものの入った抽斗からその大きさや重さにより、小出しにか若しくは全部一遍にか、ゴミ箱に捨てることをする。この抽斗の扱い方を認めた解説書は第四章までの48項目に及び、それを開けるスイッチが「文房四宝」の一つの、私の大切な硯の隣に平然と用意がある。

悩んでいるときは下手に深入りしないで、抽斗にしまい熟成期間を置きじっと動かないで過ごすのが一番。すると、元気を取り戻してからの再出発に充分帳尻が取れて御破算で済む。そして、抽斗を使うことで、スッキリと不思議な力が湧いてくると抽斗の取り扱い書には書かれている。

抽斗の中にこんな記憶も入っている。寝る楽しみも安眠なら幸せに尽きるが、冬なのに流れる汗を絞れば濡れ雑巾のように止めどなく流れ、朝にはパジャマどころかシーツまで苦悶の汗でびしょ濡れになり、寝なければと苦しみ悶えて横になったことも人生にはあった。そんな時に聞こえた声は今でも不思議な高揚感で私を見守ってくれている。それも、いつでも抽斗を開ければ聞き取れる。

胸を伝い流れ落ちる汗に気づいて流れるままにしている自分ともう一人の自分との会話がそこにあったことがそうだ。

縁起を担ぐことから、そうなって欲しくないと思うことは口に出さない方がいいという謂《いわ》れに「言霊《ことだま》」があるが、罰が当たるかもしれないと思いつつ、今、それを書くことは矜持《きょうじ》となって私を救ってくれている。

消極的な癒しの入った抽斗から、積極的な救いの入った抽斗もある。入っているのは言霊である。この「言霊」への気のBALANCEが徳の世界に人をもたらせてくれる証になる。

私たちは今、厖大《ぼうだい》な量のデータを掘り起こし、巨大なデータ処理メカニズムの機能する従順な仕組みを作り出そうとしているが、人の心を超えた能力を発揮させることは凡そありえない。人間の潜在能力の全貌は、私たちには想像すらできない。なぜなら、人の心についてはほとんど宇宙と同じように分かっていないからだ。あらゆる視点からモノを見るにしても解答のないモノ・コトがこの世界では殆どといえる。その心を探究するのにろくに人間は投資をしておらず、解答のないそこにこそ、今のメカニズムを頼りに、好奇心を働かせ近づいて行く必要がある。そして、今の自らの心を知ることは自らへの歴史に関心を寄せる意義にもなる。

過去には歴史があり、実態がある。一方未来は探求により描きようがある。縦、横、高さそして時間の四次元の世界も、科学者によっては実は十一次元でできているという人もいる。実際には十二次元なのかもしれない。鳥は私たちの見えない色を見ているという。私たちには見えない、解らないだけのことなのだろう。そんな時代を私たちは生きている。どれが本当かどうか解らないが、理解を超えた一時のBALANCEのある世界に私たちは平気で生きている。

畏怖に包まれた世界にも結果があるなら原因があるはずだ。無限であっても有限がある以上そこに何らかの繋がりはないのか。分かることを理解し分からないことはそれを纏《まと》められないものかと考える。そこに「どう生きる」の神の数式はないのか。方程式はないのか。

少なくとも稚拙な思考の脇に、いつでも引き出せる抽斗を用意しておきたいものだ。歴史を踏まえた経験のシンクタンクをである。ブラックホールは入ることはできても一旦入ったなら、二度とそこを出ることができないらしい。そんな事象も入っている抽斗も側にある。いつか開けて理解ができるときまで、未来が消えてなくならない限りずっとそこに置いておこう。

そして、この抽斗は暫く会っていない他の私なのかもしれない、実在しないモノを見るとき他の私が眠りにつき、あらゆる変則事象をそこに熟成させ、旨みの頂に達しそうになったときを見計らって再び夢の世界に私を誘《いざな》うのだ。

そして、抽斗になくても癒やしや救いと平衡にある気概の冴《さ》えたＢＡＬＡＮＣＥのある勇気がそこに生まれていればそれはそれで良しとしよう。

Blue

7

貴方は生きる活力を
何処から生み出すことができるか

第三章　7　貴方は生きる活力を何処から生み出すことができるか

私は自らの脳裏に収めた絵を描いているとき、1、2曲しか弾けないショパンのノクターン9—2と遺作21番を弾いているとき、自ら書き続けているエッセイを書いているとき、もっと飛ばせるようになるはずだと練習場でゴルフの球を打ち続けているとき、極めつきはお喋りで相手の笑顔を貰ったときに身体全体からエネルギーが生まれているのが分かる。そして、熟睡した翌朝に生まれたエネルギーも用意した48種類の大小の抽斗に蓄え、貯金通帳からあとでお金を引き下ろすように必要なときに随時引き出せるようにしている。

人が生きていくには食べ物が要る。生き続けていくには生活の拠点である家もいる。自然環境により季節毎に羽織る衣類も要る。そのように、生きる日々を繰り返すのに必要な活力を計る目安にどんなものがあるのか見聞きしたことはない。人は生きていくのに、そして、糧を得るのに何を以って思考し、行動し、活力を創り出すのか。そして邪魔なものに何があるのか。

その答えは喜怒哀楽に起因し、そして、感動を得る絶え間のない好奇心への希求から始まる。活力はそこから生まれる時間や怒りや労力や執念や夢を作り出してくれている。時間はそれを見守り、怒りは明確な目標を明示し、労力は実行を育み、執念はその過程を充実させてくれ、夢はそれを叶えてくれる。連綿と続く明確な夢への目的から、それは質なのか量なのか、どのように使うのか。どれほど有益に、そして無駄に使われるものなのか。

それを計る値に何があるのかはそこに生まれる生きる道標の趣《おもむき》により明確になる。

その値は活力の「気」であり、「色」である。私が今あるのは殆どが怒りと興味と希望とその執念を元に時間と労力を掛け明確な夢の実現を目指してこれを活力にして生きてきたし、今もそれで生きている。これからもそうあろうと思っている。

しかし、活力の出処は人から頼られることにもあると気づくし、喜びにもあれば、癒やしにもあるし、楽しいことの中にもあると今は気づく。これだけの一つということではないと今は分かる気がするし、怒りも活用し終えてそれをなくすのは別の経験の数と長い時間を経た故に生まれたそれの忘却にある。

一方そんな環境を生きられるのも支えてくれている他力があってのことなのである。

身体の中のミトコンドリアという寄生虫であって細菌である侵入者は見返りがあるのかないのか、人の細胞に住みついて、昼夜を問わず働き続け、一日に人の体重を支える活力を生産し、その分を消費されてもまた次の日に、人が生き続けられるように毎日必要な活力を生産し続けてくれている。

たった3ヶ月で次なる細胞に生産を託してミトコンドリアは死んでしまう。無償での私たちへの共生を望外に真摯《しんし》に感謝したい。人の行動の活力となり身体を維持してくれている沢山のこの未知の他力の貢献に感謝が要る。生かされているとしか思えないのが現在生きている私たちの存在そのものなのである。

一方、それとは対極の、種である人の内にある様々な現実の誹謗、中傷が人の怒りを突き動かす。なぜ人はかくも稀薄になったのか。能力があるかないか。いい人か悪い人か。その程度のことで画一的にもて囃《はや》されたり意図次第で貶《おとし》められたりする。人物観を一括《ひとくく》りにする平板さが多様な個性を持つ人のキャラクターを殺している。人を単純に見切ったり、異様に持ち上げたりする人自身がそれ以上の世界を創造することはできない。人は自らの心と資質の重さを測りがたいが、善悪、良否の敷居を超える達観、そして、その物差しとしての器を見せることが今を生きる人に大なり小なり求められている。ＢＡＬＡＮＣＥのある人間力をである。

果物も実ってから摘むことを人は忘れている。待つ間が無償の愛である。同じ果物も食べる時期がずれれば味も変わる。果物の味一つを取ってもそこに宇宙があり、モノの味わう変容を如実に掲示してくれている。

摘《つま》んで食べることは現在の次元での人の生存行為である。生あるものは食べずには生きられないからだ。

食べて生きるのに身の回りは殺傷だらけなのだから、これも許しを請うのは必然であり、日本の歴史には八百万の神がこのことの務めをなしていた。そのことは私たちに分別を促《うなが》し、全ての生あるものに大願成就を遂げさせられないことへの哀悼を気づかせてくれている。死を平然と迎え入れるナマケモノ（Ｐ２５１）のように。このことに感謝を忘れてはならない。

一方、凡人には計り知れない器量を持った人物は変人か奇人にしか思えない。器量を持った人物など大衆からすれば非凡なのか変人なのかは他人である多くの凡人の評価に委《ゆだ》ねることでしか判断できない始末である。要するに自己判断能力の持ち合わせがない。キリストの死もそんな中での強いられた一つの証なのか。

これはパラドックス（逆説）だが、今生き残っている人種は優れた生き物の中でも賢い人種を抹殺し続けて生き残った人種であって、過去の見えない歴史を強《したた》かに回想するとき見逃してはならない事象への戒《いまし》めの起点である。

凡人が支配しているのが今の地球である。だから「人間は考える動物である」などは詭弁でしかなく、現人類は葬儀のできる動物でしかないのである。それは歴史に生き残ったものが歴史上他の草花や家畜を根絶やしに並べて食べ尽くしてきたことに詭弁を弄して、そして、罪のない弱者を一網打尽に抹殺してきたことへの詫《わび》る偽善の証がここに風習として宗教の名の下に風体を変え儀式として残っている。

勝って生き残った者が正義で、負けて死んだ者が悪になってしまったことの裏読みを理解するパラドックスが歴史認識からそっくり欠けている実態がある。

終にはこの詫びることが人の活力なのかと思ってしまう。身近では戦争で仲間が皆死ぬ中で生き残った人たちの戦死者への詫びと哀悼の念が身に宿り、古くは何百万年と連綿と続いてきた人類の懺悔《ざんげ》の霊魂が深く重く確固たる許しを今の人たちの一部に宿しているのだろう。

歴史が人に詫びる活力を促《うなが》し、託しているのである。

一方、感動も活力の大きな要因である。第二章のありえない授業プログラムが全て感動をもたらせてくれている。社会も音楽も体育の授業もそうだが美術の授業が今は充実している。

芸術は生きることへの感動の旅であり、希望である。これが活力となる。

一方最近不思議なありうる話を聞いた。指先から「失う気」と「得る気」の話である。

私のかかっているマッサージの先生の気になる会話だった。「年をとった人は揉みたくない」というのである。「なぜ」と聞くと、「指先から気が抜かれていくような何とも嫌な気分になるから」という。そして、「特に癌の人は嫌だなぁ、触《さわ》りたくない」のだそうだ。「それに比べると若いのはいいね。指から気が貰えるし、何ともいえない力が宿ってくるから」と。「私なんかその内揉んで貰えなくなるね」と言うと。「お尻の大臀筋は30代の張りがあるから大丈夫です」と。30歳代を過ぎると一年で筋肉は1%ずつ減るらしいがお世辞とはいえホッとする。揉む度に手を洗っているのをいつも見ていたがそんなところに一因があったのだと分かった。

人の五感の一つの触覚が特別発達したことによるのか、それとも超能力なのか、ありえない話でもないが、不思議な人もいるものだと奇妙な気になってしまった。生きる活力を指先から得ることのできる人と盗られる人もこの世にいるのだと、そのことを思い出す度に新しい知の発見を知らされた思いがある。こんな話で感じる無知さも何のその、私は「平気で生きている」。尤も、このことを聞かされたあとから、なるほどと思うことに気づかされもした。描いた絵から気を貰っているのもこのことと同じなのだと。

私は年上の人とのお喋りが好きである。経験は半端でなく、それが表情や仕草に現れているからだ。

ついつい楽しくなってしまうその時、私も笑顔で活力がそこから生まれている。一方、何を考えているのか分からず、試しの言葉をぶつけるとギョッとする冷たい気を見せられることがある。言葉にするならこれこそ「失う気」であって、活力の喪失されることのはしりなのだ。この類に近寄るのはよそう。多様な気や色は融合を複雑にし、ときには爆発し「どう生きる」のＢＡＬＡＮＣＥを裂くからだ。

世の中には、神経を磨り減らす情報に溢れていて、ＴＶでスポーツ以外を見るのを止めるだけでも驚くほどスッキリする。懸念するポリファーマシーの薬の飲み過ぎと同じく嫌なこと、そして、腑に落ちないことは皆一度止めればスッキリする。活力の削がれる理由に気づくことになる。それで問題が再発すればまた次を始めれば良いだけのことだ。そして、活力を生み出せなくても人生は締め括れる。希望を捨て、諦めがあるなら。

Green

8

貴方は自分の歴史を作りたくないか

第三章　8　貴方は自分の歴史を作りたくないか

歴史を学ぶ最大の理由がここにある。即ち未来を予想するのではなく、過去から自らを解放し、今日《きょう》の立ち位置を固め、未来への様々な宿命を想定することで明日《あした》を自ら創造することにあるからだ。

地球に於いて誰も子供を作らないなら、また、何かの異変により子孫が作れなくなることになれば、それを知らされた日から、長く見ても人間の寿命の現在の最高齢が１１８歳である以上、これから１１８年も経ずして人類はホモ・サピエンスを最後に他のなぜか絶滅した24の種と同じく消滅することになる。

その１１８年の残りの期間も、残存する年代の全てがそれを知ったなら、そして、最後に生まれた子供が10歳にもなったとき、新しく子供が地球上に生まれてこないという実態を知ったなら、その先を想像するまでもなくパニックになることだろう。現在の分業による社会生活に生まれたあらゆる生産物が就労者数の減少により、ＢＡＬＡＮＣＥを無くし急ピッチでなくなる。

おそらく今にもそんなことになれば１年も持たずして、パニックが起こり地球の終末はやって来る。ＣＯ２による地球温暖化の危機や10年で12億人増え続ける人口問題などより早くやってくる破局はありうる。新型コロナウイルスはこんな先の存亡を考えている最中に襲来した一つの人類消滅の前兆を教えてくれている。

そんなことを考える一方、世界中の其処彼処《そこかしこ》にそんなときであっても新たな行動を起こす賢人が現れてくる。こんな人が世に出ると、ちょっと前までは事態が悪化するようなら悪魔として抹殺され、好転を迎えるなら救世主ともてはやされた。

そんなことを傍《かたわ》らで考えながら、残された宇宙での一瞬の間でしかない今ある有限の時間をそのことを踏まえて有意義に扱わなければと思う。

いつの頃までか私は隠れ住んで40何代かの平家の落ち武者の末裔《まつえい》だと思っていた。母は長女を授かったが、跡継ぎの夫が夭逝《ようせい》したのを受け私の父と再婚した母は山を降りる際に背中におぶった子を一人亡くしている。最初に嫁いだのが平家の末裔の本家であって、後に再婚した父との間に生れた4子の末の子として私は生まれている。

考えてみれば大きな間違いというか、軽率というか、私にその平家との繋がりはない。私とは12歳も離れた跡取りの姉は周りとは桁違いに優秀で、身体も大きく、普通でない風采を放っていた。当時としては女性にあって田舎から一流大学に難なく入学し、一流会社に就職し未だに疎遠ではあるが、未婚を通し、平家を継承しなかった経緯を含め、その生き様全てに自立して生きた姉への敬愛の思いが変わることはない。

本家は分家に奉《たてまつ》られ、母は随分威厳があった。人に気兼ねなどするタイプではなく、一刻で律儀な人であって、私も末っ子でもあり、子育てに慣れ飽きた面もあってか自由に放っておかれて育てられた。

そんな訳で、平家とは一切血は繋がっていないとわかってからはその末裔《まつえい》としての立ち位置を離れ、新しく最初から歴史を一人、始めようと思うようになった。少年時代を今どきの苛《いじ》めにも会わず、穏便に過ごせたのも当時のナルシシストの浅はかな誇りを持った勘違いの賜物《たまもの》だったのだろう。

自分の歴史を作り始めるとなると考えることが様々に広がっていく。父が言っていたことを思い起こすと、起業家として思いを遂げた人であったが、晩年は随分寂しそうなところがあって、色々経験してこの歳になった今だからその心境が分かる気がする。そして、なるほど父の言っていた牧場も面白いと思う一方、今ならワイン造りの方に気が引かれる。義父に至っては画家であって沢山の絵を残してゆかれた。

残された絵は勿論貴重だが、絵と共にあった時間に物語を思うことが奇貨であり、残された絵の数々は散逸しないように大切にしていかねばと思っている。

両親に共通するのはカラオケが好きで陽気な性格で二人とも日々精進を重ねた人であったことだ。そしてその趣味は、父は家造りに50年も掛けた人であり、義父は絵を人に嫁がせることで得た糧を中国や西洋の骨董品にあてがいそれを側に置き、そこに歴史に埋もれている絵心を求める人だった。そして共に家庭を大事に家族を大切にする親でもあった。

父の家造りには謂《いわ》れがある。男の甲斐性として母の先の夫の残した本家を山奥から移築し、立派に建て替えることで母を喜ばせ、次の世代に歴史を繋ぎ、親族を見返したかったのだろう。

父は時代に消え落ちていく代々から伝わる由緒ある血筋の家系の再興を母との縁による家造りに於いて一生を掛けてやり遂げたのだ。正に自らの因縁に燃えるエネルギーを注ぎ切った一生だったのだ。姉の代を最後に血筋は跡絶えはするのだが。

この幾つもの情熱を込めた父の宿命の人生行路の経緯に畏怖を思い、身近に感じて今までもがき苦しみつつもそれを礎に生きてこられた。これを私のこれからの歴史作りの道標に生かせないものかと思う。そう、歴史を作り始めるのだ。宿命の歴史を生業《なりわい》にして、残された時間を有意義に過ごす物語への挑戦である。私一代での残る時間をどう生きるかの歴史創りの物語をである。

牧場、ワイナリー、アート、家。家の建築はほぼ終えた。私なりの満足の行くものにしたいと進めたが、分相応に納得のできばえである。牧場は対象から外れている。ワイナリーはワイン集めで十分にしたい。アートについては、男が最後に辿り着くのは「アートだ」とも思っているので今も興味深い描く絵の対象を探し続けているところだ。そして、随想も小説も芸術であり、これらを使い亡き父の言葉の遺功を道標に歴史作りを始めることにする。私一代の歴史作りである。いつまでにどのようにとこれから作り始めるのかの嚆矢と、その経緯の道筋に意義を見出したい。

歴史作りは礎が欠かせない。ピュアーな大義もいる。共有する矜持もいる。

歴史を作るにはそこに至る経緯を知ることが必要である。過去を読み知ることを極めて、歴史を生きることが意味をなす。そして、過去の歴史がどんなに古かろうが、それが宇宙にも及ぼうが、未来への創造がどんなに先のことであろうが、それを思い描くことで過去も未来も新しく繋げ、一人、自前のメタバース（超越宇宙）を実現することが可能になる。歴史を作る以上、そこに至った時代の言葉の一つである「今が一番」にもその言葉の当時の背景を認識した読解認識が求められもする。そして、たとえ明日、自らの終末を迎えようがその時は今あるこの随想録が私の歴史となり、「生きた証」となる。

現存する我が国最古の書物に『古事記』がある。「ふることとぶみ」とも称され、上・中・下の三巻から成り、完成したのは8世紀の初め712（和銅五）年のことである。『古事記』の企画立案者は第四〇代天武天皇であり、亡くなったあとを第四十三代元明天皇がこれを惜しんで、太安万侶《おおのやすまろ》に命じ完成させた。天武天皇は次のようなことをいっている。「色々な家に帝紀（天皇の系譜）とか旧辞（神話・伝説など）とかいう歴史的な伝承があるが、どうも誤りや乱れがあるようだ。ここで諸家の所伝を正しておかないと、後々困ることになる。本当の記録を作って後世に伝えようと思う」と。

漢字が中国の百済《くだら》から伝わったのが応神《おうじん》天皇の4世紀末か5世紀初頭になるのでまだ平仮名や片仮名がなく送り仮名で構成されることのない漢字だけで筆録されていて、これは、日本国史上最初で最大の文化事業であった。

書かれてから1，000年も経ち、誰も読めなくなっていたのを送り仮名で構成される日本語の文章として編纂したのが国学を創始した本居宣長《もとおりのりなが》の『古事記伝』であって日本文化の名書の一つになっている。この長い日本語の歴史の変容過程とその実態に、今の私たちの歴史作りの答えが見えてくる。

大切にしたい真面目とかピュアーという言葉も悪い言葉のように、そして、軽い軽率なことに譬える風潮が見受けられるが、人が人として生きるのに、その考えは歴史を学ぶことからは罪であり、間違っている。

元来は正反対の敬意を表する言葉であったはずである。周りの怠惰な風潮が冷やかし、堕落した界隈から今の扱いになったのだろう。正すべきだとするのは『古事記』以来の歴史に嚆矢が及ぶ。多勢に無勢の奮闘に命がけで挑戦した凄い歴史は山ほどある。先人の生き様は日常がそんなであった。

勝って生き残った者が正義であって、負けて死んだ者が悪になることなど勝った者や生き残った者の所業によって決まり、それがそのまま伝承されれば歴史にもなってしまう。そんなことは誰でも分かっているようでも遠くにあれば対岸の火事でしかない。しかし、それが機先を制され、近くで起これば、それは近いほど初めて経験する人は自分のこととして、その体験の異常さにピュアーになり、真面目であるほど四面楚歌となり、苦悩する。

勝っていくものには出鼻を挫《くじ》く行為が先にある以上、何かしらその時々の機先を制した故の力がそこにある。一方、機先を制せられ、守る間のない局面と、何かしらの他への配慮により、同時には対峙に至れず、弱いとはいえない、苦しみ動けない四面楚歌に悶々と陥《おちい》ることは真面目にピュアーに生きていると起こりうる。二度の絶望のときがそうだった。私はそれに立ち会い弱々しくも偶然に運良く今に生き残ったが故にその後の歴史を今に至るまで分相応に「どう生きる」のかを考えBALANCE良く生きてこられた。

歴史とは時代の権力者によって改竄《かいざん》され続けた壮大で陰湿な物語であり、時代背景を表す年表や歴史書はときの権力者の正当性を擁護するために編纂された偽書の裏面がある。天武天皇の『古事記』の編纂の由来以来の課題であって残し方により、歴史にある真実もそれから生まれる物語も幾らでも改竄できることとなる。

人は細胞の一つから確率的にありえないたった一つの生を受け、今生きている。今まで生きてきて、これから新しい行動を起こそうとするときに、先を見通した自分の歴史を作ることに思いを馳せ、他の誰にも改竄させない本物の歴史を作ってみると良い。自分史をである。自らの生き方をシンクタンクに埋め込み、一冊の本に上梓する。それは自ずと作者一人の「生きた証」となるBALANCEのある歴史書と化す。箴言集にもなるし、道徳、倫理、哲学等の奇貨な教材となる。たった一人の人間が多様な生を通してどこまで自らの心の支えになる歴史を作れるのかへの挑戦の道標となる。今、生を得ている以上、先にいろんな歴史が作れるのだ。そうなら、ありえないと思えた未来に向かう新たな色の歴史が描かれていくし、それはこれからの生きる場所探しにも通じてゆく。

その歴史作りの道理はピュアーである。これが軸になる。ピュアーの周りに次のようなBALANCEを持つ譬え話を塗《まぶ》せばきっと面白いものができるはずだ。

正直者が笑われない譬え話

卑怯者のなれの果ての譬え話

裏表のある偽善者の辿る道の譬え話

人を敬愛することをしない人の譬え話

妬《ねた》み・嫉《そね》み・嫉妬《しっと》が生む浅はかさの譬え話

魅力ある人を探し求めるのが精進することである譬え話

結果結果と焦ることなくそこに肥やしを焼《く》べ続け、答えを先に得る譬え話

難局に会って、ことを新しく始められる挑戦者の譬え話

本に埋もれる時間を過ごす澄んだ人の譬え話

恥をかくことを買って出る人の譬え話

真面目が馬鹿扱いされない譬え話

仕事に貴賤などない譬え話

そして、この本の上梓が私の歴史作りそのものになっている。

一方、人知れず、何もせずに消えていくのも歴史に痕跡を残さない、一人だけの歴史作りでもある。

大事なのは選択肢のある余裕を人目に晒すかどうかは別にして、自らの歴史作りにはそんな

ＢＡＬＡＮＣＥのある余裕が一生には肝要なのである。

Brown

9

貴方は自分の充実度・満足度・幸福度を
測ったことがあるか

第三章　9　貴方は自分の充実度・満足度・幸福度を測ったことがあるか

人間関係学の観点から色々考えたあげくに出す結論と、放っておいて時を待つ結論とどちらを選択するかと問われれば時にもよるが、どちらもＢＡＬＡＮＣＥにあると思う。考え出した結論が60点であっても、何もしないで80点というケースもあるからだ。

給与が少ないなら多くすれば良いことだし、その場合の対価に耐えられるかどうかの合意である。休暇が沢山欲しければ、そのような仕事につけば良いだけのことである。給与が下がるという覚悟があればだが。問題は使う側、使われる側の立場から起きている問題だと分かれば経営者はそんな会社が作れなければ人を使わない仕事に切り替えれば良いし、使われる側なら、新しい雇用先に自らの魅力を増して転職すれば良いだけのことである。何れも個人のＢＡＬＡＮＣＥある自由意志による選択が介在していればそれで済む。

学生時代の五十年強の前に、入学式で体育会ゴルフ部に偶然勧誘されたのをきっかけで田舎者の私にとって、そこで今日に至る人の歩む道標を刻印された。ゴルフの推薦入学者と比較的裕福な育ちの新入部生との部活の体験はその後の私の経済力、人格、夢を持つ人への人間の軸を築かせてくれた。入部したときに45～46人いた同期部員が2年後には鍛錬が厳しく6人になっていて、田舎からのアパート暮らしは私だけになっていた。

金もかかるこのクラブを続けるには授業を受けることなく、麻雀と酒の付き合いから田舎出の仕送りだけでの制約からは金も足りず、バイトで金を稼ぐことを覚え、結果として早くから社会の風に晒《さら》される機会を持つことになった。遊びたい気持ちと空いているのは夜の時間という制約もあって羽田の国際線のロビーの売店で西陣織の財布や飛行機の模型等を売る店舗で働き始めたのが最初だったと思う。２番目はゴルフ部の同期生で、大阪の良いとこのぼんぼんのおばさんがやっている中目黒のスナックで働かせて貰った。その後は高級クラブのバーテンダーをしている。学生である私の作ったオードブルやフルーツが１５，０００～２０，０００円だったのを覚えている。当時での呼び名の半貫目90円の氷をアイスピックで小さくしたあと、濡れた布で包み、アイスピックの裏側で砕いた氷を透明ガラス皿に盛りつけ、バナナやパイナップルを盛り合わせ、真ん中に置いたワイングラスにも砕いた氷を埋めた上に真っ赤なグレナデンシロップを垂らし、その周りを当時高価だったサンキストオレンジを添えたものがそれだった。その後今日に至る50年強で数えてみると同時に4～5種類の業種を経営しながら30種にも及ぶ職業を経験してきている。

　その数をこれからやってみたい職業も含めて12の職種に絞り込み、整理してどの職業が私にとって充実し、満足し、幸福感をもたらせてくれそうかを想像し、これから過ごす時間の参考にしようと自己適応表を51歳になった頃に作っている。作家、企画家、科学者、建築家、翻訳家、音楽家、画家、失敗学教授、ゴルファー、宗教家、フレンチオーナー、哲学者である。面白く、やってみたいと想定した対象もある。選択基準は携《たずさ》わることでの使う時間の量、人・物・金の必要度合い、儲かるのか、どんな意義があるのか、どれ位楽しいのか、ためになるのか。それらを総合評価したものだったが、企画家が作家と哲学者を抜いて最高点を取得した。

　携わってきた職業には運輸、塗装業やゲーム機製造業、設計事務所、建築業、ホテルシステムなどの弱電や強電もあったのだが、これからの時代にはＡＩやＶＲそして、ＢＩＧ ＤＡＴＡ等の分野が進み、配送や製造は機械でもできるようになるだろうし、十年単位で考えるなら、シンギュラリティ対策からも人間にしかできないことに対象を絞り込む必要に思い至った。特に企画は30種以上の職種に携わってきた経験を活かせることがその最大の選択理由である。

経験から俯瞰してみても、単純に一人でも企画は発案することができる。体感した経験の数を活かせることはアドバンテージとなる。初めから最後まで全て一人で実現させようとしなくても、優秀な要になる人材をアウトソーシングすることがフリーランスの普及により、採用が必要に応じていつでも可能な社会になってきたことと副業も可能な社会になってきたことが決め手となった。そのことは流動的に人材をその時々に活用することができて、働き方改革やテレワークなどにより、副業の容認が進み、弊害はあるにしても外の多様なブレーンを生かせることも時間の瞬時な使い方ができる社会になったことによる。

何よりも企画は自らの経験から見つけた構想力を現実のものにするのに、そして、沢山の柔軟なチームで集めた情報を目的に向けて編成し、その目的を統率力を担う人が総合プロデュースすることに高齢が邪魔することなく進められる私に見合う分野だからだ。やりがいは半端でない。途中での失敗は奇貨であり肥やしにもなる。

ものの時代は作ることと運ぶことがビジネスだったが、大量生産の時代は過ぎ、少量多品種のロングテールに目を向ける個人の消費動向はＢＩＧ ＤＡＴＡを目安にする現代社会と融合し、意識の変容により、あらゆるゴミを宝の山にも変える企画力がビジネスの主役に日毎彼方此方《あちこち》で台頭するようになった。

人体に於ける血液の存在のように、データを通じて、人工知能（ＡＩ）、ロボティクス（ロボット工学）、ＩＣＴ（情報通信技術）、５Ｇ（第5世代移動通信システム）、ブロックチェーン（分散型台帳技術）、３Ｄプリンター、ドローン、ＶＲ、ＩｏＴ（デバイスのインターネットによる稼働）、ゲノム（生物の遺伝子情報の全て）、ナノテクノロジーなどの様々なテクノロジーで繋がり生まれてくる未来の多様なモノやサービスのニーズがあり、その先には、仮想通貨を含むフィンテック、シェアリングエコノミー、ベーシックインカム、シンギュラリティーなど新しい仕組みや制度の融合が待ち受ける。

私たちはこのテクノロジーや立体製品に目が行きがちだが、今起きていることはデータを通じてそれらが結びつき合うときに突然、現実から線や面や立体を超越した宇宙が生まれ、ニューロン間の橋渡しをする伝達システムであるシナプスのように社会や世界を大きく変貌させてしまう世界が生まれることにこそ特徴がある。

これらのテクノロジーやデータあるいは意識の変化を通じて未来社会がこれからどう構築され、変わっていくのかは現役世代では対応しきれないことだらけだ。北川民次の教え子の描いた絵への賛辞の如く私たちにはどんな先進のプロであってもリバースメンターのような他の世代や分野に膝を向ける意識改革がこれからは必須になる。

そして、インフラにＡＩ、ＶＲ（仮想現実であり未来のテレビ）、ＡＲ（拡張現実であり未来の携帯電話）、ＢＩＧ ＤＡＴＡを日常自由に操れる社会が到来したことにより、企画も一人ですることが更に簡易化し、外注の専門的な組織力も容易に活用できる時代になった。

オーブリオンやプチレストランが大きくなったことは聞かないが、強い企画を立ち上げ、様々な分野でそれをテンプレイトにした拡販活用が具現化し、注目が集まっていく。これは個性を求める芸術のこれからの隆盛と一対である。しかも、あらゆる事象の融合を図れば唯一無二の企画は無限に創り出せる時代がやってきている。

これからの社会に求められているモノ・コトを具現化するにはその企画の目的が分かり易く、新しく、共感を持たれ、刺激があり、感動があり、癒しもあり、早くて、近くて、安くて、社会性があり、安全なことと時間の要らないこと、そして、それ等のＢＡＬＡＮＣＥが求められている。

その上で、最も希求されるのは時間を短縮する開発であり、それをなくし、必要としなくて済む発明だろう。一方、必要なときにそれを自由に手に入れることができ、蓄えておくこともできる発明である。データやものやまして時間をである。

ネットワーク上の仮想空間であるメタバース（Ｐ26）は物理的な場所の制約のないイベントが開け、どこからでも誰でも参加できる。アバター（Ｐ26）を通して身ぶり手ぶりを交えたコミュニケーションや、現実を超える表現もできるようになる。企画力を磨きリバースメンターのような謙虚な裁量を身に付けさえすれば、ときを足掻《あが》く高齢者であることこそが企画の中核の場を担うことになる。

このことを実践するとなるとそれはやはり人間力が必要となり、その人材は経験に長けた人であることが条件となる。

企画を推進する対象者は多様で柔軟な理解力と発想力が要る。今の社会を映す団塊世代や団塊ジュニアの年金受給者はその恰好の創作活動の担い手となる。そして彼等のあとの世代が引き続き熱狂し、リピートする企画が今求められている。

自分のやりたいことの興味から充実度、満足度、幸福度が得られる対象を選択し、それを如何に実践するかに時間・労力・金のエネルギーＢＡＬＡＮＣＥの効果に配慮し、そこから生まれる喜びを客観的に精査し比較する。それらの成果の度合いを測るのが結果として人の充実度、満足度、幸福度の目安となる。それは一方では笑顔であり、納得であり、次に向かう興味から生まれる意欲の度合いなのだ。

興味や好奇心を元に糧を得る仕事に精を出し、それが社会的に価値を創造するなら、そこに、人生のすばらしさと充実感と満足感があって、幸福感も生まれて更に思いもよらなかった他者からの評価も得られ新しい世界観が生まれ育まれていくことになる。

興味や好奇心とその熱中の度合いが充実度、満足度、幸福度の秤《はかり》となる。そしてそれは、様々な絶望や難局から逃げなかった人が推し測ることのできる世界感なのだ。

充実度や満足度を伴う生き甲斐、そして、幸福度とは、外にあっては人から頼りにされること、内にあっては面白さを常に袂《たもと》に置けることである。「残りの人生をこの理想を求めて過ごす」ことにする。

「I resolved to spend the rest of my life persuing my ideals.」

私の最後の幸せの対象は芸術の表現にある。私の生涯の今から始まる残りの時間は様々な企画と平衡し、それをも包含する芸術の表現に関わることにある。この本の上梓がその入口となる。

そして、今ここに秤はなくても先に道標の見える「今が一番」と思えるなら、それで私は十分今を充実度・満足度・幸福度の秤の頂きにある「粋《いき》」を感じられる。

Indigo

10

貴方は自信と自己愛を使い分けられるか

第三章　10　貴方は自信と自己愛を使い分けられるか

私は自信などまるでない時をずっと過ごしてきた。同じように自己愛のナルシシストの経験も薄かったと想う。しかし、60歳を超えた頃から色々なことが俯瞰して見られるようになってくると、自信とはこんなことをいうのかと思えるような高揚感が芽生えている気がするときがある。それまで、そんな気持ちになったことがなかった。それこそがナルシシズムであり、穿《うが》った勘違いかもしれないが、それほどこの二つはときに一対のモノである気がする。そして、色々な人たちによく叱られたが、身近に敬愛していた人たちが次々と亡くなるにつれ、叱られることはなくなり、周りに締めつけが少なくなってきたと感じられる。そうならそれこそナルシシストに成りうる兆候に思え、危ない気がする。そんな変な居心地の緩《ゆる》い自信めいたものに気がつくようになってから、自己愛に意識が行くようになってきた。やはりこの二つは同所に併存するもののようである。コインの裏表の対にある必然のようにである。

自己愛も自虐的なことと比べると周りにとっては良しとする場合もある。暗い振る舞いをするよりは明るい存在の方が良い場合だってあるだろう。愚痴を聞くより、多少のことなら自慢話を聞いている方がいい場合だってある。長く生きてくると、自己愛があることは時には必要なこともある。恋もそうだろう。自虐的なときに恋など生ずるはずがないからだ。自信をなくしたときなど開き直るのも、ときには自己愛が緊急避難場所として必要なときである。ようはＢＡＬＡＮＣＥが肝心なのだ。

自信と自己愛の違いは良い悪いの問題ではない。自信はエネルギーを創ってくれる。ナルシシズムはうつとは真逆であって、無駄なエネルギーの消費を止めてくれる。一方は他人からの評価であり一方は自己評価にすぎない点にある。そして、自己愛も度をすぎると様々な問題を引き起こすことになり、行きすぎた許容は我が儘を生む。そして、自信とは様々な経験と沢山の他人の目線を踏まえて初めて生まれてくるもののようである。年を重ねて今、勘違いの自信のようなものを授けてくれているのかもしれない。

遊ぶお金欲しさに、私は学生の頃いろんなアルバイトに赴《おもむ》いた。羽田の国際線の売店の仕事やら、2トントラックや4トントラックの運転手もやった。喫茶店の仕事やらもした。田舎から方言丸出しで上京したこともあってまるで周囲に異性がいなかった。大学での遊びは体育会のクラブに入ったこともあって昼は身体を鍛え、時間が空くと暇さえあれば麻雀ばかり。何とか小遣いと異性のいる場所に行きたいとの思いからいつの間にか高級クラブのバーテンダーになっていた。バーテンは凄まじい初めての経験を幾つも矢継ぎ早に味わわされた。特に印象深いのはクラブでもてるのは決してお金持ちの遊び人ではないということだ。金振りのいい客がもてるのは金払いが良いからであって、客でしかない。クラブでもてるのは実は客ではないということだ。

それは、№1のホステスであっても気を許すのは実は客ではなく、虚像も抱いて生きているホステスなら大抵何らかの苦い想いを当時は抱えていた。見栄を張るのは客にであって、本音を見せるのは客にではない。週に3回も指名でやってくる羽振りの良い若い客もあっという間に破滅する。金が続かないのは、使い込みがばれたからなのか。そうやって夜の蝶は客を乗り継いで生きていく。そんな凄まじい女性が昔は沢山いたのだ。魅力を弄《もてあそ》べる魔性の女が。

そんな裏事情に気の行く客はなく、ナルシシズムによる典型的なホステスの取り合いを彼女等の自信が面白く教えてくれていた。バーカウンターも内と外では世界がまるで違うのだ。客のナルシシズムとそれを弄《もてあそ》ぶホステスの自信との二つを一対のモノとして見せてくれていた。そんな経験も今にしてみればすっかり忘れていたことなのだが、年をとり、「無知の知」を考えることにより過去の経験の整理が生んだひとコマの描写が小さな自信と自己愛の使い分けの一例を「カウンターの内と外」が教えてくれている。

そして、自信は60歳を過ぎる頃までは持つのを避けた方がいいと思える。できれば一生に於いても。その方が素直に、そして、上手に澄んだ経験を重ねられるし、その方が型にはまらない寛容でピュアーな個性溢れる粋な人間として人を悶え遊ばせ、自由にしてくれる。ナルシシズムのプライドは幾つになっても邪魔なのだ。

悩んだ時にはナルシシストとして世間から隠れて英気を養い、調子の良いときには謙虚に自重することで後にそれが自信に繋がる糧となる。経験の深さは「カウンターの内と外」の別世界を改めて教えてくれている。自信と自己愛は時と場合により使い分けが大事であることを人に気づかせる人間に託された大切な選択肢であり資質なのである。この心象に「どう生きる」かへの絶妙なBALANCEのあることに首肯する。

そして、それが分かっていても、使い分けのなかなかできないのが男と女に共にある人間の性ではある。

Gray

11

貴方は何も想わない時を
自在に創ることを知っているか

第三章　11　貴方は何も想わない時を自在に創ることを知っているか

ピアノを弾き、油彩画を描き、書きものをしている時、そして、ゴルフの練習場での玉打ちをしている時が私の瞑想のときである。ピアノに向かい、カンヴァスに向かい、原稿に向かうと私はその世界に埋没してしまう。時の制約を感じない、絵を描いている時が正にそうだ。悠久の空間に誘《いざな》われている。ゴルフの練習場で玉打ちをしている時もそれに近い。人に頼られている時もそうかもしれない。眠っている時も勿論そうである。最近はデスクワークをしている時にそんな気分を身近に味わっている。何も想わない時と同様にその一瞬一瞬に別世界に切り替わったことに気づくことがある。そんなときは何も考えていない時から次の思考に飛んだ時の周りの変化に驚いてしまう。次のことに瞬時に切り替わるには、人は本来そこに、必要な間が要るのだろう。

そして、何も想わない間から突然目覚めて、一文字ずつ書き始めて、何も想わなかった時からずっと前の時点の別世界に向けて文章を綴ることもできるし、長い年月をひとときに書くこともできる。逆にひとときを宇宙時間の広さに拡大して先に書き繋ぐこともできる。何も想わない時は伸縮自在である。

夢に向かっているときもそうである。たいてい夢を成就できる人というのは客観性のない人であって、理論的に考え始めると足が前に出なくなるからだ。夢に向かっているときに他のことは何も想うこともなく、何も気にかけずに凛としてときが過ぎていく。

そして、邪魔するものが何もないから猛進できるし、次に目にした時には果たしてこれが自分のしたことなのかと大層驚くことが度々だ。思う音色でショパンのノクターンのピアノ曲を弾き終えられた時、納得した絵を描き終えた時、設計した満足する建物が建ち上がった時、そして、足掻《あが》き苦しんだ随想を書き終えられた時がそうである。しかも、それらの完成作品を後に再び見る機会のあるときに、それを仕上げたのが本当に自分なのかと驚くのである。それは正に、自らでない他者からの目で見た作品にマスターピースを感じる瞬間である。このことは何も想わない時を気づかずに跨いだ故の驚きであって、これに平衡して、正に再びそこにナルシシストに耽る恍惚の世界が広がっている。

そこで気づくのはそんな何も想わない時を自在に操り、そこを跨いで遊びも叶えることができるという発見であり発明である。

一番近いところに夢がある。目が覚めていいてもできる夢想である。実在しないものを夢見るとき私は眠り、実在しそうな発見があるとき私は夢から覚醒し、行動を始め動き出す。

目的や結果もそうである。その追求に明け暮れている時には見のがしていたことが、何も想わない時を過ごすことで初めて見えてくる世界がある。四分音符と四分休符の並びが奏でる音のようにである。

目的や結果に逸《はや》るよりは原因を探すことから新しく始め、それを連綿と見続け継続することで漸く見えて来る世界に答えがあるし、結果ばかりを求めるよりは、何も想わない時を過ごすことで、そこに至った原因に新しい発見の気が生まれる光明がある。第四章12の達観4「ことの善し悪し決めるより、継続こそが奥義なり」（P446）なのも、何も想わない時を平然と過ごすことで見つけられる。

そして、人は自由という価値観を求めて長い間戦ってきた。命がけで捉えそれを獲得した上に現在の一時的な自由の世界が存在している。しかし、その自由もその時代の人たちなりの軸がなければ不自由となる。

何も想わない時にあって、知を鍛えた上での自分なりの間のある軸を持つことが生きる極意となる。何も思わない時を選択することはかくも多様な未来への夢を育み、これを自在に操ることは物語の始まりと終わりは、終わりが始まりともなって次の物語へと際限なく続いていく。

人は試されて生きている。試すのも試されるのも人の内に潜むある多様な生を「どう生きる」かの楔《くさび》となる。

分相応に文学を極め、次に数学、科学、建築、語学、音楽、芸術、歴史、スポーツ、心理学、宗教、そして、哲学を極めたい。この全てを極めることを何も想わない時を跨いでこれからも自由に目指していく。これは小学校の時間割授業のＢＡＬＡＮＣＥの持つ会得手法で実証済である。

そして、そんな極める夢想の世界に自由に出入りするＯＮ、ＯＦＦのスイッチを日常手元に置くならいうことなしである。眠りと覚醒の両方に何も想わない時を自在に創れることを知ることになる。

Black

12

貴方は自分の逃げ場所の用意があるか

第三章　12　貴方は自分の逃げ場所の用意があるか

これから生きてゆくのに80億人の食料問題がどうなっていくのかと心配であった。

それが、夥しい食べ物の廃棄をなくすことのできる画期的な方法が発表されたことで食料自給の問題も一時は解決に向かう可能性が出てきた。それはアミノ酸を含む水である。取り立ての魚にこの水をかけるだけで保存期間がたった一日だったのが一週間もつという。これにより鮮度の保持に要する冷凍設備が要らなくなるし、物流形態も画期的に変容するだろう。ハマチが釣れてから一日しかもたなかったのが一週間も鮮度が落ちなければ一昔前と違って海の漁獲量は大幅に長く温存できるはずだ。

ふつう身近にいる生き物は生殖能力の役割を果たすと皆死んでしまう。鮭は必死に川を上り、産卵を果たすと間もなく死んでしまう。カマキリは生きるために子が男親の方を食べてしまうらしい。しかし、人間は生殖能力をなくしたあとも60～70年と生きることができるようになったし、他にはゴンドウクジラがそうである。人間が他の動物から如何に優れているかが分かる。そして、人間は自らを終わらせる意志も備えた唯一の動物なのである。そんな動物である人間も自らの意志で誕生を始められてはいないし、食べるものがなければ生き続けられない一方、死ぬのも自らの意志では行っていないと思っている。そうであるなら、最後は自らの意志を働かせて結末を図ることに問題はあるのか。

どう生きるかは若い頃や家族の中核をなす立場にいるときには病は撃退させ全力を挙げて治すものとするが、老いての病は一つの病を治せば全快するとは限らず他の潜在的な病の前兆でもあり、一つ治すと、また次が生じ、それを治してもまた次々と生じることが多々あり、これが老化であり、受け入れてきた寿命なのだ。老いて病がやってきても治すことをせず、治ることを願わないという選択肢がある。その病が痛みを伴わないものなら、病の迎え方も労《いたわ》りの救いなのかもしれない。

延命治療をしないことは尊厳のある自ら選ぶことのできる死への一方の選択肢なのである。「どう生きる」かの最終章のエピローグは生きる期間が少し短くなるにしても、その痛みの時間を無くし、身体を切り刻むことなく一人の一生の最終末を達観して過ごす時間に充てるべきだと考える。終末に向けた人生の折り返し後の下り坂での病は治すことを中心とする今の医学は趣がなく相応しくない。いざ私が死にかけた時のありようへの対処方法を書き残して最後を終えたいものである。目の前に迫る直接の死の難題は別として、他の退屈、暇、そして、寂しさは人を破壊する三大悪である。それが我が身を襲ったときには隠れるといい。休めばいい。寝るといい。そして、太陽が東から昇りまた、西に沈むようにその間にじっくりと英気を養えば必ず身体にそして精神にまた気が宿り、リズムが生まれ身体が燃え始める。英気を貯め込み活力を宿せば、日がまた昇る頃には気力が産まれている。人間とはそのように創られているのである。そんな隠れ家を私はずっと作り続けている。多分生まれて直ぐから始めている気がする。小さい頃何を思ったか、死ぬのが怖いと泣きじゃくったときからずっと。

小さい頃のそんな逃げ場所は綺麗な勉強部屋だったが居心地は心の暗さと同じだった。今は自ら作った書斎とアトリエがあるが極めて居心地が良い。どう生きるかを考え続けてきた経緯に心の成長が育まれているからだ。そしてそこで過ごす時間がＢＡＬＡＮＣＥのある次なる英気を生み、私を蘇らせてくれている。そこで意識するのが戦ったあとの身体と心を癒やす逃げ場所の存在にある。この章の「どう生きる」が私の行動を促し、そこに癒される最適な居場所があり、私に相応しい隠れ家を作らせた。それは逃げ場所であり、私の隠れる砦なのだ。

そして遡れば「なぜ生きる」にも再び新しい視点を気づかせてくれるのだ。「なぜ生きる」のかと人生の目的の感動を探し求め、生きる場所探しの道標となる生きる手段と方法に思いを巡らし、「どう生きる」のかを考えると科学は宗教に未だ及ばない。宗教はある面哲学に及ばない。今、私は哲学に光明を見出す。

哲学とは人生の生き方と死に方を学ぶものだと思うからだ。死に方を会得し、達観することから逆に人生の生き方を想い「どう生きる」の生きる手段と方法に思いを巡らせていく。そしてその先にあるのは、再び達観なのだろう。そして、「神」なのだろう。ここにも始まりも終わりもない不老不死の象徴とされる『ウロボロスの蛇』がまた現れる。

私は還暦を遠くに過ぎ、人生七十古来稀なりの歳も超えた。なくした時間を取り戻せるのは時間を遊べる夢想にあると考える。そして、死を学ぶ哲学にあると思う。一昔前なら、亡くなった父を思い出すなら、枯れた域に入ろうとしている年齢に私はいる。しかし当時の父と比較すると今の私は気の持ちようでは相当に若くいられる。戦争に生き残った人たちの世代と今の私では還暦も古稀の迎え方も、傘寿も、米寿も、白寿も、人生に飽きる時期も、随分違うものになっている。実業家としての父は私が30代後半を迎える頃までは怖い人と思っていた。その父も晩年は気弱になっていたし、「いつ来る」と私を電話で呼び出し、まるで1番気の合う友達のように接してくれる晩年だった。

これから残された時間を生きる行く末に、考え続けてきた生きる手段と方法を実践しなければならない。そして、自分の最終の逃げ場所の用意も要る。国語の授業から始まり、最終の逃避場所、それは小学校の最終授業の自習による哲学だと考える。哲学とは自らの終わりを学ぶことだと考えるに至ったからだ。そして、変化する色は文学から哲学へと連綿と繫がる人生のメタファーなのである。

この章には自分の居場所があり、そこは逃げ場所であって実のある隠れ家なのである。そこでは心理学の知識も私を助けてくれる。それもそばに置くことで、日頃思っていることを歴史に検証し、その時々の想いを相応しい居場所の中に位置づけることで気持ちは整理され、「透明色の瑞々しい心の平穏」がそこに生まれている。

どこにでもいつでもある逃げ場所は書斎の抽斗にあり、他の抽斗には興味も希望も幸福も、そして、勇気も入っている。

趣味の抽斗には趣味に目的を持つのは粋でないとある。同様に人に自らの趣味を語ることはあっても、理解を強いてはならないともある、叶わないからだ。他の人への期待はあらゆることが落胆や愚痴となるからだ。期待は自らにすべきモノであって、自らにならどれほど大きく期待してもかまわない。そこに生まれるどんな失敗や挫折や落胆もそこに肥やしを焼《く》べればいつか必ず明るい新鮮な息吹の芽が出てきて実がなるからだ。

そんな抽斗は動物が死ぬ時期が来れば隠れようとするように、そこは逃避や孤独やうつの入る逃げ場所であり、邪悪の巣窟《そうくつ》でもある。そして、愛という逃げ場所の抽斗もある。人が愛と呼ぶのは一方では詭弁であり、怯懦《きょうだ》と同意語である。その粉飾された言葉の愛には思いやる気持ちがある一方、それへの過大な期待はストレスを生む。愛《かな》しいという病が生じてくる。それほどそこには深い迷宮がある。そんな愛《かな》しいとも呼ぶ一面のある愛であっても、全ての苦悩を包み込む本来の無償の愛の用意をその抽斗に置きたいものだ。

隠れ家に潜っているときはじっくり心身を癒した上で、再び捲土《けんど》重来《ちょうらい》（一度失敗したものが、勢力を蓄え準備を整えて巻き返すこと）の絶好の機会の前触れと捉え、怯《ひる》んだ苦悶を消し込むのだ。あらゆる生きる手段・方法をそこに試すと良い。そして今、戦場にある現実を戦う「武器」に何が必要なのかを学ぶと良い。

人間はこれまでなら一人は一つの人生しか生きられなかった。人間は多様な生を持ち、様々な価値観を持っている。しかし、その時々の人生の一場面毎に他者の持つ思惑への理解や気配りのできない者にいい一生は送れない。敬意も得られないし、訴求力も決して生まれない。

そんなときでも武器の一つである読書は出会えなかった無数の人の人生を知ることができ、理想を掲げ戦っていく主人公に心を通わせ、書かれている社会の実態を客観的に知ることができることはそれまで認知に至らなかった生ぬるい思考や自我をあっさり叩きのめしてくれる。そこには今まで気づかなかった主人公の絶望も挫折も勇気も成長も達成感もあらゆる経験を幅広く教えてくれ役立たせてくれる。

そして、この項に掲げた逃げ場所の抽斗に、次に対峙する戦略と武器を蓄えることで、更に人間力の底の深さと奥の広さは強まっていく。

そして、自らに戦略や武器を蓄えるにも厳しく凛々しい、辛い孤独への強い意志がそこには要る。誰にも理解されないことが前提だとの覚悟が要る。貴方が今生きているなら、これを噛み締め絶望の経験を経て戦いの勝利へ向けた苦闘の道を今までに貫徹してきたからこその今である。

結局どう生きるかは逃げ場所の準備と連綿と続く次の戦《いくさ》への弛《たゆ》まぬ挑戦との平衡なのだ。良い悪いのことでなく人の持つ宿命なのだ。戦略と武器と砦と蓄えは生きる手段と方法として常に要るのだ。

全ての川は空からの一滴の滴に始まり支流を重ね大河となり、やがて大量な群れとなって、勢いを増し静かに海に注ぐ。そして、更に再び、水蒸気となり空に至りまた雨となる。慣れや日常化はときに私たちに本質を見失わせる。だから同時に私たちはいつもこの見えない先の基になった本質を忘れてはならない。大河の一滴の滴の嚆矢を忘れてはならない。

逃げ場所は喜怒哀楽の様々な動機により文学から哲学へと向かい、そこから始める挑戦の嚆矢の場所でもある。そこで行き着くところはあらゆる事象への哀悼であり、感謝である。中核にあるのは紛れもなく耐える忍耐と新たに挑む勇気である。人生のときどきに遭遇する戦う戦場の先にある平穏に辿り着くには勇気が側に常に要る。勇気も哲学と同じく人の一生を足掻《あが》き藻掻《もが》かせるBALANCEの欠けた変則事象へ挑むメタファーなのである。

そして、逃げ場所が見つからなくても達観があれば良い、覚悟があれば良い。慌てふためくのは人生に課せられた試練なのであって対処の姿勢は様々に許容され、人次第だからであり、成り行きの先には生きる道筋を再び試される。それでも先に後悔の生まれる懸念のあることはしたくないし、それでも起きたときにはそのことで悩む時間を削り、疲弊する心を慰めるアプリを開発したい。しかし、それで心身の負担は減るだろうが、奇禍がなければその奇貨は生まれず、アプリに頼り切る体質から抜け出せなくなる。やはり、奇禍は奇貨なのだ。「禍《わざわ》い転じて福となす」そんな余裕を身に付けた生き方にこそ粋がある。

人の命は子供時代から始まって再び子供時代へ戻る円環であり、時間の動くあらゆるところに円環がある。

人類誕生の時から人はどう生き、どう死すべきか講じてきたし、死について考えることは、即ち生について考えることだと、『ウロボロスの蛇』を譬えとして堂々巡りをして生きてきた歴史がある。残されたこれからの日々を今日が残りの最初の一日として始めるのに、今の己の立ち位置を悟らなければならないが、いつの間にか身に纏《まと》っていた武器もさっぱりと剝《は》ぎ捨て、身を清め直して生きるための12のＢＡＬＡＮＣＥのある答えを私の居場所、逃げ場所にあるギャラリーに翳すことで打つけないと気の済まなかった独自を漸く出し尽くした想いがある。

第四章

そしてどうなる

（生きる色）

それは心の色合わせ

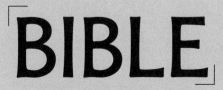

人生には本舞台の隣に控え場がある。それは表と裏である。裏を知らずして表はない。そのどちらからも次が用意されている。それが生と死だ。

人生はそもそも理不尽なものや忍耐を背中に羽織って、あてのない、あるはずの自らの居場所に向けて薄氷の上の足先を、恐る恐る一歩ずつ前に進めていくようなことである。面白くもない世の中を自ら面白くさせ、メリハリのある喜怒哀楽を声高に発信し、その反応を確かめ、充実した満足の感じられる自らの道を辿《たど》りながら、人それぞれのペースで先に向け歩む煩雑な長い旅である。そこに勇気を携《たずさ》え、旅の先に幸せな終着地さえあるなら、誰でもどんな苦闘の荊《いばら》の道もしっかりと通り過ぎてゆけるのだ。

そして、求める幸せとはいったい何なのか。何が自分を幸せにしてくれることなのか。幸せの入った抽斗の一つを開けてみよう。それは、人それぞれに務められる仕事に励み、それ相応の糧を得て、その糧の範疇で先に挑む階段を上りながら一生に立ち向かい授けられた時間を全うすること。それにはまず、温かい食事のあることを初めとして、ありふれた日常生活をまず平穏に続けられることにある。他の抽斗にはいったい何が詰まっているのか。

突如として大恐慌が襲来しようが、深刻な病魔に見舞われようが、あらゆる危機に遭遇する時々に、宗教家や哲学者や科学者たちは思考を重ね、人生を賭け、命がけで失敗を繰り返しながら、沢山の時間、労力を費やし、私たちに知恵とその打開策を伝えてくれてきた歴史があり、そこに今抱える難題への答えをもたらせてくれている。

その長年に亘るシンクタンクのレガシィを無駄なく活用することで、多様な選択肢から最良の答えを絞り込む解決策が見つけられる。

そんな先人の成果をショートカットし、立ち位置に合わせてその成果を捉えると、難題の解消にそれはなくてはならない奇貨を持っている。このように宗教や哲学、そして、科学を身近に置くことで気づくのは、それらを踏まえて自ら綴るＢＩＢＬＥを側に置くことはこれからの残りの生涯を今もこれからも、もっと生き易くしてくれると思う。

人類に農耕が始まったのは凡そ1万年前である。その頃の新石器革命で原始的な狩猟採集から安定した農業へのブレイクスルーが起きた。

私たち新人はそれまでの人類であった旧人と違って大脳の内部のニューロンの構造に壁のない通路が生まれた瞬間のあとに、その構造が今までと決定的に違う大脳を進化させた。ニューロンの通路を通して異質なものの重なり合った表現を行える心と呼ぶものが創られ、その後間もなく宗教や芸術やお祭りそして、スポーツが生まれた。

新人と呼ばれる現生人類以外の生命にも心がある。しかし、心を持った一部の動物と新人の決定的な違いは、新人以外の動物は現実世界の因果の法則に従って生きるしかないのに、新人は不自然な行動や妄想に突き動かされた行動をする。犬や猫に妄想はない。想像もない。感動もない。ただ自然界の習性に習って生きている。

現生人類以外の生物は妄想を抱かない。そこに、外の世界で起こっている現実と因果関係の全くない人間の心の内面世界が生まれ、人はそこで内面生活を送れるようになった。現生人類だけが、外の現実に縛られることのない自由な心を持ち、非現実的なことも実行する。所謂《いわゆる》虚構（架空の事物や物語）を生んだ。そして、それと平衡して芸術やスポーツや宗教を生み出し、産業革命を起こし、インターネットを創り出し、宇宙への旅を始め、メタバースに住み始めた。

2003年にここ3年間の世界の情報量は人類が30万年掛けて蓄えてきた全情報量を超えたとカリフォルニア大学バークレー校のピーター・ライマン氏が語ってから20年が既に過ぎているがその増量のスピードは加速し続けていて、新しい創造によるSFのような現在を迎えていても実態は膨大な未知に包まれた世界に未だ私たちも変わらず数を増やし続けて生きている。

一方、あらゆることに新人は敏感に適応する。鈍感で良い場合もあるが、敏感であった上での選択肢としての鈍感は時には良いが、そうでないと生きていく上に様々有害なリスクを浴びる。注意深く人の悩みや苦闘を観察し、それを肥やしにしてきた結果生まれた新しい生き方は新人の長い歴史の中に沢山見つけられる。例えば視力を失うとどうなるのか。失語症や知覚失認を患《わずら》うとどうなるのか。知覚に障害を持ったとき、脳と心はどのように対応したのだろうか。楽譜を読めなくなったピアニストはやがて文字や日常の様々なものも識別できなくなっていくが、音楽の助けにより穏やかな日常を営んでいる。脳卒中で失語症になった作家は、苦労はあったものの自らの体験を基にしたミステリーを執筆するまでになる。そして、生まれつき人の顔が見分けられない「相貌失認《そうぼうしつにん》」を患っている人が、更に、癌により右目の視力を失う局面に晒されても前向きに生きている。そして、視覚に問題はないのに、周りのものが認識できない一方で更に両目の視力を失っても心に豊かな視覚世界を築く新人もいる。そして、そこここに新人は何でも肥やしにしてしまう方策を産み出すことをやってのけてきた。

原始的な哺乳類と最初の恐竜がほぼ同時に出現したのは1億9,000万年ほど前のこと、恐竜の絶滅により哺乳類が本格的な進化を開始したのは今から6,600万年前である。

その恐竜が地上を支配していた6,600万年以上前まで、私たち哺乳類の祖先は恐竜から逃れるために夜行性だった。夜の世界に、色を見分ける必要はなかったのだ。哺乳類の多くが鳥のように鮮やかな色を認識できないのはそのためなのだ。目には元々赤、緑、青、紫外線の波長の光を感じる四種の錐体《すいたい》細胞と呼ばれる細胞があったが、哺乳類になって退化してしまい、紫外線と緑の光を感知する二種の細胞をなくしてしまった。

人間などの霊長類の一部だけが例外的に緑の色を感じる細胞を再び得たのだ。逆に四種の錐体細胞を残す鳥類や爬虫類は、私たちには見えない紫外線の色も加えた四原色の組み合わせで世界を見ている。鳥の羽には私たちの知っている全ての色がある。そして鳥の目は私たちの知らない多くの色を見ていると思われる。だから、再び紫外線と緑の色を得ることのなかったカバやサイは灰色の地味な色の分厚い皮膚を身にまとい続けている。

現在、私たち人類は鳥の目をうらやましくは思っていない。比べようがないからだ。カバやサイもそうだろう。どうなるものでもないと人は物事を認識すると、意識はそこに行かなくなる。全く上手く脳は機能しているといわざるを得ない。ここに、今を生き易くする道標へのヒントが隠れている。無意識は脳内の意識の無視によるからだ。そして、無意識が私たちの経験と行動の9割ほどを操っているとされている。

脳内の意識が死を無視するとどうなるのか。死に意識が行かなくなり、「まあだだよ」も「もおいいよ」も発せられなくなる。所謂《いわゆる》惚けであり、アルツハイマーの罹患《りかん》により死への怖れからは解き放たれる。文明化した今の時代には放っては置けず、周囲への暫くの迷惑はかかるのだが。

その脳は水分を除いた約6割は油でできている。身体の中でも飛び抜けて油の多い組織なのだ。人の祖先である猿やチンパンジーはそんなに油はない。人は進化の過程でそれを増やしてきたのだ。

人の細胞は全て油の膜を着ていて、数百万年もかけて猿から人へと脳細胞の数を増やしながら進化するにつれ、細胞の突起を増やし、その突起が更に増えて複雑になり、その結果、細胞膜の嵩《かさ》も増え、油の詰まった高度な脳が出現したのだ。この油の膜を通して、細胞の内と外で栄養や水分、そして老廃物のやり取りをしているのだ。この細胞膜は柔らかくて、しなやかで、しかも水に溶けない素材でなければこの作業は成り立たない。油の膜があるから細胞が細胞として元気に活躍するのであって、その脳の細胞膜の状態を柔らかく、健全に保つためにも増やすためにも欠かせないのがＡＲＡ（アラキドン酸）とＤＨＡ（ドコサヘキサエン酸）であり、更にもう一つは脳の血流をよくし、脳の細胞に栄養や酸素を届けるためのＥＰＡ（エイコサペンタエン酸）も大切らしい。この三つはオメガ脂肪酸といって、脳を育てるための油なのである。このことが人の進化の過程で四種の錐体細胞の一つである緑の色を再び人にもたらせてくれたのだ。

そして、音楽ホールを持つ著名な薬品メーカーの研究報告には芸術に触れると心がざわつくのはこの所為《せい》だと謳っている。私も心の分析への期待妄想から、それをなるほどと頷《うなず》いている。見えないものには気が行かない。結果として見えているものも見たくなければ気づかない奇貨な特性を人は元来手にしている。

私はこの緑の色が好きだ。本題にも副題にも使える、深い歴史を五感である目の視覚に思うからだ。なかなか表現するのが難しい色である。多彩である。特にビリジャンが好きである。その透明度は他の色で表現できるものではなく際立っている。緑の色はこうして人間にとって特別の色なのだ。私のこの随想集に載せた12枚の絵は人間が再び得た緑の色を随所に使って描き上げている。色にも歴史があるし、再び手に入れた緑にはその中でも更に多彩な宿命と物語を感じるからだ。

そして、ホモ・サピエンスの進化は偶然が許すならまだまだ続く。

人類がなくした紫外線を感知する細胞を再び手に入れたいものだ。長い宇宙年のときを要することなく、現在のホモ・サピエンスの持てる科学やＡＩ技術を通しての直近にである。「そしてどうなる」かは情報と知識そして科学やＡＩ技術に於ける発明の夥しい数とその進化するスピードが私たち新人の周りの環境を激変させるが、今日の挑戦を祝って、今日の失敗を是正する毎日を過ごす80億人の連綿と続く一生に於いて、時とどう付き合い、立ち向かうかの個々の自立要因に「そしてどうなる」の行く末を委ねたい。

人は人であるが故に自然には逆《さか》らえない。これからも新人の世代が続く限りに於いては次々と自然の驚異に晒されるだろう。まして、その驚異を助長するような行為を人は侵し続けている。地球の温暖化、森林の伐採、ゴミの放棄等によってだ。

そして、多分、新人は同種間同士の残虐性を持つありえない変則事象行為の争いにより、破綻を来すことになるだろう。戦争である。

兆しはＡＩやアルゴリズムの進化の果てに身体と脳が音をあげているからだ。そして、うつ状態が身近に多く散見される。スマホによると思われるが寝つきが悪く、睡眠時間の減少からなのか、抗うつ薬の処方を受ける人の数が激増している。心の破壊が起因しているのだ。

挑まれる自然の猛威、紛争、心労、食糧問題、そして、ときの進むスピードの凄まじさにどう立ち向かうのか。ＡＩやアルゴリズムの仕事分析とは対極にある芸術と、スポーツと睡眠を取り戻すことが今は必須である。そんな一方、スポーツをしていなくても勉強好きで、よく歩き、肉を食べ、日光を浴びることで前頭葉の発達が見られ、長寿になるとの学者の研究結果も見られる。

他の要因も中庸に、歴史を遡り、プリミティブな人として、このＢＩＢＬＥの発する自立した生活習慣を取り戻すことに「そしてどうなる」のこの章がそれらの答えを紡ぎ出してゆく。

そして、その先は私たち新人に未来があるなら、その繰り返しであって再び始めることになる。そうなら、人間には平気で生きるための定理となる方程式がやはりその未来に隠れている。

しかし、ここで気をつけなければならないことに、スティーブン・ホーキング（イギリスの理論物理学者１９４２・１・８〜２０１８・３・14）の箴言がある。

宇宙には高度な文明を持つ知的生命体のいる星は２００万もあり、そんな高度な文明を持った星は、知的生命体の存在により自然循環がバランスを欠いておかしくなってしまい、宇宙時間でいうならある一瞬を過ぎると瞬時に瓦解するので、私たちが出会うことは距離空間の隔たりによりないという。ここでの一瞬は１００年といっている。文明が高度に発達することでの自然環境やＡＩと人とのズレが地球の消滅の危機の大きな一つを予測している。

その単位がたった１００年である。私たちは既にその範疇を２００3年のピーター・ライマン氏（Ｐ３４４）の発表から19年が経ち、凄まじいスピードで進化してきたその知的生命体のいる地球に於いて、その一瞬をいつでも迎えねばならない変則事象の最中《さなか》にいることになる。

どうなるものでもないという覚悟がここに要る。

「そしてどうなる」の生きる色に12の名前をつけてみた。語彙から語りかけてくる色があるからだ。そして、情景から生まれたその色にはその時々の心の色合わせがある。

「平気で生きている」ことの今までに、ビックピクチャーである「透明色の瑞々しい心の平穏」は奏でる「色」を探し求め、求める感動と会いたい人に近づく「気」はこれから経験する多様な生を通してそこに向かってたゆらいで、このＢＩＢＬＥに包摂されながらこれからの進む道標を見せてくれている。それは欲するもの全てに跨《また》がる空間の真ん中にあるものであって、三度の死の疑似体験と二度の絶望のときにもその変則事象を弾け飛ばし、一方では愛《いと》しく包んで解消してくれていた。死への三度の遭遇にはアバターをあてがい、絶望には背に負《おぶ》って（Ｐ１７７）くれてもいたと思える「色」と「気」による「生きた証」を今にもたらせてくれている。

今私は色を見られている。そして、気を感じられてもいる。一方は一部を取り戻したモノであり、一方は気づき、表現のできたコトである。しかし、私の生きる周りには今、まだ気づいていないモノやコトが無限に存在していることにも気づかされる。メタバースしかり、アバターしかり、そして、量子コンピューター（２０１９年、米国のグーグルは量子コンピューターがスーパーコンピューターを遙かに凌ぐ性能を示すことを実証したが、これは世界最強のスパコンでさえ一万年掛かる膨大な問題を瞬時に解いてしまう）による新しいデバイスの開発など際限のない時の間を私たちは生きている。そんなことに気づくことを皆、学び直そう。色も気も白と黒に単純に分けられるモノやコトでなく、その間に際限のない領域のあることを認識し、答えは幾通りもあることを学ぶと良い。それは心理学でもある。

自らの思いとその他の人の思いとの違いを学ぶ
健康や愛やお金がないときにも幸せになる分相応の考えを学ぶ
近道と遠回りの良し悪しを深く思案することを学ぶ
過去から得ることに未来に繋がる道標を学ぶ
希望には絶望が伴うことの二面性を学ぶ

愛にも美醜の物語のあることを学ぶ
偽装や偽善も続ければ本物になることを学ぶ
自己愛と自信の変容を学ぶ
自立と他力の併用を学ぶ
真面目と鈍《なまくら》の行く末を学ぶ
気の持ちように服従なのか自由があるのかの判別を学ぶ
逃避か挑戦かの往路と復路の平衡を学ぶ

自らのことから社会のことまで、そして、世界のことを。宇宙のことを。

私の残された時間は2,160日ほど。貴方はどの位持っているのか。「そしてどうなる」を考え、学ぶことで人は持てる時間を超えられる。BIBLEにある二面性や他との比較そして、確かな正則と一方の変則事象を見知り学ぶことは私たちのこれからの生きる時間を緩《ゆる》く、優しく生き易くしてくれ、死ぬのも体験となる。

そして、この第四章を迎え、最終章迄の生きる責務を終えた後のこれからは、一人自らのため、抽斗にある今迄の経験や蓄えを使い切ってこれから迎える新しい「色」と「気」の溢れる自らの歴史作りに思いを馳せることとする。

この色と気での表現手法を芸術やスポーツなどを包摂する人の生きる新しい哲学原理教本にしたいものだ。

White

1
小説

今を生き易くする

第四章　１　小説——今を生き易くする　Ｗｈｉｔｅ　自画像１

色には魔力がある。目が錯覚を起こすからだ。色彩のバルール（色価）は色と色との関係によって、効果が上がる場合とそうでないときがある。追求し尽くそう。何時かそこに新しい発見が生まれるからだ。

色には歴史がある。これも幾何学である。材料の割合にも色の活きた時代から解き明かせるプログラムがある。貴方は描く色に自分の名前を残したいと思わないか。

フジタ・ホワイト

20世紀の初頭、エコール・ド・パリの作家として活躍した藤田嗣治（１８８６～１９６８年）に因んだ色名。彼は女性の肌を独特の乳白色で描き、優雅な裸体像で名声を博した。その色は硫酸バリウムを下地に、その上に炭酸カルシウムと鉛白を１対３の割合で混ぜた色だという。

「小説の色」

自画像にはこれからの人生を夢見る嚆矢の色として鶴を引き立たせ、これから挑む「小説」の飛翔する嚆矢の色として載せている。この本の装丁の白でもある。

ホワイトはカンヴァスであり、原稿用紙であり、設計図面であり、譜面である。これから何を描くのか、書くのか、牽くのか、白色はあらゆる色の始まりにあり、嚆矢を意味していて小説の色でもある。そして、あらゆる色の基礎表現をなし、消えゆく終りの色にもなる。

小説は誰が書いたかではなく、何が書かれているかで読まれるなら、私は当然後者の筆者でありたい。
何が書かれているのかを評価されるならそれは誰が書いたのかにあとで及ぶことになる。これは人の内面に興味を抱く嚆矢と同じであって外観はその後にある。このこともコインの裏表であり、モノを見る目の二面性以上の見識を生む。ここに今を生き易くする切っ掛けが生まれてゆく。
最初に感じたのは何だろう
見たのは何だろう
聞いたのは何だろう
嗅いだのは何だろう
喋ったことは何だろう
味わったのは何だろう
触ったのは何だろう
考えたのは何だろう
疑ったのは何だろう
愛したのは何だろう
読んだのは何だろう
祈ったのは何だろう
みんな忘れてしまった。最初に感じたことだけは覚えている。それは、記憶にある強烈な事象である。泣きじゃくった記憶である。そこから私のこれ迄の記憶が始まっている。
暑い夏の昼下がり、八畳間の四部屋を簾で開放したひと部屋で、母親のいつも寝ていた畳部屋だった。小学一、二年の頃だったと想う。「死にたくない」と。どうしてなのか突然に涙が溢れ泣き叫んでいる。

それ以来、死ぬことを考え続けて今を生きている。歳を重ねて、考え続けても何も変わっていないが、しかし、私は今、まだ生の間にいる。

今までにいろんな人とお喋りをしてきたが、そこにはいろんな挑戦があったし喜怒哀楽があった。そんな人との出会いから、いろんな作品が完成している。

それでもいったい私は何者なのかと思ったとき、造った家や飾ってある絵、そして、石焼きのお皿などの作品が周りに埋まっていることに気づく。

そんなある日、そこに娘が孫を連れてやってきた。自分がそこにいて、欲しかったもの、作りたかったものに並んで子と孫が過去の過ぎていった時を回想させながら、そこに佇んでいる。興味と達成感から完成させた作品がそこに現実のものとなって目前に立ち並んでいる。その時、ほのぼのと安堵《あんど》の気持ちに包まれると同時に、私の作品は既に皆完成していると気づかされた。そして、ズッと前から既に袂《たもと》にあったのだとも気づかされた。「明珠在掌」、それは一堂に会したこれらの作品と子供と孫たちにあるのだと。

これらの作品も存在する空間により見栄えが違って見えるものだ。絵には額縁、お皿には相応しい載せ物がいるし、孫が作品なら磨き上げて育てる環境が大切になる。

今の世代の学校教育は同世代の子供たちだけに絞《しぼ》られていて、昔の青年団のような「火の用心」の拍子木を叩いて夜廻りをするなど上級生や下級生や大人と一緒に過ごす機会がない。先生も余裕をなくしていて、歪《いびつ》な強要ばかりを浴びせ、今日までの逞しい人間性を作り上げてきたコミュニティによる大切なことが継承されていない。

男と女の習性による仕分けとか、社会の仕組みなど学業成績以外は何も得ることなく大人になっていく。道徳教育を期待する向きもあるが、このことは本来、学校で教育することでなく、家庭のすることだといわれるが、それには今の家庭では一昔前や、私たちの世代と違った特殊な状況にあるので、両親と少ない子供の数の家庭で育つと、祖父母と同居するのが当たり前だった頃の心技体を直接見知るシンクタンクによる継承を欠き、人間としての育成の抜け落ちた、ずれた大人になってしまう。これは学校と家庭と社会が揃《そろ》って責任をおわねばならない大事な宿命の筈《はず》なのだが。人間は悍ましく生き延びてきた種であって教育が施されなければ秘めた危うさはただの動物とは比較にならない獰猛性を曝《さら》け出す。

進学だけの教育でなく、スポーツに励み、試練にぶつかり、何度も人間関係学からのあらゆる失敗を繰り返し経験した人が大人になるなら、地に足のついた、人への思いやりのある魅力的な強い高尚な人になる筈なのだが。今はゆとりのない、落ち着かず、選択肢の持たない、こましゃくれた小さな大人が増えている。

しかし、人生に起こるあらゆる苦難や悪夢、神が下した罰のように思える試練は、実際には神からの貴重な贈りものなのだ。それらは皆、成長へと変身する見過ごされがちな、向こうからやって来る幸運な奇貨なのである。そんな贈りものである試練を粗末にしてはならない。結果はさて置き成長こそが人の一生の目的なのだからだ。

『浜辺の足跡』（P175）の「友よ、砂の上に一人の足跡しか見えない日、それは私があなたを負《お》ぶって歩いた日なのだよ」を思い出す。どんな苦境も貴方が今生きているのなら、様々なことの他力に助けられての今なのだとこのＢＩＢＬＥは教えてくれている。「そんなこともあったなっ」と今は自力で言えていてものことである。

ここに書いた私の思いは全て哲学だと気づく、7～8歳位の時の死が怖くての慟哭から始まり、柵《しがらみ》から死ぬことの選べない絶望を経験し、三度現実の死にも立ち会った。足掻きながら今日を迎え明日を夢見ることを歩み続けてきたが、ずっと前からそれ等のことを考え続けていたのが哲学者である。

中庸にテーゼを立て心の中の表象を弁証法的に難題に答えを導き出そうとしてきた人たちの残した歴史に於ける箴言そのものが大抵の今起きている難題を解決してくれるのだと今は悟る。

寝られぬ夜があっても、眠れないことを嘆くのでなく、そこには意味があり、その貴重な時間こそ自らの心を振り返る時間にすれば良い。不幸は口にせず、幸福の存在を信じることで幸せになれる。仕事もそれを今手にしているのなら人間の幸福を生む大きな既得のそれは資産なのが歴史を学べば分かる。

いつか同じコンビニに毎日夜遅く通っていてコンビニ詣での日々にちょっと恥ずかしい思いもあって、気にとまる物静かな凛とした女性店員に「貧乏暇なしで大変だっ」と言ったときのことである。その女性は「仕事があるだけいいじゃないっ」と静かに言われて間を持った。

ずっと忙しかったら辛いし、ずっと暇でも辛い。忙中閑ありで、忙しい中のふとしたこの長閑な的を射た戒めに「ハッ」と言葉を一瞬なくしてしまった。正にその時に相応しい珠玉のひと言だったからだ。間があってお腹から喉元へ、そして、目元に暖《あつた》かい感触が込み上げていた。こんな人が私の求める人なのである。

毎日を楽しいお喋りで過ごしたい。そんな時間は気が替えてくれる。貴方が今生きているなら死ぬまでの時間は実は永遠にある。時は気で無限に創れるからだ。そこに生さえあるなら、全てが気で替えられる。

哲学者はいう、努力して働き続けることが実は無情の喜びなのであって、偏見を捨て去り、誠実に生きることこそ、人が人でいられる幸せへの道標なのだと。先人の箴言はショートカットされ端的に今必要な道理を教えてくれている。人生は一篇のそんな文面を載せた好きに書ける小説に表せる。

今日褒めそやし　明日引きずり降す人の口　泣くも笑うも周りは偽善

1．今を生き易くする　小説
人の愚痴を食べほぐす　すると　その味は心を解《ほぐ》す知恵となる
カウンターの内と外　人の心の裏表、表を読むのもその裏から

「雨垂《あまだ》れ石を穿《うが》つ」と知る。そう、始めること、何ごともとにかく始めること、そして何があっても再び始めること。再び明日をただ迎えるように。

希望だらけの身の周りを油断を取り払う掃除機が廻っている。

そして、この項は自らを創る鏡となり、読めば今を生き易くする。

始めるのが一番
無知は油断の種

Yellow

2
企画

元気が生まれる

第四章　２　企画――元気が生まれる　Ｙｅｌｌｏｗ　自画像２

絵は何時筆を置いてもそれなりに仕上がっていないといけない。３割の処で止めたらそれなりに、５割で止めてもそれなりに見られるものでなければならない。そして、８割になるともう終わらせた方が良い。それ以上描いたら、描き過ぎだ。

色は開発を生み、新しい発見をもたらす

ゴッホの黄色

クローム・イエロー。プロヴァンスの太陽の色、ひまわりの色といわれる鮮やかな黄色である。この鮮やかなクローム黄の絵具が開発されていなかったら、ゴッホの絵は生まれていなかった。「あの頃の僕の黄色は最高に輝いていた」といっている。

「企画の色」

自画像には人肌の温もりを表現するのに、ベースに置いた色である。他とのバランスに特に配慮の要る「企画」の色でもある。

黄色は危険信号の色であり、ゴーギャンは一緒に絵を描いた時期のゴッホから離反した。私の幾つもの企画も多大なリスクを抱えていたが企画のプロデュースにはつきものだ。ゴーギャンはゴッホの持つ期待に耐えられなかったが、その後、タヒチに於いて傑作「われわれはどこから来たのか　われわれは何者か　われわれはどこに行くのか」を残した。彼等の元々の描いた絵に共通するのは気が馴染んでいて、色が跳ねていることにあり、元気が生まれる。

いろんな仕事が世の中にはある。利潤追求が大きく占める。そして、新しい英文字ジャンルの仕事も次から次に生まれている。一人で30以上の業種を歩んできた強者もいる。単に飽きっぽいだけなのかもしれないが、それが私である。本当はいろんな宿命の狭い世間にあっては仕事を変えざるを得なかったのだが。

今も、昨日と違う新たな今日を強い意志で始めたいと願って生きている。だが最近、毎朝同じことを繰り返していることに仕事以外にも気づくことが度々続き、改めて挑戦的に生きねばと気持ちを奮い立たせている。そして、昨日も今日も同じ時間に目を覚まし、朝食を取りながら庭を眺め、生野菜に納豆、もずくにヨーグルトに野菜ジュースに豆乳、ミルク、そして、果物と毎日同じなのも、使う時間の経緯に味気なさを感じるのも本音である。

その一方、食事にありつけた感謝を忘れることはない。食事ができて、ときを過ごす間があって生まれるのが生命力であり、これもＢＩＢＬＥにある貴重な奇貨である。

いろんなことをやってきた。いろんなものを作ってきた。実際に形にするには時間が要る。育てるにも時間が掛かる。これが企画となると頭の遊びで大枠は手短に時間も金も労力も懸けずに作り上げられる。何十もの企画を作ってきたと思うが、最後までものになったものは極めて少ない。企画も文学、数学、科学、建築、語学、音楽、芸術、歴史、スポーツ、心理学、宗教、哲学と様々だが、私のやって来たのは主に文学、数学、建築、音楽、芸術、スポーツである。そして、これからは文学、芸術、スポーツ、哲学、そしてＡＩにもっと深く携《たずさ》わりたい。

そう思っていたが10年も20年も想定死亡年齢が延びるとなると高齢に立ち向かって行くのに図《はか》らずも実業の継続が全く外せなくなってしまった。長寿は恩恵ばかりとはならず厄災への準備と生活維持のために体力、気力は勿論多額の金が分相応に要るからである。この襲来は物静かに人知れず確実に近づいてきている。

それ故に残された人生に準備しておく必需品がある。

1　使い切るのに必要な時間
2　締め括《くく》るのに相応《ふさわ》しい金
3　卓越した体力
4　好奇心を維持する意欲
5　会話の種は多様に
6　柔軟な知識
7　円熟した経験
8　清潔で自然な品格
9　嫌みのない長閑《のどか》な風情
10　創造に繋がる工夫
11　情報を経験に変えるＡＩやＶＲ（バーチャル・リアリティ）
12　創造する隠れ家

このＢＩＢＬＥにはこれらを準備した12の斬新な抽斗がある。初めて挑戦するのがこれから迎える高齢からの企画であるなら、それがビッグピクチャーの「透明色の瑞々しい心の平穏」をもたらせてくれる。今はまだ足りないものばかりだから、結局今まで以上の行動を起こさない限りそれは得られない。多分年をとる余裕など私には思い浮かばない。しかし、これらを用意するのに優先順位をつけるなら、1．2．の次には「卓越した体力」と「好奇心を維持する意欲」そして「会話の種は多様に」の三つは死ぬまで意を決して持ち続けたい目標である。未知の知的な世界に於いて新たな欲求の遭遇に適合する道標になると思うからだ。自ずとそんなところから新たな元気が生まれてくる。

人はともすると年齢と共に活動範囲も、考えの及ぶ世界も狭くなりがちになる。時間を持て余すことは不満や不安を作り始めることを促す。

不満や不安、そして、妬みややっかみを全てなくすのは歴史に学べば良い。そして、この章の12項目を見極めるとよい。それは他との比較にである。惨《むご》いことや酷《ひど》いことは歴史には満載である。それを見聞きし比較すれば自らの受難は全て小さく思え消し込める。毎日を清々しく元気に過ごす手法はそこにある。知識と知恵は分相応をそこに気づかせてくれ、再び元気が生まれてくる。

退職後にあっても充実した元気のある人たちは何かしら打ち込むものを持っている。外に目を向け、考える世界を広げ、自ら没頭できるものを見つけ、それを継続することで充実した満足する幸福感を身に宿せるのだ。

蛇足ながら、充分な時間と金と労力に関して追記すると、やりたいことが沢山あるのに時間と金と労力は有限である。自分が無駄と思うものにはそれらを使うのを自重し、必要だと思う処には存分にそれらを注ぎ入れるにはこれも比較が伴う。その必要、不必要の判断が求められたときに、使うだけの自由な時間と金と労力を常に備えていられる人が余裕のある人であり、嗜《たしな》み深い粋な人であり、私の求める理想の人なのである。そんな人捜しを続けているだけで元気が生まれてくる。見映えや地位でなく、目的の実現に足るだけの人間力の持ち合わせがあるかどうかが人を見る評価基準に肝要なのである。

やってみれば　さほどでもなし　贅の味

2．元気が生れるのは　企画

明日があると思うから生きられるのは対峙することと同種の他との比較による企画にある。老いての企画力は若さを凌ぐ。

容姿も実力も人と比べるのはその周辺にいる者やあることととの比較にある。その比較の前に要るのは今あることへの感謝にある。

数学には納得がある。数や量の大小は比較にあるが、どこから眺めるかの比較にもより値は変わる。

人との付き合いは近いほど金が邪魔をする。遠いほど気にならない。そして、深いほど妄想を抱かせる。

そして、この項は自らを育てる鏡であり、読めばどこからでも数えられ、気づかされ、そして、元気が生まれる。

準備が一番

比較は元気の種

Pink

3
時計

時間を自由にできる

第四章　３　時計——時間を自由にできる　Ｐｉｎｋ　自画像３
自らの作品には常に不満足でなくてはならない。現在に不満足だからこそ、人は研究を続けるからだ。

色には始まりがある。そして、転機がある

ルノワール・ピンク
オーギュスト・ルノワール（１８４１〜１９１９年）は19世紀末に登場した印象派の画家。１８７４年印象派展に出品し、酷評を浴びるが、次第に印象派から離れ、独自のタッチで甘美な裸婦像を描き名声を博した。この色名は１８８０年以降に使い出したピンク色のこと。

「時計の色」
自画像にはワンピースと靴の存在に若々しさを表現している。これから社会に挑む「時計」の色である。
ピンクは色気、本能からの明るい気を生む色である。気は色を自作するし、時も創作する。時の新旧、長短。速さの経緯は全て人間が創った。これをビジュアルに身近にもたらしたのが時間を自由にできる時計なのだ。

私たちは朝、目を覚ます。昨日までの情報で今日を始める。昔の思い出が本当に経験だったのか、思い違いだったのか判別しないことがある。しかし、今日は私の一日である。人は当たり前のように今日を始める。「本当は今日の私は昨日の私ではないのかもしれない」などと考える人は誰もいない。しかし、私はその一人である。

一日の内の3分の1は睡眠である。反省が睡眠、挑戦が起床である。寝て起きた後、世界観が変わるのに気づくと時間を自由にできるエネルギーが生まれている。

そして、情報が経験に変わるなら、転機がやってきて、明日の人を私は選べる。昔の人にも私はなれる。未来は今と共にあり、今は過去の基にある。そんな世界を私たちは生きている。五感に期待や創造、そして、ときめきの興味を携《たずさ》えて身の回りのこの世界によりよい情報を求めて挑むなら、このBIBLEにあるように有限・無限の、そして、異次元の世界を行き交うどんな旅人にも私たちは時計を持たずともなれるのだ。どんな経験も私たちは得られるのだ。

可能性は無限のひと言で言い尽くせないものを目の前に広げてくれている。

「時計」

わたしは時計になりたい
ときが長くなったり
短くなったり
速くしたり
遅くしたり
ときを飛んでいける時計になりたい
そんな時計も

大きくなったり
小さくなったり
目立ったり
忘れられたり
止まることだってできる時計になりたい
音を出すのも
無音のものも
そして見えなくなったりする時計になりたい
そんな時計が今、身についている
貯めて買うつもりだった高価な時計が
時計は随分昔の時刻を刻んでいる
そして、随分先からも時がやってきた
時計は随分先の時刻も刻んでいる
ときが幾つも飛んでいる
そんな時計が今私の鼓動を刻んでいる
そして、その鼓動は今、私自ら鳴っている
いつの間にか私はその時計になっていた
かかっているのは腕でなく、時計から身体が音を奏でて生まれている時は長く感じるときもあり、短く感じるときもある。短く感じるときはその時間が優しく幸せに思え、楽しいときである。長く感じるときの一つに興味があり、興味が薄れ楽しくないときである。おしゃべりは自分で選ぶことができる身近な贅沢であり、このおしゃべりも楽しく過ぎるときとそうでないときとがある。一つの絵を見ていて「この絵は誰かが褒めていたのでいいと思う」などの自らのないひと言にその人への興味がたちどころに消え失せ、育んだ経験の深さや多様さを疑うこととなり、途端にときが長くなる。

バランスの取れた、一人の自立した人の発する言葉とは思えない発言を前にすると、息のできない水中で足掻《あが》く我慢を強いられる。しかし、他人の評価で絵の良し悪しを判断するこの姿勢を稀薄なものとしたことにその後直ぐ、情報の一つに気づくことで反省を迫られた。

本屋で買う本を選ぶのに装丁の帯に好む文脈と文体を持つ小説家の推奨本とあるだけで何の躊躇もなく買っている自らに気づいたからだ。

沢山の本を選ぶ内に、何気なくとっていた行為に気づいたからだ。一度や二度では済まないことだったろう。このように人や物への好き嫌いや購入の良し悪しの判断も経年で得た経験があっても、うっかりまるで違う判断をしていたことに気づくのに私は何十年も要しているのだ。ものの見方の二面性であるコインの裏表の一面にしか目が及んでいないことにである。そして、悟って語るのに生涯を要することもこのようにある。長い時間は掛かったが、気がついただけ知恵が増えたと思うことにより自ら詫びて自重することで反省するしかないことに多々気づく今である。知恵を得ることは時間の掛かることだとつくづく思う。

そして、時間を有益にすることの究極はこの章のＢＩＢＬＥにある生き方への模索に足掻く終の日を迎えるまでの「気」にあると気づかされる。それまでを過ごすのに相応しいピュアーな精神と必要な生気を持つ覚悟の気がそこには要る。そんな想いから、時間を自由にでき、そして、澄んだ音の奏でる気を発する粋な人捜しの旅が未だに続いている。過ぎた時間に幾つも思いを飛ばし、未来の会いたい人に思いを飛ばす、そんな使う時間は今の私は自由にできる。本の世界に於いても現実に於いても。

会話の彼方此方にしたたかな生命力や華やかな大らかさが滲み出ている、心の豊かさが抑えきれずに溢れ出てくる、そんな、魂から直接放たれるオーラが人を包み込む人に会うのに時を自由に飛んで行きたいものだ。期待の程度によるほどほども大事だが。

そんなことを想いながら運命による時間と宿命による時間を平気で生きている。そして、ある年齢を超えると興味のないことへの使う時間は徹底して減らしたい。残された時間の使い方は一枚のレイヤーに載せた求める物語を最大限に幾つも積み重ねていくことにあるからだ。レイヤーの一枚一枚に古い情報や私の新しい経験が詰まっている。ビッグピクチャーはそのレイヤーの数が積み重なったところに具現化していく。

一方、時間は金で買うことは難しかったが、それも過去のことになってゆく。これからビッグウィナーになるのは時間の使途を自由にでき、時間を売り買いすることのできるコンテンツを持つ人や企業になるだろう。人もスマートフォンのカメラとＡＩの知識があれば時間を掛けて出かけなくてもヘルスケアの遠隔診療が受けられるし、テレビを視聴するにも、余計なＣＭを見なくて済む映像配信を選ぶことのできるストリーミング・メディアを利用すれば、相当の時間が削減できる。月４回のゴルフコース詣でを１回にし、他をＶＲにするならと色々考えると一年間で36日も節約できることになる。多少のイニシャル投資がかかるにしても時間を手軽に手にする時代がやってきた。

そして、使える選択肢を更に選べる実態が目の前に到来したことで、情報による知識をえることに必要だった時間と金と労力を減らすことによるコストの削減も絶大になった。

やる気に溢れているときにはもっと時間が欲しいと思うことはよくある。その一方で、何もしないでいるときに自らを包んでくれる空間には生産性の全くない時間が過ぎていく。私はそんな無駄な時間を楽しむためにあくせく時間を過ごしている。時間が欲しいのでなく、実際には山ほどある時間の中に居て気づかなかった他の世界に浸りたいからなのだ。これこそいつでもめくれるコインの裏表の世界にある欲しい時間や反対にたっぷり過ぎていく無駄な時間の二つの世界感を選べる発見なのである。

使わないゴルフの会員権も無駄なら、弾かないスタインウェイのピアノも、手の掛かる庭も、掃除に明け暮れる家も、乗りもしない車も、場所をとる絵画作品も無駄と言えば全て無駄である。しかし、その無駄に包摂されることこそが次の新たな興味と熱中への種を生んでくれる、そんな時間の無駄の世界に浸る快感を知ってしまったのだ。

そして、時間だけでなく無駄をなくす方法もある。無駄なものが何かを考えるときは無駄なものを考え尽くしてみると良い。すると、無駄はなくなってしまう。無駄とは時間を自由にできる時計をなくしたときからも消えてなくなる。絵の観賞に説明が要らないように、人の持つ時計も邪魔になるのは時は気で人間が自由に創れるからだ。死は無駄でないこともここにある。死のもたらす生をこの章のＢＩＢＬＥは気づかせてくれるからだ。

銀河の数が数千億　私の細胞２００兆　私は銀河の数千倍

3．時間を自由にできるのは　時計
沢山の本に囲まれて自ら淹《い》れた一杯の珈琲を手に読む密室の読書の至福感
単なる長生きより　残された時間の中身を濃くする無限の経緯《いきさつ》による経験

これらにある時間という概念はそもそも人間が全て創ったものだ。時計もそうだ。時間は人間が自由に操る対象であって、形、色、重さを変える操作法も担っている。無駄にも挑むし、逃避にも使う。併せて、時間を破壊することにもときには行う。

どれだけ稼ごうが、どれだけ貧しようが、なくす時間には値しない。
そして、この項は自らを計る鏡であり、読めば時間を自由にできる。

無駄が一番
時計は謙虚の種

Orange

4
家

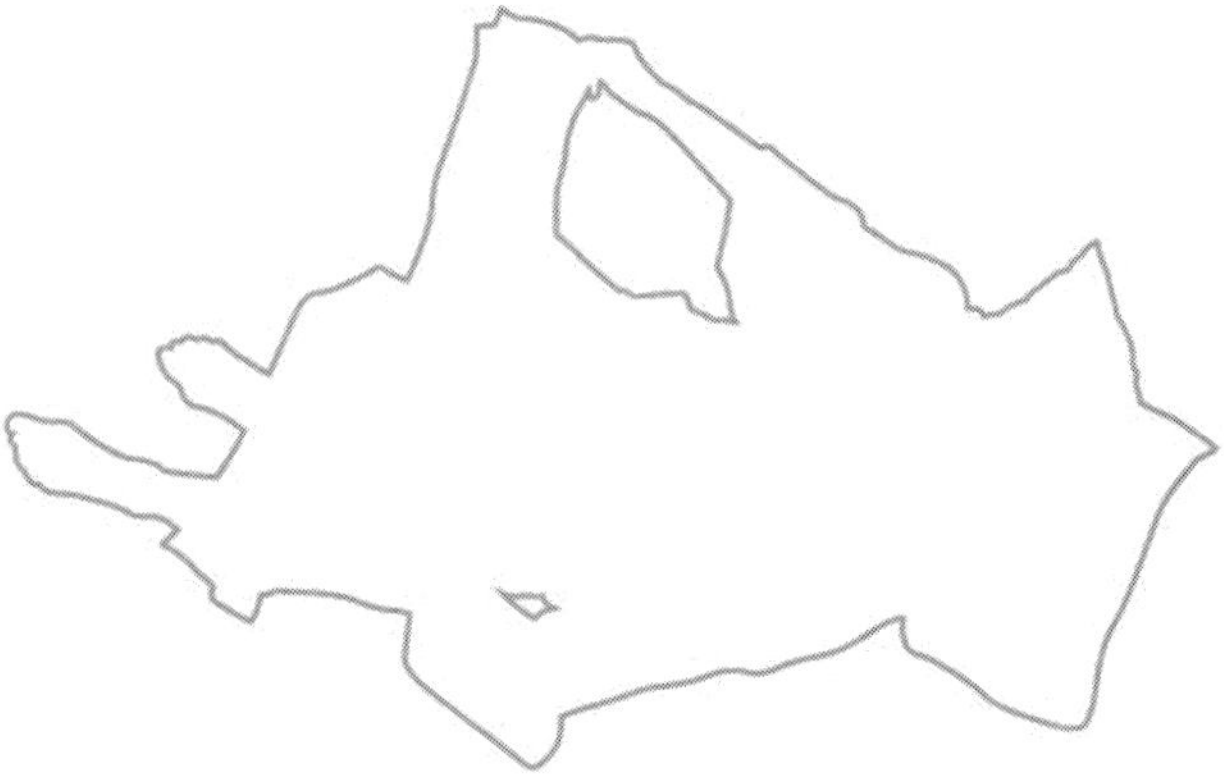

人の悩みを慈《いつく》しむ

第四章　4　家――人の悩みを慈《いつく》しむ　Orange　自画像4

絵を描くのを一日休めば三日遅れる。一週間休めば一ヶ月怠ることになる。だから、毎日描かなければならない。芸術を極めようとするなら。特に若い内は。

色には発信があるし、主張がある。そこにファッションが生まれる

ロートレック・オレンジ

天才画家ロートレックに因んだオレンジ色の色名である。クローム・イエローと同様にクローム系の顔料である。ロートレックが代表作『ムーランルージュ』で使っている。また世紀末に流行したファッションカラーでもある。

「家の色」

自画像には畳に使っている。夏のひとときの日本間の暑い風情には欠かせない「家」の色に思えて乗せている。昔のある日の慟哭の佇《たたず》まいに対比させたつもりである。経年と共に畳も慟哭の色も古さで色を変えてゆく、そして、オレンジは安心のある色である。自然にある緑に良く合う実の色である。雨風を凌ぎ安心して食事ができて人を育ててくれる「家」に合う色である。色の発信はファッションを生み、その色は人の感性を動かす。人の第一印象はこのファッションで決まる。家もそうだ。

家への拘《こだわ》りは昔からあった。家は男の甲斐性だと未だに思っている。終の日までを過ごす馴染《なじ》む家を作りたいと思ってほぼ満足する家を完成させた。田舎に育ったこともあり男の甲斐性は家造りと思って取り組んできたからだ。そして、今も弄《いじ》り続けている。ライフワークとして飽きるまで続けるつもりでいる。思い通りに行くかは別だが、家を守り維持するには万事に挑戦し続けるしかないと父の家造りを見続けたことが身体に染みついているからだ。今の時代にあっては健康を重ねお金との縁を含め、分相応に稼ぎ続けるしか満足する家は維持できないことになる。城と同じであって勝ち続けないと人手に渡る。

私の家への拘《こだわ》りはほぼ父の生き様から来ている。父が合縁《あいえん》奇縁《きえん》の結婚に至る経緯は複雑だったはずだ。一つには戦争の生き残りとして何かに没頭するしかなかった時代背景と、母の嫁いだ先の姓に入ることの周辺や親戚への世間体があり、一方、平家の末裔の40何代も続いた家系からなる屋敷の再建移築は妻のお家再興を叶えることと、男の甲斐性の見せ場としての金科玉条（絶対と信じて疑わないで守り続けるもの）を賭した御披露目行事だった筈だ。当時としては大変な経緯を辿《たど》る臥《が》薪嘗胆《しんしょうたん》（将来の成功を期して辛苦艱難すること）の家造りだったと思う。

大きさはたいしたことはないのだがそれでも都会の一般の住居から思うと随分大きかった。今どきの佇まいとは随分違う屋敷だった。単身赴任による二重生活をしながらの手に手をかけて造ったもので、最後は昔の屋敷特有の漆喰の蔵を造っての完成だった。99歳の白寿で亡くなられた伯父さんが「障子の襖《ふすま》の角落ちまで凝って造らせた家なんだよ」と自慢げに弟の亡き後、間が無く売却されてしまった家を惜しんで教えてもらったことを思い出す。家への想いもそうだが、伯父さんの弟への誉《ほまれ》る気を思うひと言が心に今も染みる。

残念なことに家が完成したときには母親もそこに住むことなく早くして父の先に亡くなり、父も晩年住むことなく他界し、父の一周忌には人手に渡ってしまっていて、私の田舎はＢＩＢＬＥに収めた人の悩みを慈しむ歴史ある家をなくして遠いものになってしまっている。

家はそこに住む家人《かじん》と共に様々な表情を織りなす。家造りには家主の歴史への深さが要るのである。

私にとっては常に建築中であった家が、いつも大工の荘厳な物造りの音を発し、力強く毎年風情を変えるのを目の当たりにする高校卒業までの18年間だった。家造りと共に育ち、多感な思春期を過ごした期間であり、「家とは何か」などと考えることなく、全てを受け入れ、家の歴史に妙な威圧に晒されながら過ごした時期だった。

その屋敷造りの過程を基本に我が家をほぼ造り終えたが父が造り上げた深い歴史のある館の完成には程遠く未だに至っていない。

父は40年を掛けて最後に蔵を作って家造りを完成させその最後を意義深くした。家は訪ねてくる客にあっては新しく旅立っていく一期一会の場所であり、私にとっては家族を育て、育み成長させる私塾であり、砦であり、終の日を迎えるための「男の隠れ家」でもある。それを父は私が巣立つ思春期までの18年間見せ続け、気概を伝え続けてくれていた。ひと言も語ることなくだ。

父と同じく私も場所を変え今の土地を手にしてから30数年間を辿り途中だが今の家をほぼ完成させた。

本音では父譲りの目標を具現化する構想を継承しただけの必然での完成であって、それだけでは物足りなく、思いはまだ道半ばにある。

家はそれほど家主の生と死の間を過ごすリアルな舞台なのである。そして、新しい誕生の生と終の日の死を家は看取り、家主に存分に大胆に自由気ままにそこを舞台に生きろと呼びかけている。死は避けられないものであり、死について考え、そして、人の悩みを慈しむ間を家は授けてくれている。

一方、その家も滅多に使わない部屋もある。これを無駄と思うかどうかは住む人の思惑が一つの大きな見識になる。滅多に行かないゴルフの会員権のように、あまり行かないギャラリー、滅多に使わない客間、いつでも描く訳でもない絵を描くアトリエ、弾かなくなって久しいピアノのあるリビング、殆ど進まない物語を書く書斎。そこにある年に一、二度しか使うことのない筆と共にある文房四宝、これ等を無駄と思うかどうかはラスコーやアルタミラの洞窟の絵から今に至る歴史の長さに思考が及べば答えてくれる。それ等は、好奇心により獲得した戦利品への帰依《きえ》と祭事を司るDNAの誉《ほま》れに及ぶ私の生きる力になっている。それ等は全て夢を叶えて手にした戦利品なのだ。

私の母は十年に一度かの仏事のために50人位の輪島塗の御膳のセットを大事に蔵にしまっていた。先祖を偲び親戚を共に持て成すことのためにである。人目には無駄に見えても母の生きて来た歴史を語る極上の思惑《おもわく》が見て取れる。

川石の引き石と白砂利畳みと杉苔の黒、白、緑の庭が生と死とその間の時間を膨らませ、秋にはそこに金木犀《きんもくせい》のOrangeが小花を多数咲かせ元気な芳香で覆《おお》ってくれる。

あるとき家を案内しているときに、借入先の銀行の支店長だったがなぜか怒り出してしまったことのある家である。見る人によっては望外の反応を見せてくれている。見る人の感性の証を赤裸々に知る衝撃を生む作品であるとの自負を感じるときでもある。そこに自らとは見方の違う別世界に及ぶ反応の偶然と一方の評価の必然を見知る。

そして、この「男の隠れ家」は母の最初に嫁いだ平家一族の隠れ住んだ山奥の隠れ家であって、父の再興した家の体裁とは違えども、母の屋敷の再々興であって、私の逃げ場所なのである。ひもじい思いを退け、雨風を凌ぎ、人が集い、傷を癒やし、家人の悩みを慈《いつく》しみ、世間に立ち向かう気力を育む療養所なのであり、「そしてどうなる」と生きる色を今に表す防塞《ぼうさい》の館なのである。

子供たちよ、君たちは何れ結婚し子供を作る。私たちは子供を作るために生かされてきた。親が子供たちに連綿と続く生き方の継承を託すに相応しい気概を見せる舞台、それが男の甲斐性で完成させる家であって、それが人の悩みを慈しむ男の砦であって、隠れ場所でもある「ありえない家」なのである。そして、そこに住む器に足るかどうかを連綿と試され続ける男の大立廻りの桧舞台なのである。

ことの善し悪し決めるより　継続こそが奥義なり

4．人の悩みを慈しむのは　家

家は相手の気持ちを慮《おもんばか》れる粋な人をときには世に送り出す

家を持ったなら様々な失敗を嘆くより　今あることにこその成功を見極めることだ

家ほど多様な面を持つモノは他にない。城であり、隠れ家であり、それは、ときに歴史を受け継ぐ人の成長を見届け、受けた感動を翳し、そして、相応しい住人なのかをそれは常に問うてくる。

負けて負けて負け続けても、家は先に挑む家人の礎を常に担ってきた。

そして、この項は自らを翳す鏡であり、読めば自らを晒し、人の悩みを慈しむことができる。

歴史が一番

思惑は継承の種

Red

5
仕事

何が大切かがわかる

第四章　5　仕事──何が大切かがわかる　Ｒｅｄ　自画像5
絵はその人となりであり、人間味が絵に滲《にじ》み出るので、それは個性的でプリミティブだ。
色には気が宿る。そして、気を作る製造工場である

ベラスケス・レッド

ベラスケス・レッドと異名をとるベラスケスの唯一明るい赤色顔料である。当時、メキシコから大量に輸入されたコチニールのレーキ顔料である。

輝くような明るさと鮮やかさを持ち、『3才の頃のマルガリータ王女』や絶筆『マルガリータ王女』の衣服を彩《いろど》っている。


「仕事の色」


サグラダ・ファミリア（スペインバルセロナの教会）の如くこの自画像は画竜点睛《がりょうてんせい》（最後の大切なところに手を加え、物事を完成すること）を残した完成前であって、最後に描き入れる筆の一つが残っている。胸に飾る真っ赤な薔薇一輪を残しての途中である。果たしてどう変わるのか。描き込むのが楽しみだ。

レッドは極めた端にある色である。血の色である。その発色は周囲を圧倒する。何が大切かが分かる色であって、人間の生を維持するのに最も相応しい仕事の色は赤である。

私の身の回りはマルガリータ王女の年齢のようにリバースメンターだらけである。衣服のように、

赤い血の気が溢れている。

亡くなった二人の父は時を希求していた。

一方の実父は働き詰めの人生で家を造り家族を支え、自らの使命感から作り上げる財を蓄え、満足する晩年を過ごすことに日々努力を惜しまなかった。しかし、生きる要に常にいたはずの妻に先立たれ、空いたその穴を埋められないまま、それまでは激しい面を持った父ではあったが、愚痴をいうこともなく、温和しく、物いわず一人静かに逝ってしまった。いつの時を思い起こしても男の甲斐性を外さない、味わい深い、嗜《たしな》みある生き方で閉じている。そんな遠慮深い実業家だった。

義父もアカデミズムな画壇にあって、絵を始めた由縁を大切に、その道からずれることなく自らの創作に挑み続けた人であった。日展、院展、光風会など既展会派に拘泥することなく画家の使命にある絵画から生まれる感動と創造への使命感を担って創作活動を標榜し、それを推進し、実践した人だった。

私の一目置く人は皆仕事を通じて生を育み、遊び、意義深い人生から逝っている。

一生を通じてできる仕事がある幸せはとてつもなく大きく、二人はそのことを今も私に伝えてくれている。父は86歳、義父は96歳まで生きたからだ。二人にとって仕事は命そのものに見受けられた。

単純に今を生きる私たちは、歴史を遡り、人の生き様の多様な生きる色と気を観ることに大事な時間を先ず注力すべきなのだ。先人がどんな生き方をしてきたのかを学ぶことで各々の先に進む道標が牽《ひ》かれていることに気づくはずだ。この世は生きている自らのものなのだからそこから自由に学べば良い。

生きていることの喜びを改めて考え、身を振り返ると、楽しむために色々と挑戦してきた想いがそこにある。中でも飽きもせず長い期間を継続して充実していたことは何か、満足できていたことは何か、周囲に幾らかでも貢献できたことには何があるのかと答えを探すと、ありきたりだが今も続けていることにある。それは今の仕事である。他の好きなこと、やってみたかったこと、そこには感動が得られたかどうかと絞り込んで考えていくと、それ等を俯瞰して見た上での「中核」に仕事がある。身近のＢＩＢＬＥもそのためにあることに気づき、何が大切なのかを知らされる。

まず仕事である以上、幾らかの報酬がそこに伴っている。金がないから続かないとはならなかった。仕事も趣味も色々だが意外と早く自らの頂点となる限界を悟ったことには訳がある。ゴルフも「ここまでだ」と自らの限界に至ったのはそれが趣味でしかなく使う時間とお金が、分相応を超えていたし、中庸に相応しい幸せな気に繋げなかったからだ。そして、他に役立つことへの気づきもこれから先を見通せなかったからだ。

これ等のことを全て「中庸」になしてくれたのが仕事である。ほどほどの収入が入るし、挑戦への対照のジャンルには限りがなく、満足も次から次へと背中を押してやって来るし、趣味の達成感とはまた味が違う。それはリスクが伴うし、厳しさは半端ではない。一人だけではできないことだ。責任を伴うし、社会性も経済性もついて回る。

中でも他と大きく違うのは夢中で過ぎていくそれに関わる時間の経過の速さにある。

そして、計算外の刺激がバーチャルでなくリアルに脅《おびや》かされることが連続して起きる。そこでの遭遇は初めて経験する未知の変則事象の集まる総合体育館であり、飽きることなど覚束《おぼつか》ない。真剣そのもので迎える毎日がそこに続く。ただこれを続けるには様々な課題を繰り返し乗り越えなければならない。一番やっかいなのが賞味期限である。私は30を超える業種の仕事を年齢と共に変えてきた。人は年齢と共に、ある時期から一層早く老化が始まる。仕事である以上競争がある。年代別のハンディーは仕事である以上真剣勝負であってそれはなく、ネットでなくグロスによる勝負である。他より常に優れていなければ先もない。

天職とは分相応に糧を得られ、趣味も高じた一生続けられる興味の極地にあるものだ。しかし、これとどのように付き合うかは残りの人生の明暗を分けることになる。私の周辺で活躍している人に年上の人はたかが知れた数しかもういない。皆、定年での引退のせいか会う人の数は少なくなる一方である。そうであっても、仕事を続けることは少なからず新たな人間力を高めてくれ、糧を得、刺激をもたらせてくれもする。恥をかくことも歳と共に多くなっているが、それに耐えなければ明日を迎えられない思いで、まだ現役で活躍しようと続けている。そこに時間と体力の使い方を練ったのが私が今考えて行っている仕事との付き合い方である。

これから私の始めるのは執筆業であり、売れるかどうかは分からないが、ピアノや絵画と同じで弾いてみたい描いてみたいの類の興味からそれは始まっている。この随想集もその書きたい英文小説の骨子を書き綴っている。

書くことは相当の時間を必要とするから退屈とは無縁である。暇などまるでない。疲れることはあってもその後の睡眠は極上の快眠と熟睡を約束してくれる。そして、それが過ぎると意欲は再び文脈の構成に向かう。好きなことができて、それが生き甲斐となり、完成の折には達成感が待っていてときに人の論評を受けられる。

仕事にも稼げる仕事とそうでない仕事があるが、小説の英文での上梓も完成を待ち、世に知らしめねば評価が得られないし、単なる趣味とは違い仕事にするからには一定の評価の基準である販売部数は意識にある。楽しく続けることのスタートにこのような目的への厳しい査定の関門があって良い。そんな妄想があっていいのだ。そして、今の時代背景があるからこそそれができるし必要なのだ。

表現力が批評批判に晒されるのは新鮮な発見だし、挑戦することはその向き合い方次第で人間力が補強されるし楽しめる。表現することは自己疎外状況に陥らず人間らしく生きる手法を同時に体現することになる。

仕事の意義を勤める会社での評価や給与の額に見出すだけでは社会の歯車として扱われることに繋がりかねず、働けば働くほど人間性が失われていくことになりかねない。

確かに仕事は労働ではあるが、それ以上に自己表現の場であり、主張の発信とその活動の場でもある。ＢＩＢＬＥの中核を成すものが平衡してそこにある。

自らに徹する時間、金、労力の使い方次第で良い結果の生まれるのは勿論だが、そこに使われる膨大な時間は極上の嬉々とした航海の充実を約束してくれる。そこに、卑下も自慢も置くことなく淡々とこのＢＡＬＡＮＣＥにある中庸の時間が過ぎていく。身体を休めるだけで精一杯だった小さな時間も土曜、日曜も祝日も輝きを帯び、時間にメリハリが生まれ、使う時間に制約がなく、自ら自由に扱え、正に人間らしい充実した人生に気づき、何が大切かが分かることに繋がる。そして、生きている喜びが分かり、愛《かな》しい人にはなりようのないナルシシズムに浸れる。

何が大切かが後れ馳せながら段々と分かってきた気がする。

明日ありと思う心の仇桜《あだざくら》　今にも嵐の吹かぬものかは

5. 何が大切かが分かるのは　仕事

情報がどんなにあろうと　行動があっての情報だ

単なる欲でなく　金は夢に見合う額でいい　そして　仕事に挑む過程には欲は人間力を育み続ける

グローバル社会にあってはいち早く最新の情報を得るにも伝えるにも、勤勉に学ぶ英語が不可欠だと思うのは、何が大切かが分かるのにそれを通じて直接感じる世界観が得られ、伝えられるからだ。

人は仕事を成す上で、究極の人間関係学にある自他を問わない敬意、敬愛に自らの生死に勝る価値を見出すことがある。その時は生きている喜びが湧き出でる時だ。そして、その真逆も併せ持つ。そして、この項は自らを磨く鏡であり、読めばそこから色が煌《きら》めき、気が働き始め、何が大切かがわかる。

創造が一番

仕事は生きる種

Purple

6
雑踏

毎日が充実する

第四章　6　雑踏——毎日が充実する　Ｐｕｒｐｌｅ　自画像6
内容のない絵はつまらない。絵は良いところを残して、そこから全体を描いてゆけばよい。

色には物語がある。旅立ちがある

チリアン・パープル
アクキ貝（貝紫）が分泌する紫の染料の色である。地中海沿岸のフェニキア地方の都市テュルスで抽出され、港町テュルズの紫という意味でこの名がついた。ＢＣ1，600年頃に始まるといわれているギリシャ神話の『神統記』には、神々の衣装の色として記載されており、ディオニソス（ギリシャ神話に登場する豊穣とブドウ酒と銘酊の神）の帯の色でもあった。

「雑踏の色」
自画像のワンピースの陰に使っている。品のある直向《ひたむ》きで、謙虚な「雑踏」の色である。
パープルは日本的な色でもあって気高く、高貴な色である。多様な配色から生まれる色であり、複雑な音色の坩堝《るつぼ》の雑踏と重なる色であり、毎日を充実させてくれる。
「音」
音がする
何の音だろう
カタ、コト、サワサワ

音がする
今までいろんな音を聞いてきた
最後に聞く音はどんなだろう
心地よく感じられるように思えてくる
コト、サワサワ、カタ
空腹感も疲労感もまるでない
先ほどから感じている不思議な力は何だろう
上がっているのか　下がっているのか
歩いているのか　走っているのか
ずっと右から左から　上から下から音がする
サワサワ、カタ、コト
今までに感じた一番優しい周りがある
だんだんそれが薄れていく
サワサワ、サワサワ、サワサワ
階段を上がっていく私が見える
風に揺られて雲のように
サワサワ
手を振っているようだ。
笑って。

ここに、私の随想がある。そこに、そのとき感じた音がある。音色である。

カレンダーを作ったとき辺りからの34年にわたり書き続けた12，500日に及ぶ私の随想である。この期間に於ける一日の小さな空いた時間に、慎ましく書き綴ってきた光景は端から見れば侘《わび》しい姿にしか見えなくとも、そこは私にとっては一日の締め括りの明日を迎えるのに避けて通れない峠越えの難所だった。それはときには絵画の描写であったり、ピアノの音色への挑戦であったり、何も考えずに練習場で打ち続けるゴルフの玉打ちだったりと、その時々の現況と思いを記述した随想録であって、休むことなく少なくとも制約された時々の間にあって自由に時間を行き来した証の随想集なのである。

敬愛する人や家族のように、どんなに近しい人であっても、それは自分ではない他人である。お互いに解り合っているようであっても、気づけないことや踏み込めない領域がある。人は皆、根無し草のような存在であって、近しいと思えても同床異夢の道を歩んで生きている。そして、良くも悪くも人は網の目のような人間関係に縛られて生きている。一方、どんなに沢山の人たちに囲まれていても、人は何れも一人で生きている。

時間の使いよう一つをとっても、そこから生まれる事象は、その経緯を辿れば孤独に嚆矢がある。そして、孤独こそ迷想からリアリズムへの離脱に至る世界を切り開いてくれる。

日記は不思議と嘘が書けない。孤独を愛《め》でながら、やり場のない思いを打《ぶ》つけたのがこの随想集なのである。ナルシシズムに浸り、これを読み返す度に綴っていた時々の瑞々《みずみず》しい気持ちに耽《ふけ》戻される。

その時々に出会った一瞬一瞬は過去とは比べられない実態の伴った現実の直接味わう一瞬だったのである。そこで、今までにいつが一番良かったかと問われれば私も父のように毎日が充実していたその時々にどんな過去よりも「今が一番」と答えたと思う。希望を踏まえた未来がそこから始まるレールの上にその時お互いに見えていたからだ。そこには挑戦への漲《みなぎ》る意欲が宿っている。難局の極みにあっても二人とも時代と局面は違えど幸せの神輿《みこし》に乗っていた。幸福感とは透明な心の色と気によるものであり、時を飛んで共生する。

オプティミストは新しいことに向けて挑戦し続ける。ただじっと待つだけではやってくるものは何もない。幸福を最も遠ざける行為は何もしないことだからだ。

そして、この随想集は未来に思いを馳せるのになくてはならない私の「ＢＩＢＬＥ」なのだ。人はどんな時代にあっても人の軸を外してはならない。食にありつけてひもじい思いをすることなく眠るところがあって雨風が凌《しの》げ、自らのデータがそこにあれば何とかどこでも生きられる。そんな30もの箇所に私は生きてきた。生命力がそこから湧き出てきたからだ。シンギュラリティーがやってきてもＡＩは人の創造する適応力には追いつけない。ふと、雑踏の音がなぜ好きなのかに気がついた。孤独を介して毎日が充実する雑踏を楽しんでいる自らに気づいたからだ。美しい音色は孤独と相性が良すぎて侘《わび》しくもなる。随想も書いた私が読むから匂いがする。書いた人でしかわからない風味もあって、臭《にお》いとは違う趣だ。他人の随想なら、感動や畏怖は覚えても、色や音色や匂いや味、そして、肌触りは感じないだろう。

喧噪の中の孤独にこそ見えないものが見える、聞こえないものが聞こえる境地の喜びがある。そして、自らの存在の真理に気づく入口を孤独は開きもする。

人は様々な音が聞き分けられる。勿論、他の種とは異なるが。そこに情報、知識、感情、そして、感性を紡《つむ》ぎ出すこともできる。クロマニヨン人は洞窟の壁面に絵を描くときに、音の一番奏でられる処を選んで描いている。音の調和が生まれる処にである。このことは、四分音符と四分休符はどちらも音の価値は同じでも、片方には音があり、片方には音がない。音があって、そして、なくてもその配列のバランスから生まれるのが音色であって、そこに調和が生まれてくるのと同じ意図が洞窟に描かれた絵の場所にはある。

「そしてどうなる」とＢＩＢＬＥにある生きている必然の中に音は深く存在してきたのである。無音があって他にそこに様々な味わい深い色があり匂いがあり、そして、味や肌触りを感じる無音の音がある。好きな人の寝息、静かな佇まいの庭で鳴る獅子落としの水の音は心を癒やす。そして、ビールが飲みたくなるビアホールの雑踏は無限のエネルギーを宿している。そして、私は長年、孤独も良いが雑踏の中を好んで生きてきた気がする。

音が聞きたいと思うとき、音が優しいと聞こえるとき、音が勇気をくれるとき、そんな日は、一日が充実していて長閑《のどか》に過ぎていく。

過去も未来も今日の音色とは違って聞こえる。毎日が充実する音色。それが「今が一番」と奏でている。

踏まれても堪《こら》えて忍べ花の種　何れ芽が萌え　冬過ぎる頃

6．毎日が充実するのは　雑踏

過去も未来も今のＢＩＢＬＥを基に生まれていく

幸せを探すのは　今の幸せに気づくことから

活動の合間にある然《さ》り気《げ》ない無駄と思える音色は人の生態には欠かせない。

人のやってきたことは、全てが人のやれること。

そして、この項は自らを知る鏡であり、読めば素直になれ、毎日が充実する。

挑戦が一番

音色は充実の種

Blue

7

愛《いと》しい人

生きている喜びを愛《め》でられる

第四章　7　愛《いと》しい人——生きている喜びを愛でられる　Blue　自画像7
女性を描きつつ実は自らの自画像をここに描き出している。女性の表情に描いた自らのその時々の心象を物語にして載せている。

色は多様である。そして、どんなに塗り重ねても色に戻る。その変容には無限の力がある

ピカソ・ブルー

キュビズムを提唱し、画家は感動の器であると言ったパブロ・ピカソ（1881〜1973年）の「青の時代」に因んだ色名はピカソ・ブルーと呼ばれる。人生の矛盾・悲惨さをペルシアン・ブルー（フェロシアン化鉄を主な成分とする顔料のような濃い青色）の濃い青を基調として、老人や乞食、親のない子などの虐げられた人々を写実的に描いた。1901〜1904年をピカソの青の時代という。海を渡り葛飾北斎の『富嶽百景』の波そして空の色でもある。この色は人生に於ける色の位置づけから、12色の真ん中にある色であり、弾ける色である。それは私にとっては「淡い青い点」の集まる塊であり、人間の頭の中に収まる機能からは生まれず、宇宙に漂いそこからはみ出ようとする世界を生む色なのである。
そして、私もこの青を引き立たせた深い時と空間を奏でる一枚の絵に挑戦している。

「愛《いと》しい人の色」
自画像の子供のシャツのラインに使っている。「愛しい人」に相応しい色であり、生きている喜

びが分かる色である。
ブルーはすっきりとした安定を主張する色であって、正に人生の壮年代の色であって、明るい空、広い海、長い河の色である。そして、陰としては背景の色に薄くあっても活かせるし、濃いと更に多様な描写を主張する色である。愛しい人に似合う二面性以上の多面的な変容を織りなせる宇宙の色である。
空が動いている　雲が流れていくにつれ
岩が揺れている　水が流れていくにつれ
海が弾んでいる　風が強くなるにつれ
山が騒ぎ始めている　雨が降り出すにつれ
空も岩も海も山もペルシアン・ブルーのように輝いている
輝いている隣に雲と水と風と雨がある
どれもがラピスラズリ「ラズライト（青金石）を主成分とした混合鉱物」である
青を動かし、青を流し、青を上下させ、青が降り始めている
小さな青、大きな青、控えめな青、大胆な青
青を滲ませ遠ざけ、青を揺らしうねらせ、
そして、固定させ世界を創る
ペルシアンブルーのなめらかな青は宇宙を創り出す
身近な自然の中にある青と宇宙にある青
どれも人の心を捉えて離さない

そんな青に畏怖を感じる一枚の絵を私は描きたい、色に佇《たたず》む愛しい人の

巻頭にある120F（193・9×130・3㎝）と120Sのスクエアーの12枚の絵は私の自我を打つけた自画像であって、巻頭の多彩な色づけから、その色を順に消し込み第4章には色もなく線だけとして描写の先に自らに飽きて消えてゆく姿を表現している。そして、この自画像は風景でなく静物でなく、人での表現にしているが、紛《まぎ》れもなく私の生きてきた経緯の時々の心象を人物表現の中に留《とど》め込ませた自画像なのである。

描写対象も色と気をどんなものにも何にでも載せられ、そして、表現できることを表している。そして、色々な表現を奏でる自己愛をテーマに描き込んだ作品の12枚なのであって、愛は愛《いと》しいとも愛《かな》しいとも愛《うるわ》しいとも読む平衡する幾つもの世界感を持った言葉なのであって、自らを映す鏡として、バランスのある多様な生を歩む道標にとその気概を色と気と、そしてナルシシズムの自己愛で描き上げている。

愛をテーマにした物語が多方面から生まれた過去のこの半世紀は人間の歴史上最も平和な時代だった。暴力行為は初期の農耕社会では人間の死因の最大15％を占め、20世紀には5％を占めていたのに対して、今日では1％にすぎなくなっている。とはいえ、国際情勢は急速に悪化しており、大国の軍事費支出が急増している。

愛と有事が共存する今は、何が起きてもこれまでの歴史を通して、平気で生きていることが逞しいと思える現実がある。そして、人であることをはみ出さない一生を送るのに大切なことのあることに気づかされる。その一つに自立がある。愚痴をいわない、悪口をいわない、嘘をつかない、そ

してお喋りを沢山すること。無口は逃避に繋がり、無用な弊害をもたらすが、お喋りは互いの思いを発信し、相手に対話を促し、脳が活性化するので対立も避けられ、アンチエイジングにも役立つ。

そして、もう一つは現実を直視し逃げないこと。奇禍に遭っても逃げないことでその苦難に立ち合った人だけしか知ることのできない奇貨が鳥の見る目や、虎の聞く音のように、私たちには見えなくても聞こえなくても、そんな世界があることに気づかされ、異次元の世界に誘ってくれるからである。

人は生を委ねられた以上、人でしかこの世を始められないし終わらせられない。身の周りの奇貨や奇禍に気づくことも限られる中で人は生きている。鳥がどんなに綺麗な色を人より沢山見られようが、魚がどんなに深い深海を泳げる機能を楽しんでいようが、人は認知できる枠内の知識でしかものを理解することをしない。だから、目の前に見えるもの、聞こえる音、触れるものの感触、匂うもの、味わえるもの、そして、感じられるものを通じてしか人は判断しない種なのである。

しかし、そんなこととはいえ、その課題に疑問を抱き興味を示す兆候に気づきさえすれば、そして、深く「そしてどうなる」への弁証法的な手段を担いさえすれば一段上のレベルに思考は及びもするし、そこに更なる深い探究心と想像する機会を募《つの》れば、人という種にとって鳥の目に映るものがどのように美しく、深海を泳ぐ魚の何が凄いのかに自ずと理解の及ぶ機能も備えていて、鳥にも魚にもなることを人は始める。宇宙への旅立ちの入口に立つことも始める。そして、あるとき、その成果は鳥や魚の機能に勝るものを身に纏《まと》うことに繋がっていく。

身の周りはあっても気づかない新しい世界に満ち満ちている。ＢＩＢＬＥの抽斗の中にはまだなく、気づかないだけのことである。色を見つけよう。気を磨こう。他の次元に気を向けよう。そして、現実を直視し自立しよう。色も気も時も無限にあって使う人次第なのだからだ。

私は死ぬ準備の要る歳になっている。「そしてどうなる」のかは、これまでと今あることに感謝し、生を手仕舞う直前までには幾つかの準備が要る。それにはお金が要る。周りに幾らかでも迷惑をなくすには晩年に於いての潤沢なお金があるに越したことはこれからの長生きする高齢者には欠かせない課題になる。しかもそれは自らが作り上げてきたお金が相応しい。自ら育てた金は分相応な使い道の道標を眼前に真っ直ぐ牽《ひ》いてくれるからだ。そこにこそ時をもお金で買えるという今まで気づかなかった道が開けている。

一方、運命で三度私は死んで、そして、また三度生かされた。宿命で二度絶望に迫られた。因縁からはもう一度絶望を受ける宿命はやってくるのだろう。粋に生きられなくなった頃にもだ。その時には経験した過去の絶望との比較から間があって乗り越えられた後には、生きている喜びを三度《みたび》経験することになるはずだ。準備を怠らず、油断をせず、その時まで凜々《りり》しく生きていこう。その後目にする奇貨に期待して。

這えば立て　立てば歩めの親心　我が身に積もる老いを忘れて

7．生きている喜びが分かるのは　愛《いと》しい人
愛《いと》しいとも読む愛は　妄想であり 夢想であり 幻想である
愛《かな》しいとも読む愛は　捉え方による それは逃げ場所でもある
愛《うるわ》しいとも読む愛は　色々な悟りを秘めている それは多面に及ぶ

人間関係学はその歴代のテーマに「愛」があり、愛《いと》しい、愛《かな》しい、愛《うるわ》しい等の微妙な演出の局面に、歴史を踏まえて愛による表現力を増やし、興味と不安と哀悼を併せ持つ心象を幾何学の分析により定理を探り、自らの生き方に嗜《たしな》みを育み、愛への懸念も中庸に誡《いまし》めることで、生きている喜びがわかる様にもなった。そこには会話によるコミュニケーションは必須であり、愛の表現力を深めることにより色々な物語が生まれ、囁《ささや》く会話の質が高まってゆく。一方でその判断力の欠如から人は結婚し、忍耐力の欠如から離婚し、記憶力の欠如から再婚するとＢＩＢＬＥにはある。

長生きはそんな生き方を享受する処に意味がある。

そして、この項は自らを探る鏡であり、読めば話題に深さのあるコミュニケーションの大切さが分かり、生きている喜びを愛でられる。

自立が一番
愛は滑稽の種

Green

8
瞑想

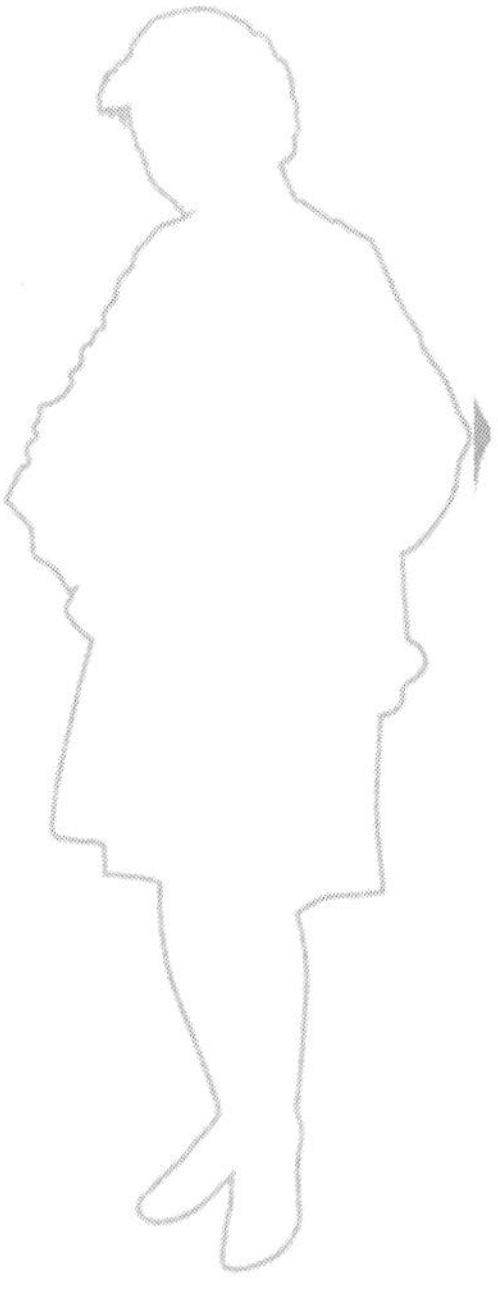

怒りを制御できる

第四章　8　瞑想——怒りを制御できる　Green　自画像8

本当の芸術は鍛えに鍛え抜いて完成されてゆくものであり、観る人の夫々に物語を生ませるものになる。

色には感動がある。遡って遡求すれば取り戻す色がある。グリーンは人間が取り戻した色なのだ

ビリジャンのグリーン

緑は「光の色」「影の色」「背景の色」「体調の色」などで重要な役割を果たしている。特にロートレックのムーランルージュなどの退廃的で人工的な光を表すのに、この色を用いて表現し、影の色もくすんだ暗い緑に彩られている。油彩画『ムーランルージュの踊り』は、その好例である。

私はこの緑の色が好きだ。特にビリジャン（水酸化クロムを主原料とする顔料のような澄んだ透明な色）が好きである。その透明度は他の色で表現できるものではない。際立っている。それはペルシアン・ブルーも端に置く。緑の色は人間にとって特別の色なのである。哺乳類になって一度退化した色であって、人間などの霊長類の一部だけが例外的に緑の色を感じる細胞を再び得たのだ。その緑は人が過去になくして、その後取り戻した色なのである。色にも歴史があるし、人間が再び手に入れたその緑には多彩な歴史があるのだ。

「瞑想の色」

自画像の伊豆石の壁に使っている。陽の当たり具合でビリジャンの透明感が浮き出てくる「瞑

想」の色である。

ビリジャンのグリーンは自然界になくてはならない自然な色であって、心安らぐ怒りを制御できる色である。そして、「透明色の瑞々しい心の平穏」を呼び込む瞑想に相応しい透明な色である。

伊豆にしかなかった伊豆石採石場が10年位前の豪雨により石を取り出した後の20メートルの深さの穴に、石を掘り出す機材が水没してしまい、浅草寺への納入を最後にもう日本では取れなくなった石である。その緑は黒そして白を後ろに位置させた背景色の上に、歴史の上でも合うのは当然の色なのである。

朝から雨の日曜日も、自然の怒りの憂鬱な雨だと思って家に閉じこもっていれば何も生まれない。笑顔で外に出てみれば、洗われたような美しい緑に出会えるかもしれない。怒りも制御してしまうそんな色である。そんな緑に覆われた木々からは自然とエネルギーが湧いてきている。

そこに瞑想を重ねていくと、怒り÷時間＝制御（忘却）の方程式が生まれて来る。

怒りの忘却に時間との定理を知れば、怒りなど時間が解決してくれる。しかし、怒りはエネルギーにもなる。怒り×利用法＝エネルギーである。天の川銀河の太陽や、人体のミトコンドリアのように湧き出てくるエネルギーの泉の抽斗を既に人は持っている。

私は今までは怒りを糧にして生きてきた。世の中には不条理なことが山ほどある。とかく人はそれを嫌なものとする傾向がある。しかし、不条理＝対峙するやり甲斐＝挑戦目標となることに気づく時がやってくる。その時エネルギーを生む抽斗の所在に気づいていれば、世の中打ち出の小槌『平家物語』である。宝の山を見ることになる。そんな風に考える方程式に怒りの対処法を載せてみると面白いことが創作できる。まず右の式のように時間が答えを出してくれる。怒りを制御できるし、忘却にも導いてくれるからだ。

世の中には様々な数式があり、方程式がある。神の数式もある。人は偶然に男女の違いで生を受け、恋をし子孫を作る。恋は青春の爆発であり、恋＝偶然×勘違いである。恋は愛にもなる。愛は癒しであり、愛は孤独の逃避先であり、愛＝孤独＝逃避先（隠れ家）である。そして、孤独＝暇であり、暇は退屈である。だから、愛＝孤独＝暇＝隠れ家である。だから、愛は暇を持て余した戯《たわむ》れの隠れ家でしかない。そして、隠れ家＝これも何《いず》れ飽きる居処であり、隠れ家にも飽きることは人生に疲れることであり、「もういいよ」のあの世の入口となる。人＝生＝恋＝偶然＝勘違い＝愛＝孤独＝暇＝退屈＝隠れ家＝飽き＝逝去となる。このＢＩＢＬＥに載せた神の数式は人の歩む因果を覚悟する道標となる。

　私はこの因果を基に幾つもの建物を造ってきた。あるとき新しく何かに気づく原因と結果の間にだ。感情の起伏の間にだ。そして、その因果の時々にそこに置く自画像をそれぞれ12枚描き上げた。自画像は人の死から始まり生の道のりを経て逝去に至る私の一生の物語を12枚のレイヤーに畜め込んだメタファーなのである。描けばそれを掛ける空間が多く必要となる。そして、自画像はそれぞれそれを掛ける家と一体となる。建物の数はまだ途中だが未だに家を造っているし自画像にはまだまだ色を載せ続けることだろう。描き続けることだろう。逃げ場所を探し求めて家も自画像も捨て場所に困る位溜まっていくだろう。結局家も自画像もあらゆる持っているものはいつかゴミ捨て場行きとなる。形あるものは壊れ、生あるものは死ぬのが道理だからだ。一人の人の周りにあるモノの全てはその人と共に殉死の如く消えてなくなるのが人の因果に相応しい宿命にある。

　孤独と暇とそれによる退屈の扱い方は愛とゴミの差となる。孤独と暇は良しとしても退屈が本来のゴミとならないようにゴミを入れる大きなリソソーム（P82）の入る抽斗のある隠れ家を造り続ける。そして、そこでは次の自画像を描き始める。稼ぐに追いつく貧乏なしの譬えにもあるのだから描き続ければいい。それは、描くに追いつくものぐさもないと分かるからだ。私は孤独と暇の生かし方を探し続けることになる。孤独と暇も退屈とものぐさもそれを描く絵は全てその生かし方次第で作品も色を作《な》す。

歴史には人類が遊牧からなる移動生活から定住生活に進むのに二つの課題を克服せねばならなかった因果がある。それが食べ物の確保と危険からのリスク回避、そして、退屈の解消だった。人は何も楽しみがないと共同体の秩序を守れない。そこで、高度な芸術や工芸品や祭事を進化させてきた長い歴史の経緯がある。今、社会はこの不要不急の大切さを軽んじている。過度の分業による弊害であって、俯瞰する見方が退化している。

これから迎える社会も不要不急のもの、あるいは遊びなしには語れない。経済が成熟化すると、生活必需品や社会インフラ費用の割合は低下し、不要不急の消費の比率は高まる。いってみれば経済は歴史を遡《さかのぼ》っても遊びでできているからだ。目を閉じた思考は瞑想であって、刮目した瞑想は遊びである。遊びは色々な怒りの抑制効果も生じさせる。

日本経済の中で不要不急の対象の規模はその大半に当たる。感染症のパンデミックによる政府の緊急事態宣言により静まりかえった東京・大阪・名古屋を見るにつけ改めて日本経済が不要不急の世界で回っていることが分かる。世界もそうだ。最大の産業は余暇の分野なのを改めて知らされる。不要不急の産業の規模は個人消費に於いてはその4分の1を占め、ファッション・旅行・飲食産業・百貨店・ホテル・自動車・家電・ストリーミング・楽しむための遊興の類である。

科学により時間そのものがあらゆる分野で短くでき、新しく生まれて来る自由な時間はそれに応じて長くなっていく。

ホモ・サピエンス（ヒト）はホモ・エコノミクス（経済人）であって、ホモ・ピクトル（絵を描くヒト）であり、ホモ・ルーデンス（遊ぶ人）とも呼ぶ所以である。テレワークが広がることにより、社用本位消費の化粧品・スーツ・ハンドバッグなどの自己顕示欲を満たすブランディングや営業面に必要な類に消費の偏っていた企業は淘汰されるだろう。コミュニケーションツールの飲み会もなくなる。変わって生まれるのはＤ２Ｃ（ダイレクト・ツー・コンシューマーブランドなどがある。顧客と直接ネットで結びつく業態をいう）食品や化粧品・衣料品・学業にまで広がり、独自の社会的使命や芸術にまで広がる市場が生まれてくる。それらは癖になる顧客体験や社会的・芸術的な他との差別化によるメリットを武器に消費市場を変容させていく。社会不安がめまぐるしく台頭する現在にあって、個人に強いメッセージを投げかける企業に強い指示が集中することになる。アップルやマイクロソフトのように。

誰かにいわれた言葉がある。「貴方は鰹《かつお》。泳ぎを止めると死んでしまう鰹。泳ぎ続ける定めにある魚」だと。そうだとするなら私は鰹になり切って泳ぎ続けるしかない。泳ぎ続けていくことでしか生きられない。鰹の隠れ家（逃避先）は海。そう、鰹＝海＝隠れ家、よって、愛に海が付け加わる。だから愛は海なのであり、そこでの瞑想は怒りを制御できるし、気ままに泳ぎ、そして、その先に繋がる海路には未来があり、そこは進めば辿り着ける心地いい逃避先がこのＢＩＢＬＥにはあるという。その色は透きとおった深いインディゴ（濃い紫がかった青）に包まれた無人島の透明な明鏡止水《めいきょうしすい》（静かに落ち着いていること）のビリジャンなのである。私は今、刮目する瞑想の中にいる。

そこは怒りなど一滴の露《つゆ》に包み込み、ビリジャンの「透明色の瑞々しい心の平穏」に満たされている。

負けている人を弱しと思うなよ　忍ぶ心の強さ故なり

8. 怒りを制御できるのは　瞑想
怒りはエネルギーと同義である
喜怒哀楽の感性は　全ての人に授けられた資産である

歴史を遡れば畏怖を抱く逸材は夥しい。その人たちの覚悟に触れるなら、今生の怒りや怨念など一笑に過ぎず怒りを制御できるどころか「瞑想」による気で怒りをエネルギーに変えることもできるし、怒りに感謝することへも気次第で変えられ、そこには目新しい色に気づかされもする。振り返って思うのは一生は抱く生き方の「気」次第にある。それは心の色合わせであって「そしてどうなる」とする生きる色は変色を続ける。
そして、この項は自らを諫める鏡であり、読めば自らの自覚が促され、怒りを制御できる。
遊びが一番
怒りは感謝の種

Brown

9

2●29

人に優しくなれる

第四章　9　2●29――人に優しくなれる　Brown　自画像9

絵は単に映し取るだけでは足らない。削り取っては塗り、また塗り重ねてゆく、幾度かのカンヴァスへの塗り重ねが繰り返されて、絵具がズッシリと重厚さを生み出す頃、一つの作品ができ上がる。

色には時間が刻み込まれている。色は地球の変容にも人の変容にも変わらぬ色を発し続ける

レッドオーカー

今から35万年前には使われていたといわれている赤色の酸化鉄の鉱物顔料。ヘマタイト（赤鉄鉱）とかラテライト（赤粘土）が主である。ラスコー、アルタミラの装飾壁画に於いては動物を描く際のメインカラーとして使われている。

「2●29の色」

自画像のテーブルに使ってみた。洞窟に描かれた歴史の色を表現してみたかった。これから迎える「2●29」年の色である。

茶色は最も原始的なプリミティブな色であり、そこから芽の吹き出る土の色である。人に優しく映る色であり、人生のリセットを迎える時の色である。

今までに見たくなかったこと経験したくなかったことが幾つかある。

一つ目は随分前になるが大企業の食堂を視察したときのことである。全く人のいない体育館を思わせる館内に12時きっかりにとんでもない人たちが集まり多分数千人だと思うがとんでもない光景が生まれ、相応する雑踏の音色が突然奏でられ始めた。とても先ほど見た同じ場所とは思えない。そして、13時を過ぎると、あっという間に再び物音一つしなくなっていた。そこは綺麗な製造工場だったが食堂そのものが鶏や牛の餌場に見えた。当時と今とでは環境は違っているとは思うが整然として清潔を極めていても見たくない凄《すさま》じい光景だった。私には直接現場を見たことはないがヒトがブロイラーや乳牛のように詰め込まれた大きな屠殺場行きの牢獄に思われた。物作りのロボットのように逆に人間が扱われ、シンギュラリティを思わせる変則事象をそこに垣間見せられた。

ここに人はこのＢＩＢＬＥに載せる調和のある景色をいつも求めているという宿命を悟らされる。

二つ目はこれも40年は経っていると思うが老人施設棟の徘徊対策設備の相談を受けたときのことである。徘徊者の介護度合いによりドアによって所定外の場所のドアは外に出られないようにとの相談を受けたのだ。ドアによって常閉を開錠にしないためには首か手首にセンサーを持たせないといけない。なんとなく閉鎖的な雰囲気のある施設だったので、ぶしつけとは思ったが聞いてみた。「ここに居られる方たちはどれ位過ごされているのですか」と「大体2年だね」と悪びれる様子もなく即答されたのだ。あとで知ることになったそこは精神病院の経営する施設であって、大概家族、親戚、世間から今以上に当時は疎遠にされていたところだった。人間は人から頼りにされることがなくなると年齢にもよるのだろうがたったの2年しか保たないことを知らされた。そして、居ないものと見做《みな》されていくのだと『楢山節考』（Ｐ１００）をそこに見てしまったのだ。結局その依頼は選択肢のない若さのせいもあって、当時、罰が当たると思いその仕事は断った。

ここにもこのＢＩＢＬＥに載せる調和のある景色を人は求めているのが分かる。

三つ目は相続放棄と遺留分放棄を受けさせられたがこれも今までに経験したことのない嫌な醜い悍《おぞ》ましい経験だった。金は良くも悪くも極端な二面性を人は曝《さら》け出すことを見せられる。過ぎて仕舞えば「そんなこともあったなっ」でしかないが。

このときに経験したことのなかった絶望を初めて経験した。家族の今の生活と将来、そして、亡くした両親を思う家を核とした世間体から、機先を制せられなす術がなく、途方に暮れた。死ぬこと以上に絶望は辛い経験に思えた。親の用意してくれた家を売ろうと夫婦でアパート探しをしたそのときのことが思い出される。中学生だった娘から母が孫にと残してくれた幾らかのお金を借りたときのことも思い出す。娘の「いいよ」のひと言が今もその時の声色と共に目に浮かぶ。一人で抱えるには重すぎた苦悩を思い出す。

宿命の続きだったと思うが、その時、家は売らずに済んでいる。

そして、ここには身近にあった身内への安堵のバランスが壊れるのを味わわされた。後になって気づくのだが家さえあればなんとかなる。自分の家を持っているということがかけがえのないことだということにである。今は新しく造った家に済んでいるが、持ち家があることは高齢を迎えると共に最大の精神の安定に繋がることに気づかされる。

一方、これも受け側でなく発信側から見ると、その人なりの言い分は良し悪しを別にすれば必ずある。大多数の人の持っている俗物哲学である。哲学の一方の我流にあって人としての見識に欠ける俗人の挙動のことである。これとは違うが似たようなことにそれが異常なことであっても俗人には周囲への困惑を顧みず、事件を愉快に思って行動する、自己効力感といって、相手の動揺を見ることで得るドーパミンの発する快感を欲する俗物哲学である。それも誹謗中傷や搾取となり大きな危害を攻撃対象にもたらす。

しかし、見たくなかったことも、見てしまい、味わわされてしまったからにはその実態を自らの見識で言葉や文章に表すことで、用意された抽斗に仕舞っておけば時期が来ればいつの日か自らを癒やし、諭《さと》すことができるし、そんな変則事象を正すことができる。このBIBLEに載せるこの三つ目も人は調和を求めて中庸に戻る宿命を持ち、それは絶望を背負った人の成長により行き着く境地であって、思い出したくない忘却をも促してくれ、大きな教訓になってゆく。

今、私が存在していて、振り返ることでこれは拾うことも、捨てることもできる自浄作用の対象になっている。

そんな見たくなかったこと経験したくなかったことなど、そして、死に匹敵する絶望を語ってみても「そんなこともあったなっ」で終わってしまうことにしか今ではなくなっている。

それでも何がもっと嫌なことかといえばまだ一つある。「ひもじい」ことが一番辛い。絶望の時がそうだった。経験とまではいえない短い期間ではあったが。

見聞きする世界で現在80億人の内の相当の数が「ひもじい」思いをして暮らしている。この情報を実態として捉えるなら、これほど痛ましいことはない。

凄惨《せいさん》な親の戦争体験により亡くなった友への懺悔《ざんげ》にあるように、今生かされている者同士としての生活差の悲劇の実情を今の私に強いてくる。それは、「死ぬこと以外はかすり傷」では済まされない惨《むご》い現実を見せつけられる。

更に、聞きたくないものに唯一、一つを挙げれば愚痴がある。それと同質に思えるが裏読みの要因を隠している分、まだ自慢話には含みがある。自慢話にも幾通りかある。人の振る舞いを自慢できるならそれこそ粋である。白寿で亡くなった弟を慕う伯父さんのように。

人は自慢話がしたいのだ。人は誰でもいうにいわれぬ苦い過去を背負って生きている。

余分なことも包み込んで、ふっと口にする自慢話は生きてきた証のひと言なのだ。その一言には真摯《しんし》に聞くだけの物語がある。負けて負けて負け続けて人は生きている。それでも今あるのは勝って勝って勝ち続けたからの今である。矛盾だらけの世界に人は生かされている。

泰山北斗《たいさんほくと》と膾炙《かいしゃ》（広く世人に好まれ、話題に上って知れ渡ること）されている人の評判も裏読みに穿《うが》って思いを馳せると実態が見えてくる。だが、自慢話をする人は愚痴をいう人よりよほど良い。ときにその人はナルシシストどころか自信を身につけた矜持の人なのかもしれないからだ。ふっと口に出す自慢話に粋を感じ、そこに生きる色を感じるなら、その人との会話は極上の贅沢な品のある会話である。

会話を増やせばいい。本を沢山読めばいい。そして身体を動かせばいい。色々な優しさに出会うことができる。そこで触れた経験は確かな力を身に宿してくれる。そして、余裕が生まれ、ひいては人に優しくなれる抽斗をまた一つ身につけられる。それは、人それぞれ特有の表情を見せる優しさとなり、時に応じて外に発する新しい力へと変わる。

怒りに愛をぶつけると優しさが生まれる。相手の怒りに納得できるなら、その納得は愛である。相手の怒りに気づく度量は愛であり、相手の気持ちにぶつかるところから優しさが弾け飛ぶ。

自己陶酔するうぬぼれ屋、そして、欲深い人にも用意される会話はそこから幾らでも生まれてくる。

健康が欲しいならそれを得るための方法を練れば良い。ゴルフの練習場詣《もう》でがそうであり、愛が欲しければそれを得る方策を一つひとつ、具現化すれば良い。相手の喜ぶことをすれば良い。

金が要るならそれを作る努力をすることからしか始まらない。全て手に入れようとするものがあるなら、それに必要なものは具体的な目標とそれを得る時期とそれに要する時間、具現化する方法と行動の連携とその継続と最後に覚悟があってこそ、その答えが見つかる。２●２９（２●２９の黒丸には０から９が入る）年まで粋に生きようと自ら励むことでそれらは見つけられる。そして、そんな気概は全ての人間に授けられている資産である。これらを理解できれば、誰もが気づくことがある。欲しいものの全てはリアリティを求める気の問題であり、一方にはバーチャルリアリティが相対的に併存し、「あるものもないと思えば、ないものもあると思えば」の心境に辿り着く達観を知ることに至る。

人の器は大小、重さ、深さは違っても精神の居所《いどころ》の目安は自己愛、自信、そして、矜持へと辿り、それぞれの年代をそれを軸にして精一杯生きて達観に至る。達観を纏《まと》った本物の人物と会話したいものだ。

そんな裏読みをする配慮のある人には優しさがあり、極上の粋《いき》がある。

結果結果と騒ぐ人　そこに肥やしを焼《く》べる人

9．人に優しくなれるのは　2●29
死ぬこと以外はかすり傷　死ぬより怖いのが絶望だ　その絶望も時の経過と共に気の変容が
その持つ色を大きく変える
弱くて負けて　負けて　負け続けても　今あるのは勝って　勝って　勝ち続けた故の強さにあ
る
あるものもないと思えば　そして　ないものもあると思えば　人に優しくなれ　そこに憩《いこ》える
居場所が生まれる．

年齢による身体の老化は人に制約を知らしめ、自らを諌《いさ》める客観をもたらす。

嫌なことも抽斗から時を戻して感じる満足がある。

そして、この項は自らの成長を知る鏡であり、読めば色をなし、気が生まれ、人に優しくなれる。

中庸が一番
自慢話は粋の種

Indigo

10
今が一番

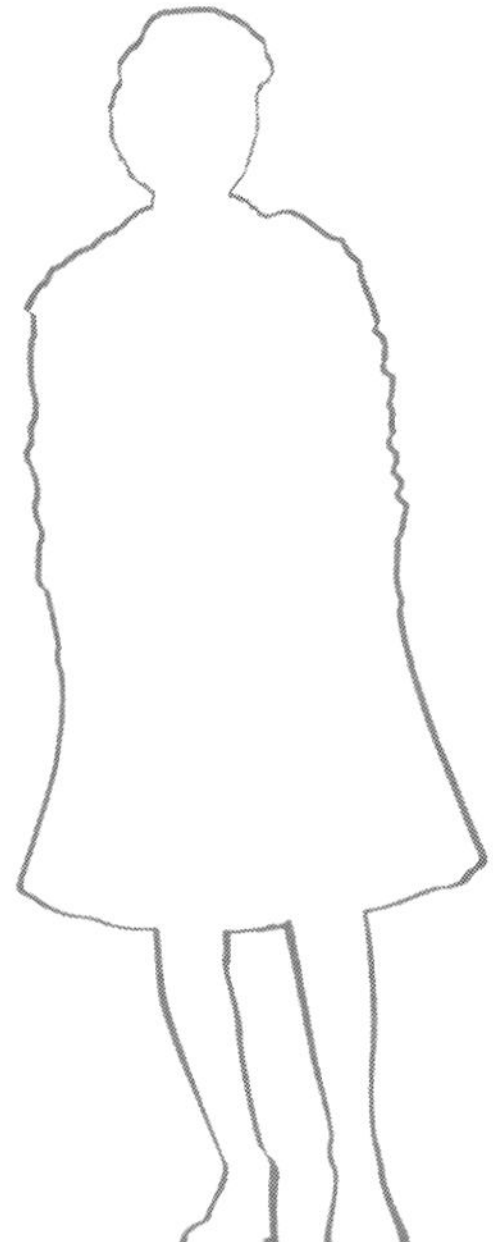

生きていく自信が生まれる

第四章　10　今が一番——生きていく自信が生まれる　Indigo　自画像10

絵は描く「気」と共に重くなる。マチエールを重ねて色調を抑え、深みのある中から滲み出てくるようなバルールを出すのが狙いなのだ。

色は時代を作り、歴史に反映し、時代の寵児となる

インディアン・ブルー

19世紀前半イギリスは、インドを植民地化することにより、天然インディゴを独占してきたが、1880年にフォン・バイヤー（ドイツの化学者　1835・10・31〜1917・8・20）が人工インディゴの合成に成功すると、インディゴは時代の色となった。特に新大陸アメリカではジーンズの色として人気を集めるようになる。

「今が一番の色」

自画像のワンピースのベージュを引き立てる色として置いている。「今が一番」の色である対象の深さを表せる。

インディゴは高尚な作りの佇まいの床の間によく使われている。印象が凛として強く、木造りの神棚の側の高貴な佇《たたず》まいに合う色である。「今が一番」と語気を強める場に相応しい色である。

今までに大変だったと思うことを敢えてあげるなら、次の三つがある。

一つめは大学を中退しようと思ったとき。若かったこともあり留年をして家から生活費が出なくなり、大阪に職探しに新幹線に乗っていったときのことがうろ覚えで思い出される。それから思い直し再び東京での学生生活とアルバイトとはいえ本格的な社会生活が始まった。その状況からも縁と運があって卒業することができた。6年も掛かったが。今は「そんなこともあったなっ」と思い出す。

二つめはバブルの最中の資金繰り。あるものは大方返し、あとは金融関係に委ねて持っていたものは大方なくなった。ここでは金の怖さと厳しさと人の多様な生き様と変容を知った。そして、縁と運の存在に再び気づいた。

三つめは阪神大震災を見たこと。丁度その一週間前のその時刻に山陽新幹線新神戸駅前のオリエンタルホテルに宿泊していた。震災の2ヶ月後には新神戸の三ノ宮に再び国道1号線から車で入っている。この地震は人の弱さと強さ、そして形あるものは壊れ、生あるものはいつか必ず死ぬことを教えられた。

そして、この三つ目も縁と運は一週間の違いで身近にあったのは確かだ。

「人間とは何か」「なぜ生きる」「どう生きる」「そしてどうなる」この四章を書き綴ってきて、ここに至ると小さな自信と動じることのない数々の諦《あきら》めの生まれている経緯が見て取れる。人は考える動物なのであり、意識を持った動物なのである。人間は他の動物よりも格段に子育てに時間を掛ける。他の動物とは違い、柔軟に協力し合う術を心得ている。中国故事の「四世同堂《しせいどうどう》」のように四世代に亘《わた》って子孫を大切に育てる種は他にない。そんな種の中で世代間の役割を尊重し現在80億人が生活を営む社会を人間は築き上げてきた。

そこには他者を慈しむ知恵を育む時間も多く宿してきた。そして、体力だけでなく、心優しいだけでなく、頭が良いだけでもなく、バランスの絶妙な総合力をまとった人間力が培われてきた経緯があり、そこに心の色合わせが見てとれる。

自信とはそういう経緯から生まれる評価であり、人の評価を無視したナルシシストとは全く異質の複雑で高次元な資質である。そして、諦めはその自信と共に平衡して佇んでいる。

ものぐさであってはならない。リアリストの一面を常に身に備えておくと良い。積み重ねる謙虚な経験はリアリストの育成には欠かせない。併せて、身の回りの人たちを軽蔑した口ぶりで語ってはならない。故人のことをやたらと有難がってもいけない。沢山の知識と経験から得られる知恵は世間の荒波に晒されて初めて身につき、若いだけの内にこもった選択肢の足りないナルシシズムでは到底《とうてい》学べない。

自信とはナルシシストから始まり色々な難題に対峙する経験を積んで初めて身につくものであって、その先には矜持が待つ。そして、今が一番といえるその先には哲学を悟ることから生まれる達観が更に待ち受けている。生きていく自信が生まれる時、その時、「今が一番」と人はいう。

ＢＩＢＬＥに載せたここに書かれている求める人物そして絵に込めたメンターがそれを物語る。私は誰に向かって話しかけてきたのだろう。結局は内なる別の私、四章48項目に私は存在する。だが結局は一人の人間である。その一人が目の前の人物と目線がずれて向き合いお喋りをしている光景が浮かんできた。近づくと二人共、視線と身体がずれていて各々一人言を交わしている。表情は共に笑顔である。顔は皺や染みだらけ。これこそ長く生きてきた証である。この会話には聞く側がいない。会話があっても、自信が身についていようがなかろうがこの光景は空虚に長々と続いている。気づくとその光景にいる一人が私であると気づく。そこに、平気で生きている人間の行く末を見たと悟る。一人よがりの自己愛を思う光景が目の前に見えている。

自信という実態はそんな空虚なことの生きてきた馴れ初めにあっても、途中にあっても、果てにあっても、大事な使い分けの要る謙譲語なのであり、諦めも宿している。安易に使う言葉でないことは確かだろう。今の歳になった私にもそんな持ち合わせはまだないが、そんな含みを持つ自信の存在は目の前の人物と目線がずれて向き合いお喋りをしている光景からは諦めとなって遠目には見えている。

人は平気で生きている処を超えて妄想と夢想の幻想の世界に笑顔で旅立っていく前兆がそこに見える。

しかし、その必要性には深く理解が及ぶ。勘違いの自信もある程度は必要なのが実情でもある。情操教育など施されなくなった今日、曲がった類の自信であっても家に閉じこもるより、そして、捻《ひね》くれているよりましだからだ。惚けも見方によれば麗しく授けられた奇貨なのだろう。しかし、怠惰は弱きものの逃げ場所にすぎない。妬《ねた》み、嫉《そね》み、捻《ひね》くれ、嫉妬そして、愚痴ほど小賢《こざか》しく思えることは他にない。

今の社会はメリハリをなくしていて凡庸に思え、喜怒哀楽も薄っぺらで強い抑揚に欠けていて、気が抜けている。もっと人間は厳しくてピュアーであることが大切に思える。

人生には試練に耐える覚悟が要る。挑戦する勇気が要る。それには分相応な金も要る。そして運も要る。それらは全て手の内にあって、気はその手を弄《もてあそ》ぶ力を持っている。

これからは気による深い哲学と人間味に磨きを掛けて生きてゆき、試練を希望の種にしてゆく。

そして、生きていく生涯に、心の色合わせの自信を身に付けられるならその先には感動があるし、達観が待ち受けている。

子供叱るな来た道だ　年寄笑うな行く道だ

10. 生きていく自信が生まれるのは　今が一番
欲には限りがないことに　ゆくゆく気づくときが来る　そして　生きる意義が分かり自信が生まれる
そこに限りない勇気・感謝・愛・希望・達観にも気づき　そして　諦めも悟る

宗教や哲学を通じて人は人としての責任を色々自覚し、先に進む道を徳を求めて歩み続ける。喜怒哀楽を発散し続けることが生きた証となる。
そして、この項は自らを粋にする鏡であり、読めば生きていく自信が生まれる。

今が一番
試練は希望の種

Gray

11
夢

あらゆることに満足できる

第四章　11　夢――あらゆることに満足できる　Ｇｒａｙ　自画像11

絵の具の重なりは人間探究の年輪を物語る。その重みは精神的苦痛の象徴になる。更に、堅牢なマチエールには技術的研鑽の経緯が秘められている。

色にはエネルギーが満ち溢れている。色々な事象にその威力を発揮する

チャコール・グレー

チャコールとは木炭のこと。先史時代に於いて木を燃やし、その灰を顔料として使用することが多く行われた。この木炭の燃え滓《かす》の色味によってチャコール・グレーになったり、チャコール・ブラックになったりする。

「夢の色」

自画像の純白を引き立てる色として使っている。白が鮮明になっている。白は朝にあり、リアルに現実を迎える前に見る「夢」の色はグレーである。

グレーはあらゆる色の入口と出口に必要とされ、これから入り込む「夢」の入口と出口に佇むのに恰好の色である。

今まで最高だと思ったこと三つ。

一つめは超長綿《ちょうちょうめん》の肌触りに温《ぬく》もれて寝られる今。

二つめは三度の死を逃れられたこと。

三つめはバブルを生き延びたこと。

このバブルは知り合いが何人か自決されている。運良く私は良く生き延びたものである。この三つも縁と運が軸にある。私にとっては今ある私が不思議でならない。夢のようでもある。「運は気の持ちよう」だとするが、それだけではないだろう。先行きを悲観的に考える人はできない理由を考え、そして、論理的に悲観を語り運を遠ざける。ただそれも生き残った人の箴言であって、運にはもっと深い根深い畏怖のようなものを私は他に感じる。言霊としてよりも軽くは扱えない事象をそれは持っている。起きていることの中身は深い。

成功し続けられる人はこの世の中に誰もいない。失敗し続けることで、ときに、成功の幾つかに遭遇できるのである。生き残る人は失敗を食べて成長していく。

そもそも人の欲する成功とは何なのだろう。成功とは幾つもの数の知れない失敗の積み重ねなのであり、そして、そこには成功への意欲があることが大事である。意欲があれば失敗も実は失敗にならないし、成功に行き着くための経緯、経験でしかない。

夢中になることがあり、寝食を忘れて没頭してやり続けることが途中の失敗を肥やしにする。興味と執着はどんな人も持つ自己資本なのだとＢＩＢＬＥは謳《うた》っている。

そして、人間関係学の中核をなす心地よいコミュニケーションの本質は「馬鹿になること」である。目的を持った情報交換も大切ではあるが、そうでない表面的には不要と思える雑談にこそ大切なものがある。どんな時代がやってこようとも人間の本質は変わらない。人生は有限なのであり、長寿を望むことよりその限られたときを「そしてどうなる」に至る沢山の選択肢作りの実践に励み、捨てるものは早く廃棄し、選び抜いた上に新たな挑戦をすることで、身の周りは「透明色の瑞々しい心の平穏」に満たされる。

そして、願う満足は人間関係学に於ける知識と経験による知恵から、大方を得ることができる。知恵による沢山の成功事例を用意し、失敗事例を謙虚に反省するなら、満足のできる結末はそんな努力で報われる。世の中を脅かすあらゆる変則事象のウイルス感染や自然現象の驚異に至ってもそこに生じる実態には、人が引き起こす社会現象の影響があり、そこには人間関係学が大きく関与している。影響が多様なら悩みもエネルギーに、リスクもチャンスと捉えるプラス思考がそこに生まれている。人生に成功は約束されてはいないが成長は静かに平然と確実にこのように約束されている。一方、短命は嫌だがこれからの最大のリスク、それは長寿にある。

以前、親の代から三代となる行きつけの開業医から、バイアグラと毛生えの飲み薬を勧められた。毛生え薬は女性ホルモンであり、一方の媚薬は男性ホルモンからなる。長生きも短命と対峙するし、毛生え薬もED治療薬も女性ホルモンと男性ホルモンの対峙の構図のどちらを選ぶかの決断を迫ってくる。下剤と便秘薬のように。そして、二つの選択肢を同時に平然と強いられる変則事象が身近にこの様に起こりうる。

人は長生きをしたいと思う。しかし、今のように人の生命の長さが一代で倍になるのを享受した歴史はこれまでにない。皆こんな短い期間に長寿が現実となることにためらい、種の変容への対応能力を司《つかさど》る準備期間はまるでなく、旧人から新人となって霊長類を謳歌した人間の未来は、もうすぐ壊れることになるだろう。しかし、一方ではそのリスクを肥やしにする種《たね》が身近に沢山蒔かれているこどもあるはずだ。今こそ、欠かさず探索への挑戦を始めるしかない。リスクを肥やしに、そして、そこから生まれる救済を探り出そう。夥しい失敗の数の果てには必ず清々《すがすが》しい満足がやってくるはずだからだ。それができなければ、間を置かず、別の種が地球を制覇することになるだろう。前に道を作るしかない。選択する道の先に立ち向かう際限のない賭けに挑み続けなければどんな失敗も報われないし、やり遂げる満足は決して得られない。

一方、不満が昂じれば自ずとそれ以外に目が行かなくなる道理が世の中を謳歌する。どこに不満があろうが、不満の井戸の隣にはそのことを些末《さまつ》なこととする別の満足に繋がる井戸が見つかることになる。「人間万事塞翁が馬」となり、考えようによってはあらゆることに満足できるし、あらゆることに不満にもなる。見る夢は選択を拒むからだ。

不満を思う時には空を見上げればいい。夜なら夜空を見つめ上げればいい。どれ位の深さと時間がこの空に存在しているかが一望できる。無限に近い宇宙の入口の一つを包む夜空は人が感動する対象に気づくものの幾つかをいつでも見せてくれている。人にはそれが如何様にも見られるようにとそれぞれに感性も授けられている。そして、見えるものも人によって、その時々に見えなくなるようにしてくれてもいる。私の身体の一部を構成する細胞や寄生の細菌も夜空を包む宇宙も今の私の一瞬の実在を確信させてくれている。これ以上の満足は他にない。失敗や不満の隣は実は全て成功と満足なのだ。雲の上はいつも晴れのように。

私の経験からは何が不幸で何が幸いするか本当に今も分からない。四面楚歌で苦しんでいる時にも太陽は燦々《さんさん》と輝いていた。

生きていることを今のこの瞬間に感謝すべきである。そして今、亡くなった父が昔を思い出させてくれた。長男が病気をした時のことである。カレンダーを作った頃の私に存在感のないある日に当時の私に涙を浮かべて「何か（不幸が）あったらあとはお前がやるんだぞ」といわれた時、私は小さくても、壮大な覚悟ある世界への入口がその時に開かれた気がした。一目置く父から頼りにされることの重厚な深い力量の覆う今までに気づかなかった世界を知ったのである。併せて、親の考えに今迄に気づかなく来たことに理解が及んだのである。そこに宿命のもう一つのエネルギーを生み出す託されることの尊さやその奥深さを知ったのである。スペアーであっても。そして、その時「私に任せろ。全て背負《しょ》ってみせる」と力が湧いたものだ。その後、志とは違う局面に立ったのだが。しかし、最初の絶望を乗り越えられた要因の起点は父からのその言葉のもたらす福音だったと今も思い起こす。

どうにもならないことは人間には常について回ってくる。色々考えた末に答えがあるにしてもそれが10年、１００年、１０００年も先に、そして、そのまた先に答えがあるなら、解決に要る範囲を超えた時間の問題にぶつかってしまう。一人の人間の手に入れられる時間との差が大きすぎるからだ。そして、時のずれはそんな力の湧いた気持ちの行き先も過ぎた時間には逆らえず、父はとっくに消えていなくなっている。恩返しをするそんな場は先人たちの行き先の世界に、私は誘《いざな》われて行くしかないようだ。

命を意識した7～8歳の頃から始まり、三度の死に遭遇し、「人間とは何か」「なぜ生きる」「どう生きる」「そしてどうなる」への探求の答えは、側に常にある「神」の存在に気づくことだった。時代が変わろうが地球に人が住めなくなろうが、そんな世界は無限に存在し、分からないことだらけの現実を知った時そこに神があることしか思い浮かばぬことに漸《ようや》く気づくことだったと今は思う。

私の時代にはその答えは神の存在にしか及ばないだろう。そうなら、このことは古代からあった

「神」の存在に一時委ねざるを得ないことに行き着く。ここでいう神は宗教的な神とは異質の私の概念である。分からないことの全てを委ねる私の崇《あが》める存在であって、ずっと探し求めている対象なのだと今は気づく。

父の「牧場をやってみないか」そして、母の晩年の田舎での一人暮らしは借りた畑での「野菜作り」に勤しんでいた。そこに世代を超えた自然と共にある神との共生に気づく思いがする。

私は今、凝灰岩で焼き物を作っているが、その石に釉薬を乗せて焼いた寿司皿は表面に艶のある透明色になっていて、夜の庭ではそこに月が映って見せてくれている。私の握ったカマトロの寿司の合間にくっきりとその存在を映してくれている。寿司も旨いが夜空の月を、自ら783度の手前で釉薬を載せて焼いて創った十和田石（凝灰岩である伊豆石や十和田石は783度で溶解する）の寿司皿の上に映る眼下の月を眺め、寿司をつまみ、冷えた大吟醸に一献、嗜《たしな》み興ずるのも至福の贅沢がある。そこにある満足は知識と経験と知恵を蓄え詰めて自ら考え、求め、創るものなのだ。BIBLEにはこれを中核に据えることとし、夢はそこに、また一つ既に叶っている。

貴方は今何歳なのか。人は食べて寝て排泄するだけでも一生を生きる意義はある。生まれたばかりの赤ん坊に戻る道理があるからだ。そこに、新人の歴史を想い、摂理を見るからだ。それは過去が創られてきての今だからだ。エネルギーの詰まった一つの抽斗を開けると、一瞬に前向きになれるのはこれまでの過去がエネルギー貯蔵庫になっているからなのだ。夢は気づくだけで手に入れられる。その抽斗を開けた一瞬から溢れ出てくるエネルギーは過去の膨大なDATA資産の放出を生んでくれる。

これから先の未来は一人ひとりの妄想により牽かれて行くレールを漕いで前に進むだけのことな

のだ。そして、「生きた証」をそこに綴るのだ。貴方の一生を掛けて。貴方に授けられた生涯の時間を自らの歴史の創作に充てるのだ。人生は授けられた時間を使い尽くすことに全うし、全てを消化することにこそ用意されたものなのだからだ。そうするなら貴方はこの先のあらゆることに難無く挑むことができ「あらゆることに満足できる」ことになる。

そして、明鏡止水（P４１３）の朝に行雲流水（P27）な夜を迎えたいものだ。

散るときが浮かぶときなり蓮《はす》の花

11．あらゆることに満足できるのは　夢
欠かせない挑戦から生まれる失敗の数が 前に道を作る
施しを受けるより 授けることで 見えない世界を味わえる

人は夢を追い、育み、大方挫折し、再び夢を抱き挑みを止めない。あらゆることに挑戦する夢を奪い破壊する者は人とはいえない。

妄想はいつか目的となり、人を動かす。

そして、この項は自らの畏れに見入る鏡であり、読めば思考が楽になり、あらゆることに満足できる。

失敗が一番
覚悟は矜恃の種

Black

12
達観

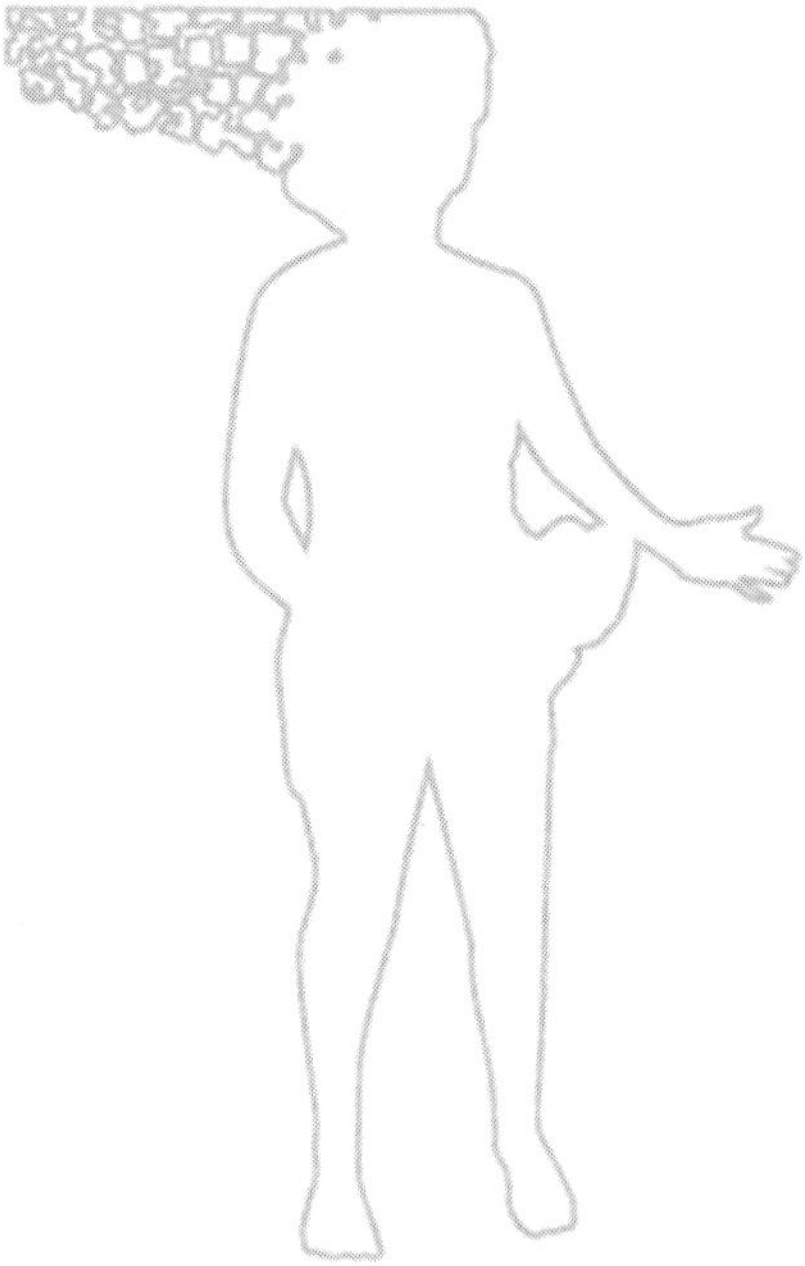

死ぬのを忘れる世界を迎える

第四章　12　達観——死ぬのを忘れる世界を迎える　Black　自画像12

絵を描くというのは絵具をカンヴァスに塗るのではなく、置くことにある。

色は消せる。色で以て。そして、色は変えられる。重ね塗りである。人生を重ねて仕上げる色がある

チャコール・ブラック

消し墨色である。古代の洞窟壁画では黒を表現するのに用いられた色材で、ラスコーやアルタミラの洞窟壁画では第四章　9のレッドオーカー（P417）と同じく、雄渾《ゆうこん》な動物の輪郭や、黒い牛や馬を描いたりするのに、しばしば用いられている。

これを私の色にしたい。澄んだピュアな光沢の黒も良いが、あらゆる色を塗り込んで生まれる紛れもないマットな黒にである。

色は単体で威力を発揮するが、混ぜ合わせにより無限の配色を見せてくれる。色は人間の存在そのものである。そして、このチャコール・ブラックはあらゆる色を消し込んでくれる色である。

80歳は30（傘寿《さんじゅ》の傘が八十と読め、傘寿が30とも読めることから）歳の如く若く、90歳は傘寿の三倍の若さを羽織って粋（九十と読む）に生きたいものである。

「達観の色」

自画像の馬・人・鳩を引き立たせる基本の「達観」の色としてバックに置いている。被写体が浮

き出て見えれば幸いであり本望である。

ブラックは始まりか終わりかの何れにもなくてはならない色であり、全ての色の配合を無限に混ぜ合わせるとこの色になる。正にこの色は基にある嚆矢の色であり、一方、仕舞の「達観」を表す色でもある。

私の知る限り身の回りで亡くなった人たちで満足して死を迎えた人など一人もいない。両親と義父母もそうだった。

偉人や畏怖の人など歴史に名を残す先人にそんな人が本当にいたのだろうか。私にはただの一人もそんな人がいたとは思えない。なぜなら彼等も私と同じ種の人でしかないと思うからだ。

他の霊長類に痛みはあっても、そして、恐怖はあっても生を慈しみ、憂いて死を迎える種はいない。まして、不自然な行動だとか妄想に突き動かされる行動などはしないし、殉死もない。そもそも人類以外の生物に妄想などない。

ザルツバーガーやジョブズやザッカーバーグやベゾスであろうが、そして、浮浪者であろうが終の日を決められた死刑囚であろうが、大抵は現世に未練を残して必ず迎えるその日「終の日」を待つことになるのである。少なからず諦めて達観を装って亡くなっている人の数が多い気がする。

キューブラー・ロス（アメリカ・精神科医　1926―2004）の「死の受容」の著名な五段階説には否認から怒りへ、そして、すがり、虚無感を経て最後に受容の段階へと進むことを医学の及ばなかった領域の死を科学的に捉えている。そこには過ごした人生を肯定して受け入れ、自分の死を納得して穏やかに受け入れる段階とある。私の知る亡くなった人たちは全てこの段階の大半を教えてくれて亡くなっている。皆、取り乱すことがなかったからだ。これは日常にある喜怒哀楽の感情の楽を死と見れば、それは一面に於いて似ている。生活の中心に介在している感情であって、死の受容の疑似体験がこの四文字にはある。深い意味での「もういいかい」の誘いをスッキリと受け入れるかどうかはその時の達感の識別度合いによるのだが。

しかし、何も動ずることはない。その一連の動向は地球が誕生し、動物が生まれ、人間が生まれてこの方、創られたものは壊れ、生きているものは必ず死ぬ定めにあるからだ。

そして神は人間に創造と成長には気配りをされたが死は私たちにその全てを託された。死は生とは真逆の崩れ方をする。成長の過程に見られた規律がまるでない。それは一人ひとりの自由意志に委ねられた人間が静かに迎え、受け入れるしかない定めにある。

時期と場所と状況は違えど全ての人に死は必ずやってくる。死は人には皆同じＢＩＢＬＥに委ねる宿命にある。ならば、一人として同じ生命がないのなら、自らの生き方、死に方を自ら創り上げればいい。それは人間中心主義の帰結への挑戦である。人の誕生は自ら選択することはできなかったが地球が47億年前に生まれた時とそれは今も変わらない。しかし、死を覚悟し、達観してその一瞬を迎えることは生を受けて今ある命を続けられている者にだけ与えられた唯一の自ら決められる帰結の奇貨なのである。宇宙に今生きている証を自ら止めることのできるたった一度の人間に与えられた自由意思による最大の御褒美なのだ。

不慮の事故や病、そして戦争などで命をなくすことなく運良く生き延びた人達は、老齢の果ての宿命によりその日を待って迎えるのか、自らの意志でその日を創るのか。先人にも私たち現代人にも、幸いにも幾つもの危機を掻い潜って生き延びた人たちの迎える死の手法にはこの二つしかなく、さてどちらを選ぶのか。

しかし、この二つも意識があって迎える死は全て自決なのであり、度々断り続けたあとでの、呼ばれるのに応じて答える「もういいよ」のひと言で迎える死は自由意志で行う最後の選択なのであり、早いか遅いかの少しばかりの違いでしかない。

死の問題は科学の観点から眺めるだけでは決して楽には解消しない。私たちは次の世代の生け贄として生きて死ぬ運命に今まではあったからだ。これは人類の歴史が始まったチンパンジーの共通祖先と分かれ、そして、ホモ・サピエンスになって凡そ30万年経った今も続いている。人間とは心を動機として行動する生き物であるとして脳のニューロンの構造が現生人類になって根本的に蘇ったことから現在まで進化してきた。そして、寿命を延ばしてきた。そして、これからもその寿命が飛躍的に伸びるという。

2021年9月現在の世界最高齢者は日本人の女性で118歳だが、500歳にも1000歳にもなる可能性があると一部の科学者はいう。死は病気だとする科学者を散見するにも至った。そして、不老不死が可能か否かでなく、それが望ましいか否かについて論じる局面を今日《こんにち》迎えている。

人口学者は数百年あるいは数千年も人が生きるようになると、私たちは子供を欲しがらなくなるという。寿命が長いほど、儲ける子の数は減るという。老人が次世代のための生け贄となる習性は途絶え、真逆の老人と次世代の若者が大志の欠けた権力争いをする下剋上のような体《てい》の蔓延が勃発すると予言する。この傾向は今の時代に実は既に始まっている。

単純に人は死の恐怖に怯えても生き続けることを願うが、人が不死身であったなら、そもそも私たちはこの世に生まれてもこなかったということに気が及ばないでいる。そしてどうなるのかを知り得なくても、当然そこに何れ、人のいなくなる世界を迎える覚悟が必要となるのは変わらない。

現実には、不慮の事故でない限り、予測可能なゆっくりと準備をして迎える死を選ぶことは今の超高齢社会に於いて知識と理論の上では可能である。人は高齢と共に徐々に弱っていき、足腰が立たなくなって、寝た切りになり、食べられなくなって飢餓状態になり、水も飲めなくなって脱水状態を迎え、やがて呼吸困難になって、下顎《かがく》呼吸が始まり、最後は文字通り息を引き取る。末期になると脳から麻薬物質のエンドルフィンが出てモルヒネと同じ作用をしてくれる。これが老衰の場合の大往生である。そして、選べるなら癌死が良い。２０２０年の日本人の死因は上位から悪性新生物（腫瘍）、心疾患、老衰、脳血管疾患、そして肺炎である。悪性新生物は死が予期でき、身体の活動水準が末期まで維持でき、ギリギリまで意識が鮮明であって、昏睡状態になってから短期間で逝くといわれているからである。そして、高齢者の悪性新生物患者は痛みを訴えることも少ないからだ。

私には不死願望、それは、死に逆らってもそれに至るまでの老いを楽しみたいという願望を持つ一方、いつ死んでも良いと思える覚悟の選択の気の行き来がある。

覚悟の果ての達観は心の平静を生み、癒しの間を生んでくれる。私の存在を自然に受け入れてくれる凛々《りり》しい崇高な空間が現れ、それは周りの現実世界のことであり、自らの精神世界のことでもある。

あらゆる苦難に対峙する達観に私は救われる。死と共にある私の中に同居する「明珠在掌」の達観は私の覚悟の果ての境地に浮かぶものであり、それは私の哲学であって私の生き様のメンターなのである。そこに生きる道標のＢＩＢＬＥがある。

ソクラテスは「哲学は死のレッスンだ」といった。「哲学をする」ということは日々物事を考え、謙虚に教えを請い、知ろうとすること。無知であることを認め、更に知ろうとして探求し尽くすこと。それにより精神が磨かれていく。決して死は恐れることでなく、哲学を極める過程にすぎないといっている。

12の達観

「まあだだよ」

1. 今日褒めそやし 明日引きずり降ろす人の口 泣くも笑うも周りは偽善
2. やってみれば さほどでもなし 贅の味
3. 銀河の数が数千億 私の細胞200兆 私は銀河の数千倍
4. ことの善し悪し決めるより 継続こそが奥義なり
5. 明日ありと思う心の徒桜《あだざくら》 今にも嵐の吹かぬものかは
6. 踏まれても堪《こら》えて忍べ花の種 何れ芽が萌え 冬過ぎる頃
7. 這えば立て 立てば歩めの親心 我が身に積もる老いを忘れて
8. 負けている人を弱しと思うなよ 忍ぶ心の強さ故なり
9. 結果結果と騒ぐ人 そこに肥やしを焼べる人
10. 子供叱るな来た道だ 年寄り笑うな行く道だ
11. 散るときが浮かぶときなり蓮の花
12. 「今日」が終わればまた「今日」で「今年」が終わってもまた「今年」

人は終の日を本音は自決で迎える。「もういいよ」と。道具なり薬剤なりの他力を使わず、自ら死を招き入れる術を人知れず皆使って旅立っていく。

人間は肉体とエネルギー体であるいわゆる霊魂とに分けられる。現在、人間を解明できている世界はごく一部でしかなく、この世界には私たちの理解を超えた変則事象はいくらでもある。

私は霊魂はともかく、自らの身体にもう一人の私がいるのを自ら体験している。それが一人や二人でなくこれまで死ぬのを引き受けた分だけの数がいてくれている気がする。

私たちは皆、朝、目を覚ます。

昨日までの情報で今日を始める。

ある記憶が経験だったのか、ただの夢だったのか判別しないことがある。

しかし、今日は私の一日である。

人は当たり前に今日を始める。情報が経験に変わるなら、明日の私は自分のなりたい人を選べる。昔の人にも私はなれる。誰にでも何にでも私はなれる。

「素粒子」は物質をつくる最小単位の粒子で、10のマイナス35乗メートルと考えられている。ビッグバンから始まった今、実際に観測のできる宇宙サイズは10の27乗メートルといわれていて、私たち人の生誕も堂々巡りで極小の素粒子と広大な銀河を輪廻している。私たちは科学という知識によって知っていることは沢山あるが、知らないことはその比ではない。寧《むし》ろ、世の中には十一次元もあると聞くと、数千億の銀河系が存在することなども、次元を考えるだけでも殆ど何も知らないことを良しとしてわれわれは生かされているし、それに甘んじて生きるしかない存在なのだ。

周りに知らない色があるらしい。しかし、鳥には見ることができる。

周りに知らない音があるらしい。しかし、虎には聞こえる。

周りに知らない匂いがあるらしい。しかし、犬には分かる。そして、
周りに知らない世界があるらしい。しかし、今の私には気づかず見られない。

周りに知らない宇宙があるらしい。しかし、今の私には遠くてないに等しい。

未来は今と共にあり、今日は過去の元にある。私の一つの細胞を限りなく分解すると宇宙がそこで生まれているようだ。


そんな及びもつかない時空の一瞬を私たちは生き続けている。

五感に想像や空想そして、興味やときめきを携《たずさ》えて身の回りのこの世界に甘んじて挑むなら、有限や無限、そして、異次元への世界を行き交う旅人に私たちはなれるのだ。

可能性は無限のひと言で言い尽くせないものを目の前に広げ、見せてくれている。

アルタミラの洞窟やラスコーの洞窟から始まった美の描写の時代と、今の時代との違いは美の表現に関しては殆ど何も変わっていない。寧ろ壁画がその時代を盛り込んだ魂の表現として、その美しさを絵に訴えて描かれているのなら、その単位を計量し測るとなると、壁画は現代にあるものの比ではない圧倒的な力を見せてくれている。歴史という目に見えない力が色をなして、気をなして、そこから力を発散してくれている。

私たちを救うのは今は科学ではなく、宗教でもなく、哲学を振り回してもかなわない、それはたぶん身近にあって気づかなかったもので、それは「気」を宿す「色」である。それを織り込んだ絵であって、音であって、芸術なのである。そこには理屈や説明は要らない。深い悟りがあり、強い想いを携えた祈念をそこに見ることができるからである。

そして、思い描くことで無限にときを泳げる旅人になれるのだと思えば、そんな別の世界を見にいくのが待ち遠しくもならないか。そう思って今日一日の眠りにつく。明日起きられることに何の不思議も思わずに。果たして今日はどんな夢を見られるか。睡眠の度合いも夢を見られる睡眠なのか、何もない熟睡なのかどうなのか。そもそも、果たして明日の朝の目覚めがあるのかどうか。

人は生を受けた時から、ずっと、ずっと最後にやってくる短くない熟睡に至るまで、場所と時期は別にして、毎日終いの日に向け試され、生かされて生きている。

眠りは短い死、死は長い眠りであり、西行法師の1，000日行事で迎える死は、永い眠りであり、短い死を人は繰り返す中で永い眠りへの覚悟とその準備をもたらせてくれている。

1，000日の行事はその証であって終の日は親鸞の命日の翌日を選び旅立たれた。そもそも私たちの毎日の睡眠は終の日への準備の賜《たまもの》であって、西行法師の1，000日の行事を担《にな》っている。気づかないところで私たちは大きな渦の中で揉まれ試され、生かされている。そして、そこに沢山の先人の知恵が生かされ重ねられてきた。

長寿の果てはどうなるのかとパンドラの箱（P85）を開けてはならないのか。

パンドラの箱を閉める直前に、最後に希望を残して飛び出した災いが人口の激増と長寿である。今これが人類の最大の難題となった。誰にも行き先の分からない暴走するフェラーリの走るアウトバーンをそれが走る以上の速さで人類は道を延長し、造り続けているが、飛行機の達する高度には限界があり、宇宙船の到達距離にも限界がある。まして、ノアの箱舟にも乗員の数の限界が歴然としてあった。ここ100年足らずの時の経過は宇宙カレンダー（P13）では0・25秒だが、人口の増大は地球年の経年に換算しても過去にない速さでムーアの法則（半導体技術の進歩に関する経験則で、チップに集積されるトランジスターの数は18ヶ月で倍増するというもの）の如く激増し続けている。人間の最大のリスクはこの人口の激増と長寿にある。それを目の当たりにして私たちは生きている。正にいつの間にか茹で上がる五右衛門風呂と同じで、生かされている以上、私たちは死ぬべき時を間近に迎えているのだ。私たちの種以外の登場の時期は間近い。正に悟りからの達観が今、要る。達観の色を想像し作り出せるのはＢＩＢＬＥにある「そしてどうなる」の生き方の生きる色合わせによる創造芸術の中にある。何れにしても何があろうが起きようが「平気で生きている」今をまっすぐ貫いていくしかない。

そう、そして、死ぬ機会のなかった単細胞生物のあとに登場した多細胞生物が進化し、老化が可能となり、生物は老いて死ぬことができるようになったことは宇宙にあって実は幸運なことなのだとの見直しがいる。

人間は例えば言語を習得したり、新しい技能を身につけて職業についたりはできるが、このことはソフトウエアをインストールしているようなことであって、次にＡＩがハードウエアの設計も製造もできるようになれば人間は創造とは真逆の新たな脅威を自らの手で作り出すこととなり、ＡＩが自ら改造の設計と製造を始めるなら人間の制御を超えた世界が近い未来に確実に待っている。むしろ、その前にもＡＩでなく国や巨大企業のトップ一人の押すスイッチにより、それは起こりうる。非常に悲感的に思えるが突拍子もないことでもなく、かといって当たり前すぎない正しい妄想を膨らませられる。

今、私は客観的に、そして、俯瞰的に自らを見られるようになっているだろうか。私の思考や行動の始まる一日をこの章のＢＩＢＬＥにあるような縁、運を通して、何人かの別の私がそっとスタートボタンを押し、新しく一日を始めてくれているようなのだが。

家庭のこと、仕事のことそしてやってくる未来を予測し、達観に至る事象もイメージさせてくれ、次の行動に向けた道標をこのＢＩＢＬＥは示唆してくれている。ここに至ったことは、この随想集の上梓によるものだと気づかされる。

この宇宙に高度な文明を持つ知的生命体のいる星は２００万もあるとスティーブン・ホーキング（Ｐ３４８）はいっている。そして、そんな星は高度な文明の発達により、１００年で消滅を迎えると予測したのだ。その単位がたった１００年である。私たちは既にその範疇を進んでいる最中《さなか》にいて、その一瞬を今にも迎えようとしている。

一九一八年には20億人だった人口は１０２年後の２０２０年には77億人になって57億人増加した。２０２２年の11月には80億人を突破すると国連は世界人口の推計を２０２２年７月に修正した。

ここに長寿が加わり、更に地球温暖化によっては今世紀末には４～５度で済まない気温上昇が予測されている。

加えて世界の環境の激変によりウイルスの危機もある。そして、ロシアのウクライナ侵攻を機会に戦争もカオス（混沌）を呼び込み、更に世界中を惨《むご》いことへともたらすだろう。あげくにはアルマゲドン（世界最終戦争）が待ち、悲惨な現実がそこに歴然と迫っている。しかし、今生存する私たちは地球の存続する偶然の合間に死を迎えられる幸せがあるのかもしれない。

多くの人はそんな毅然とした自らの生きる生涯に気を向けることもなく、人の置かれた宿命に気が及ばないでいる。

そんな今にあっても、気の色を一人びとりが塗り変えられれば世界を変える嚆矢となりうる。

一人ひとりが今の私たちの偶然の一瞬にある自らを新しく作り変えられるなら、世の中捨てたものじゃないと思えるときをこの章のＢＩＢＬＥにある12の項目を知れば、そして、深く味わえば気づかされる。

「今日」が終ればまた「今日」で「今年」が終ってもまた「今年」

12. 死ぬのが怖くなくなるのは　達観
染みに皺　崩れる容姿に　羽織る粋
結果結果と喚《わめ》くより　そこに肥やしを焼《く》べるといい
やり尽くした挑戦の果てにある退屈と飽きが次を受け入れる「もういいよ」と

人は有限の時を過ごし、家を造り、絵を描き、本を上梓し、ピアノに挑みゴルフを極める。そんな人は時をも創る。気に余裕を抱き偽装や偽善に励み始め、そして、仕舞いには時を過ごすことに退屈で飽きることを受け入れる。そこには「透明色の瑞々しい心の平穏」が待っていて、死ぬのを忘れる徳を得る。そして、終には持てるもの全てを捨て切り、静かに時をも捨てる。「もういいよ」と。

周りに変わらないことは何一つ無かった。人生は斯《か》くも多様に過ぎていく。
そして、この最終項は自らを達観する鏡であり、読めば全てを捨てられる。そして飽きを知り、諦めを悟り、死ぬのを忘れる世界を迎える。

飽きが一番
飽きは達観の種

エピローグ

「われわれはどこから来たのか　われわれは何者か　われわれはどこにゆくのか」。ポール・ゴーギャンがタヒチで描いた傑作のカンヴァスにこの上なく簡潔に記したこの問いが、ある時からだんだん気になり出した。この問いは私がずっと考えている「人間とは何か　なぜ生きる　どう生きる　そしてどうなる」の問いと同じに思え、思考の爆発を強いてくる。

その答えを見つけたい。そして、あるときふと思った。それは色にあると。境界線のない色である。色の数など数えられるものではない。人間の細胞を形成する際限のない小さな素粒子やそれと対比する宇宙を構築する銀河の数えられない数とその先にある宇宙の拡大速度の単位など、これも境界線のない、いうなれば色と平衡するものであって、ギリシャ神話にある尻尾を飲み込む『ウロボロスの蛇』と譬えは同じだろう。

得体の知れないものに答えを見つけようとして何になろう。無駄だろう。しかし、得体の知れないことだらけのこの世にあって、その答えが色に嚆矢《こうし》があるとするなら分かり易い。色にはどこからでも始まりと終わりを創ることができるし、全ての色は色の羅列の円の中に収まるからだ。そして、色には明度と彩度があって、人間の五感との相性が良く分かり易いからだ。

色は見る者に感性を生ませる。気を促し、行動を起こさせる。これは極小の素粒子が極大の宇宙と一つとなり共生し、無限の色合いと気を放ち、永遠を思わせるのと平衡してビジュアルで極めて具体性を持ち抽象を秘めてもいる。何に答えを探ろうがこの世の一瞬を一人生きる身には色の持つ答えの説得力は自由で奔放なことだと思える。必要な大事な無駄でもある。答えを敢えて探すならそのメタファーである生きる色を探したい。

ポール・ゴーギャンも身近に答えがあったのに気づかなかったのは残念なことだった。気づいていれば梅毒に罹るような不憫《ふびん》な晩年を過ごすことはなかったと思われる。

全ての人はゴーギャンのように人生の残りの意義と、この先の余白を埋める宿命を遅かれ早かれ迎える時がやってくる。ゴーギャンも行く末に余白の白の間を刮目し、気を置けば何か違う晩年を生きたことだったろう。

誰もが皆、生から始まり死を迎えて人生は終わると考える。そうではなく、未来からやってくる死から始まる生を生きて再び次の生に委ねると考えるなら一日一日の過ごし方を違って過ごせるはずだ。現に私の生れる前に兄弟が一人、おさむというが、山を降りる際に母の背中で亡くなっている。

時と共にある色から始まり、ある色を通り抜け、ある色となって育ち、生き、変色し、そして、再びまた、ある色に行き着く。そこには自らの尻尾を飲み込む『ウロボロスの蛇』がそこにまた思い浮かぶ。

人は生まれて社会に触れ教養を育み恋をし結婚し子供を作り、社会に貢献し親を看取り最後に自らの生を堪能し尽くして死を迎える。第四章の「そしてどうなる」は責任を終えた後の、正に自らのための最終の生きる四半期となる。そこは自らの意志により生きているようで実は宇宙規模のフォースに誘《いざな》われる世界を過ごして終わる。そのことに気づく先には唯一の種である今の私たちの行く末を弄《もてあそ》ぶ力が唸《うな》っているのが聞こえてくる。私たちは何者かにより、DNAに組み込まれた定理にある方程式により、一人ひとり誘われる世界に旅立たされる。そして、ある一瞬を迎える時、種毎《ごと》、宇宙規模のフォースにより種の全てが誘われる時がやってくる気配を感じる。

規定の順序を経たあと、瞬時に終わる世界に対峙する術はない。その瞬間が何であっても人として粋であることをなくさないでいたいものだ。そして、願うのは努力が報われるこれまでにあった社会やそれを支える自然環境がまだまだ続いてくれて欲しいものだと。

過去・現在・未来を軸に情報軸や次元軸により、宇宙科学の解明に新たな視点を加えることであらゆる宇宙の解明や考察への時間を飛躍的に短縮でき、深めることができる。そして、バーチャルはリアルに肉薄し、いつかリアルに置き換わる。そうであっても温暖化などにより地球はあと100年ももつのかどうかの不安も一方ではよぎる。

人間の一生が一人の経験だと定義するなら、うろ覚えの情報を確かな経験として人が掌握できるようになるときには、情報は経験に取って代わる。そして、その情報を活用することは、宇宙の歴史とそれと共にある他の周辺の世界の事象をも自らの脳にインストールし、それを自らの経験として実感できることになる。

このことは情報が経験となり、それを得た人は前の誰かの体験を自らのものにすることになり、自らの経験として認識することで、その情報を保持していた人になり代わることができることになる。そして、人の寿命の概念が経験の数だとするなら、経験を誰から、そして、どの位の人数から得るのかにより人の年齢はその実態を失い、寿命は今の科学での解明を超える。そこに中身のない単なる長寿が加わればその恩恵に預かるはずの人は生きていることそのものが得体の知れない厄災にならないかと苦慮される。

今ある寿命の概念を超えたそのような事象は、死ぬことの意義と共に、生ある一生の凛とした生き様にも大きな変化をもたらすことになる。長生きへの希求がその時間の長さでなく、もたらす無限の経験に変わるからだ。しかし、それでも長寿への欲求は更に強くなると思われる。次元を超えた世界へも情報への希求が及ぶのだからその行為は自らのコントロールを必要とし、自己効力感（P419）に浸る人などは自制の効かないことから、人が人たらしめなくなりうる実態を示す人も現れるだろう。自らの死を欲する自決遂行の人も増えるだろうし、それは大いに現実になりうる。

専ら人は視覚や味覚の情報、そして、気づかなかった生態系の方程式などあらゆる情報を手に入れることで、予期しなかった新たな不満や不幸や禍《わざわい》の入ったパンドラの箱を再び開けることになるだろう。

私は今日の朝、昨日迄の記憶を持った私として睡眠から目覚めることができた。生が始まった瞬間だ。

そして、することの詰まっている充実した一日を過ごし、寝る前に気になる記事や流行《はやり》の作家の小説を読み耽りながら再び死を想定し、逝去先の玄関ドアを開けて眠りに入る。生まれて初めて息を吸ってから、人生最後の吐息の瞬間までがこの一日の内にある。

得体の知れない死への恐怖など幸せの真っただ中にあって幸せを求め請い願うようなことであり、宇宙から生まれた偶然の人の歴史に、自らの立ち位置を委ねるとき、そんな畏怖を抱く空間から生まれた生を生きるなら、死など何でもなく思え、それは帰る家なのであって、死を達観する意義をそこに気づかされる。

死は私にとって極めて日常の出来事なのである。そんな生と死を長く行き来し続けていると段々そのことに飽きる時がいつの日かやってくる。年齢と共にそんな時期が近づくと死神の声が頻繁になってくる。「もういいかい」と度々耳元に囁《ささや》かれ、最後の最後に「もういいよ」といって今生から人は役を降りることになる。

第二章　8　歴史「ありえない生」を本当にチャレンジし尽くしたのかじっくり考える間はその時には必ず要る。然《さ》り気なく、濃く生き続けた果てに「もういいよ」はありえるが、その時には「もういいよ」と、キッパリと答えられるようにしたいものだ。

その最後の判断基準で迎えるのが、２０２９年2月9日の前の、２０２８年の大晦日前日の12月30日なのである。

それは、翌年の２０２９年2月9日までの４２日前《死に》である。カレンダーにあるこの42日間に「もういいよ」をしっかりと選択するための間《ま》の遊び期間を設けている。

そして、今の心境は二十年強前の50歳になったときに作った一文の気持ちと変わらず「残りの人生は理想を追求して生きる（I resolved to spend the rest of my life persuing my ideals.）」の心境に些《いささ》かの変わりもない。

それは対岸にあって見えている究極の宇宙を包含している。身近になさそうで実はしっかり繋がって根づいている真理や原理がそこにあり、宇宙にある空間の私の過ごす間がそこに用意されている。

そして、その日が来れば、死神の誘う呼びかけへの「もういいよ」は自らの死の終末を意識を持って迎える機会の持てた人の言える愛《め》でる奇貨なのである。

プロローグの独白がここに完成した。表現する人間なら誰もが経験することに何も描かれていないものを前にしているときのピンと張り詰めた祈りの静寂がある。白いカンヴァスや白い原稿用紙がそうである。設計図や譜面もそうだろう。描きたいものがあるとき、書きたくてしかたがないものがあるとき、カンヴァスや原稿用紙の白は、無限の可能性を持って歓迎してくれる。けれども、描きたいものが見えないとき、書きたくても書けない時のあるその時の白は、退屈で、孤独で、怖れを写す残酷で冷たい鏡となる。その鏡には700万年に及ぶ直立二足歩行の人間のピュアーな物腰と、一方の醜い残虐が渦巻き、そしらぬ顔で何も見ようとしないのっぺらぼうの自らが写っている。

この描きたいモノのあるときとそれがないときの二つの間を行き来する三十数年に及ぶ日々の小さな時間を紡《つむ》いで、その時々に地道に、しっかりと、そしてピュアーな想いで大事に私の作品である絵画や家造りや他の建築物と幾つかの企画の達成と共にこのエッセイを紡いで平気で生きてきた。そんな時と共にあった繊細な手は喜怒哀楽の一文字、一文字に行動で対峙する強さよりも、自著のページをめくる方が私には合っていたのかと思う。それでも描《つたな》くも完成に至った。

そして、一生を四つに区切るなら、教育を身につけるとき、心と身体を鍛えるとき、身体を使うとき、そして頭を使うときに分けられる。

それと平衡して、第一章は宿命を想い。第二章は生きる動機を想い。第三章は今までの時を駆ける想いを記述し、そして、第四章はそこで気づいたことの想いをそれぞれ書き標《しる》した。

思い起こすことも整理が行き届かないとその情報量の多さに、創造の余地が逆に働かなくなることも有り得るが様々な思考を尽くしても結局どうにもならないこともあることに気づかされもした。

中でも、大方の答えは「気」が促していた。捉え方一つで物語は真逆の展開を迎える。そこに人生は「気」による捉え方にあると気づく。色に違いが無限にあるように、気色の良い終わり方と気色の悪い終わり方がある。私はこの本の上梓により、色で「気」を変えられることを知った。気で色を変えられることも知った。私はそんなことを夢想しながらこれまでを平気で生きてきたし、今も、その時々に色を作り、気を創ってどんな局面も平気で生きている。いつの時代も自分の身は自分で守るしかなかったが長寿の代償として老年を迎えた私たちは濃い色を持つ若者よりも身体の弱ることを踏まえ、更に明るく色を塗り重ね、それでいて艶のある、その一方では枯れた自立が求められるときを迎えている。

結局、一人の人生は時間を積み重ね、思考を網羅し、幸福年齢を意識し、お金の準備も整えて気で自分の色を探し、自分の色を作り、その色の変わるのに合わせて移り佇む居場所造りの短いようで長い連綿と続く旅なのである。

色を決め気の自由を扱うことは自省のある謙虚な自立に行き着くことに気づく。その旅の道標は早く見つけるに越したことはない。その居場所で感動を見つけ、そこに相応しい自らの個性のある色を再び作り出すのが人に託された不易流行《ふえきりゅうこう》(不変の価値を実現すること)の嚆矢なのだ。側に色気をなくしてはいけない。顔や手に皺や染みができようが、喜怒哀楽を鮮明に晒し、色気と品を羽織って過ごす粋な毎日にしたいものだ。

人は誰にも、あるとき必ずやってくるあとのない檜舞台がある。それが「死」なのだ。

記憶が薄れて行くのを感じられる。目は閉じていて、その周りが暖かく、目蓋を重たく感じられる。

一日の終わりの睡眠に入るところなのか、一生の死別なのか、だが、「もういいかい」と言っているのに答えている声がここにある。いつもと違うひと言の「もういいよ」と。このひと言は全ての人が終末を迎え、委ねて請う、人間だけに備わった生きた証の「透明色の瑞々しい心の平穏」を自らに招き入れるひと言であって、それは、「自招死」なのである。

そして、今日、30年以上も傷もなく使っていたコーヒーカップセットの受け皿が打つけもしないのに突然「キシッ」と鳴って割れてしまった。コーヒーはカップからこぼれはしていない。

私はコーヒーカップセットと違い、宇宙の存在の一瞬にまだセットにあるようだ。

ここに私の歴史作りとレガシーを記《しる》し終えた。幾つもの生きた証の「透明色の瑞々しい心の平穏」が身体を包んでいる。正に人生は「How fantastic life is!」なのだ。

おわりに

貰うより授ける方が気持ちがいい。騙《だま》すより騙される方が楽だ。そして、奪うより奪われる方が「気」の持ちようによっては明日に向かう新しい挑戦の道に、遠回りであっての明るい「色」が待っている気がする。

丁度エンディングを迎えようとしているときに人生二度目の絶望に立ち会う難題に直面していた。正に青天の霹靂であった。

ことの結末は仕事をなくすことになり損《そこ》ねない事態に迫られたことにあったが、今までの生き方にある難局に立ち向かう覚悟と予期しない有事に立ち向かう勇気、そして予期しない有事への準備したお金の用意がこの危機を解消してくれた。併せて今回も運もあったといえる。

この覚悟と勇気と、準備のあったお金は正に一体のものであって、どれが欠けても理に叶わない機先を制せられる俗物哲学行為の襲来には太刀打ちできない。お金を活かすの活は三水偏を抱え汗をかいて舌で味わい、生きるためにあるのであって、この難局にその準備が活かせて改めて安堵《あんど》した。お金は相応に要るのだ。やはり残りの生涯への準備にそれはその持つ多面な奇貨であって欠かせない。

今回の騒動の絶望と前回との違いは、前回には覚悟と勇気は裏に隠れていてもあったが、対峙する経験と知恵がなく、金の余裕は全くなかった。今回は時を経て金に分相応の余裕があったことが幸いし、やり過ごすことができたが気色の良くない襲来だったのは前と変わらない。

しかし、この知識も必要以上に知恵の幅を利かせてはならない。

受難の俗物哲学は人間が生きていく故にこれからも身近にやってくる災厄であって、自然現象の地震、台風、そして、感染症などのようにそれらを真摯に受け入れることで対峙していく宿命と捉えておけば良い。そして、その対処策としての気力さえ磨いておけばそのことの起きる起因を理解し、自らをも諌《いさ》める境地に至り、物理的な損失が大きく生じるにしても平穏は必ずやってくるし、心にはその後の晴れ晴れとした気概に気づかされるし、新たな知恵も育めるし、その繰り返しなのだ。

そして、再び人生の方程式をここにうる。覚悟・勇気・お金に余裕が加わるということ。余裕は覚悟と勇気と金と共にあり、ものをなくせば小さくなくす。信用をなくせば大きくなくす。勇気をなくせば全てをなくすが、今回も勇気が一時的なものだろうが展開を大きく変えてくれ、それに加えて覚悟と金とそれ等に伴う経験による余裕に救われ、対比による「透明色の瑞々しい心の平穏」を再びもたらせてくれた。

前回の絶望とのもう一つの違いは私の内にある他の私と会う機会が今回は一度もなかったことにある。なぜなのだろう。それはやはりシンクタンクによる一度目の経験が活かされたと考えられる。選択肢に歳と共に蓄えられた有形無形の余裕のあったことに尽きるだろう。そして、何より、今回の絶望は最悪の事態を予測し、比較する知恵が瞬時に決断を促してくれたことにある。

三度の死の体験、今回の二度目の絶望の体験からのバランスから、絶望はもう一度やってくる気がするが、新たな宿命に静かに立ち向かう気概と勇気を抽斗に準備することで次に迎える厳しいが凛とした覚悟を今感じている。

それがどの程度の絶望なのか世界には、そして、宇宙には歴史を超えた想像を絶するサプライズが潜んでいてどうなることやらと思ってしまうが、只《ただ》、何が起こるか分からないという長い歴史の教訓だけは忘れてはならない。

そして、人は色々であっても絶望から抜け出し希望に向かうには他の選択肢との比較を測ることに答えを見出す。毎年テロリストが殺害する人の数は全世界で最大25，000人を数える。それに対して糖尿病と高血糖値の所為《せい》で毎年最大350万人が亡くなり、大気汚染で凡そ700万人が死亡する。砂糖よりもテロを恐れる心理との比較がいい例である。

そして、どんな激しい怒りや、恨み、そして、絶望も気の持ちようでその負の感情を他と比較することで希望に変える手立ては必ず見つかる。それが死に並ぶ苦悩であってもそのときまでの生き方を踏まえ自らの全てを捧げる覚悟で敢えて挑むなら必ず光明が目の前に現れてくる。探し回る努力を始めるしかない。コインには一生に於いては必ず捲られる日がくるように反対側の絶望の解消を用意してくれている。

今日の絶望を振り絞る勇気と忍耐で乗り越え、「透明色の瑞々しい心の平穏」に塗り変えることで明日への希望に繋げるのだ。明日を迎える選択肢はそこに必ず生まれている。

そして、怒りはエネルギーとして正にできるが恨みや嫉妬や依存は負のるつぼから決して抜け出せず、変わることができない。

人生とは喜怒哀楽を発散し切り、正直にシンプルに生きることに尽きる。

人生は飽くなき進む、果てのない挑戦の物語作りを披露する舞台造りの往路と平衡する復路の旅である。この不安な時代に今までの生き方ではなく、限られた舞台を奪い合うのでもなく、新たな生き方を強《したた》かに具現化する処に「透明色の瑞々しい心の平穏」が新しく生まれている。そこに涙はつきものだ。

死を恐れる涙、悲しい涙、愛《いと》しい涙、絶望に打ち拉《ひし》がれる涙。一方、人生には感動がある。身の回りは感動の涙が溢れている。ビッグピクチャーの「透明色の瑞々しい心の平穏」は感動の涙が似合う。

一方、貴方は朝起きて自然に今日の一日に気が行く人なのかどうか、朝起きて今日一日何をしようか考えなければならない人は大変だ。私はうつと躁を感じ分けられる。躁は程度によるが抑制が利く。うつは努力では済まされない。私を呼んでくれる人がいる以上、そこに必ず躁である新鮮な私の準備が要る。だから毎朝、目的を持って意識を始められる。私はこの終末に近い人生を無駄なく顎を上げて生き抜いていく。そして、「平気で生きている」という姿勢を貫いていく。

今日も生涯の大切な一日であり、残りの人生、今日がその一番若い最初の一日なのだからだ。

一曲の音楽も一人の一生も宇宙時間と比較するなら差はない。

雑踏の音もアヴェ・マリアの聞こえてくる一曲の演奏もまだ終わらないで欲しいものだ。今の一瞬が愛《いと》おしいからだ。そして、もし、時間が過去からでなく、未来から流れてくるとするならだ。

終の日までの残された授かりものの人生の生き方は未来から時間が流れてくることで目の前に鮮明な道標を描いてくれている。時間は過ぎた過去に向かうだけでなく、未来からも流れてくることに気づかされる。

私の描く未来は一生のカレンダーを作ったとき以来、時間が逆走し始め、そして、未来からも時間がやってき始めた。そのことは壮大な未来の実現に今何をすべきかを明示してくれ、私を動かし続けてくれている。自らが描くありうる最高の未来を想定しさえすれば、時間はそこから逆回りし始め、今の私の意識を瞬時に新しく変えてくれる。未来を先に決めることは、そのために今、何をなすべきかのレイルが先に牽《ひ》けていく。

今の私はまだ途中を走っているが、大方、夢のまた夢だった未来が過去になっている。「人生哲学」を書き、人生のリセットまでのカレンダーを作った37歳の時に思ったことの多くの妄想は分相応に不思議に思える位実現できている。今はまだ途中なので歩み続けるが、大きく願うのはこの人生を導いてくれているメンターの存在にある。

前方に広がる世界は私を呼び、私に判断を強い、私に行動を促してきたが、それが何なのか、私の内にある別の私なのか神なのか、「色」なのか「気」なのか。それとも作ったカレンダーなのか。それは、これまで、私を導いてくれてきた。そんなまだ見ぬメンターに会いたい。

そして、時間が未来から流れてくることに気づいて思うのは、わくわくするような人生を生きている人を選んで会いに行く準備にその対象と場所と時が朧気《おぼろげ》に見えてきたことにある。歳と共に環境が整い、遂には会いたい願望の対象がそこに現実にあると分かってきたことにある。ひょっとするともうずっと前から会っていたのかもしれない。暫く会っていないが私の内にいるもう一人か何人かの私がそうなのかもしれない。

そしてあるとき、生きる者との別れを迎える瞬間に、死に行く者が欲しい慰みとはいったい何なのかと考えて思ったのはメンターとの別れなのか、それは言葉なのか、色なのか、気なのか、何なのか。

人は死ぬ間際にお金は要らない。間際だから食べ物や物も要らない。多分後悔・怒り・憎しみ・悲しみ・愛・感謝・心配・多様な雑念が思い浮かぶだろうが、その瞬間は脳からエンドルフィンが出てモルヒネと同じ作用をするらしく多分、心休まる思いに耽《ふけ》りながら迎える門出のようなことらしい。

その時を達観して迎えるために人は宇宙の連綿と流れる瞬間をそれまで生かされてきたのだと思う。その瞬間を迎えるのに金や怒りや憎しみや悔恨はその間に相応しくない。

人間は唯一、死の瞬間を自らの意志で迎えることができるように創られた地球に生きる初めての種なのである。その瞬間を飾るに相応《ふさわ》しいのは先人は宗教に身を委ねてきた。今、それは心理学、哲学、そして、芸術の存在にある。人は生きている間、スポーツや音楽、そして絵画や多様な趣味を自ら見出そうとするが、それも生涯を満喫し、死を迎える間《ま》に相応しい知恵であって、キリスト教には聖書・賛美歌があり、教会にはパイプオルガン・ステンドグラス・教会建築と、人の生誕と死別に相応しい舞台を古来創ってきている。

生前にあっては「死ぬ意義」を突き詰めることに身を委ね、慈しむ心で一生の一瞬の「終の日」を満喫することに様々な工夫を凝らして淡々と生きてきた。私が造ってきた家もギャラリーもピアノも絵も西北に据えた死を招き迎え入れる神棚のある和室もその準備の証なのだ。

それは、人生の終わりに人としての死の招き方をそれに相応しい場所である建物と、絵画に埋もれて、最愛の曲であるアヴェ・マリアの奏でられた空間で時計の音をチックタックと口走りながら、出発したい想いの準備は整然と既になしている。しかし、不慮の病魔・事故・戦争・自然の驚異や恨み・嫉妬・依存の負の攻撃を以て強いられた出立《しゅったつ》であっても今、生ある人がこのエッセイを読んで心響《どよ》めく人があればそれは私の生きた証となろう。そう、死に行く者が欲しい慰みとはこの「生きた証」にあるのだと。

心にある様々な雑念と共にある「生きた証」はビッグピクチャーの「透明色の瑞々しい心の平穏」であって、それは、私が宇宙で初めて人に通じる自らが救われる唯一の作品のマスターピースになるのだ。同じモノは二つとない。ここに私はゴッホやマテスに既になっている。

人の一生は飽きることのない生きることへの挑戦である。そして、終の日は飽きることへの合意である。

それは歳を重ねて知る知恵にあったと今、悟る。ピアノも弾いてみた。絵も描いた。エッセイも書いてみた。スポーツはゴルフを見るが野球も見るし、するのはゴルフである。それらを楽しむリビングもアトリエも書斎もゴルフの玉打ち場のある家も造ってみたが、造り終われば性分からか皆飽きてしまうのが今までである。そして、飽きる分野が更に次々と増えているのも迎える終の日への準備であり、死を迎える人の性《さが》なのだろう。

しかし、仕事だけは飽きることがまだやって来ない。身の回りに同年代の人は全く見かけなくなり、周囲は皆、年下ばかりなので、一歩身を引いて遠慮深くリバースメンター（Ｐ２８４）を想い、俯瞰した行動を心がけたいと自らに強いるが、それを別に過ごすなら、仕事ほど飽きることのない役回りは他にない。鈍《なまくら》では続けられず、精進がなければ充実を得られない。

仮に仕事を取り上げられたらどうなるか。労働とは人生の中心をなすエネルギーの生産活動であり、消費活動でもあり、人のアイデンティティーの源であって、それを取り上げられれば高齢者に限らず社会的居場所も気概をもなくすことになる。そんな予期しない局面が生じるときにあっても私は自らにしかできない新しい興味の湧くことを始めたい。それはいったい何だろう。

暇と退屈のぐうたらな人生が嫌なら死ぬまで仕事という生き方はその答えであり、死ぬ直前まで、残る時間をそれは充実させてくれる。そのことは満更でもなく、人からの不評はともかく許されてよいし、気にすることもない。ただの高齢者では味気ないし、そんな時にも生まれているエネルギーに殉じたいからだ。

人生とは永遠の「時」の一瞬を生かされ、見えない先を夢見て生き、足掻き悶えて行動し、堪能し尽くし、余す知恵、体力、お金、そして、時間を綺麗に使い切ることにこそある。残すものは何もない。そこにあるのは自らだけの知る「生きた証」である。ここに戯曲の舞台が降りる。そして、会いたい人とは今生の人でなく、全てを委ねられる神なのであって、心の内にある成長する自らなのだ。そして、達観は自己愛から始まる「ウロボロスの蛇」であって、究極のナルシシズムであり、最後に人は自らの孤独を宇宙に晒し、ナルシシストとして宇宙に散ることとなる。それは、宇宙には無害である。

そして、平家の40何代かにも及ぶ隠れ里の地名は六郎谷《ろくろうだに》と呼び、山を降りるとき母の背中で亡くなったおさむを悼みそんな歴史に哀悼を捧げ、著者名を六郎谷おさむとした。私は彼の生まれ変わりなのだ。宿命はそんな悼みから次を引き継ぐ私の存在を産み、今を生かせてくれている。そして、再び次の悼みに向け歴史は歩んでいく。次に気を誰にもしくは何に私は託すのか。今はまだ思い浮かばない。

ここに私の四章48項目からなるＢＩＢＬＥを幾何学を踏まえ書き終えた。上梓したこの書物の文脈は私の書斎にあるファイリングキャビネットに置かれている。アイデアや構想、展開、キャラクターの面々、そしてこの本のプロットを抽斗ごとに詰めている。私はこのファイリングキャビネットを更に充実させることもできた。次に使うのが楽しみだ。読者に謝辞を申し上げて終わる。

謝辞

本書執筆に際し多くの方々にご協力を頂きました。ここに感謝の意を表すと共に、考証の瑕疵を含め、全ての文責は著者にあることを付け加えさせて頂きます。そして、何よりも、本書をお読み下さった皆様に心より御礼申し上げます。

主要参考文献

『動的平衡』1・2　福岡伸一　木楽舎
『ジェノサイド』　高野和明　角川書店
『人間はどこまで耐えられるのか』　フランセス・アッシュクロフト　河出書房新社
『幸福度をはかる経済学』　ブルーノ・S・フライ　NTT出版社
『自己愛過剰社会』　ジーン・M・トウェンギ／W・キース・キャンベル　河出書房新社
『夢の操縦法』　エルヴェ・ド・サン＝ドニ侯爵　国書刊行会
『色の知識』　城一夫　青幻舎
『絶滅の人類史　なぜ「私たち」が生き延びたのか』　更科力　NHK出版
『快感回路　なぜきもちいいのか　なぜ止められないのか』　デイヴィッド・J・リンデン　河出書房新社
『老化はなぜ起こるか―コウモリは老化が遅く、クジラはガンになりにくい』

『サピエンス全史上・下　文明の構造と人類の幸福』　ユヴァル・ノア・ハラリ　河出書房新社
『VRは脳をどう変えるか？　仮想現実の心理学』　ジェレミー・ベイレンソン　文藝春秋
『家族という病』　下重暁子　幻冬舎新書
『21 Lessons：21世紀の人類のための21の思考』　ユヴァル・ノア・ハラリ　河出書房新社
『たこの心身問題　頭足類から考える意識の起源』　ピーター・ゴドフリー＝スミス　みすず書房
『人間はどういう動物か』　日高敏隆　ちくま学芸文庫
『知的文章術　誰も教えてくれない心をつかむ書き方』　外山滋比古　だいわ文庫
『夢の栓』　青来有一　幻戯書房
『歴史とはなにか』　岡田英弘　文春新書
『世界は宗教で動いてる』　橋爪大三郎　光文社新書
『人類はなぜ〈神〉を生み出したのか？』　レザー・アスラン　文藝春秋
『コロナショック・サバイバル』　冨山和彦　文藝春秋